姓氏的尊嚴

朱知一　著

彰化縣甲骨文學會出版

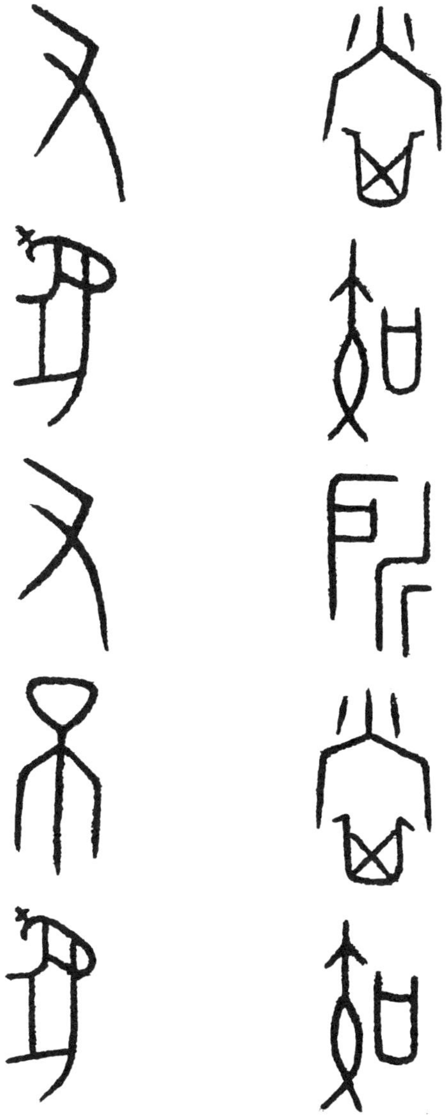

前頁之甲骨文集句為：

當知所當知　有為有不為

當：其字源為「尚」與畚箕之「箕」所組成。其上之「尚」，又為
「分」與「口」所組合。「分」為「分別」、「分辨」、「分
開」或「分明」等義。能分清這些，就自然會被稱「高尚」。其
下之「箕」，乃為盛裝垃圾，垃圾與高尚豈不相當有別麼？這就
是應當知道的「當」。然而若不能如此分辨，就會失去「當」的
尊嚴，那就應讀作「當」ㄉㄤ，因為它已被廉價的「當」ㄉㄤ 了。

知：這知之左是「矢」，是離開弓被射出去的意思。再組以右邊的
「口」，目的乃是很快的去得「知」。

所：「所」之左乃是窗戶的「戶」；其右則是描繪坐在窗前之几上靜
思，默想的一個人，其意義乃在得知其「所以」，因此它被稱
「所」。

有：也是最簡易的「手」形，古與「手」通用；在此稱「有」，乃是
簡化後的「ナ」，省去「月」而被稱「有」的。其目的乃在表明
不是手中所握的，乃重手中所作的，它才真叫「有」。

為：看那圖畫，是很清楚的一隻「象」，身體龐大，可游於水，可乘
人、可載物，尤為古代伐木時最能馱重者。其鼻伸展自如，力可
傷人致死。牠鼻尖有狀如小指肉瘤，靈敏至可以拾針。真可稱為
大有作為的動物，故被稱「為」。

不：乃一全無生命之飛鳥，頭已下垂，兩翅及主肢均已僵硬，已完全
失去飛鳥的本能，故被稱「不」。

這些，實均為古人觀象於天，觀法於地，觀鳥獸之文與地之宜的
傑作，也是中國文字的奧妙。自可稱為我中華同胞所當知者。

註：如有讀者意欲筆者所書此聯，請以書後劃撥號碼撥付新台幣 600 元之筆潤，即
奉寄長 70 公分寬 35 公分此一集句以宣紙書寫的甲骨文書法一副，並附贈「姓
氏的尊嚴」一冊。如欲題款，請以正楷書明女士、小姐或先生之大名。

前故宮博物院院長秦孝儀先生函（代序）

姓民的尊嚴，用力甚勤，於民族傳統，多所闡發，玉
所心折。惟於研案發遷流變態術稍，看畫，當更情
增重於此。苦蒼心情作序，玉而張之，諸為你
書畫點章聊進
賢者之責矣而已。

秦孝儀　十一又三。

序（二）

彰化師範大學國文系教授

◎劉瑞芝

近來「認同」的問題在社會上掀起廣泛的討論，一些人就著偏狹的地域，種族及政治觀點，鼓動揮灑如簧之舌，比起像「姓氏的尊嚴」作者用功著述以求報天酬本的用心良苦，那可真是要汗顏許多。

作者在仰不愧天的「吳」字中援引許慎所言：人為「天地之性最貴者」，對「吳」姓乃至於受造之人深所期勉，此本書用心良苦之一班。

再看「日照大地」的「陳」姓中題到：我們應當深切的認識這所有的「陳」都是指生活在這一塊大「阜」上之人的。因為只有人才會認識和辨識為何「陳」！特別在今日千變萬化的社會中。此本書用心良苦之二也。

至於「頤享天年」的「胡」姓中題到：如再以此來衡論一個人，竭盡全力為家為國直到垂老，自是當享「胡老之寧」而「永受胡福」。此本書用心之三也。

倘若一個掌舵命運的領袖或凡人都能深心體會作者的用心，那將是民族之福，國家之福。

余因熟稔作者夙年從事福音文字工作，又諳於書法攝影、藝術，又完成此一鉅著，勉為之作序，或許讀者可以受益以慰作者之辛勞。

序（三）

彰化縣甲骨文學會

◎黃志文

　　中國文化 源遠流長，而甲骨文更是中華國寶、文字之鼻祖。它始於因物象形，觀象於天，觀法於地，近取諸身，遠取諸物，筆法圓潤，結構對稱，而且古樸簡明，具極高度之藝術價值，自可稱為中華民族萬世流傳的絢麗瑰寶。

　　甲骨文於清光緒二十五年（一八九九年）被北京金石學家王懿榮發現，一九〇三年劉鶚發行《鐵雲藏龜》六冊行世，一九〇四年孫詒讓寫成《契文舉例》，而後在羅振玉、王國維、董作賓、郭沫若及其他甲骨文學者不停的努力，並在近百年的考證研釋下，約十六萬片龜甲上的字型，得正解之文字約一千七百，有異說之字約八百，待考之字有一百八十四字。

　　而中國人的姓氏，代表著中華民族的倫理精神。朱大師天民先生，為維護這中華倫理之特性，不惜犧牲長久之歲月，而用心良苦，編撰此可傳世之大作《姓氏的尊嚴》。內容之精闊，可從書中一覽無遺，從字源甲骨文至金文、篆、隸等字介紹之完整，可看出所用之精神是如何之大。內容不僅介紹姓氏的來源，也詳細介紹每一字所代表的內含；讓人能夠感受到它字面上所具更深意義。

　　朱大師來電告知本會將出此書，欲以本會名義出

版，因其內容介紹甲骨文等古文字與本會實是名至如歸。弟獲悉，一口答應，又經理監事會議一致通過; 更聘朱大師爲本會榮譽會員，以增本會之光彩。大作付梓之前，爰綴數語，以表祝賀。

序（四）

熟透了的甲骨文

◎著者自序

　　拙著全名應爲「從甲骨文看姓氏的尊嚴」，其用意乃在讓讀者諸君或對甲骨文較有興趣者能投入一些心血來研究它，並能瞭解普遍認爲甲骨文乃是深不可及，或者認爲它是尚未成型的「雛形」文字。其實，它實在是倉頡那一班人費盡苦心所完成的極爲簡明，且可稱其爲已經「熟透了」的文字。若仔細推究，就會使人覺得它是多一筆則嫌多餘，少一劃則嫌不足。並且，它還深具從表面難以看見的哲義，並極富美感的。它是世界三大古文字（埃及古文字、巴比倫楔形文，中國的甲骨文）中碩果僅存且比較完整的古文字。我們也絕不會想到它卻是歷經了數度摧殘，特別是遭受暴秦所謂「統一」的最慘痛災害。到了秦始皇的幫凶李斯發明了篆書，還算稍微保留了一絲可循的脈絡。然而稍後的隸書發明者程邈，他實在極具了爲害中華文化於一身的首惡。他爲害的「程」度，眞可說「邈」視先祖創造文字之苦心達到極點。敝人認爲他雖爲隸書之首創者，但卻是假秦始皇的暴力而殘害中華古文化之首惡者。今日所謂的「簡化字」應是由他而始。特別是更甚於暴秦的「毒才」所研發，更是把我中華固有的璀璨文化踐踏殆盡。實乃「數典忘祖」；且具消滅中華文化之嫌！若不是上蒼早具憐憫德澤，還能讓深埋於地底三千餘年的

「甲骨」於光緒二十五年(西元一八九九)陸續在河南安陽大量出土，則我中華之真正古文化就無法得見天日。而我們這些後代就只好瞎聽、瞎說，而繼續瞎傳以使後代瞎信如此這般的就是我們的五千年文化！

　　當然，儘管為我們所尊崇的甲骨大師董作賓先生曾一再說：我們對中國文字是「知其然而不知其所以然」的！尤其當西方科技傳入，它確給我們整個社會帶來空前的繁榮與高度的享受。然而固有道德卻每下愈況，有些對中國文字探究的史研專家們，似是受此衝擊而感意興闌珊。自會使一般人對姓氏不知始然，又從何言慎終追遠。

　　所幸，中國人還有中國人的睿智，除了中國文字以及中文的特具文法外，還能在書寫上另劈創意而開了一條在書法上去揮灑它特具的結構美、平衡美、張力美、氣韻美、線條美、排比美……等至極的美感，且給人帶來任何文字所無法相比的享受。就如前故宮博物院院長秦孝儀先生為拙作封面題寫的「姓氏的尊嚴」，豈不滿了敦厚、樸實，且滿具蒼勁氣勢之美麼！真使人由衷讚嘆他的功力。敝人僅在此代表所有讀者及擁有此書的人向秦院長獻上由衷的感謝。因為藉此能讓我們一同珍賞。

　　此外，筆者要特別表明的，本書所探討的每一個字，乃在考古之外之另一角度來看這一字一天地，一字一哲理的特質和實義。目的是祈望我們知道，若不是從

甲骨文來探討，則無從察究出我們每一炎黃子孫之姓氏亦為倫理道德的根源。敝人僅以拋磚引玉之心，期盼有心研究甲骨文字者繼續往深處挖掘，以使它更被發揚光大，好使每一個中國人都能毫不覺艱澀的喜歡它，而使毫無理性的簡化字自然汰棄。如此，不僅使每一同胞都能珍視自己的姓氏，並活出每一姓氏應有的尊嚴。更何況真正認識自己姓氏及所有文字為何如此書寫之「所以然」者實為寥然呢！這也是拙作向我所有中華同胞獻上的最高敬意並祝福的。然而缺失又在所難免，並祈諸學者先進不吝指教。至於排序列次序，乃依相傳於八百餘年前南唐康王趙構時，一位不具姓名之平民所撰音韻鏗鏘，易於頌讀名為〈百家姓〉一書為藍本。為舊時村塾幼兒所必讀，且至民初尚仍流行。其姓氏次序因趙乃國姓；錢氏奉正朔，故次之。孫為當時忠懿王正妃，其次為南唐李氏。周、吳、鄭、王據傳皆武肅而下嬪妃。其餘庶民，則列為「平民百姓」，故「老百姓」一詞不脛而走。時至民主今日，當政官員仍有以選民稱「老百姓」者，殊不知又重返封建矣！特併為序。

中華民國九十二年五月於台北關渡在水一方

目　　錄

筆 畫 索 引

○○一、擇善趨肖的「趙」

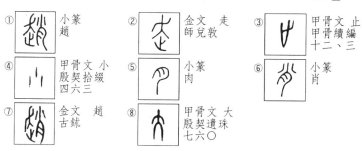

① 小篆　趙

② 金文　走　師兌敦

③ 甲骨文　止　甲骨續編　十二、三

④ 甲骨文　小　殷契拾綴　四六三

⑤ 小篆　肉

⑥ 小篆　肖

⑦ 金文　趙　古鉩

⑧ 甲骨文　大　殷契遺珠　七六○

　　「趙」，這個字的左旁是「走」字，若照我們常說「某某人走錯了一步就出了這麼大的事」；以及「走完一生的路」……等，這「走」豈不是指一個人日常生活嘛？這當是古人以圖二這邁步直往的圖畫來稱「走」的原因。至於那如圖八人形下面的「止」，則是圖三之「止」；就是一隻腳的圖畫。目的當然是強調「走」的主角乃是「腳」。漢代的文字學家劉熙所撰的〈釋名釋姿容〉裡說：「徐步曰步，疾行曰趨，疾趨曰走」，這就是前述「走」的「姿容」，這當是許慎在〈說文〉裡說：「趙，趨也」，當然是指急速前往的。

　　再看圖七「趙」右邊的「肖」，其上是圖四的「小」；這「小」，許慎稱它為「物之微也」，就是指一個微小的東西，或一個東西之微小處。他並且還說：「見而八分」，那可真的夠小了。而這「小」下面的「月」，則是圖五象形的一塊肉。如此組成的「肖」，就很明顯的說，一塊小小的「肉」，就是極小處也微妙微肖。當這樣的「大」，「止」，「小」，「月」合組的「趙」，不知道古人為甚麼稱它為與「照」同音，這應不是巧合，實應稱其為「奧妙」！這奧妙的深意，可說是指一個人不過是數十寒暑的旅程，當在古今中外的先賢中去找一個可「肖」之

人的。這當是西漢的楊雄稱孔子七十二位子弟說：「速哉，七十子之肖仲尼」；這真是「疾趨」的「肖」。而孔子又擴大這「肖」說：「三人行必有我師」〈論語述而〉，這實在是對失業率逐日升高的今天開了一條又寬又廣的路。而這「趙」對我們來說：「擇善趨肖」應是極為適時的「肖」。若把「肖」寫作「ㄨ」那可就失去趙姓的尊嚴了，這當是我們要認識的這讀作「照」的「趙」。

○○二、乃役於人的「錢」字

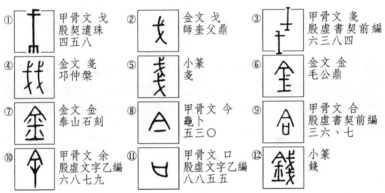

① 甲骨文 戈 殷契遺珠 四五八

② 金文 戈 師奎父鼎

③ 甲骨文 戔 殷虛書契前編 六三八四

④ 金文 戔 邙仲𣪘

⑤ 小篆 戔

⑥ 金文 金 毛公鼎

⑦ 金文 金 泰山石刻

⑧ 甲骨文 今 龜卜 五三○

⑨ 甲骨文 合 殷虛書契前編 三六、七

⑩ 甲骨文 余 殷虛文字乙編 六八七九

⑪ 甲骨文 口 殷虛文字乙編 八八五五

⑫ 小篆 錢

⑬ 古田器

這個以左旁的「金」與其右之「戔」所組成之圖十二的「錢」字，很明顯的是以「戔」作聲符的會意字。若以最簡單的二分法分析，這「金」是「錢」的性質；「戔」則是「錢的性情」。這當也是文字學名著〈說文解字〉所說：「錢，銚也，古田器，從金戔聲」的因由。這就說明這稱「錢」的器物，乃是在使用它可從田中得食物的。從許慎所說之如圖十三的古田器看，它就是我們今天所使用的「鐵鍬」；古時稱「錢」。這「鐵鍬」古時卻被稱「錢」；實在是一件相當有趣的事。

　　我們先看圖六、七的「金」，若與圖八、九、十的「今」、「合」、「余」與圖十一的「口」倒過來看，就知道這樣寫法的字都是倒寫的「口」。當然，這「金」也不例外，尤其再對照「金」下的「土」，再加上「土」上的「：」，我們可稱它爲「口」所需要的食物，乃是從「土」裏生長出來的。如此的「金」，才眞叫作「金」。如果以我們平常的看法和想法，那稱爲「金屬」的「金」，若對饑餓的肚子來說，則是毫無價值。何況，當大家都饑餓時；黃金就完全沒有用了。這時的糧食，就比金貴重得無法相比。這當是我們從另一角度來認識的「金」。

　　再看圖三、四的「戔」；我們很難想象許愼竟能在〈說文〉裡解它爲「賊也」；而許多文字學家又都認爲他是指它作「殘」。並且說古時「賊」與「殘」互相通用；這也許指它爲「殘忍」。當然，旣稱「賊」當必殘忍；又何況他還持有兩個「戈」呢？若是兩「戈」相向，結果也必殘忍。這也許是文字學家們稱「賊」或「殘」的因由。

　　然而，我們卻不容易明白，爲甚麼前述的「金」與「戔」合組時就稱爲古田器的「錢」？而後來又衍變爲錢幣的「錢」？也許因爲是以古田器的「錢」作耕田的工具，比起殘忍的手段來作「賊」容易許多吧！但是，那卻不是古人如此組成這字的眞義；難怪元代的名曲〈後庭花〉中才會說：「錢是人的膽，亦是禍之門」！也因此，晉與唐就曾出現兩本講「錢」的書，論證卻是兩極；一爲魯元道的〈錢神論〉，一爲唐末王綜的〈錢愚論〉。前者是說錢能通神，可以得到一切；後者則說：錢在愚弄人，最後會把人愚弄得家破人亡。如此看來，許愼所稱的「戔」爲「賊」也確有他獨特的見地。特別當漢後的錢幣爲內方外圓，似乎在告訴人把這「錢」怎樣去看待和使用的。當時代進步至今天時，古人稱「錢」爲「田器」的原則應是至今不變的。尤其當「錢」作了一個人的「主」，這個人的一切恐怕已經完全被「錢」收買

了。然而，你若是「錢」的主，它就會變作你的「田器」，使你
溫飽無虞！

○○三、綿延無限的「孫」字

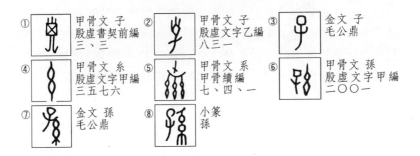

① 甲骨文 子
殷虛書契前編
三、三

② 甲骨文 子
殷虛文字乙編
八三一

③ 金文 子
毛公鼎

④ 甲骨文 糸
殷虛文字甲編
三五七六

⑤ 甲骨文 系
甲骨續編
七、四、一

⑥ 甲骨文 孫
殷虛文字甲編
二○○一

⑦ 金文 孫
毛公鼎

⑧ 小篆
孫

　　我們中國最著名的文字學名著〈說文解字〉的作者許慎在解
這「孫」字時就說：「子之子曰孫，從系子」。很清楚，前者是
指倫理的稱謂說的；後半句的「從系子」則是指這字的構造和組
成說的。因此，我們當來研究古人為何以圖一、二兩種不同寫法
的「子」，再組以圖五的「糸」來稱圖六、七等衍變的「孫」。
並且我們現在這寫法的「孫」，其右實為圖五簡為圖四的
「系」；它實在值得我們仔細來研究。
　　我們先看圖一的「子」，其實，它乃是我們今天所稱的
「兒」，古與圖二的「子」通用。後來才把「兒」與「子」分別
並分開的。關於「子」，許慎在〈說文解字〉裡說：「陽氣動萬
物滋」；由這說法來看；不僅人有男稱「陽」女稱「陰」的分
別，即使動、植物也有雌與雄之分。因此，聰明的許慎就簡單的
以「陽氣動」來簡要的稱其為萬物滋生。這是指「子」基因之
「動」的開始。至於「系」，應先看圖四的「糸」，那是指一捲
已被繰製的「絲」，它的長度則是無法估量的。尤其當被稱
「系」後，乃是圖五的三捲，就是指很多捲說的，其長度就更無

法測量了。因而許慎才會說：「系，續也」，這續當然是指「繼續」或「延續」說的。如此的一續，這「子之子」就一直延續到今天而繁衍無限。這就是五千年來之炎黃子孫的「孫」。

○○四、果實遍地的「李」

① 甲骨文 木　殷虛文字甲編六○○
② 甲骨文 子　殷虛文字乙編一九二○
③ 金文 李　古鉥
④ 甲骨文 果　殷虛書契前編二六、七
⑤ 小篆 理
⑥ 小篆 李

　　「李」，是中國人最為普遍的姓氏之一；但它也是一種薔薇科木本的果樹，俗稱「李子」。唐代馮贄所撰的＜雲仙雜記＞就稱讚這「李」有「香、雅、細、淡、蜜，宜月夜，宜綠鬢，宜白酒」等鮮純品味。適於全球任何地方種植，故有桃李滿天下之美譽。然照這字的組成看，非常簡單，就是圖一代表一棵樹的「木」，與圖二的「子」所組成的。不過，這樣的「李」，迄今並未在甲骨文中發現。然照圖三的金文看，可能不會有太大懸殊。若再對照圖四的「果」字看，這「李」的寫法，可能應有相當準確性。不過，若追問為甚麼出外旅行時所帶的稍多物件又叫「行李」，可能是不為眾人知其所以的。那是因為這「李」姓原自紂王前設有掌理出使聘問之「理官」，即唐堯時的皋陶，後代就以這官職之「理」為氏。紂王無道，欲無理殺害「理官」，其後代逃亡避難於「李園」就改「理」為「李」。紂亡後，理官的後代復位並還原姓為「理」。然當出使時隨帶行李，就以這「李」稱之而延用至今。也有些李姓的後代就仍以這「李」為姓，繁衍迄今。唯唐時太宗李世民父子御賜與他一同征討的十六宗族於文武大臣皆為李姓，這當是李姓眾多的最大原因。

○○五、善顧田園的「周」字

① 甲骨文 周　殷虛文字甲編　五四五二

② 金文 周　魯伐郱鼎

③ 小篆 周

④ 甲骨文 田　殷契佚存　九八八

⑤ 甲骨文 米　續甲骨文編粹　一一二

⑥ 金文 米　般匜

　　我們現在所使用的這「周」字，除了姓氏外，大多都作「周到」，「周密」以及「周濟」或「周圍」等來用；這原則與古人起初所造圖一這寫法的「周」，並無不合。然與古人構造這字的創意則相去甚遠。

　　請我們看圖一的「周」，那不是非常清楚的一塊「田」嗎？並且是經過耕作，並生長出稻麥或菜蔬的。這樣的「周」，當是自神農氏始製耒耜敎民耕稼以維民生作爲人類唯一最周全的觀念所著想的。如果單以圖四的「田」字看，那應是經過耕作的一塊「田」。然而圖一的「周」，我們則可稱它爲即可收成食物之田的「周」了，因爲它已生長出如圖五、六的「米」。這也可稱它爲各種植物的「結果」。可是，在這「結果」之前，任何一位耕作的農夫豈不都知道他們還要繼續鋤地、撒種、施肥以及盡心除蟲等照顧工作嘛？若是瓜果，還需要先行架設棚架以利它所結下垂之果實呢！這些，豈不都需事先考慮得非常周到麼。而且這樣考量的「周」，目的就是顧慮到「民以食爲天」的最迫切需要。這是古人最初爲後代設想最周到的這「周」。到了圖二的金文，約在倉頡他們造字後一千多年，就在人的天然墮性下因懶而簡爲圖二的「用口」之「周」了。也由此發現「用口」的確相當容易。但如「一言興邦，一言喪邦」以及今日「保密防諜」之類的「用口」，則又是因人爲的由簡而繁所始然的。

○○六、仰不愧天的「吳」字

① 甲骨文 吳
殷虛文字甲編
三三三七

② 甲骨文 天
殷虛文字乙編
九○六七

③ 金文 天
毛公鼎

④ 甲骨文 口
簠室殷契徵文
二、三

⑤ 小篆
吳

⑥ 金文 娛
蛟篆鍾

　　這個「吳」，除了三國時的「吳國」即「東吳」外；今天，就只作人的姓氏用了。當然，我們還能查考到四千六百多年前古人所構造的古甲骨文；我們卻無法明白他們構造這字時的用心和目的。若不是東漢的文字學家許慎以他極其聰明的睿智來解這「吳」曰：「大言也」，就會使我們這些後代認為那不過是一個如西方拼音文字般的符號了。

　　從圖一這「吳」字看，其上為圖四的「口」當是無可置疑。其下則是如圖二下方及圖三之天地的「天」字。從這樣的組成來看許慎稱其為「大言也」，豈不是指那一個滿像天形的「人」，就是上蒼所造「天地之性最貴」的人嘛。而這樣的人所出的每一句話，應是都屬不得了的「大言」！而這樣的話早於許慎五百多年的孟子在他的盡心篇就說過：「仰不愧於天，俯不怍於人」那一種樂天下之大樂般胸懷的。可是，我們所認為的「口」下之「天」，許慎卻稱其為「矢」，當是指一個人所有說出來的話都應向天負責；並且是一經出口，就如矢從弓發出而無法收回的。然若再對照圖六的「娛」字，許慎所稱人為「天地之性最貴者」，則又可說人雖生活在地上，卻應當活出上蒼所賦予的最高貴之人性的。這也許是許慎所解古人所造這含意頗深之「大言也」與「吾」同音的「吳」。

　　◎ 秉持信念，將它發揮，就是展現自己 ◎

○○七、祈求奠定的「鄭」

① 甲骨文 奠 殷虛書契前編 四、五
② 金文 奠 孟爵
③ 小篆 奠
④ 甲骨文 邑 殷虛文字乙編 八六七四
⑤ 金文 邑 旬乙觶
⑥ 小篆 邑
⑦ 金文 鄭 古鉥
⑧ 小篆 鄭

　「鄭重」，這個聽起來就有點會叫人感到需要馬上尊行的事，且有不可稍違之感的。不知道我們是否會問：古人是在甚麼樣的情況下以圖一的「奠」和圖四人跽形的「邑」來構成圖七、八的「鄭」？我們當來研究看看它究竟何等「鄭重」！

　「鄭」，許慎在〈說文〉裡謹稱它爲漢時京兆縣的地名。也許是地處京畿，就顯爲重要的。然就其組成看，其意義當屬旣深又重的；否則就不會被稱旣「鄭重」又「嚴肅」且「莊重」了。因此，我們當先看這字左旁的「奠」字。

　「奠」，許慎稱其爲「置祭」；但是，若從圖一雙手捧著酒罈的圖畫看，那是指古今中外對亡故前人傾出罈內之酒以作「奠祭」的禮儀。如此的「奠」，乃是對亡故先人的言行願意尊行猶如將整罈香氣撲鼻的酒傾倒在亡故之靈前永不收回。這不是隨意而爲的一件小事；乃是旣嚴肅又莊重的大事。特別是當這樣「鄭重」的「鄭」再組以其右人跽形的「邑」就更顯莊嚴了。更何況，酒之所以稱「酒」，乃是經過相當程度的壓榨、釀製，才能成爲味美且又香醇並易醉人的飲料，豈能輕易傾倒呢！如此的「置祭」，乃重在表明旣經傾出，不但不能且無法收回的。尤其祭奠在亡故之人的靈前，當然不是輕率的事，所以它被稱爲已被

「奠定」的莊重和鄭重；並且是經過「跪地」求告後才有所行動
的。這當是我們要認識的只可成功不容失敗的「鄭」。

○○八、兼備六德的「王」

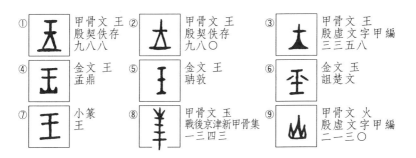

① 甲骨文　王　殷契佚存　九八八
② 甲骨文　王　殷契佚存　九八○
③ 甲骨文　王　殷虛文字甲編　三三五八
④ 金文　王　孟鼎
⑤ 金文　王　聃敦
⑥ 金文　玉　詛楚文
⑦ 小篆　王
⑧ 甲骨文　玉　戰後京津新甲骨集　一三四三
⑨ 甲骨文　火　殷虛文字甲編　二一三○

　　若有人問爲甚麼三橫一直這寫法就稱「王」？再問「王」
爲何要寫三橫一直而不可寫四橫一直？又再問爲甚麼所有的字詞
典都把「王」列在「玉」部而不設「王」部……等這些人云亦云
卻不知其所以的問題；恐怕只有查考我們中國原初的甲骨文才能
得到圓滿的答案了。至於孔子所說：「一貫三爲王」；許愼說：
「天下所歸往也」爲王；董仲舒說：「三者，天地人也，參通
者，王也」……等解說，當都是因沒有甲骨文可考而始然。

　　現在我們可先看圖八甲骨文的「玉」字，那是指四片玉被
一根繩索串連的圖畫。這些玉，是被鑿磨過的美玉。古人稱玉爲
「石中之王」，所以「王」從「玉」。而玉又有五種美德：一，
潤澤以溫，仁之方也。二，鰓理自外可以知中，義之方也。三，
其聲舒揚，專以遠聞，智之方也。四，不撓而折，勇之方也。
五，銳而不忮，絜之方也。這乃在說明人若不具備這五種美德，
則是不足稱王的。故古時君王常以一串美玉佩飾，藉以表徵並儆
惕自己隨時隨地都當顯出這五種美德，否則就有愧作王。到了北
宋時，韓道昭在他的〈五音集韻〉中又說：「烈火燒之不熱，眞

玉也」。如此，又爲玉顯出一種「忍」的美德。這當是圖九的
「火」組以圖四下方如「火」的原因。由此可知，「玉」原爲圖
八的四片（代表多數），後被人改以圖六的「、」而代一橫；也
由此可知爲何「王」以「玉」爲部首的原因。（註：中國大陸一
字典有「王」部）

　　至於上述這六德，實爲「王」的必備條件；更是今日爲
「王」者及王姓諸公當備的美德。

○○九、有所持憑的「馮」字

① 甲骨文 馬 殷虛書契前編 四六、四	② 甲骨文 冰 殷虛書契徵文 一五、一○	③ 金文 冰 古鉨
④ 金文 馬 孟鼎	⑤ 小篆 馬	⑥ 金文 馮 馮句鑃
⑦ 金文 馮 古鉨	⑧ 小篆 馮	

　　這個只作姓氏用的「馮」字，古亦作「憑」。後代以「馮」
爲姓後，才把「馮」增「心」爲「憑」各司所專。然而「馮」姓
的諸公多在介紹自己的姓氏時，大多簡稱「二馬馮」，很可能是
因爲不夠明白這「二」所代表的是甚麼；自然也更少有人知道古
人爲甚麼把「馮，憑」相互通用？這不僅是「馮」姓的諸公們想
知道的問題，也當是我們所有後代都當知道的事。

　　先說這個也讀「憑」的「馮」，看它二字主題都是圖一象
形的「馬」；我們當會知道這「馮」也讀「憑」乃在指所憑持的
是甚麼的。當它被用於人的「憑依」時，可能是在暴秦後將原用
的「凭」統一爲以「馮」增「心」後爲「憑」而延用至今的。至
於也稱「憑」的「馮」相互通用，則具有相當深義。因爲馬的天

然本能具有靈敏、機智、辨識道路以及終日不食而繼續奔馳等特性。尤其在兩軍對壘時，牠卻能不顧危難而把主人帶出重圍。凡此種種，可說都是「馬」所持有的天賦和憑依。特別是古人在「馬」左增以圖二的「冰」時，則更把馬的快跑形容到極致。其意含乃爲當馬快跑至某一程度回首來看牠因快跑所吐出之氣時，那氣已經凝結爲「冰」了。請想看，這是如何的快速；這也就是「馬」所持憑的特有本能。所以這「馮」亦即爲「憑」。這也是許愼在〈說文〉裡解「馮」爲「馬行疾」的實義。圖六的金文，則更如「馬疾行」時用萬分之一秒的特寫鏡頭把它靜止下來一般。故馬所佩帶的物件都被靜止了。這就是我們要認識的「馬」所「憑」的「馮」。

○一○、日照大地的「陳」字

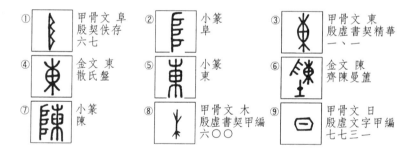

① 甲骨文 阜　殷契佚存　六七
② 小篆　阜
③ 甲骨文 東　殷虛書契精華　一、一
④ 金文 東　散氏盤
⑤ 小篆　東
⑥ 金文 陳　齊陳曼簠
⑦ 小篆　陳
⑧ 甲骨文 木　殷虛書契甲編　六○○
⑨ 甲骨文 日　殷虛文字甲編　七七三一

　　這個「陳」字，許愼在〈說文〉裡解它爲「宛丘也」，乃是指圖一應該橫看之遠山的圖畫。然而它卻稱「阜」，當是指那一群山巒已被開發爲「宛丘」了的。所以它被稱爲「物阜民生」之地，故也稱「商阜」。然而當古人在其右組以圖三的「東」後，它就被稱爲「陳列」、「陳設」、「陳述」以及比較相當消極的「陳腐」……等用語。若問這「阜」增「東」後爲甚麼就被稱作上述之「陳」？爲此，我們必須先認識何謂「東」。

　　請看圖三的「東」，中間乃是圖八的「木」和圖九的「日」所組成的。其意思是指太陽乃是從東方出現照射到樹木中的圖畫。當它與「阜」合組後，豈不就是一幅「日照大地」的美景麼。在這情況下，這一塊大阜上所有一切的東西就極其清晰的「陳列」在每一個人眼前。所以它就叫「陳」。即使是前述最消極的「陳腐」，也是非常明顯的「陳列」在人前的。不過我們應當深切的認識這所有的「陳」都是指生活在這一塊大「阜」上之人的。因為只有人才會認識和辨識當如何「陳」！特別在今日千變萬化的社會中。

　　有一位一失足成千古恨的陳姓死囚，在行刑的前一晚留下一句頗極令人傷感的詩句在他最後的日記上。他說：

　　　　「明早的太陽照樣會從東方昇起；

　　　　　但我已看不見明天的太陽」！

　　他就如此極其悔恨的被「陳列」了。（註：當時行刑均為早晨五時前）這對我們所有的人來說，是何等的警惕！

○一一、穿著得宜的「褚」字

①　甲骨文 衣　殷虛書契前編　三、一三、六
②　金文 衣　吳尊
③　小篆　衣
④　金文 者　詛楚文
⑤　小篆　者
⑥　小篆　褚

　　這個以圖一象形兼具會意的「衣」和圖四象一棵甘蔗的「者」所組成的「褚」，真可說是古人匠心獨具的傑作。即使衍變到四千多年後的今天，更顯得它既深刻又活潑的向每一位崇尚流行時裝的人發出由衷諍言。難怪許慎稱它為「卒也」！不過我

們應當先來認識這一個甘蔗象形的「者」。它的上方乃是甘蔗的諸多長葉狀；其下則是甘蔗本質的「甘」。它稱為「者」，乃是泛指一切的。故延用至今它已成為詞尾的代名詞了。然對崇尚時裝的人來說：「你是穿衣服者」還是服裝店裡的模特兒(Model)「被衣服所穿者」！前者當然是穿得非常甘美而且甘甜。而後者呢？則是許慎在〈說文〉裡所解的：「褚，卒也」！這是指古代的一群兵卒所穿著的統一制服。那是指穿也要穿，不穿也要穿的。然照今天的情形看，一股流行的風吹來時，就會叫我們看見滿街如同穿統一制式的制服一般，這就是許慎所稱的「褚，卒也」的真義；因為她們似乎是被強迫的。果如此，我們就會變成名牌服飾的「活廣告」；且是沒有一文薪餉可領的「卒」。

◯一二、行止有方的「衛」字

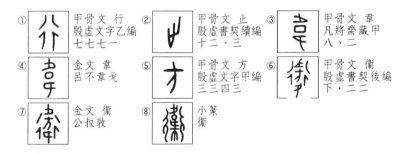

①　甲骨文 行　殷虛文字乙編　七七七一
②　甲骨文 止　殷虛書契續編　十二、三
③　甲骨文 韋　凡將齋藏甲　八、二
④　金文 韋　呂不韋戈
⑤　甲骨文 方　殷虛文字甲編　三三四三
⑥　甲骨文 衛　殷虛書契後編　下・二二
⑦　金文 衛　公叔敦
⑧　小篆　衛

　　古人在構造這個稱為「保衛」或「衛生」的「衛」字，實可說是在極具長遠的透視眼光下構造的。因為這「衛生」和「保衛」應都是著重在我們的生命。尤其在今日交通極其紊亂的大城市裡，幾乎無日無時都有人在「行」的問題上喪失了寶貴的生命。原因當是因為沒能夠認真的「保衛」自己。也因此，我們就應當首先來認識古人在極大睿智和苦心所構思出來的這「衛」。

　　請看圖六原初甲骨文的「衛」，它的左右乃是「彳亍」二字

所組成之圖一的「行」字。由此可見，古人在構思這字時，似乎早已透察到未來的「行」的問題。這「衛」中間的上下均為圖二的「止」字，那是象形的「腳」，尤其強調了腳趾。中間則是圖五之方向的「方」字。我們也當然知道那是稱「行」的「方向」或「方法」。這豈不是古今中外永遠不變的通則麼！圖三、四的「韋」，就是「衛」中間簡稱為範圍的「圍」。其實這不是「簡」，而是擴大對這範圍的認識。請想看，這不就是對個人生命的最簡單的「衛生」需要注重嗎。尤其對今日極其紊亂的交通，自更當小心謹慎；這比起以有形的大量軍力來保衛一個城市更實際；端看我們對自己，對社會和國家當用甚麼樣的「方法」和「方式」以及所採取的何種規範來重視的「方向」了。這乃是整個社會團體的問題。至於個人的「衛生」，若稍有不慎，亦會「傳染」至群體的。因此，許慎在〈說文〉裡所解的「宿衛也」則應擴大其範圍來看，它不單指護衛城池的「衛宿部隊」，乃是應更指一個團體內每一個人對自己的「衛」。

○一三、青史永留的「蔣」字

①	小篆 夕	②	甲骨文 爪 殷虛書契前編 一九、二	③	金文 爪 三形爵
④	小篆 木	⑤	甲骨文 爿 殷虛書契前編 四五、四	⑥	金文 寸 大鼎
⑦	金文 草 古匋	⑧	小篆 將	⑨	小篆 蔣

　　我們現在要來探究的這個「蔣」字；很可惜，除了小篆外，再也查找不出更早的可考資料。不過，從圖八小篆的「將」和圖七金文的「草」看，尚能探索出一點深義。因此，我們就從圖八

的「將」來探究。

　　這「將」ㄐㄧㄤˋ，是能征善戰的「將軍」之「將」，也就是大將之將。但也是未知數的將來之「將」。因此，我們可從這兩面來研究。

　　這「將」的組成，許慎稱其左為圖五「半木」的「爿」。是指將圖四篆寫的「木」自中間的一直破為兩半說的。當然，這樣的「半木」若在普通人手中是毫無價值；然對一個孔武有力或練就一身功夫的「將軍」說：當亦可使萬夫莫敵。尤其這半木再組以圖一的「夕」時，其上為圖二、三的「爪」，下為手挽下一寸處顯為最得力的圖六的「寸」；如此的「夕」，許慎稱它為「進取也」，它再組以「爿」，就被稱為大將的「將」了。不過，將來如何還未可卜；因為強中還有更強者的。因此，它又讀「將」ㄐㄧㄤˉ。這乃在於這稱「將」者運用智慧和武功於一念之間的。將軍如此，任何人的現在與未來都是如此；端看人如何把握。然而智慧的古人卻似乎在與大將軍開玩笑般竟在「將」上增了一個圖七的「草」而稱「蔣」。何等希奇，許慎竟在他的〈說文〉裡解這「蔣」曰：「苽也」；這「苽」就是我們今天常吃的「茭白筍」，除了含有不少纖維外並無多大營養價值。不知這是否意含：今日雖身為將軍，將來如何還不知道；也許會成為毫無價值的「苽」。這實在是對今日在位者或掌握大權者的極大儆惕。因為究竟是「永留青史」抑或「遺臭萬年」都在於一念之間。因此，我們願藉七十多年前梁得所先生所譯英人基爾祈的一首詩來解說這字，倒是頗為貼切。

　　青草與人爭高低，草弱人強難相比，人能推動剪草機。
　　堪笑弱者供玩賞，碧綠園中開花場，任意栽種百花放。
　　人到勝利了那天，草已剪平無可剪；累夠玩夠倦欲眠。
　　閉上眼睛萬念消，伸著四肢伸著腰；青草把他蓋住了。

○一四、堅毅於深川的「沈」字

① 甲骨文 水　殷虛文字甲編　二四九一

② 甲骨文 川　殷虛文字乙編　五八二五

③ 甲骨文 牛　殷虛文字乙編　七七八

④ 甲骨文 沈　殷虛書契後編　上・二三

⑤ 金文 沈　詛楚文

⑥ 小篆　沈

　　這一個「沈」通常用於「沉著」、「沉毅」或語不輕浮等用語的「沉重」。而用於姓氏時，通常則寫作「沈」，而很少寫作「沉」；然其原字的原意和原則，乃是一致的。而許慎在〈說文〉裡則解它為「陵上滈水也」，意即雨積停潦而一時難消故假藉其為「湛沒」，或又作「載沉載浮」。這樣的一解，就把圖四原甲骨文的「沈」，描繪得淋漓盡致；並且使我們得知古人在構造這字時所費的苦思，以及它所蘊含的深義。

　　從圖四的原甲骨文「沈」字看，那可說是一幅「牛游於深川」的圖畫。也可說它是由圖三的「牛」與圖二的「川」和圖一的「水」所組成的。這圖四的「、」，一面作為省寫的圖一的「水」，也可說它是牛游於水時所呈現的水花。若問這「牛」浮沉於何處？看圖二的「川」，就知道牠乃是游於河川之中的。我們知道，除水牛外，一般的牛是雖可游於水，但卻並非牠的特長。然而，牠卻具有堅忍、剛毅、負責耐勞的天賦特性。因此，牠雖落入水中，牠仍能載沉載浮的不辱使命。這就是古人以這牛浮沉於深川來描繪並強調牠是具有「沉著」、「負重」、「堅毅」的耐力而絕不致自甘「沉沒」的。當這「沈」演變至今天，不知由何人自圖五的金文起，已將這字簡化至幾已「沉沒」到只見牛尾了！圖六的小篆更被暴秦統得原貌盡失；除了「水」尚在，「牛」的蹤影已無處可尋。因此，我們當從圖四的原貌來認

識古人構造這字所含指者：乃是對負有天地使命之人的託付和激勵。

○一五、井邊護欄的「韓」字

① 金文 韓 古鉥
② 金文 韓 伯晨鼎
③ 小篆 韓
④ 金文 早 敔敦
⑤ 甲骨文 草 凡將藏甲八·二
⑥ 金文 幹 古鉥
⑦ 甲骨文 函 殷虛書契前編三二·二
⑧

這一個古稱國名，今天只作姓氏用的「韓」字，古代也被稱作「井欄」或「井幹」。而許慎在說文裡則解這「韓」曰：「井橋也」。這當是如圖八的總稱。不過這「韓」迄未見於甲骨文。然照圖一、二的金文看，這字的主體結構乃爲圖五的「韋」；中間的「口」，即示意爲「井口」，上下則是左右的兩隻腳形，意即圍著井邊汲水以防不慎落井的。而圖一上方的「草」，乃是借草來稱「暮」的，圖二左方如圖四的「早」則是與圖一左下的「早」同意，那是指古人多於早晨太陽尚未昇起前或日落以後前來打水的。圖二右方的「月」，亦爲「早意」，則是指早起前往汲水時，月亮尚在頭頂。這乃是古今中外就有的習慣。這些，都是指古人汲水之時間說的。而稱這「韓」爲「幹」，則是指圖八井邊的護欄和古稱井旁豎立的「桔槔」，後亦稱「幹」。這是這「韓」的組成架構以及汲水時的指事字。這樣看來，古人在構造這「韓」時，乃是經過相當思考的。然而，如此繁複的字爲何讀作「韓」？它所代表的意義又是甚麼？說起來可能非常簡單，當是借用古人旅行時以易於攜帶之如圖七裝水

的「皮袋」稱「函」而來的。看這古甲骨文的「函」，豈不就象今天軍人繫於腰間之水壺的形狀嗎！這樣的「函」，後來又衍變爲渴望家人來自遠方的「信函」。那又是指解人心裡乾渴的。不知「韓」姓諸公及你我使用到這「韓」時，曾否憶念古人造字的苦心；並也能作一個解人乾渴並維護別人安全的人。

○一六、旌旗招展的「楊」字

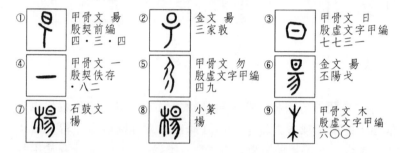

① 甲骨文 易　殷契前編　四・三・四
② 金文 易　三家敦
③ 甲骨文 日　殷虛文字甲編　七七三一
④ 甲骨文 一　殷契佚存　・八二
⑤ 甲骨文 勿　殷虛文字甲編　四九
⑥ 金文 易　盂陽戈
⑦ 石鼓文　楊
⑧ 小篆　楊
⑨ 甲骨文 木　殷虛文字甲編　六○○

　　從許慎在〈說文〉裡解「楊」爲「蒲柳也」看，當可叫我們知道他是指木本的樹木「楊柳」說的。然而若從這字的源頭看，許慎的說法一面是依據圖八秦後統一的小篆，另一面他也有更早之圖七石鼓文作佐證。可是，若再往前追溯鑄刻於兵器上圖六金文的「易」，就可使我們知道增「木」的「楊」就是行至今日這「楊柳」的「楊」；增「阜」後的「陽」則是「陰陽」的「陽」。而原稱「陽光」的「陽」則應是原初圖一的「易」。那圖意的上方是圖三的「日」；中間是圖四的「一」，在此則當「天」用，這乃是日光從天照下的意思。這是古人所構造最初圖一的「易」。圖二的「易」則是首先被簡化了的。若推究圖六的「易」，當是周代的宣王封子「尙父」於今江蘇的「揚州」後，以代表「州」的旗幟飄揚於所封之疆土而在日光下飄揚的。因此，就在「日」的下方增以圖五的「勿」來表示他們的旗幟在空

中飄揚而稱「勿」；其實，那是指當初的旗形和旗的周圍所裝飾的旗游而形成的圖畫。這樣的表徵，一面是指他們的威武，後來也就成了宣揚他們可誇的姓。也許是後代又因「楊柳」隨風飄揚的舞姿與「勿」亦極相似，亦或因筆誤，就以「楊」爲姓而延用迄今。然就其目的和意義看，「楊」之被「揚」，自是含指飄逸自如而顯揚在陽光之下並日益繁茂的。

○一七，特顯尊榮的「朱」字

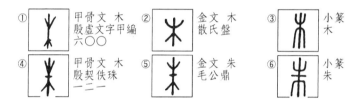

① 甲骨文　木　殷虛文字甲編六〇〇
② 金文　木　散氏盤
③ 小篆　木
④ 甲骨文　木　殷契佚珠一二一
⑤ 金文　朱　毛公鼎
⑥ 小篆　朱

全世界最會使用紅顏色的當算我們中國人。在古代金鑾寶殿中的棟樑，則非紅色莫屬。平民百姓，則會在婚、壽、喜慶時藉機來「紅」一段時間，以增添喜氣。而古時以紅色來鋪設庭院大門乃是不可隨意的；因爲那是代表官宦或御賜之仕紳，藉以代表他們尊榮的。當人經過此一宅門，莫不以極爲羨慕的眼光視之。以致才會有「朱門酒肉臭，路有餓死骨」這極爲強烈對比的名言。因此，我們豈不當問，古人是以何種構思來創造這個「朱」字以示意「紅」且顯爲尊貴的！

從最古老的名著且查不出作者究竟是誰的〈山海經〉大荒西經篇記有「有樹赤皮，朱幹，青葉，名曰朱木」；而許愼在〈說文〉裡解這「朱」曰「赤心木看」，當是指在不計其數的樹木中，具有「紅皮、朱幹、赤心」的這一種樹是少之又少的。然其質地堅硬，也是非比尋常。故被選爲皇宮棟樑。當古人造字時，就以其特別的智慧，以圖一、二的「木」，中間以較短的「一」

作記號來稱爲特別的「木」而稱作紅色的「朱」。因此，這「朱」在所有的字辭典裡都列在「木」部。所以歷代以來的賢臣良將被稱作國家棟樑，都與這「朱木」有關。這「朱木」的「紅」演變到今天；紅紙、紅布以及紅色的漆，都排上了最大用場；且成了功成名就的吉兆；甚至稱人「走紅」。眞盼這「紅」能實至名歸，確能成爲國家社會的支柱，方不致像貼一張「紅」紙，過幾天全變了顏色甚至禁不住風雨的吹襲後，就甚麼都看不見了。

○一八、豐收滿滿的「秦」字

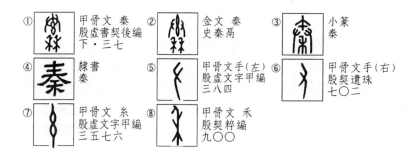

① 甲骨文 秦
殷虛書契後編
下・三七

② 金文 秦
史秦鬲

③ 小篆
秦

④ 隸書
秦

⑤ 甲骨文手(左)
殷虛文字甲編
三八四

⑥ 甲骨文手(右)
殷契遺珠
七○二

⑦ 甲骨文 糸
殷虛文字甲編
三五七六

⑧ 甲骨文 禾
殷契粹編
九○○

　「秦」，雖是我國相當古老的一個國名；但「秦」這個字，卻是早在這秦國前三百多年的黃帝就命倉頡率領一班人創造了圖一史稱甲骨文的這「秦」字。從這字的構造看，可知那時的炎黃後裔已經是一個以務農爲本的族群。依這歷史看，黃帝時的國名雖不稱「秦」，但卻是以「勤」爲本的。故外人皆以"CHINA"來稱呼我們，當是這字的雙重意義和基本精神。因爲勤是勞苦的意思，「菫」是質地耐寒耐暑宜於播種之土，這都是我們所樂於接受的。若再看這「秦」字的構造，也足可代表了我們這一民族聽天命盡本分的天性，實在是值得我們世世代代誇耀。現在，我們可來分析並分享這一個「秦」字。

　　請看圖一、二的「秦」；它的基本架構乃是下方兩個圖八的「禾」字，那是代表我們所耕種的稻麥。上方的左右，是圖五、六的兩隻手，中間是圖七的「糸」，是代表豐收整捆的收成。這豈不是上蒼祝福與人從勤奮所得的果實嗎！這也是我們每屆豐收後，都會向上蒼獻上感謝而再領受所舉行之盛大祭典的原因。這是我們勞苦經營的「秦」；也是我們從不懈怠的「勤」。因為「糸」是代表這長度是無限的。雖然這「秦」經過暴秦統一的摧殘，圖三之基本的「禾」與「手」尚得保留；其上的「午」也可稱其為「杵」，乃在題醒人更當勤奮。圖四的隸書就只有「禾」還算完整；當也算這字不幸中的大幸！然而卻更當追本溯源的來認識古人所留傳的這「秦」；才是代表中國人的「秦」。

○一九、超越巔峰的「尤」字

① 甲骨文　尤　殷虛文字甲編　二二○
② 小篆　尤
③ 甲骨文　人　殷虛文字甲編　八八九六
④ 甲骨文　手　殷契遺珠　七○二
⑤ 隸書　尤

　　這個被稱為「尤其」、「尤甚」、「尤能」……等的「尤」字，大家都知道它是具有「格外」或「更能」以及「不平常」等的意思。故許慎在〈說文〉裡解這字說：「尤，異也」，就是指異與平常的。這樣的「尤」，既然是這樣的不尋常，為何古人在造它時又是那麼簡單？這實在是值得我們思考的事。所幸，這字還有百餘年前（一八八九）在河南大量出土的原始甲骨文可考；否則，只好任其「尤」而不知其所以。

　　我們來看圖一甲骨文的「尤」字；並且可把它分解為兩部份來看。首先，我們先認識下方圖三的「人」字，然後再來看圖四

那個古稱「又」的「手」。從這「手」，可知它乃是從下方之人伸出來的。當這一隻手向上伸展時，卻碰上了「一」的阻礙。但是，並未使他退縮，且更奮力的去衝破甚至超越。因此，它就被稱「尤」。圖二被統一後小篆的「尤」，已被美化，但似乎還有點超越後之手舞足蹈之感。圖五隸書的「尤」就是衍變為我們今天這寫法；就似乎毫無「尤」的意義。但是，智慧的中國人「尤」能用它。而我們也藉此來使它認祖歸宗。

○二○、毫無黑影的「許」字

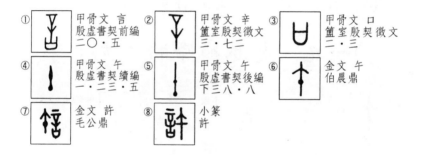

① 甲骨文 言　殷虛書契前編　二○・五

② 甲骨文 辛　簠室殷契徵文　三・七二

③ 甲骨文 口　簠室殷契徵文　二・三

④ 甲骨文 午　殷虛書契續編　一・二三・五

⑤ 甲骨文 午　殷虛書契後編　下三八・八

⑥ 金文 午　伯晨鼎

⑦ 金文 許　毛公鼎

⑧ 小篆 許

許慎在〈說文〉裡解他自己的姓說：「許，聽言也」。這應是會意的說法。若照這字的組成，乃是既象形又兼具會意的。至於他所說的「聽言」，乃是重在聽信其應「許」之言；所以它稱「許」。至於這以「言」以「午」所組成的「許」，是憑依甚麼而使人聽了且能相信這應許；這其中的標準以及附帶的條件是甚麼？我們來分析一下就可知道古人在構造這字上所蘊含的睿智。

首先我們看圖一的「言」字，它是由圖二之「辛」與圖三之「口」所組成的。看這「辛」，可使我們知道那是一個人被倒吊的圖畫；這樣的「人」，當然很辛苦。這「辛」古時也當「罪」用。是指做錯事或說錯話的刑罰。請我們想看，在這樣的準則

下，誰還敢隨便發言！這就是古人所定這「言」的標準。

再看圖四、五的「午」。我們不知道倉頡他們造這字時是否
在黃帝已經發明「指北針」（或稱指南針）之後，看這二字，都
具有指針的形狀，也像我們現在所使用之時鐘內的分針與秒針。
但實在是指古時的「日晷」。就是在日正當中時，這日晷就毫無
一點陰影；所以它稱「午」。尤當上述之「言」與這「午」合組
為「許」時，就等於毫無一點陰影之「言」。這樣的應許，自然
是可以聽；且足可信。這就是古人以「言」以「午」所合組的
「許」。未知許姓的諸君和你我所「言」，都能成為毫無一絲陰
影之言出必行的「應許」否？

○二一、肩負重擔的「何」字

①　甲骨文 何　②　金文 何　③　小篆 何
　　殷虛書契佚存　　父貝觶　　何
　　・六二
④　甲骨文 可　⑤　甲骨文 人　⑥　小篆 荷
　　殷契摭佚續編　　殷虛書契前編　　荷
　　一○　　六二・二

我們現在都當作疑問詞的這「何」，文字學名著〈說文解
字〉竟解這「何」曰：「擔也」；請想看，許慎這樣解說的「擔
也」是何等實際；它怎麼會被大家稱作疑問詞的「何」了呢？我
們應該不能任由它「不知何由」的繼續下去！不過這問題似乎太
大，乃是因它被流行的既廣又遠，若不是秦始皇再現，當是任何
人也無法更改的問題。因此，我們願仔細來研究看看，再來找出
它被稱「何」的因由。如此，就不是改或不改；而是基本觀念
了。我們可先看圖一原初甲骨文的「何」，它乃是一幅很清楚
「肩負重擔」的象形圖畫；若稱它為「何」，也許是要我們猜猜
這人所肩負的那一個如「鋤」的器物到底有多重吧！然若對照圖

四的「可」看，它實在像一隻細細的荷梗肩負了超過它所能負荷的那巨大的葉。因此，古人就在這圖畫的左下增一「口」字曰：「可」！這當是後來增「人」為「何」後再增「草」為「荷花」、「荷葉」的「荷」。這乃說明一隻細的枝梗，是足可負荷它所支撐之諸大的荷葉或荷花的。這似乎是在對人提出警告說：我之所能負荷，因我乃天地之性最貴的人，故自有我所能負荷而當負荷的！「天生我才必有用」；何必先以疑問的態度打很大的問號呢？當初之圖一所繪的人所能負荷的，對今天的人來說，它已經是「人、可」了，已毫無疑問；勇敢的面對你所能負荷的，別再疑問它「為何」！別人如何，則只好任由他去疑問了！

○二二、伸屈自如的「呂」字

①　甲骨文 呂　殷虛文字甲編一・五・八
②　金文 呂　古鉨
③　小篆 呂
④　人手指的骨節

　這字的構成乃是相當簡單的兩個「口」字，古時，人對樂器中的音律，就稱「律呂」。乃是指那規律的聲音說的。再就是一般人都知道它乃人的姓。然而許慎在〈說文〉裡卻解這「呂」說：「脊骨也，象形」。清代的文字學家段玉裁就注說：「呂象顆顆相承，中象其系聯也。」從他們二人這解說，就可叫我們知道這「呂」乃人體生理上的重要結構，就是如圖四之骨關節的顆顆相承。這是人體中相當重要的關鍵；沒有它，人的腰部、頸部，特別是手、膝的關節，就無法活動。如此的「呂」，若比起以竹管打通後再挖出幾個洞來吹奏美妙悅耳的節奏來稱「律

呂」，其重要性就相差得無法比擬。難怪當夏禹治水有功後，黃帝就封他為「呂侯」，就是指他在一個國家的整體上所站的是極其重要的地位。如此的「呂」，自不是音律組合的「呂」所能相比的。像這樣伸屈自如的「呂」，恐怕是很少人認識的。

○二三、愼防蛇傷的「施」字

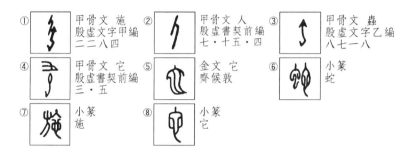

① 甲骨文 施　殷虛文字甲編二二八四
② 甲骨文 人　殷虛書契前編七・十五・四
③ 甲骨文 蟲　殷虛文字乙編八七一八
④ 甲骨文 它　殷虛書契前編三・五
⑤ 金文 它　齊侯敦
⑥ 小篆 蛇
⑦ 小篆 施
⑧ 小篆 它

　　我們現在所常說的「施行」、「施工」、「施展」或「無計可施」的「施」字，其意思當都是指怎樣去行的。但是，我們若讀詩經王風所記：「彼留子嗟，將來其施施」；指這「施施」乃含不易往前之意的。我們會不會覺得這「施」的意思怎會有如此懸殊？若不是還有原初圖一的甲骨文可考，就會把我們帶入五里霧中。

　　我們看圖一這「施」字；它的左上方是如圖二的「人」。但這「人」若與甲骨文中其他諸多「人」字相較，其最大不同處，乃在於這人左上的「｜」。這樣的人，若不是與其右如圖三的「虫」組合而稱「施」，我們就無法明白其緣由。唯當我們知道這「施」之右的「虫」即圖六之「蛇」左的「虫」，我們就無法知道圖三的「虫」即為古蛇字。這就叫我們知道圖一左旁之「人」所持之「｜」乃是一隻「木棍」了。這是行路時遇見蛇所

當施行的唯一方法。因此,許慎在解圖四、五的「它」時就說:「上古草居患它,故相問無它乎」,就是指「有沒有遇見蛇的」。這也是圖六右旁之「它」左增「虫」後稱「蛇」的原由。這樣看來,圖一之「施」的主要意義乃在使人行路時要帶一根棍子以防蛇傷的。唯當這「施」被暴秦統一後原貌盡失,以致原義也無法看見。若非百餘年前在河南安陽大量出土數萬片甲骨文,今天這「施」的原義似乎永無重見天日的可能。不過,今天的社會上所出現的不勝其數的倒行逆「施」,倒是值得我們藉此深思的。

○二四、善於用弓的「張」字

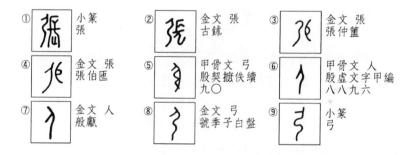

① 小篆 張

② 金文 張 古鉢

③ 金文 張 張仲簠

④ 金文 張 張伯匜

⑤ 甲骨文 弓 殷契摭佚續 九〇

⑥ 甲骨文 人 殷虛文字甲編 八八九六

⑦ 金文 人 般甗

⑧ 金文 弓 虢季子白盤

⑨ 小篆 弓

　　從圖四金文的「張」字看,很清楚,它的左旁乃是圖六、七的「人」字,其右則是圖八、九的「弓」。圖二的金文可能是稍遲於圖三、四的「張」字。圖二的「張」,右方應是「弓」不可缺的「矢」;其左則應該是一個拉弓發箭的人。圖四的「張」,其右乃爲如圖五的「弓」,其左則是與圖三相同的人。圖一的小篆,當是依據這四種寫法所衍變。若以二至四圖的「張」看,當都是描繪一個人背著弓的意思。依照古代的情形,「弓」應爲人最必要的武器。一面是防避被獸傷害;一面更是爲射殺野獸好作

食物，並且也可利用獸皮製衣禦寒。但也藉此保障他們居住的安全，並使他們使用的土地得到擴張。這當是古人以「人」與「弓」合組爲「張」的構思。至於「張」姓的諸公常以「弓、長」爲「張」來介紹自己的姓，應是受圖一暴秦統一文字後的小篆所影響的。此外再追溯這「弓」的歷史，乃是由黃帝一個名叫「揮」的孫子所發明，黃帝就賜他以「張」爲姓，這當是倉頡他們以「人」以「弓」合組爲「張」的因由。

○二五、乳養要道的「孔」字

① 甲骨文 乳　殷虛文字乙編　八八九六
② 金文 孔　曾伯黍簠
③ 小篆 孔
④ 小篆 乳
⑤

　　這一個被稱爲「孔道」、「孔穴」以及「毛孔」等的「孔」字；古人是在甚麼樣的情況下以這麼最簡單的幾筆來稱「孔」的？稍微研究一下，就會使我們從心底深處發出由衷的驚嘆說：這是何等奧妙的「孔」；又是何等寫實的圖畫。爲此，我們先看圖一的「乳」字；可叫我們看見它乃是一幅母親餵奶的最簡單的素描。再以此來對照圖五的那一幅圖畫，就可看見實線部分乃是一個很清晰的「乳」字。由此也可叫我們知道圖四小篆之「乳」的由來。現在，我們若把這「乳」左上之「爫」亦即圖四「子」上的「手」形去掉，就又可使我們知道乃是圖三小篆的「孔」了。若再對照圖二的「孔」，就又會叫我們發現那「子」之右上是何等巧妙的一筆。藉此，更叫我們看見古人那含蓄之美，真是妙不可言的；這又是何其寫實的「孔」。就這樣，母親乳房的「孔」，就使母乳被吸進嬰兒的口。請我們想看，這是何等的

「孔」！難怪智慧的許愼會在〈說文〉裡解這「孔」說：「嘉美也」！這眞是宇宙中最佳美的事。尤其當人把一件要緊的事形容爲「孔急」，又怎能與母親聽見嬰兒因饑餓而啼哭時那種「孔急」相比呢！爲此；眞要感謝古人爲我們創造的這個奧妙的「孔」。

◯二六、非理莫辯的「曹」字

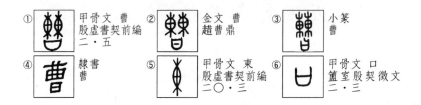

① 甲骨文 曹 殷虛書契前編 二・五
② 金文 曹 趙曹鼎
③ 小篆 曹
④ 隸書 曹
⑤ 甲骨文 東 殷虛書契前編 二〇・三
⑥ 甲骨文 口 箟室殷契徵文 二・三

今日的司法語彙中常以甲、乙兩方稱「兩造」；乃是由古稱的「兩曹」演變的。我們若追問古人爲何如此稱「曹」？我們當可在古人所構造之圖一的古「曹」中找出答案；並可藉此得知今日的法官們手中會有堆積如山般案件的原因。

我們看圖一的「曹」，那是由兩個圖五的「東」與圖六的「口」所組成的。我們都知道「東」是居首位的方向之「東」；也是居首位的「東主」之「東」。當人遇事相爭的時候，總是以自己居東的首位與對方爭辯。何況古人造這「東」字是以東方乃是日出之方來稱「東」的，自然；稱東的地位也只有一個。當兩個人都想以「東主」之地位相爭時，小則法庭相見，大則武力相向。而古今中外的戰爭不斷，豈不都是因逞強稱「東」而致橫屍遍野的可怕之事麼。古人以兩個「東」與一個「口」合組爲「曹」，實在是值得後人省察。何況兩造相爭後之眞正能夠稱「東」的又只有一位呢！當一方敗「北」後，就眞會被人指爲「不是東西」。那是因爲你甚麼地位都沒有了。更何況眞理不是

由爭而得的。這正如聖經所說：「你們的話，是就說是，不是就說不是，若再多說就是出於那惡者」（新約馬太福音第五章三十七節）。

○二七、同尊古訓的「嚴」字

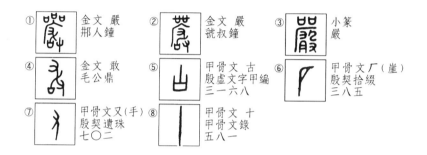

① 金文 嚴 邢人鐘　② 金文 嚴 虢叔鐘　③ 小篆 嚴

④ 金文 敢 毛公鼎　⑤ 甲骨文 古 殷虛文字甲編 三一六八　⑥ 甲骨文 厂（崖）殷契拾綴 三八五

⑦ 甲骨文 又（手）殷契遺珠 七〇二　⑧ 甲骨文 十 甲骨文錄 五八一

　　「不聽老人言，吃虧在眼前」；這雖是一句老生常談之極其通俗的話，但是，也確是極其嚴肅的話。因為老人的經驗和閱歷，都是有史可憑的。特別是我們中國人常引以為傲的說：我們有五千年的歷史文化。但是，若不嚴尊其美德而行，那就成為空談了。也因此，我們當來認識古人是以何等嚴肅的態度來構造這稱為「嚴格」或「嚴肅」以及「嚴厲」等這「嚴」的。

　　這「嚴」，許慎在〈說文〉裡解它為「敎命急也」！這是告訴我們不可輕忽視之的意思；他當是從圖三的小篆作依據的。圖一之嚴的下方乃是相當清晰的圖四的「敢」字。這寫法，是鑄刻在周代的毛公鼎上的。其上下為兩隻圖七的「手」，左下為圖五的「古」，這「古」上面的「｜」是圖八的古「十」字；當它再組以圖五下方的「口」就具有「十代」或「十口」相傳的意思。而圖四的「敢」，乃意指雙手齊一尊行，這才叫「敢」。當這「敢」增以圖六的「厂」，和圖二上方相聯的「口」，它就合組稱「嚴」。我們知道，「厂」是指古人山崖下之住所的。那就是

現在所稱的「家」，如此的組合，則是指合家人的「口」和「手」都齊一嚴格尊行。這就是我們當認識的「嚴」。圖二金文的「虢叔鐘」上鑄刻的「嚴」，是我們要以特別看法來認識的。因其含義比較特殊。因為三千年前周代的一個「虢國」，自詡為如虎般的強國，不久，卻亡得成為廢墟；後代就鑄刻這字於「虢叔鐘」上來儆惕世人。這怎能說不是極為嚴肅的事呢！由此，我們不能不稱我們的古文化實堪傲世。但是，在道德極為墮落的今天來說：豈不成為世人的笑談麼！如此的「嚴」，自更是我們的極大儆惕。

○二八、天賜之美的「華」字

「華」與「花」這兩個字在今天來說：似乎是完全不同；而古時，則只有「華」並無「花」。不但〈說文〉裡沒收入「花」，在明代的〈正字通〉作者張自烈也說：「花本作華，省作花」。但也希奇，直到今天，這「花」與「華」均未在甲骨文中發現。不過，我們若以圖一、二的「垂」字看，如果再把它巔倒過來對照圖三，它就與圖四之小篆的「華」頗為相近了。故此，我們認為它當就是圖二正過來後之「華」的象形字。而那「◇」，應當是一朵初開的稱「華」的「花」。這恰與古人所造圖五之「立」與圖六稱「罪」之「卒」同是一個原則。因為「立」是人的正常且正當的情形。「卒」則是犯罪後被懲罰而倒吊的情形。如此的一正一反，其意義就完全不同了。

　　古稱「華」之「花」的美容，是上蒼所特賦的，是直到今天還沒有一個巧匠能做造出來。雖然人的技巧已可把花製造的幾可亂眞；但是，卻無法使他發出香味；也不會讓蜜蜂來爲它傳播花粉而再繼續繁衍；更談不上可以結出果實來給人享受。這當是上蒼特愛中華而以「華」稱「花」的！我們怎能不善加維護、尊崇，方足配稱「華夏之邦」。

○二九、播種入土使不缺糧的「金」字

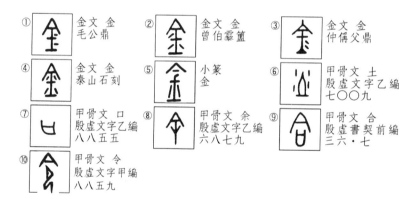

① 金文 金 毛公鼎
② 金文 金 曾伯霥簠
③ 金文 金 仲偁父鼎
④ 金文 金 泰山石刻
⑤ 小篆 金
⑥ 甲骨文 土 殷虛文字乙編 七○○九
⑦ 甲骨文 口 殷虛文字乙編 八八五五
⑧ 甲骨文 余 殷虛文字乙編 六八七九
⑨ 甲骨文 合 殷虛書契前編 三六・七
⑩ 甲骨文 令 殷虛文字甲編 八八五九

　　許愼僅在〈說文〉裡以極簡要的「五色金也」來解說金、銀、銅、鐵、錫等五種不同顏色的金屬的「金」。但是，我們還當進一步來探究古人爲甚麼以現在這寫法來稱「金」？

　　這「金」，迄今尚未在甲骨文中發現。但從圖一至四的金文看，其中有兩個完全相同的主體：就是圖七倒寫的「口」和圖六的「土」字。因此，我們卻可認定這「土」中的「::」乃是人播入土中的比黃金更寶貝的「種籽」。我們還可再想看，黃金雖在五金中稍顯貴重，但它的用途除裝飾外，就遠不如鋼鐵廣泛。尤

其當人在飢餓時，金的價值還不如樹皮或草根！因此，我們可以大膽的認定，圖一至圖五這五種稍異的「金」字，其共同處乃是它上方皆爲圖七倒寫的「口」。我們這樣的解說：可以圖八、九、十的「余」、「合」與「令」來證明。因爲古人造字時多以正反不同的寫法來表達不同字義的實不可勝數。而我們稱「金」的上方爲倒寫的「口」，其主要理由，乃在說明那些土中的「::」實爲播入地中的種籽。因爲也只有這些稱「種籽」的「::」播入土中後，才會與口發生比黃金更寶貴千萬倍的關係。此外，金子與種籽雖皆屬不易朽壞之物，然當它都被埋入土內後，黃金仍然是毫未增長一點點的黃金；但是，種籽卻可生長出千萬倍的籽粒來使人飽足。請想看，它比黃金的價值怎能相比。爲此，我們才眞應該稱這播入土中爲著口腹的種籽，才眞正是如同「金」一樣不致朽壞的「金」。

○三○、威峨聳立的「魏」字

① 金文 魏 古鈢
② 小篆 魏
③ 甲骨文 禾 殷契粹編 九○○
④ 甲骨文 女 殷虛文字甲編 一二六五
⑤ 甲骨文 鬼 殷虛文字甲編 三四○七
⑥ 甲骨文 山 戰後京津新甲集 ・二五二二

在圖一、二的兩個古「魏」字中，都有一個「山」字，這可證明當初的「魏」是指山的巍峨雄壯；這當是自秦後的隸變而省略「山」後，稱山之「巍」與稱姓之「魏」就各有所專的。可是，若依當初造字的本意看，則仍應以「巍」爲主體來研究。但不論「巍」或「魏」，當都似是以「委」作聲符的。然而若以山之高、鬼之崇看，都會使人望之生「畏」；這也許是古人在這字之構成上組以「山」和「鬼」而稱「巍」的原因。但是，關於

「鬼」之有無，科學家們迄無定論。但迷信者卻言之鑿鑿，就如圖五那樣的鬼影崇崇，實會令人毛骨悚然！但無論如何，這字之組成中的「鬼」實站了相當地位乃是事實。而古人如此構造這字究竟含指何義？則不是我們可以輕易忽視的。也因此我們就特別願與「魏」姓的諸公們一同來探究。

　我們可先看這字左旁的「委」字；我們都知道它是「委託」、「委任」的意思。然而我們是否會問，這「委」之右為「鬼」，豈不等於把這「巍」委託於「鬼」麼？因此，我們又必需仔細來研究這「委」究屬何義。許慎在〈說文〉裡解這「委」說：「隨也」！那就是指既然「委託」他，自然也就跟隨他。但若追問這「委」之組成，它上為圖三的「禾」字；藉此又可使我們知道「禾」自己不會生長，乃是委身於農夫。而柔弱的女性，又需要委身於陽剛的男性。也就是說：「禾」與「女」均當委身於可以依靠不會動搖如山般之人的。不過，在今日任何團體中都有「鬼崇」之輩的人常在黑暗中搞出一些見不得人的鬼把戲看；這則意指我們在「委」之前首當慎重考量的。這又是我們自己應先立於巍峨不搖的正確之地，方能使鬼崇之輩對我們無計可施。這才是立足於許慎稱「巍」為「高也」的不敗之地的「魏」。

○三一、樸、拙、純、厚的「陶」

① 甲骨文 陶　殷虛書契前編　六・三
② 甲骨文 陶　殷契遺珠　四四三
③ 金文 陶　不嬰簋
④ 小篆 陶
⑤ 甲骨文 人　鐵雲藏龜　一九一・一
⑥ 甲骨文 阜　殷契佚存　六七

　「陶」，我們都知道它是泥土所燒製出來之器皿的總稱。但當外國人看到它時，又多稱其為"CHINA"，意思是指這陶器乃

為中國人所發明。我們會不會問，這「陶」既為我們中國人所發明，而且是早於倉頡他們那一班人造字時的數百年前；而這字在如此被構造的意義上所表現的又是甚麼？我們來看圖一、二兩個不同寫法的甲骨文中當可窺知甚明。這兩個字雖然寫法不同，但意義卻完全一樣，都是由圖五的「人」和圖六的「阜」所構成。「阜」，看它的形狀，就可知道那是指一座座相連的山丘；故許慎在〈說文〉裡稱它為「山無石」；圖一之右及圖二之左皆為兩個極如正在工作的圖五的「人」。這已把當時古人勤奮與勞苦的情形描繪無遺。如此的「陶」，實已完全表現了「吾土吾民」創業維艱無懼辛勞的可佩精神。再加上古人在古陶器上所表現出來的樸拙，純厚、堅實，圓潤而又滿含了瀝練的成熟；這些，豈不又是我們古人們不畏任何苦難的經歷嘛？所以它被稱為「CHINA」這美名，自是應當的。也因此才會被全球所有收藏家們不惜以極高代價來收藏；甚至是已經成了殘片爛瓦，他們還是願意以高價來收購。說到這裡，我們不禁要問現代的中國人以及「陶」姓的諸公們，特別是身負「復興中華文化」責任的宣揚者，這器度是否在你我身上被顯明。

○三二、凝聚最美的「姜」字

① 甲骨文 姜　殷虛書契續編　五・一三・五
② 甲骨文 姜　戰後京津新甲　七七一
③ 金文 姜　井姬鬲
④ 小篆 姜
⑤ 甲骨文 羊　殷虛書契前編　十二・一
⑥ 甲骨文 女　殷虛文字乙編　七一五一

　　這個以「羊」和「女」來組成的圖一至四的「姜」字，許慎在〈說文〉裡僅以「神農氏居姜水因以為姓」來解它。再與許慎幾近同時代的另一位文字學家張揖就解這「姜」說：「強也」等；似乎都無法滿足我們這後代的知慾和知權。若從這字的主體

架構最簡明的圖五的「羊」和圖六的「女」看，若說它僅代表「姓」似乎太過委屈。若說它「強」，則又無法從「羊」和「女」來發現它們的「強」在何處。因為這兩個不同性格的代表，不過多顯柔弱和溫馴，卻無法使人看到他們「強」的一面。因此，我們不敢輕率苟同。但若對照隋代周興嗣所撰一千個不同文字所組成的名著〈千字文〉其中有一句卻說：「墨悲絲染，詩讚羔羊」來看，很明顯，他是以這詩來讚美「羊」的。當然，羊之可讚之處甚多；最少，牠的潔白、溫馴、跪食母乳，以及羊肉羊皮甚至洗滌羊毛的羊脂等無限功用；都比其他動物多了許多可誇之處，所以千字文的作者才會以詩來讚美牠。而圖六的「女」，則可說是代表天下所有母性的，她是具有與生俱來的養育之美的。我們稱它為「美女姜」自非偶然。若再以始製耒耜，敎民禾稼之炎帝神農氏之母「姜嫄」，眞可說把這衆美都凝聚在這一個「姜」字之內了。

○三三、有備無懼的「戚」字

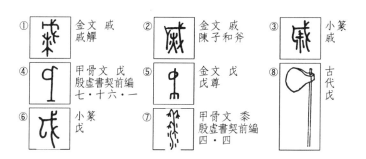

①金文 戚　戚觶
②金文 戚　陳子和斧
③小篆　戚
④甲骨文 戉　殷虛書契前編七・十六・一
⑤金文 戉　戉尊
⑧古代戉
⑥小篆　戉
⑦甲骨文 黍　殷虛書契前編四・四

　　這「戚」行至今日，多以「親戚」或「憂戚」兩種頗為相對的詞來使用，其意義之懸殊，眞可稱夠大。而許愼在〈說文〉裡似乎未加詳析的僅解它說：「戉也」。這「戉」就是古代的武器之一，如圖八的「斧」。它也是今天增金旁的「鉞」字。它是從

圖四、五的象形所衍變的。

　　至於今天這寫法的「戚」，也就是由圖三小篆衍變的。不過，這「戚」迄今尚未見於甲骨文，但從圖七的「黍」看，它應爲「戉」下的「朮」。看它的象形，可知它乃是所有米穀中結出籽粒最多的一種。在此則爲代表許多食物。當它與「戉」組合後，實在可稱它爲匠心獨具的創意。因爲斧乃大而威武的武器，所以〈詩經〉裡才會有「干戈戚揚」之句。然而這旣柔弱又細小的籽粒之禾穀相攀於「戉」後，它們就成爲「休戚與共」的至親了。這乃意含：我們不僅有武器而且也有夠多的糧食。自然不會落入「憂戚」之地步的。這實在是古人在巧思之下的神來之筆。難怪孔子會在〈論語〉的述而篇裡說：「君子坦蕩蕩，小人常戚戚」！這乃是指爲君子者有全備而無一患的。

○三四、備席就教的「謝」字

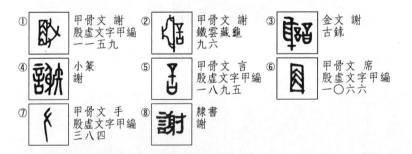

　　若不能眞正認識古甲骨文的「謝」字，恐怕就無法眞正明白甚麼叫作「聽君一席話，勝讀十年書」了。那是因爲很少人能眞正懂得爲甚麼把一些話稱作「一席話」。也許有人認爲是在一個筵席的聚會中聽見的話；這雖然有點相近，但實際卻並不是這樣。特別是許愼在〈說文〉裡解這「謝」說：「辭去也……」，這不是就著這字的構造和意義說的，乃是指禮貌性的相會後的暫

別的。因此，我們必須從圖一、二的原初甲骨文中來找原由，才能得知這稱「謝」的禮儀和實義。

　　圖一甲骨文的「謝」，乃是以圖七的一雙手舖張了圖六的一張「席」；這乃是敦請一位德高望重者來向我們發出教誨之前的準備工作。如此的準備，就等於已經把「謝」意擺在前面了。再當那前輩施教之後，若再奉上謝禮，似應稱之為施教者應得的報酬。圖二中間的「｜」，也可稱其為施教者所發出其右如圖五之「言」的準則。這是圖一、二所顯明的前後不同的「謝」。由此：也可叫我們知道，古人之稱「謝」乃在於對施教者尊敬的存心，而不在於施教後的報酬。所以它的組成架構，乃重在邀請者所預備的如圖六的那一張「席」，以及你所舖設如圖七的那一雙恭敬的「手」。這樣的存心和作為，就已把「謝」意表達。如此看來，圖三金文的「謝」還稍有圖六的「席」可以看見。圖四及圖八的「謝」則被改得體無完膚，並且也不知道那是從何「謝」起。難道說真把身子彎到如一寸的地步？還是像圖四聽後就快跑如「矢」呢？這只有留作後人的笑談了。

世界上所有民族，都各有其特具的文化。從它文化的軌跡，可以窺見它所記述的乃是他們所接受的「教」與「化」，所以就稱它為「文化」。而我們中國人的每一個文字，卻能更清楚的表現中國人的「文」之內，實已深含了教育意義的「化」。

◯三五、富庶之邦的「鄒」字

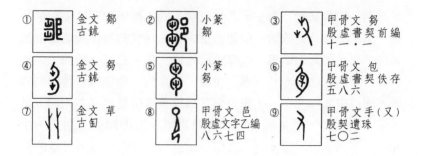

①	金文 鄒 古銖	② 小篆 鄒	③ 甲骨文 芻 殷虛書契前編 十一・一
④	金文 芻 古銖	⑤ 小篆 芻	⑥ 甲骨文 包 殷虛書契佚存 五八六
⑦	金文 草 古匋	⑧ 甲骨文 邑 殷虛文字乙編 八六七四	⑨ 甲骨文 手（又） 殷契遺珠 七〇二

　　許慎在〈說文〉裡說：「鄒，魯縣，古邾婁國，帝顓頊之後所封」。這是歷史，也就是今天的山東鄒縣。但是，這並不是我們所想要知道的。我們乃期望能夠知道古人是依據甚麼來構造這樣寫法的「鄒」字。

　　這「鄒」，迄今尚未在甲骨文中出現。但從圖二的小篆看：它與圖一金文的「鄒」頗為一致。我們可稱它乃是由圖三的「芻」與圖八人跽形的「邑」所組成的。而「芻」呢？乃是由圖九的稱「又」的「手」與圖七的「草」所組成。這「芻」，許慎在〈說文〉裡說：「刈草也」。清代的文字學家段玉裁就注為「可食牛馬者」。從這解說，可使我們知道這稱為「鄒」的地方是牛馬成群的，所以它被稱為「芻牧」或「芻料」。而圖四小篆的「芻」，則是指將所有刈成一堆一堆的草，再裝入如圖五、六之「包」內以備儲藏的。由此可以證明，這地的主人乃牛馬成群，因而其右再組以圖八人跽形的「邑」來祈求上蒼使這「鄒」地青草遍野，好使牛肥馬壯而使這地更顯富庶。這就是這「鄒」的完整圖意。當這「鄒」地牛馬牲畜的食物都無虞匱乏時，人民的豐富自是可想而知了。

○三六、言出必行的「喻」字

① 甲骨文 喻
殷虛書契續編
三・二八・三

② 金文 俞
古鉥

③ 小篆
俞

④ 甲骨文 舟
殷虛文字甲編
六三七

⑤ 甲骨文 口
殷虛文字乙編
八八五五

⑥ 隸書
喻

　這個常以「比方」來稱的「喻」字，可能是暴秦統一文字後才以「俞」增「口」以與「俞」有別的。然就圖一、二兩個不同寫法的「俞」字看，它的左右位置雖然不同，但其意義卻完全一樣。圖一之左上爲倒寫之「口」，下面則爲回應的「口」，圖二之右也具此意。這意思已經很明顯的在說：上方的「口」乃是發命者，下方的「口」則是應命者。若問發命者所發何命，其旁如圖四的「舟」就是這字的基本旨意。意思就是命令聽命的人準備製造船隻的。這是許慎在〈說文〉裡解這「俞」說：「空中木爲舟也」的意思。這「俞」內既已組有兩個「口」了，不知自秦後的隸變爲何再增「口」來作如圖六的「比喻」之「喻」。也許是有更進一步再加說明的意思。這應是發明隸書的程邈所增造；也是暴秦之命言出必行的結果。這也許是連小篆中也查不出這「喻」的原因。

○三七、鞠盡之木的「柏」字

① 甲骨文 木
殷虛文字甲編
六○○

② 金文 木
散氏盤

③ 甲骨文 白
殷契佚存
九六二

④ 小篆
白

⑤ 小篆
柏

　這「柏」是一種松杉科樹木的木屬植物，是一種常綠針葉

樹，它的木質不算堅硬，故用途不多。但其樹形常呈金字塔狀，故多作觀賞用。而被移植於墓園者尤多。許慎卻在他的名著裡稱這「柏」曰「鞠也」。若再查許慎稱它爲「鞠」的原因，就又會叫我們知道「鞠」是古時軍人遊戲時把米或麥裝於布袋內當作皮球般踢來踢去如同今日之球賽的。這應可稱爲中國人所發明最早的足球。若問許慎爲甚麼稱這「柏」爲「鞠」，當是因它樹形優美，以致當它尚未長成至其本能應有的高度時，就被人如皮球般移來移去。這似乎是許慎發自內心的憐憫心腸而極盡同情般稱它爲「鞠」的（請參閱第390「鞠」字篇）。

許慎稱「鞠」的這「柏」，可從它左旁圖一的「木」知道它是一種樹木，其左爲「白」，似是以此作它的聲符。然若以它的本質和本能看，又似乎常是尚未長成至應有的高度可達二十五米，就常被移來移去看，眞好像「白」過了一生。更何況大多都會因移植不慎而罹患細菌性根癌病而不久就被病死，只落得枯黃得無人理睬，最終被丟於路旁。就這樣，它就眞的如「鞠」般過了一生。然而，它又作了人所重視的姓；不悉天地之性最貴的人能如諸葛孔明般那樣高傲的說：「鞠躬盡瘁，死而後已」！

○三八、善利萬物而不爭的「水」字

① 甲骨文 水
殷虛文字甲編
二四九一

② 金文 水
艾伯鼎

③ 小篆
水

④ 隸書
水

⑤ 草書
水

「水」字，是如圖一、二的象形字。至圖四的隸變以後，就完全沒有一點「水意」了。而圖五王羲之的草書，卻還有激湍般

的流水狀呢。故許愼在〈說文〉裡說：「水，準也，北方之行，象眾水並流，中有微陽之氣也」。這是許愼告訴我們的「水」。但我們也又都知道它是人類無日甚至無時都不可缺少的。但它卻還具有遇任何阻擋時，都能曲從而過的雅量。故老子才會說：「上善如水，水善利萬物而不爭」。管子則說：「水者，地之血氣，如筋脈之流通者也」。這都是古人們積聚經驗之言。而今日以科學方法使它積聚成爲水庫，更便利了發電、交通、灌溉……」。不過，水能載舟，亦能覆舟，因此，我們又當善用。特別是在我們五百餘年前明代所發明的「水平器」，就只有那麼一點點的水，卻能成爲建造百層大廈的準則。故願它也能如水平鏡般來光照我們每一個人。而戰國時的尸子所著〈君治〉裡卻有一段說：「水有四德；沐浴群生，流通萬物，仁也。揚清激濁，蕩除滓穢，義也；柔而難犯，弱而能勝，勇也。導江疏河，惡盈流謙，智也」。故願這四德常被我們飲入腹內而成爲天地之性最貴之人的實際。

○三九、鑿出大洞使人得行的「竇」字

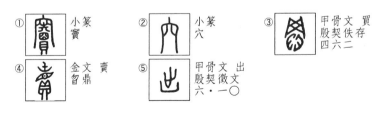

①小篆 竇
②小篆 穴
③甲骨文 買 殷契佚存 四六二
④金文 竇 曶鼎
⑤甲骨文 出 殷契徵文 六‧一○

「起人疑竇」，是指一件事的漏洞令人難解的。「情竇初開」又是指剛剛成年的少女初對意中人起了戀意卻是隱藏在內心的。而最早使用這「竇」的當算左丘明在〈左傳〉所記「后緡方娠，逃出自竇」。後代爲記念他們自竇逃命，就以「竇」爲姓。

這是夏帝後代的事。從這最早的記事看，這「竇」就是「洞」，並且還是一個可以使人逃出的「洞」，當不能算太小。從這些記述看，「疑竇」是比較難找的。「情竇」是只有那女孩自己知道的。因此，上面才會組以圖二的「穴」作主體。而我們現在這寫法的「士」，實爲圖五的「出」字。其下爲圖三的「買」；意思是指以勞力撒網所獲得的「貝」；並非今日用金錢來購買。而當「買」增以圖五的「出」後，它就被稱「賣」了。因爲收取了別人所付的代價後，那原有的東西就再不屬自己。這眞可說是古人們值得稱奇的構思。再當這「賣」的上方增以圖二的「穴」，那就不是以價值來出賣，乃是從這一「洞穴」中出走，它就被稱爲音極相近「洞」的「竇」。這可能是隱喻夏后「緡」以相當代價鑿洞後才能逃出的。這也許是甲骨文無「竇」的原因。而〈呂氏春秋〉仲秋記所記的「穿竇窌……」，當亦由此衍生。這歷史也許並不是大多數人熟知的，特一併錄述。

○四○、完美音樂的「章」字

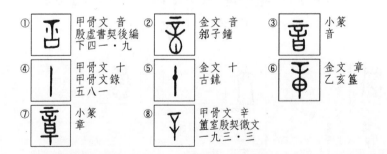

① 甲骨文 音
殷虛書契後編
下四一・九

② 金文 音
郘子鐘

③ 小篆
音

④ 甲骨文 十
甲骨文錄
五八一

⑤ 金文 十
古鈢

⑥ 金文 章
乙亥簋

⑦ 小篆
章

⑧ 甲骨文 辛
簠室殷契徵文
一九三・三

　　一般人常稱的「立、早章」，若與許愼在〈說文〉裡列在「音」部然卻解它爲「樂竟爲一章」；並且還解「十」說：「十，數之終也」看；連我們所稱的「文章」也是因其有首有尾、意義也都寫得相當完全後而被稱爲文「章」的。即使衍生到

今天的「私章」、「印章」等,當人在用印時,亦即爲那件事的終了以表示負責。因此,這字的組成應稱其爲音樂的一個段落,也就呼應爲許愼所說「樂竟爲一章」。由此,我們可看圖一、二、三的「音」,其上均爲圖八的「辛」字;下面則都是「口」字;這當是指由「口」所發出來的聲音。當然,這「音」也可指「言」;然而圖一所表現的不同處,其左右的兩「、」,是可作節奏來用的。圖二下方的「口」,則是張大到一個地步,連喉癰都被看見,這就很顯然的是可指他爲發自喉嚨的歌聲。若再看下方圖四、五的「十」,古稱這「十」乃「數之終也」,而在這「音」下呢?豈不就表明爲音樂的終了了嗎!這就與許愼所說之「樂之竟也」完全一致。這是音樂的告一段落,自然也就是音樂的「一章」。尤當這音樂完滿落幕時,它就自然可以被稱爲「樂之竟也」後的完美的「一章」。至此,我們就願奉勸「章」姓的諸公,今後在介紹自己的姓時,應稱其爲「音十」「章」而非「立早」「章」才較正確。

○四一、肩負運雨重責的「雲」

①甲骨文雲　殷虛文字甲編　三二九四
②金文雲　散氏盤
③甲骨文雨　甲骨續存　一七五六
④金文雨　古鉢
⑤小篆雲

從圖一的甲骨文「雲」字看,其上爲「二」,乃是指天上的。其下則可稱其爲不同形狀的「雲」。而許愼在〈說文〉裡所解「山川氣也」的「雲」,可能是指他在高山處所見之「山嵐」說的。實在說,專門研究「雲」的科學家們曾自一八九六年至一九五六年共花費六〇年的時間,才研究出雲的形狀乃由各種因素

所促成「捲積雲」、「卷層雲」、「高層雲」、「雨層雲」……等。而最驚人的，乃是它們每天都在不停的運送數以萬噸的雨水至世界各地，以供應人類最適切的需要。但很希奇，我們的古人似乎比他們更早就懂得了這些似的。所以才會造出如圖一這樣的「雲」字。至於科學家們所說的「積雨雲」，好像負責統一文字的李斯也懂得這事一樣，所以才會說出頗為合理的圖五的「雲」。它上方就背負了可說比雲還重要的「雨」。這實在是造物主的奇妙作為。

至於我們常說的「人云亦云」，當是從圖二所衍生的。這「云」確有它特具的趣意，如我們常在報章雜誌或小說所見：正調查或傳說「云云」，豈不是還沒有結論麼？那就是指雖是「云」，但卻是沒有「雨」的。

○四二、既實際又豐美的「蘇」字

① 金文 蘇　頌敦
② 金文 蘇　史頌敦
③ 金文 蘇　古鉢
④ 甲骨文 魚　殷虛書契續編六・二六・一四
⑤ 甲骨文 禾　殷虛文字甲編五三四
⑥ 小篆 蘇

「蘇」，以它構造的「草」為主題說：它乃是一種名叫「桂荏」之草藥的別名——「紫蘇」。很明顯，是指它是一種草類說的。然而它的功能卻可行氣和血，為古代家庭中常備的一種藥物。然而若以姓氏說，這「蘇」姓的名聲幾乎可說是家喻戶曉。例如周代的司寇蘇公忿，戰國的蘇秦，漢代的蘇章和蘇武，以及精通戰國諸子之文的蘇老泉等，都是歷史上的名人。然而頗為希奇的事，這個以「草」以「魚」及「禾」幾乎毫不相干的東西組

合在一起來稱「蘇」就實在叫人有些納悶。並且這字迄未在甲骨文中出現，連金文中也沒有它的蹤影。若從圖一、二的金文看，它則是「木」與「魚」所組合的。故清代的段玉裁氏就稱其爲：「樵，取薪也，蘇，取草也；此皆假蘇爲穌」。他並說，「蘇行而穌廢」。而許愼在〈說文〉裡解圖三之「穌」則曰：「把取禾若」。梁代的顧野王所著〈玉篇〉則說「穌，息也，死而更生也」。而早於顧野王的張揖所撰〈廣雅〉釋言裡則說：「穌，宭也」；而釋詁又說：「宭，覺也」，這就如今日的科學說法「新陳代謝」。這豈不眞叫人無所是從麼？但是，我們卻當分別且分開的來看；草屬的桂荏亦名紫蘇是古人必需的日常草藥，因它可使人行氣和血。若單以「草」看，它又是人類必需的燃料。而「魚」呢，可稱其爲所有海中豐富的代表，它是不具膽固醇且蛋白質最豐富的食物。「禾」則是無日不需的主食。這三種東西都是上蒼所賦給人取用不盡且每日皆備的，它不但使人飽足且使人得以健康。

○四三、藉沐潔而不致再番的「潘」

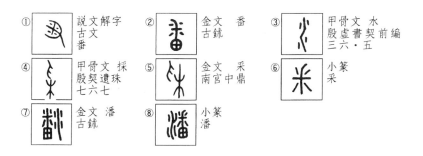

①	說文解字古文 番	②	金文 番古鉢	③	甲骨文 水殷虛書契前編三六・五
④	甲骨文 採殷契遺珠七六七	⑤	金文 采南宮中鼎	⑥	小篆采
⑦	金文 潘古鉢	⑧	小篆潘		

　　這個「潘」字，至今尚無法在甲骨文中可以查証。但從〈禮

記〉內記有「面垢燂潘清靧」；及〈左傳〉裡記有「……遺之潘沐」看，當都是與「洗」有關的。而許慎在說文裡則解這「潘」說：「淅米汁」，自也具有洗的意思，但卻重在「淅」出的「米汁」。但是，我們再查「番」具數目之「三番兩次」，以及早期稱未開化之蠻夷爲「番」看，實有另具的深意。我們看圖一，應可稱它爲較大野獸的足跡之形。它應是這「潘」右下的「田」字，所以它被稱「番」。再看圖二「田」上之圖四、五的「采」，它實爲今「採」字，不過當它與「番」合組時就被簡化了。若以這圖畫與野獸偷採果實來研究，就可使我們知道牠貪得無厭的情形。然而牠們卻又不懂得甚麼叫作「夠」。三番兩次的一採再採，但牠手中所懷抱的卻永遠仍是一個。而牠採得其餘的果實卻掉落滿地，並且也被踐踏得滿地漿汁。在這情形下，若對人來說，豈不應當清洗嗎？但對獸說：那已如遍地的「淅米汁」了。這當是這「番」之左增以圖三的「水」就成爲「潘」而被許慎解爲「淅米汁」的原因。如此看來，它就是一個既象形又會意的「潘」，且是滿帶頗詳的敘事之意的。這豈不也是前述的雖垢燂，但卻潘清靧藉得潔淨麼！果能如此得潔，當不致再「番」。

○四四、互勉且盡竭的「葛」

① 甲骨文　匃　殷契遺珠　四五四
② 金文　匃　遲父鐘
③ 金文　匃　史頵父鼎
④ 小篆　匃
⑤ 甲骨文　曰　殷虛文字甲編　二三九三
⑥ 金文　曰　毛公鼎
⑦ 金文　草　古匋
⑧ 小篆　曷
⑨ 小篆　葛

　　從這「葛」上面的「草」看，很容易叫我們知道它是一種草

藉以攀爬；它也是所有被稱爲攀附或纏繞於其他植物或任何其它東西方可生長的豆科蔓生的「葛草」。這「葛草」具有天賦的攀爬本能，可長高至數丈。它的韌性特強，故可培養它製爲「葛紗」、「葛繩」、「葛履」，並且還可精製爲「葛布」來做成「葛衣」以給人旣涼爽又舒適的享受。但許愼卻在〈說文〉裡稱它爲「絺綌草」。這些，都是指這「葛草」的性能的。然而，我們卻要來分析看看這「葛」爲何是這樣組成而稱「葛」的。

　　這「葛」的聲符是來自圖四小篆的「匃」；它是古「丐」字。（不同於匈）看圖一的「匃」，可知那是一幅二人互相勉勵的圖畫。圖二的左旁則是「亡」字。那是指乞討者幾乎亡命他鄉的。當這「匃」的上方增加了圖五的「曰」，就成爲互相勉勵了。它讀作「曷」，意指「甚麼」；在此，可作勉勵之言而稱爲「不要怕這一切」！所以，當它增「立」後就被稱「竭」。就是不論如何，還是要竭盡全力。當「曷」增「草」後而被稱「葛」時，這「葛」就眞的竭盡所能的藉用任何一樣東西，它都可用來攀爬而成長至不能再高。這時，它可能已經力盡而枯竭，但卻可爲匠人把它製造爲前述的紗、繩、履等人所需要的必需品。尤其還可製成極爲涼爽舒適的「夏布」；它也叫「蔴葛」。它雖是不大被人重視的一種草，但經過奮力向上且被匠人加工後就會有它特別的成就。

　　　一個很有名望的人雖與你毫無關係，但你若與他同姓，你就會滿感「與有榮焉」！其實，這樣的一位高不可攀的人，他的根基卻是從最低處建立的。

○四五、豈容辱我的「奚」字

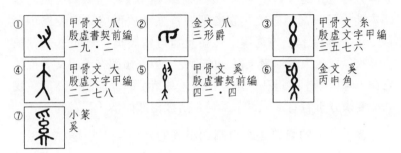

① 甲骨文 爪
殷虛書契前編
一九・二

② 金文 爪
三形爵

③ 甲骨文 糸
殷虛文字甲編
三五七六

④ 甲骨文 大
殷虛文字甲編
二二七八

⑤ 甲骨文 奚
殷虛書契前編
四二・四

⑥ 金文 奚
丙申角

⑦ 小篆
奚

這個「奚」字，今天都常被當作「何」用的。而許慎卻在〈說文〉裡解它爲「大腹也」；我們眞不懂他是「奚故」。有的文字學家就爲他辯解說：「奚中間的8，上下的疏鬆狀就極像大腹的」。不過，這說法恐怕是大多數人所難以接受。因此，我們就來探討這「奚」爲何被稱「何」？它又爲何是如此的被組成而稱「奚」？

從圖五甲骨文的「奚」字看，它之左下乃是一個如圖四之「大」形的人，然而這「大人」卻是被如圖三的「糸」就等於是一根繩索所拴住，並被其上如圖一、二的「爪」牽著走的。這樣的情形，豈不就等於被耍猴戲般「奚落」嗎？在這樣情形下的那個「大人」，應該是在毫無理由並無法反抗的強勢下被形成的；因此就落到有冤無處申的地步而徒喚奈何；所以才被稱「奚」。

也許我們會極其慶幸的說：生活在二十一世紀極爲民主的今天，是不會發生這樣事的。可是，身不由己的世風；滿了污穢的新聞及報章雜誌，幾乎更甚於以往那些有形的亂象；已把我們牽綫至不知何爲眞理和公義了！不知「奚」姓的諸公能否承認我們這說法？願我們能爲自己所擁有的基本人格和人權而奮力；方不致去問爲何而被「奚落」甚至「戲弄」。否則只好關起門來瞎生悶氣而落到許慎所說的「大腹也」的地步。

○四六、浮萍使命的「范」字

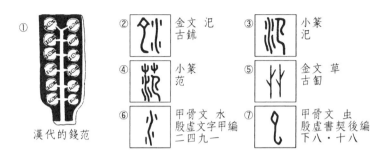

① 漢代的錢范

② 金文 氾 古鉨

③ 小篆 氾

④ 小篆 范

⑤ 金文 草 古匋

⑥ 甲骨文 水 殷虛文字甲編 二四九一

⑦ 甲骨文 虫 殷虛書契後編 下八·十八

　　從圖一漢代的「錢范圖」及〈禮記〉禮運篇記有「范金合土」看，可知圖四爲何變作至今的「范」，當是古時與「範」通用且是同義始然的。因此，我們願來研究圖三常作「氾濫」的「氾」，增加了圖五的「草」後就被稱爲與「範」同義而專作姓氏的「范」。

　　圖二的「氾」雖迄今未見於甲骨文，但它右旁的「水」則與圖六的甲骨文乃是一致的。其左的「虫」，則與圖七甲骨文的「虫」無異。從這樣的組成，可使我們知道牠就是水中滋生幾至「氾濫」般的孑孓。這也當是古人以「虫」以「水」合組而稱「氾」的因由。但是，上蒼卻有奇妙的憐慈，而使水上滋生了無數的「浮萍」；也就是科學家們稱其爲浮游植物者。它與陸生植物一樣，能利用二氧化碳，施放氧，並把礦物質轉變爲動物能利用的程式。其生長的程度隨季節而變化，春秋兩季，光、溫及礦物質皆有利其繁殖。如此，它就維護了孑孓的生存。然而這些孑孓又成爲魚蝦等類的食物。這可說是造物主既奧妙又奇特的安排。也因此，古人就以這幾致「氾濫」的浮游動物的「氾」增以圖五的「草」來稱「范」。這就成爲一個既象形又會意的合體指事字了。這字古與圖一的「範」通用，一方面因其圖形極似，另一面也似乎是指這些「錢」可使用不完的。而這字的深含，豈不

又在說明雖爲浮萍，但卻盡其當盡的使命而爲其它浮游海產以及人類效力！這恐怕是我們這亦如浮萍般的人難以想像的。

○四七、鼓舞士氣，且振邪驅獸的「彭」

① 甲骨文 鼓　殷虛書契前編七·四

② 金文 鼓　師穌父敦

③ 甲骨文 彭　殷虛書契前編七·四

④ 金文 彭　彭女鼎

⑤ 小篆　彭

　　這個形聲兼具會意的「彭」字，看起來，它的筆劃似乎是滿多，但它所表現出來的意義，卻是極爲簡潔。但也因此，我們必須先來認識圖一甲骨文的「鼓」字；若把它和圖二的金文對照，就使我們更容易明白這是一幅巨形的大鼓被置於一個巨型支架上的圖畫。那就是圖左中間之圓形的「鼓」，下是鼓座，上爲加以裝飾的支架。圖一之右乃是手持鼓搥的意思。圖二之右，則爲簡化後且稍經美化些的「支」字。由此再來看圖三的「彭」，就可清楚的使我們知道這字右旁的「彡」，乃是敲擊那鼓後所發出的澎澎澎之響聲的形聲。圖四、五則與圖三甲骨文的「彭」極爲相近。這就是我們今天這寫法的「彭」。如再考證古代敲擊這鼓的用意，最早爲以鼓聲來趕走常會騷擾人的野獸，後來就被用於兩軍對壘時鼓舞士氣並威震敵人。再後也被延用於喜慶大典以增加慶賀的氣氛。這情形一直延續到今天，還是我們在許多節慶上所常見聞的。

　　在二十一世紀的今天來說，雖與古代大不相同；然而，籠罩在人內心的甚至比虎狼更甚的「歪風」，似乎更需要擂鼓以震藉

以籲衆共伐！可是，這「彭」今天已只作姓氏用了；不知古人是否意指「彭」姓諸公們應能在這世代率先震起「彭」聲藉以喚醒衆人。

○四八、橋樑工師的「郎」字

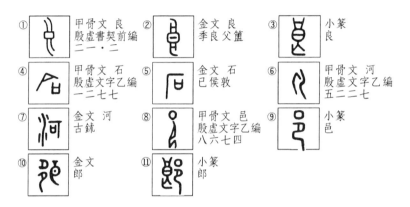

①　甲骨文　良　殷虛書契前編　二一‧二

②　金文　良　季良父簠

③　小篆　良

④　甲骨文　石　殷虛文字乙編　一二七七

⑤　金文　石　已侯敦

⑥　甲骨文　河　殷虛文字乙編　五二二七

⑦　金文　河　古鉢

⑧　甲骨文　邑　殷虛文字乙編　八六七四

⑨　小篆　邑

⑩　金文　郎

⑪　小篆　郎

　　這個以「良」和「阝」所組成的「郎」字，古時是對青年人的通稱。而舊時代的官員也有稱爲「侍郎」或「員外郎」的。直到今天，一般稱新婚的男子還稱作「新郎官」。從這些稱呼來看，可知這「郎」乃是指人。現在，我們一同來探討這以「善良」、「優良」或「良好」的這「良」爲何被稱「良」；又爲何被組以「阝」後而稱「郎」？

　　我們可先看圖一的「良」字。這是以圖六的「河」上再架設自山岩取下的一塊石板，即圖四、五之「石」下面的「口」，舖設於河上後就稱「良」的。這就是中國人在傳統上稱修橋補路爲「善良」的由來。至於「阝」，則是由圖八人跽形的「邑」所衍變的；這就是圖十及圖十一之「郎」的組成。由此也可叫我們看見，架設一座橋樑的事並不簡單；並不是單靠一個人出錢出力就可以。因此，古人就在這「良」右再組以人跽形的「邑」，意指

除了具有善良之心的人以外，還需要求告上蒼之「天助」的。此外，經過詳細的規劃和設計也是必需的過程。如此，才能完成一座安全可靠的橋。難怪明代張自烈所撰的〈正字通〉就稱這「郎」為「男子的美稱」；這樣的人方可被稱為官員的「郎」。時經四千餘年後的現代，這樣的「良」已被擴大為最新科技的建築工程。雖然如此，今天大多的人仍都會在架樑立柱之前上香祈禱，那就是「良」右之「邑」的延續。

○四九、且聽魚説的「魯」字

①甲骨文 魯　殷虛文字甲編三○○○
②金文 魯　師虎敦
③金文 魯　魯伯愈鬲
④甲骨文 口　簠室殷契徵文二‧三
⑤小篆 魯

　　這個以象形的「魚」再組以「曰」的「魯」，不是很清楚的告訴我們：那就是「魚說話」嗎？不知道為甚麼會被稱作「魯莽」、「魯鈍」以及「粗魯」等的「魯」的。就連孔子也稱他的學生曾參學習不夠靈敏而稱「參也，魯」。然而我們若仔細研究這字的組成，圖一的甲骨文和圖二的金文上面都是象形的「魚」，下面則是圖四的「口」。我們無法得知這「魚」下面的「口」，古人在構造它時是指「魚張開口」，還是指「魚入了人的口」？但不論如何，造物主所創造的魚乃是為人著想，則是自古迄今都未改變的真理和事實。然而，這實義的結果，卻是在說明「魚」的。直到二十一世紀後的今天，專門研究魚的科學家們就替魚向人說了話，並說明牠就是為了人的「口」的。科學家們說：魚的蛋白質極為豐富，並含大量的維他命A。多脂肪的魚，還可為人類提供維他命A、D、E。海水魚則含大量的碘、氟、鈣和礦物質。牠的不飽和脂肪酸，可減少人體內血栓的形成……

等。單就這些，就已足夠今天大多數營養過剩的人最迫切的需要了。如此，人類若再以「魚」以「曰」為魯鈍，當是牠甘願生來就為著犧牲自己而作人的食物吧！若以喜歡吃魚的人來說：吃魚的方法又是千變萬化的。若把牠「滷」起來以方便隨時食用，當會使人不「魯」。這可能也是一些人常說：會吃魚的人，是最聰明的人。否則就已「魯」了。

○五○、行走有範的「韋」

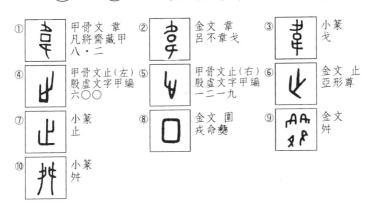

① 甲骨文 韋
凡將齋藏甲
八‧二

② 金文 韋
呂不韋戈

③ 小篆
戈

④ 甲骨文止(左)
殷虛文字甲編
六○○

⑤ 甲骨文止(右)
殷虛文字甲編
一二一九

⑥ 金文 止
亞形尊

⑦ 小篆
止

⑧ 金文 圍
戎命簋

⑨ 金文
舛

⑩ 小篆
舛

　　許慎在〈說文解字〉裡解這「韋」字說：「相背也，從舛口（圍）聲」。這說法對從未涉獵文字學的人來說，是比較不易領會的。因此，就必須進一步再詳細解說。我們若看圖十小篆的「舛」再對照圖九金文的「舛」，就可以叫我們看見圖九的四個「止」字，就是圖四、五兩個同意的「止」，它就是腳「趾」的「止」。這樣的四個「止」，是兩兩相背的，它就是我們常用的「舛誤」或「訛舛」。但圖一、二的「韋」，就比較不同；它的上下二「止」，乃是圍繞如圖八的「口」；就是依這正確範圍行走的意思。這乃是每一個人行走時的正確走法，是兩隻腳一左一右相互移動著往前的。如此移動的兩足，就是許慎簡稱的「相背」。至於這「口」形的「口」，乃是古「圍」字，是後人增

「韋」後才稱其爲「範圍」之「圍」的。至於圖一、二這寫法的
「韋」，不就是指人的行動應當依從這既方又正的範圍麼？否則
就是不正當；就是「相背」。違反這原則的人可能太多，所以司
法機關才會築以高大的「囗」加於「韋」而稱「圍」。那當是任
意的「走」所「違」的結果。如再多「言」，就當「諱」了。依
這原則，就可叫人看見今日社會的亂源何在矣。這自是亂用了自
由，任憑己意的干擾別人，甚至亂闖甚至強佔別人的範圍。難怪
司法機關以磚石或水泥來砌成高而又大的範圍硬把人「範」在這
「圍」中來學習如何行走在屬於自己自由行走的範圍。這就是增
「囗」後的「圍」。若是我們任意的「走」，不就是「違」了
嗎？如再多「言」，就自應當「諱」！

○五一、光照之言的「昌」字

　　「昌盛」、「昌大」、「昌樂」……等，都是人所樂見樂聞
的事，故常當作祝福之語。但它爲何在「日」下組以「曰」就叫
「昌」，則應是我們所當知；尤爲「昌」姓諸公所應知的。因
而，就須從我們原初古老的甲骨文來探討其原由。

　　我們先看圖一甲骨文的「日」字，它並不是我們天天看見的
太陽的圓形；它被造爲稜形，似在說明一日之內有早、午、晚等
階段的，所以也稱一天爲「一日」或「日子」。到了秦代統一爲
圖二的小篆後，它就衍變爲今日這寫法了。

　　再看圖三的「曰」，那是指從「口」中所發出的一言一語

的。圖四則是小篆的「曰」。當這二字合組爲「昌」後，甲骨文中迄今未曾發現。但從圖五較早的金文看，可知上面是「日」，下面卻是「口」，後來又簡化爲圖六篆文的「昌」。從這樣的組成可使我們知道，古人教訓後人的一言一語，都當像日光一樣來照亮別人。這就是今天我們稱人撒謊騙人的話爲「黑白講」而與「昌」相反的說法。這情形如果普遍存在於社會，則整個國家的命運就永遠沒有眞「昌」可言了。不知「昌」姓諸公以及盼「昌」的同胞們願盡一己之能而使我們全享這「昌」否。

○五二、智勇超人的「馬」

從圖一、二完全寫實的「馬」，和圖三、四比較貝像的「馬」看，直到秦代後的圖五才算是稱作文字的「馬」；這當是當初稱爲「暴秦」藉著聰明的丞相李斯對後代所立的「功」。然而它已經不具「馬」形了，所以我們今日這寫法的「馬」是從它衍變的，並且也只能稱爲「符號」化的文字了。因爲它已不具「馬」的本義。然若稱它爲「馬」看，我們認爲當初先祖所創造的甲骨文才眞能稱「馬」，但也從圖三、四的「馬」，窺見牠的勇猛雄風；尤其古人所描繪牠那出征前的豪情；如「馬鳴風蕭蕭」、「天曙馬嘶聲」、「蕭蕭班馬鳴」等名句，都會給人帶來一場大戰即將爆發的感受。

然而，牠天賦的本能又確是奇特的。例如牠不尋常的奇特動作，會給牠的主人帶來極大的警覺。牠的嗅覺、聽覺，甚至超過

今日的雷達。牠的記憶力特強，方向辨識特別準確，並且還能察知主人在騎乘牠時所顯出的心情，往往會不顧自己的安危而無視主人的命令而使主人脫險甚或致勝。更特別的，牠具有可以長時間不休止的耐力，且仍能不飲不食的極快速奔跑，故有千里馬之稱。「老馬識途」則是春秋時齊桓公在飛沙滿天中衝出重圍而脫險的奇特事跡。這些，乃是我們當認識的「馬」。但是，還需要人懂得牠的個性而善待牠方能奏功的。但若「馬虎」從事，則是極度危險，且更難使你「馬到成功」。願我們能眞認識牠。

○五三、善育而不得揠的「苗」

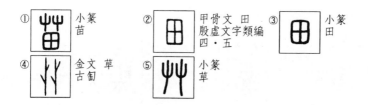

①小篆 苗　②甲骨文 田 殷虛文字類編 四·五　③小篆 田　④金文 草 古匋　⑤小篆 草

　　這個「苗」字的原初甲骨文迄今未曾發現。但從圖一篆文的「苗」看，它乃是從田裡初現之苗芽的圖畫。

　　圖二甲骨文的「田」，是經過耕犁之「田」的具體寫實。這樣的「田」，不是一塊「生」地，乃是經過規劃爲一畦一畦，這就是像形的「田」。當播種下種籽發芽後，它就會從地裡冒出一根根苗芽；那就是圖四金文象形的「草」；圖五的篆文就是從它衍變的。而圖三的「田」，即是衍變至今的小篆的「田」。當它與圖四、五的「草」合組後，它就是今日這「苗」了。

　　這苗芽「苗」的起初雖爲「草」，但絕不同於荒山的野草，它乃是由人撒種後復予培育而生長出來的「苗」，是絕不可與外形相似的「草」相題並論的。因爲它是「麥苗」、「稻苗」、或「茶苗」等。但它也被借用爲「礦苗」、「魚苗」、「蝦苗」甚

至「火苗」……。而稱女子之年輕貌美又曰「苗條」，乃是因為她是被時間所限而無法永「苗」的。但後人也形容節儉而儆惕人曰：「儉為富根，奢為窮苗」。這些，同樣是需要人用心培育的。古人有「揠苗助長」的故事，這豈不是要我們對所有之「苗」如何善育的眞理和實義嗎。

○五四、音姿皆美並非幻想可得的「鳳」

① 甲骨文 鳳　殷虛書契前編　一四・八
② 甲骨文 鳳　殷契粹編　一一四二
③ 甲骨文 辛　簠室殷契徵文　三・七二
④ 小篆 鳳
⑤ 金文 鳳　張伯鼎

「鳳」，是人幻想這世界能有的一種奇鳥，連古希臘也有這種傳說，他們稱為「Phoenix」，他有「絕代佳人」或「絕世珍品」等的意思。然從我們古人所造圖一、二的甲骨文看，它的外觀確像一隻艷麗非凡的大鳥。然而，這兩種寫法的「鳳」，上面都是圖三的「辛」字。古時也當「罪」用，那是一個人倒立的圖畫，因為那人以地當天了，所以既稱「辛」又稱「罪」。就是因為不可能；若幻想，就會成為害人的「罪」。因此，若再從這字的形義來深究，美音、美姿、麗容皆非人的幻想，乃需人的努力。難怪古人稱這種鳥叫作「玄鳥」，就是難以得到的意思。故古人解它曰：牠聲音最美，羽毛繽紛，五色備舉；只要牠一出現，玄即天下大寧。這就是牠被稱為「玄鳥」的原因。因為這想法太玄了。難怪孔子在垂老時會說：「鳳鳥不至，河不出圖，吾已矣夫」（論語子罕）。也許他太失望，以後又在微子篇說：「鳳兮鳳兮，何德之衰」！孔子這話，已逾二千五百餘年了，不

僅這「鳳」未見，而世界更不安寧，也許這就是我們憑空幻想之罪罷！這當是古人以「辛」以「鳥」所組成的原因。到了秦丞相李斯時，就把它改組爲圖四的「凡鳥」了。這也許是聰明的李斯告訴我們牠不過是最平凡的一種鳥而已。因爲所有的美音、美姿、美儀，皆非幻想可得，乃是需要人一步一趨腳踏實地的努力方可達到理想的。李斯這想法也許是受圖五金文的「鳳」組爲「羽」在「人」後所影響的。

○五五、珍惜短暫之美的「花」字

① 甲骨文垂（倒）殷虛文字乙編七一○（正字即古華）　② 小篆 華　③ 正楷 花

我們現在使用的這個「花」字，原爲象形兼會意的「華」字，所以，不但在甲骨文中未曾出現，就連以後的金文中也查不出來，甚至秦代起的小篆也無這「花」字。據考，這樣簡寫的「花」，在漢代以前的文字中未曾出現過，可能是在三國以後才被簡化出來的。清代的文字學家段玉裁在他的〈說文注〉裡說：「華，俗作花」。其字應起於民前一三八○前的北朝時代。在康熙字典中記載較詳的說：「太武帝（西元四二三年）始光二年三月，初造新字千餘，頒之遠近以爲楷式；如「花」字。藉此可知此乃魏晉以後之新字。唐代起，才有猛將「花驚定」之名出現。再以「花木蘭」這古小說又改編爲戲曲後，「花」姓方漸行。由此可使我們發現，這「草」下之「化」實自文字變化而得，當非「草」屬「化」音的巧合。這是否意含「華」乃恆久不變之美；「花」則是稍開即謝也。

○五六、力正所向的「方」字

① 才	甲骨文 方 殷虛文字甲編 三三四三	② 甲骨文 方 甲骨文錄 六二四
③ 才	金文 方 魯伐邻鼎	
④ 方	小篆 方	⑤ 甲骨文 人 殷虛書契前編 六二‧二
⑥ 甲骨文 巨 殷契佚存 八八四		

　　這個「方向」，「方法」，「方式」…等的「方」，看圖一、二的甲骨文可知它是圖五「天地之性最貴」的「人」和「一」或圖六簡寫的甲骨文「矩」所組成。這「矩」就是我們所熟知的「圓」爲「規」，「方」爲「矩」者的「矩」所衍變。「一」，許愼在〈說文〉裏說「惟初太極，道立於一」；呂不韋在〈呂覽〉說：「知神之謂得一」；劉安在〈淮南子〉說：「能知一則無一之不知也」。這是何等的「一」。「方」呢；呂不韋在「自知」篇說：「欲知方圓，則必規矩」；韓非子在「解老」說：「所謂方者，內外相應也，言行相稱也」。如此，就眞的「出頭天」了。這當是我們要認識的「方」；也當感謝古人爲我們構造出這如此「方便」的「方」；自然也是我們日常生活中大小毛病的「處方」。

○五七、命造舟以備用的「俞」字

①	甲骨文 俞 傳古別錄 二‧二八	② 金文 俞 古鉨
③	小篆 俞	④ 甲骨文 舟 殷虛文字甲編 六三七
⑤	甲骨文 余 殷虛文字乙編 六八七九	⑥ 甲骨文 合 殷虛書契前編 三六‧七

　　我們現今所使用的這「俞」字，古以「俞允」作答應用。而莊子的天道篇說：「無爲則俞俞」，又是指從容自得的。現在，

則多用於姓氏。然而若以圖一甲骨文的「僉」看，右上的「厶」，乃爲倒寫的「口」字；這說法，特別在圖五的「余」上，可獲得確証。那是以手指口而稱自己爲余的。尤其圖六的「合」字，是指上口與下口合作的。故這都可稱對屬下發言如命令的「諭」，乃因後人無法辨識那倒寫之「口」，且又列爲部首之「人」，以致誤謬至今。而圖三右下的「㐱」當是從圖一、二之左的「舟」所衍變，又因其左爲「舟」故多當「水」解。依此論証，圖一之左應是如圖四象形的「舟」，右上是倒寫的「口」，右下則可類推爲受命人回應之「口」。也因此可以得知發命者乃諭部屬造舟備用藉渡江河或防洪水，故此古稱「僉允」作答應。而莊子所說之「無爲則僉僉」，豈不又在指不與人爭辯麼。若事事皆不爭辯，自然就會顯得他從容自得的。更何況老子還說：「夫唯不爭，則天下無與之爭」！這又是何等高超的「無爲則僉僉」。

○五八、天地所賦的「任」字

① 金文 任 古鈢
② 小篆 任
③ 甲骨文 人 殷虛書契前編 六二・二
④ 甲骨文 壬 殷虛書契前編 九・一
⑤ 金文 壬 叔宿鼎
⑥ 小篆 壬

這個稱爲責任的「任」字，雖然迄今尚未在甲骨文中發現；然從圖一金文的「任」和圖二小篆的「任」來探究，可知它是由圖三之像形的「人」，和圖四甲骨文的「壬」亦即圖五金文的「壬」所組成的。但圖四甲骨文的「工」和圖五金文的「壬」，幾可說是完全相同；因此，我們從文字學家朱光圃先生的研究中得知：「工、壬在殷代本爲一字。壬，乃工作之器，工，乃工作之事」。依此推論，圖四之「工」，即今日工程師們所用的「工

字尺」，即古稱「巨」者。藉這工尺，就可完成他所肩負的責任。這當是「人」與「壬」合組為這「任」的實義。

　　若再從許慎在〈說文〉裡解「人」曰：「人，天地之性最貴者也」看，一方面使我們知道「人」是造物主在天地間所作成的最大之工；但另一面，造物主也賦於「人」在天地間肩負了最大的工。再從圖四、五二字上下的「一」看，我們應當稱其為「天」與「地」的。中間的「

」，則應稱之為人在工作時所握住之「工尺」的象形，它就是工程師們所稱之圓為「規」，彎尺為矩的古「巨」字。這自是天地之性最貴的人所當負的責任，所以古人就以「人」再組以「壬」來稱「任」。也就是造字的古人所傳留於後代當認識的「人」所當負的責「任」。這也當是孟子所說「天將降大任於斯人……行拂亂其所為……」的「矩」。

○五九、禮儀服飾的「袁」字

① 甲骨文 衣　殷虛書契續編三、一三、六
② 甲骨文 衣　東方學報
③ 金文 衣　吳尊
④ 小篆 衣
⑤ 金文 袁　師奨敦
⑥ 小篆 袁

　　這個只當姓氏用的「袁」字，迄今尚未在甲骨文中發現；但依許慎在〈說文〉裡解它為「長衣貌」看，可知這「袁」乃圖一、二甲骨文的「衣」是這字的主體；到了以後圖五金文的「袁」，它中間的「○」應為人的頭形，其上再加「山」形頭冠，它就被組成許慎稱為長衣貌的「袁」了。從這「袁」的歷史看，可知四千五百多年前的黃帝時代，中國人對穿的文化已相當進步，且幾乎可說是領先世界。若與當時黃帝正妃嫘祖西陵氏就已發明蠶絲對照，可知中國人對穿的講究已達相當程度。特別在

黃帝時，黃帝就已制定了許多的禮儀規範，文武官員的服制亦各有所別。這當是今日世界對各種慶典及大小宴會穿戴不同之所謂「大禮服」、「小禮服」、「晚禮服」以及現今海、陸、空軍、警察等各有其特別服飾的由來。

　　而許愼稱以「長衣貌」來稱「袁」，可能始自當初黃帝在祭天大典中穿著長衣而行動自較不便，必須侍臣攙扶引援並示尊重其尊嚴。尤其在士卒高呼「威武」聲助勢下，則更顯威榮。這當是「袁」具「援」意而讀作「袁」的因由。特別在今日最常見的新娘禮服，竟拖地數尺，那才眞是「長衣貌」呢。這當「援」實具「援」意而通行，「袁」就專作姓氏了。

　　在我們如此辨識這「袁」後，我們對服飾穿著的態度，豈不應當審愼鄭重，以使人對自己的禮儀和身份地位之有別，自會彼此尊重而凝聚成泱泱大國的禮儀之邦。

○六○、悠然宜人的「柳」

① 甲骨文 柳　殷虛書契續編　三三一六
② 金文 柳　散氏盤
③ 小篆 柳
④ 金文 留　留鐘

　　這個「柳」字，從圖一的原初甲骨文看，它是一個既具體又極其顯明的象形兼具會意的字。其上爲「木」，乃在突顯它的高大，其下爲最簡易又明顯的柳枝狀。但古人把它安排在「木」的下方，乃在顯明它主體枝幹之「木」高大的。下面的柳枝，旨在強調它可下垂至地面並在熏風吹襲下搖曳生姿而更使它悠然宜人。就這麼簡單的幾筆，已把這「柳」的美姿發揮的淋漓盡致，而叫我們無法不承認它乃古人爲我們留下的無價財寶。

　　若再從樹木來探討它的特質，它乃是落葉喬木科的樹，它可高至十五至二十公尺，春秋後的文人們常形容其「柳絮飄揚」，「柳絮飛花」等，都把這「柳」的特性描寫的唯妙唯肖。尤其在盛夏時，它是人們遮陰、消暑、乘涼的最佳去處，比起在冷氣房的冷氣吹襲要舒適許多。如果在廣闊的柳林間，當熏風來襲時，它那波濤洶湧般風吹楊柳千層浪的妙麗雄姿，實無法不使人陶醉。難怪宋代柳永的詩會說：「……今宵酒醒何處，楊柳岸曉風殘月」；這是他醉在柳蔭下的實際寫照。然更使人羨慕的，乃是它那千萬柳枝的同飛共舞，齊一飄揚之美，若與今日世風之亂象相比，則不可同日而語。因此，這「柳」實夠配作人的表樣而被稱「揚」。

○六一、祝福我疆的「酆」

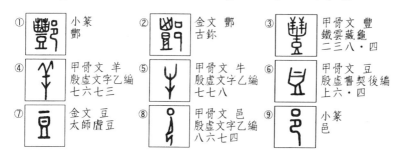

①小篆　酆
②金文 酆　古鈢
③甲骨文 豐　鐵雲藏龜 二三八・四
④甲骨文 羊 殷虛文字乙編 七六七三
⑤甲骨文 牛 殷虛文字乙編 七七八
⑥甲骨文 豆 殷虛書契後編 上六・四
⑦金文 豆 太師虘豆
⑧甲骨文 邑 殷虛文字乙編 八六七四
⑨小篆 邑

　　這個「酆」字，是一個合體象形兼具會意的字。許慎在〈說文解字〉僅以五個字來解釋說：「周文王所都」，這乃是指那是一個地名的。而它是怎樣的一塊地，可從這字的組成使我們看得非常清楚。

　　我們可先看圖三甲骨文的「豐」字；若照我們天然的想法看，我們是不大容易看見這字中間乃是圖五甲骨文的「牛」字。這是很寫意的；我們可稱它爲從牛後穿過牛角遠眺，就可使我們看見代表羊群的如圖四的兩個「羊」。從這整群的牛和羊看，就

足可稱它爲「豐」了。接下去，我們還可再看圖六的「豆」字；它乃是古稱爲「鼎」的「釜」。我們仔細端詳這「豆」的形狀，就知道它之被稱爲鼎乃是大形烹煮的「鍋」古時稱「釜」。當它與牛、羊合組時，就使我們知道這大鍋內所烹煮的乃是有牛又有羊，這麼一大鍋的牛和羊，豈不是旣豐富又豐美的食物麼！這就是它被稱「豐」的原因。至於這豐下的「豆」爲何稱「鼎」又被稱「釜」，其原因乃是當軍隊帶著鼎形的鍋行動時，它又被人以鐵錘敲打而發出巨大響聲，而叫大家都知道已經整裝完畢可以出發的。當它被吊懸時又當鐘用，這就是「豆」形的釜兼稱「鼎」和「釜」的原因。春秋後，才把它分稱鼎、釜、豆，各司其專。

　　至於它被許愼稱爲「周文王所都」，一面是指那地是周文王的京都，一面也把這「豐」之右增以圖八之人跪地祈禱的圖畫；乃在指這樣豐富之地是祈求而得；一面也是上蒼所賜，故以祈求來感謝。因而，凡右旁爲圖八、九的「邑」時，皆多爲地名的原因。如此的「酆」，自然就成了牛羊遍野的地名，何況又是周文王之京畿所在呢。

　　這是一塊豐美之地，也是全民同享之地，更願我們共同來祈求，好叫這樣的地也是我們都得飽享的地。

○六二、醃出美味的「鮑」字

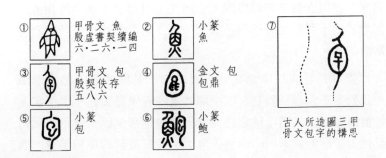

① 甲骨文 魚　殷虛書契續編六・二六・一四
② 小篆 魚
③ 甲骨文 包　殷契佚存五八六
④ 金文 包　包鼎
⑤ 小篆 包
⑥ 小篆 鮑
⑦ 古人所造圖三甲骨文包字的構思

　　當我們看到這字左旁之「魚」就會使我們知道它乃是一種魚的名字。然而鮑魚之高貴營養及其美味，又是古今中外非比尋常的食物。牠的蛋白質非常豐富，不含膽固醇，肉質細緻，生長於海洋岩岸，然因產量並不算大，復因獲取並不容易，尤其牠異常的腥臭及需要特殊烹調，這都是牠被稱珍貴美食的原因。孔子家語中說，「入鮑魚之肆，久而不聞其臭」這話，以及秦始皇暴斃沙丘時，唯恐天下生亂，故久不發喪，但又時置炎暑，乃召從官車載一石鮑魚以亂屍臭，由此可知這鮑魚是如何腥臭了。然而當牠經過專家們醃涵，卻又是營養豐富美味非凡的。特別是烹炒、蒸、煮，方法特多，且各具特色，這是眾人皆知的。

　　再從這字的組成看，它左為圖一象形的「魚」，右為圖三會意的「包」；從這合組的會意，就叫我們知道它具有吃了這種「鮑」魚之後，就不會貪享其它魚類了。願我們先學會忍耐牠的腥臭，也學會如何醃製，牠就可成為我們既營養又具有極其鮮嫩的美味。然而，我們也知道，它並非單指鮑魚說的。難道自古迄今的人類社會之另一面的腥臭，豈不亦當學會醃製方能獲得高貴營養嗎？否則，它不會被稱為代表人之尊嚴的「姓」。再從圖七看，當可知道那「包」的由來確是指天地之性最貴的人的。

○六三、錄記口傳的「史」字

中國人的頭腦是遠超世界上任何民族；這是一點也不誇大的話。這可由我們現在要來研究的這「史」字得到明證。

　　當我們一看到這「史」時，我們一定會認爲它是古早的歷史；其實，他也是當時正在口述的現今的事。我們一同來研究一下就可知道它的奧妙所在了。

　　看圖一，我們都認識那是象形的「口」。它旣是「口」，我們會認爲它最大的功能是在進食，其實也該算是說話。當這「口」被造在「史」中時；當然是指說話的。這樣的說話，可稱它爲正在講述的今日的事；當然也可稱它爲傳說以往的事。不論怎樣，只要記錄下來而又被流傳至後代，它自然就當稱爲歷史。這就是聰明的古人以極簡單的「口、｜、又」所構造出來的「史」。

　　圖一的「口」，雖是前述的說話，但在這「史」的組成中，它又可被稱爲龜甲或牛骨。至於圖三、四「口」中的「｜」，則是當初刻寫甲骨用的較粗些針形長錐；也就是當初的筆。圖二的「又」，在此乃是「手」；這樣，它就被構成爲錄記口述之事的「史」。而今天的「史」，則全部由平面印刷的報章、雜誌、書刊，以及錄音、錄影等代替。當後代的人看到這些，它自然也就被稱爲「史」。

　　當我們如此認識這「史」時，我們的所作所爲豈不都當謹愼從事。這樣的話，並不是純指肩負國家社會重任的官員的；而更當謹記的古訓，那就是一言可以興邦，而一言也可喪邦的「口」。這當是「史」姓諸公所特別肩負的「傳述」專責。

> 我的姓所以與別人不同，不是因面貌與人有別，
> 乃是在我的血脈中要將先祖的特性永續流傳。

○六四、互傳備干的「唐」字

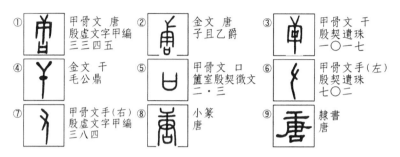

① 甲骨文 唐　殷虛文字甲編　三三四五
② 金文 唐　子且乙爵
③ 甲骨文 干　殷契遺珠　一○一七
④ 金文 干　毛公鼎
⑤ 甲骨文 口　簠室殷契徵文　二・三
⑥ 甲骨文手(左)　殷契遺珠　七○二
⑦ 甲骨文手(右)　殷虛文字甲編　三八四
⑧ 小篆 唐
⑨ 隸書 唐

許慎在〈說文解字〉裡解這「唐」字說：「大言也」；恐怕是大多數的人無法明白其所以的。因此，我們願與大家一同來探究看看，當會知道這一位聰明的許慎是在何種情形下以這樣的三個字來斷言「唐」為「大言」的。

首先，我們看圖一甲骨文的「唐」字。從這樣的「唐」字中，可使我們知道它是由圖五的「口」，圖三的「干」和圖六、七的「手」所組成的。我們如果把圖一之「唐」中間簡化後的「干」除去，可叫我們看見那是「雙手掩口」的意思。若再問以兩隻手掩著口作甚麼？我們自己試著表演一下就會知道那是向另外一個人小聲說悄悄話的；那是為怕別人聽到。然再問這怕別人聽見的是甚麼事？那就應該再把圖三之「干」簡寫為圖四的「干」字加進去了。如此，我們當會知道那悄悄話是要那聽話的人準備「干」以備打仗的。請想看，這樣重要的話，是「大言」還是「小言」，自然不難明白。但它又讀作「唐」，這理由當是從「抵擋」或為著「搪堵」的。再當這情況獲得同心一志的傳說；許慎稱其為「大言」則實在應稱它為最簡單且最明確的解說。他也實在不愧被稱為兩千年來偉大的文字學家。這智慧當是從圖八的小篆所得的啟示。而我們今日這寫法的「唐」，乃是從圖九稱為奴隸的程邈「發明」的隸書而害得我們莫明其所以的。

○六五、以正直和正當為準的「費」字

①　小篆　費

②　甲骨文　弗　殷虛文字甲編一二六

③　金文　弗　毛公鼎

④　甲骨文　貝　殷虛書契前編五、十、二

⑤　金文　貝　效父𣪘

⑥　小篆　貝

　　這個通常稱為「花費錢財」或「浪費光陰」等的「費」，乃是由圖二的「弗」和圖四的「貝」所組成的。許慎在〈說文〉裡解這「弗」說：「矯也」，是意指矯正的。梁代的文字學家顧野王則說：「弗，不正也」；從這兩位的解說來對照圖二的「弗」，則可稱其為以二直來矯正彎曲的。

　　再看圖四的「貝」，那是海中所撈獲軟體海介蟲之貝殼的圖畫。它被稱「貝」，是因為可自這貝中獲取珍珠的。所以它稱為寶貝之「貝」。古人為何以這樣的「弗」和「貝」合組為「費」呢？那當是指這不易得來的「貝」，必須經過分析並矯正後再予付出，就可被稱為正當的「消費」。當這「費」延用到今天，它已被泛用作「費心」、「費時」以及泛指所有購買的物品為「消費」，豈不都當經過悉心的衡量或矯正麼！這樣，就不致會任意「浪費」了。

一個人肉身的生命是極其短暫的；
然其姓名卻可流傳到永遠。

○六六、秉持有食住當知足的「廉」

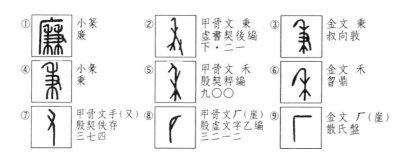

① 小篆　廉

② 甲骨文　秉　虛書契後編下・二一

③ 金文　秉　叔向敦

④ 小篆　秉

⑤ 甲骨文　禾　殷契粹編九〇〇

⑥ 金文　禾　智鼎

⑦ 甲骨文手(又)　殷契佚存三七四

⑧ 甲骨文厂(崖)　殷虛文字乙編三二一二

⑨ 金文　厂(崖)　散氏盤

　「禮義廉恥，國之四維，四維不張，國乃滅亡」。這是二千五百餘年前之管仲輔佐齊桓公時所定的治國之道。而我們現在要來認識的這「廉」，即是如此重要的四原則之一。至於它為何是如此構造？應是我們當有的正確的認識。

　這「廉」迄今尚未出現於甲骨文。但從圖一小篆的「廉」看，它乃是由圖五、六的「禾」再組以圖七的「手」所合組如圖二的「秉」字看，可知圖一的「廉」下乃為兩個「秉」合成的「兼」字。而圖一「廉」上的「广」，乃是由圖八、九古稱山崖之「厓」所衍變的。這樣的「厂」，乃上古之人居住的所在；今天，就是我們稱其為房屋的「家」。再從這組成來看整個的圖意，它乃是在說明家中業已兼秉二禾已當知足；這也是最簡明的溫飽即可；且是再無「貪」意，也自然是他之所「秉」。這對管仲所指之治國之道來說，是無法不稱其為清廉的。而這字的整個組成，豈不是表明內心所持，以及雙手所「秉」麼。尤其關繫於執國家興亡大政之責者，既領受當得俸祿，若還慾望額外之求，如此之「廉」，則是他當高懸的明鏡。自也是我們都當具有的正確的認識。

○六七、把握現今的「岑」字

①甲骨文 山　殷虛文字甲編　三六四二
②金文 山　克鼎
③甲骨文 今　鐵雲藏龜　一二五‧四
④金文 今　孟鼎
⑤小篆 今
⑥小篆 岑

這個「岑」字，除了姓氏之外，現在已很不容易看到其它用法了。但從這組成看，我們豈不當稱它爲「山之今天」或「今日之山」麼！而許慎卻在〈說文〉裡解它爲「山少而高」，乃是指它乃是尚未開發之山而稱其爲年少的。當然也指它的蘊藏無限。而孟子則在他的〈告子篇〉任人章說：「不揣其本，而齊其末，方寸之木，可使高於岑樓」。這是指雖是小小的方寸之木，若繼續壘積，可使它高過你面前之小山的。這也寓指雖屬小小的事業，只要耐心經營，自會有成功的一天。這實在是今天所有成大業立大功之人所當把握的眞理。若好高鶩遠，自會攀望那山，卻已失去這山。這是我們當從這「岑」的深涵所認識的實義。

至於圖一甲骨文的「山」，是我們都知道的象形字。而從圖三衍變至今的「今」字，恐怕是很少人能眞認識且會分辨的。因此，我們必需知道圖三之「今」的上方，乃是倒寫的像形的「口」，再增以下面的「一」；這乃是描繪尤如口中剛剛吐出的「一」粒珠子還未離開雙唇一般，那乃是轉瞬即逝的「今」。這意義豈只把握「今天」，而是把握現今的每一分秒。如此的壘積，豈不同樣被稱爲「可使高於岑樓」嗎！

　　一個人的眞正智慧，

　　　　就在於會把握現在。

○六八、教誨諄諄的「薛」字

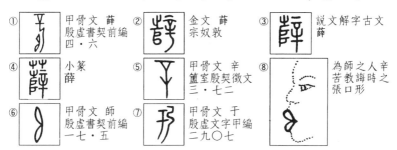

① 甲骨文 薛
殷虛書契前編
四・六

② 金文 薛
宗奴敦

③ 説文解字古文
薛

④ 小篆
薛

⑤ 甲骨文 辛
簠室殷契徵文
三・七二

⑧ 為師之人辛
苦教誨時之
張口形

⑥ 甲骨文 師
殷虛書契前編
一七・五

⑦ 甲骨文 于
殷虛文字甲編
二九〇七

　　這個「薛」，除了一種蒿類的草名叫「薛莎」外，它就只被稱姓氏了。這姓很早，在春秋前，黃帝的後裔被封於「薛」，即今山東滕縣附近的「薛城」就以「薛」為姓的。不過，原來的寫法均無「草」，可能是又稱草名而後加的。

　　這「薛」的原初甲骨文是圖一這寫法；它是由圖五辛勞的「辛」，增以圖六的「師」，即正在講論中的如圖八張口形的「口」所組成的。這乃表示為人師者諄諄教誨時就會有如圖七嘆吁之氣一般的。那當是為師者煞費苦心的情形。這就是圖一原初的「薛」。然而增加「草」後的「薛」是否意示為師者已竭盡氣喘吁吁般的心力，而受教者不過似「草」而已的不能「成器」，這當是學不時習的責任乃在受教者的。否則就是施與授者皆未盡責。這當也是古人造字時所竭盡的苦心。它讀與「雪」同音，似是在指若不認真就難經得起太陽的罷！

○六九、震聾發瞶的「雷」字

① 甲骨文 雷
殷虛文字乙編
三八六四

② 甲骨文 雷
殷虛文字乙編
七三一三

③ 金文 雷
楚公鐘

④ 説文解字古文
雷

⑤ 小篆
雷

⑥ 隸書
雷

　　「雷」，從圖一、二這兩個古老的甲骨文看，實在是極其符合大氣科學的會意字。若在二十一世紀的今天說：連初中生都會知道它是由垂直伸展的積雨雲，伴隨有電風暴，進而因排擠而產生閃電。當閃電中巨大衝擊電流引起空氣加熱壓擠和突然膨脹，這樣衝擊的聲波就叫「雷」。

　　依上論據，就叫我們知道這二字的流線形線條即為閃電的電波；那兩個「口」形，就是聲波陣響的聲符－「雷」。當它衍變到圖三的金文時，電波就變作直線，「口」就變作連續的「田」形聲響了。圖四、五似是在強調「雷」乃是從雨電所產生，也由此可知我們造字的先祖們在四千多年前就已經相當懂得大氣科學的。

　　但是，我們若從科學面而轉向這個無聲之字的「雷」，豈不是當整個社會滿佈黑暗時，當必也會發生巨變而發生令人難以想像而震驚整個社會的響聲，這恐怕也是必然的後果。這也許是古人常形容的「雷奮風軀」、「雷霆萬鈞」或「震聾發瞶」等「雷」意！豈不更當是「雷」姓諸公當具的氣魄。

○七○、溢於言表的「賀」字

①　小篆　賀
②　甲骨文 力　殷虛書契前編七‧八
③　金文 力　齊侯鎛鐘
④　甲骨文 口　簠室殷契徵文二‧三
⑤　金文 加　虢季子盤
⑥　小篆 加
⑦　甲骨文 貝　殷虛書契前編五‧十‧二
⑧　金文 貝　鬲尊
⑨　小篆 貝

　　這個「賀」似乎是一個「錦上添花」的會意字。因為在正常人的生活裡，對「困苦」或「艱難」當應予同情的相助。而人逢喜慶時，才會以佳言美語或者高貴禮品來祝賀。因此，我們願一

同來研究造字的古人為何以圖二的「力」、圖四的「口」合組為「加」後再增以圖七的「貝」就成為圖一的小篆而衍生至今的這「賀」。

圖五這個「加」字，乃是一個出力時再「加」上口以更加得力的活圖畫。因為當任何一人或眾人一同用力時，都會以喊聲來突顯同心協力。而一個人用力時，豈不也先閉口吸氣嗎？這自然就得到「加」力；也因此而稱「加」。

至於「貝」，我們都知道它是從貝殼中取得珍珠而稱其為珍貴並被人「寶貝」的。這就是圖七之「貝」的象形字。當它衍生到今天，已由金屬的錢幣衍變為紙幣而代替當初的「貝」了。

若再回到當初，人能自海中撈獲的「貝」中取得較大珍珠，自當可喜，也為此，自然會接受人物質和美言的祝賀，這當是古人以「力」和「口」與「貝」所組成的今天這「賀」。實在說來，任何一件值得稱「賀」的事，無不因竭盡己力所得。得「貝」自是應當；得「賀」則是在使別人藉得勉勵。中文翻譯的「諾貝爾」獎（Nobel）；真可稱為這「賀」的絕妙佳構；因它真的「加」一筆諾大的「貝」給了你（尓）。

○七一、人倫常軌的「倪」

① 甲骨文 人 殷虛書契前編 六二‧二
② 金文 人 文已盧
③ 小篆 人
④ 甲骨文 兒 殷虛文字甲編 七六四五
⑤ 金文 兒 僕兒鐘
⑥ 小篆 兒
⑦ 金文 臼 古匋
⑧ 小篆 臼
⑨ 小篆 倪

這「倪」，自古被稱為「旄倪」之老人與小孩，或「端倪」

之首和尾的。其次，就是人的「姓」。此外再無其他用途。至於古人造這字時為何以如此簡單的兩個字合組起來就被稱為上述的「倪」？我們知道：人類起始的開端當然是原初的一個「人」，當再繁衍後代時，他就被稱為人「兒子」的「兒」。依此常軌，人類自古迄今之生生不息，也自然就顯明了這「端倪」。在這過程中，自然也就有被稱為老人的「旄」，和幼兒的「倪」。然而不論你年齡大小，豈不又都是人之子嗣麼；這當是古人以「人」以「兒」合組為「倪」的因由。

「人」，是圖一、二之謙恭有禮的像形的「人」。這也許是春秋時管仲治國之道把「禮」放在首位的原因。今天的「人」若不重視規範或禮儀，很可能會被稱為自貶人格的。

至於圖四、五的「兒」，則是突顯幼兒頭頂的「頂門凶」尚未成熟而有鮮明之凹洞的圖畫。其下則也是像形的「人」，因為他雖屬幼小，但還是「人」。這自然就是人類繁衍及成長必須經歷的常軌和「端倪」。

○七二、陽光照熱之水的「湯」字

① 金文 湯　湯叔尊
② 小篆　湯
③ 甲骨文　水　殷虛文字甲編　二四九一
④ 甲骨文　日　殷虛書契前編　四‧二九‧五
⑤ 甲骨文　勿　殷虛文字甲編　四九
⑥ 甲骨文　游　殷虛書契後編　上‧一三

生長在現今世代的人，是沒有人不懂得「太陽能」(Solar energy)就是太陽輻射所產生的熱能；並且也藉它來蒸氣發電。這似乎是西方科學家們不算太久前的發明。但當我們稍微用心來研究一下我們古人所造這「湯」字，就會使我們驚奇的發現，我們的先祖在四千多年前就已懂得這件事了。而二千年前的許慎，竟

也能在他的名著〈說文解字〉裡把這「湯」以極簡明的解釋說：「熱水也，從水昜聲」。這「昜」，就是古時沒有左旁之「阝」的「陽」。依此，再追溯迄今尚未發現原初甲骨文這「湯」；但從圖一的金文衍變至圖二小篆的「湯」看，應叫我們知道那是圖三之「水」，和圖四之「日」，及圖六稱為「旗游」之圖五之「勿」所組成的。從這整個圖意看，高空的太陽之「日」，一面照射了圖三的「水」，一面也把圖六稱「游」的旗幟飄揚的風貌，照射得極為鮮明。我們都知道一幅代表領土及權威的旗幟飄揚在那裡，那裡就是屬於他的城池和彊域。圖五的「勿」，在此又可稱作熱燙的池水發出的熱氣。這是我們當認識的古稱「金城湯池」的「湯」。至於吃飯喝湯的這「湯」，當是後人藉用的。而「湯」下增「火」的「燙」則更表明太陽的熱能是超過「火力」的「燙」的。當我們如此來認識這「湯」時，我們就無法不承認造字的先祖們應是全世界最早懂得太陽能的科學家。

○七三、操之在我的「朕」字

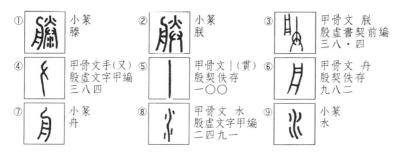

① 小篆 朕
② 小篆 朕
③ 甲骨文 朕 殷虛書契前編 三八・四
④ 甲骨文手（又） 殷虛文字甲編 三八四
⑤ 甲骨文｜（貫） 殷契佚存 一○○
⑥ 甲骨文 舟 殷契佚存 九八二
⑦ 小篆 舟
⑧ 甲骨文 水 殷虛文字甲編 二四九一
⑨ 小篆 水

說到這「朕」，我們應先看圖三古甲骨文的「朕」字。圖二乃是小篆的「朕」。我們可從歷史及古裝電視戲劇中得知，它乃是一個執掌國家大權之帝王的自稱。在秦始皇前，也作「朕兆」用，就是一件重大事情之前的一些徵象。這樣的「朕」，乃是由圖六的「舟」，和圖五之「｜」的棍，（古也作「貫穿」或數字

之「貫」用，古時一千文錢就叫一貫以及今日籍貫之貫）當然，在這組成中則是撐船或划舟的「棍」。而這「｜」的下方，則為圖三的下方如圖四之左右的兩個「手」字。如此的組成，就很自然的叫我們看見，那是「操之在我」的圖畫。也因此，秦始皇才會把它當作自稱的「朕」用。

這非常顯明，這一條操之在我的「舟」，豈不是陸上之舟嗎？當然，那是指掌權者說的。但是，當它增以圖八的「水」後，它就讀作「滕」；乃在表明它是騰於水面的。一隻划行於水面的船，其行止當然操之於舵手。在陸上，它就被稱地名的山東「滕」縣，或姓氏的「滕」延用迄今。

當我們如此來認識這「滕」，飛黃騰達自很得意；但水能載舟，亦可覆舟，又是無人不知的。這就要看我們如何來使用「操之在我」的那一隻槳了。

○七四、一幅祭天狂舞圖的「殷」字

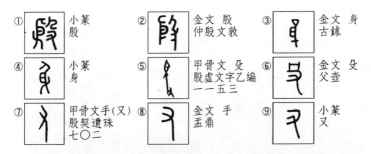

① 小篆 殷
② 金文 殷 仲殷父敦
③ 金文 身 古鉥
④ 小篆 身
⑤ 甲骨文 攴 殷虛文字乙編 一一五三
⑥ 金文 攴 父壺
⑦ 甲骨文手（又）殷契遺珠 七○二
⑧ 金文 手 盂鼎
⑨ 小篆 又

這個「殷」字，可說是一幅巨大且極為狂熱的慶典盛舞中一個舞者的特寫圖畫。它實在可稱為一個既敘事又記實的合體會意字。也許因這緣故，許慎就解這字曰「作樂之盛也」。但它又稱「殷實」、「殷商」以及「殷勤」或「殷憂」；無疑，這「殷」

是指「多」或「富」的。

　　現在，我們可來探究古人構造這字時的絕妙巧思。

　　我們先看圖三屬於靜態的「身」字，圖一之左和圖四則是相當突出的正反兩面挺腰踢腿狀，且可使人想到那是忽直忽彎一直搖擺的；這乃是一個狂舞中的「身體」。然而這「身」的右旁還要增以圖五、六的「殳」後才被稱「殷」。這「殳」乃是圖七的一隻手拿著圖五一根「殳」的圖畫。這「殳」是古代帝王出巡時在前面手持殳來呼喝開道用的。當它被組於「身」右時就更顯明這「殷」的高超地位。而這盛舞，當可叫我們知道它乃是出現於既莊嚴又熱情且盛大的場面。難怪許慎會稱它爲「作樂之盛」。特別當這熱情達到最高潮時，它自可稱「殷切」、「殷實」等的「殷」了。

○七五、維護禾稼的「羅」

①甲骨文　羅　天壤閣藏甲・二五
②金文　羅　古鉥
③小篆　羅
④甲骨文　網　殷虛文字甲編・二九五
⑤金文　網　天錫簋
⑥甲骨文　隹　殷虛書契前編　二八・三

　　從圖一甲骨文的「羅」看，很清楚，那是一個手持網罩捕鳥的圖畫。這是因爲古今都有鳥類爲害農作物的處置古法，所以它稱爲網羅的「羅」。這當也是倉頡他們造字時尚無在田裡插著稻草人嚇走飛鳥的事。而如此的捕鳥，自也是古人維護禾稼的苦心。當這「羅」衍變至秦代圖三的「羅」時，它上面的「四」，乃是自圖四之直寫的「網」衍變爲圖五橫寫之「網」的。圖一之「網罩」上的「鳥」，就是圖六象形的「隹」。如此的組成，當是值得我們這些後代永懷先祖務農爲本的苦心，也是激勵後代維

護生計所當盡的「張羅」等諸多責任。無故的「羅織」別人以罪名，則不屬我們維護生計時所該有的事。

○七六、網我所需直至終了的「畢」字

① 甲骨文 畢　殷虛書契前編　二九・一

② 金文 畢　獻伯簋

③ 小篆　畢

　　我們現在使用的這「畢」字，多是指「工作完畢」，或指事務的成功稱「畢竟」；尤其完成一段學業叫「畢業」等。而許慎卻在他的〈說文〉裡解這字為「田網也」；清代文字學家羅振玉又稱它為「推糞之器」，可使我們知道圖一原初甲骨文乃為木製的網架，藉以盛裝農具或施肥的糞便前往田間工作的。這是務農為本之古人們一日工作之始。當工作完畢後又可帶些田間的廢雜物，或者在田野捕捉之田鼠野兔等帶回家中作為額外收獲。這就說明，它是古時最簡易的運輸工具並稱其為「畢」的因由。這工具雖然如此簡陋，然在當初說：當他們享受工作完畢後的安息時，豈不會從心裡發出感謝的說：一天工作已經完畢嗎！

　　當這字延用到小學、中學、大學等的「畢業」，或事工畢成等，豈不是指「畢盡心力」。至於「畢生」，則又是指我們應當活到老，學到老且做到老的。如此，方不至浪費畢生年日。這當更是古人所云：「春蠶至死絲方盡，蠟炬成灰淚始乾」（唐・李商隱）之「畢竟」的忠言。

一件事的成功失敗；端看你是否能堅持到底！

○七七、赤誠祈求的「郝」字

① 小篆　郝
② 金文　郝　古鉢
③ 甲骨文　赤　殷虛書契後編下・一八
④ 金文　赤　頌鼎
⑤ 甲骨文　邑　殷虛文字乙編八六七四
⑥ 小篆　邑

這個「郝」，起初是用在地名讀作「郝」ㄕㄜˋ；而被用在姓氏時，今天都讀作「郝」ㄏㄠˇ了。因此這字除了姓氏和地名外，則無別意。雖然，漢代的〈爾雅・釋訓〉記有「郝郝耕也」這話，那是形容人以牛耕地時，發出郝郝聲的。今天就很少有人如此使用了。可是，若往深一層來探究，這字為何如此組成，它的意義何在，我們來研究一下，就會使我們能更深一層地認識它。

這個「郝」字迄今雖未在甲骨文中發現，但照圖三甲骨文的「赤」字看，可知它是由圖四的「大火」二字所組成；一面指火多為赤紅的顏色，一面也是指人應對他所肩負或職掌的任務，要有不畏火或像火那樣的熱心，故稱「赤誠」、「赤膽」或「赤心」。若稱某地為「赤地」，則是指那地被火燒光了而顯貧瘠甚至一無所有的。但當初稱為地名的「郝鄉」（今西安一帶），難道真是如此「赤貧」嗎？我們就當從正面的積極意義來看了。何況這「赤」之右增以圖五之「邑」的人跽形，當是指即使赤貧，也當祈求我們能擁有「赤熱」的「赤誠」而使貧瘠變為豐富。這應也是泛指面臨的任何艱難，特別是報效國家，豈不更當如此。不過，自秦後而衍變迄今，已無法看見古人造字時所賦予的祈求之意了。也因此，我們就當追根究底的來認識它。

當知所當知；有為有不為。

◯七八、效烏之孝的「郞」字

①　小篆
　　郞

②　金文　郞
　　詛楚文

③　甲骨文　烏
　　殷虛文字乙編
　　七九九一

④　金文　烏
　　毛公鼎

⑤　小篆
　　烏

⑥　甲骨文　邑
　　殷虛文字乙編
　　八六七四

　　這一個今天只作姓氏用的「郞」字，若以它右旁組以圖六之原甲骨文的「邑」字看，它應爲地名；這是古代顓頊的後裔求封於「郞」，就是今天的山西太原一帶，後代就以「郞」爲姓繁衍迄今的。

　　從圖六的古「邑」字看，那確實是黃帝的四世孫帝嚳的後裔求得的。所以它就被稱爲地名。但是，我們會問，這字的左旁乃圖三象形之「烏鴉」的「烏」字；再從圖二金文的「郞」字看，都意謂是「求」得的。而這「郞」之左的「烏」，在這金文中乃是比較繁複些的；因此當回到圖三的「烏」看。我們很難想到古人在創造這字上所顯出的特別智慧；就是指這烏鴉生出幼烏後六十日，牠的眼睛就完全失明了。這也是幼烏必須反哺的原因。古人能在這烏的頭部以半黑來強調，這實當稱其爲巧智之作。

　　我們再從研究鳥類學的專家所告訴我們：牠乃是鳥類中特別孝順的鳥。特別在古著的〈本草〉至漢代整篇後的慈烏篇記載，「此鳥初生，母哺六十日，長則反哺六十日，可謂慈孝矣」！晉代的張華也在他的〈禽經〉裡記這「烏」有「慈烏反哺」之語。當時的成公綏，也在他的烏賦裡說：「有孝烏集余之盧，乃喟然嘆曰，余無仁惠之禎祥，禽曷爲而至哉」！從這些記述看，「郞鄉」之民，自應對他的先祖像「烏」鳥一樣獻上反哺之恩的。這應不僅是「郞」姓諸公所當有此認識的。

○七九、宜室宜家的「安」字

①	甲骨文 安 殷虛文字乙編 七七六六	②	金文 安 安父癸	③	小篆 安
④	甲骨文 宀 戰後京津新甲 四三四五	⑤	甲骨文 女 殷虛文字乙編 七一五一	⑥	金文 女 克鼎

　　這一個常被用作「安逸」、「安祥」以及「安康」和「安泰」等的「安」；再以「成家立業」來對照，就叫我們知道一個成年的男女，若還沒有「成家」，幾乎都無法享受到前述那些「安」的。然以這「安」對成年的女性說：「宜室宜家」不是常用在祝福人嫁女兒的事上嗎！從這兩方面說：男女若都未成全，似乎都不足稱「安」。因此，我們確信，古人在構造這「安」字時，實應是在深思熟慮後才會如此構造出圖一這「安」字的。

　　我們可分別來看圖四的「宀」，許慎在〈說文〉裡解它爲「高覆深屋」，就是指房屋的「家」說的。雖然今天的社會已進步到男女極爲平等的地步，然而支撐一個家的責任還是男性居多。這當是受「成家」才得「立業」所影響的。不過女子也不例外，若到了女大當嫁的適婚年齡還是單身的「女強人」，其最不得「安」的，則是其父母。也因此，古人才會留下「之子于歸，宜室宜家」〈詩經‧周南〉的古訓。如此再來看「宀」下之圖五的「女」。就使我們知道這「女」似乎是在描繪女性特質之秀美但卻柔弱的；也因此她需要滿了剛性的男子來照顧。由此對照，這樣的「安」乃是男女都需要的。它一面是爲了繁衍後代；一面也是爲著晚年時仍能得享「安然」。這應是上蒼對人類的特別「安排」。

沒有經歷過煩惱的人，是不會享受安然的。

○八○、高尚且正當的「常」字

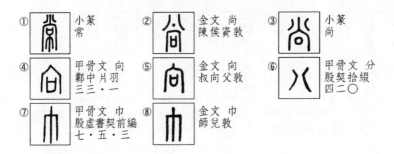

① 小篆　常
② 金文　尚　陳侯資敦
③ 小篆　尚
④ 甲骨文　向　鄴中片羽　三三・一
⑤ 金文　向　叔向父敦
⑥ 甲骨文　分　殷契拾綴　四二○
⑦ 甲骨文　巾　殷虛書契前編　七・五・三
⑧ 金文　巾　師兌敦

　　這個「常」通常被指作「平常」或「正常」說的。若看圖一的上方，就知道那是圖二、三「高尚」的「尚」字。既是高尚，又怎可視爲平常呢！實在說，那是指一個人要常常過著高尚的生活的。因此我們當來研究一下古人爲何如此構造這字。

　　我們先來看「尚」，它是由圖六的「八」古稱「分」，以及圖四之方向的「向」所組成的。這「分」，是指分別，分辨並與邪惡或不法分開的。在這樣分別後的方向下處理任何事務或過日常生活，怎能不被稱爲「高尚」呢！當然，如此的「尚」是非比尋常的。尤其是在深思熟慮又經被分別後才定準的方向，那當然應被稱爲「高尚」。

　　再來看圖七的「巾」，那是三塊布或絲巾下垂的象形字。在古時，年至二十就稱爲「束髮之年」，意思是指二十歲以後的青年人，要開始用布巾來束整頭髮的。我們當然知道，束整頭髮的事是每天的，且是常常的。如果一個人的容顏天天時時都非常整潔，自然就會顯出這一個人的高尚。這當是古人以「尚」以「巾」來組成「常」的因由。它不但是時時的「常常」，還要習慣性的當作「平常」。這就是每一個人當有的整潔的「高尚」；也是每天生活的「高尚」。

○八一、自娛且娛人的「樂」字

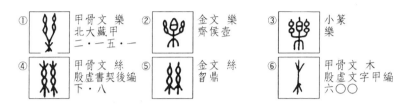

這個藉音樂而娛樂的「樂」字，姓氏則讀「樂」ㄩㄝ，也由此可知這字原初的創意乃在音樂；更由此也得知它乃是人性的昇華乃是可以藉音樂來表達的。然而古人是如何藉此表達呢？從這字的構造看，它已充分展現出古人的高度智慧。我們可看這字的組成乃是圖四的「絲」和圖六的「木」合組而成爲圖一的「樂」。這結果，也眞的使他們以及延續了四千五百多年之後代的我們。直至今天，我們還在享受這「樂」。這樣的事，看來頗爲容易，若仔細思想，它又是極不簡單。例如：古人們是在何種情況下發現一根拉緊的絲絃就可以被撥彈出高低且又諧和宛轉之美妙聲音的。而且，今天會彈琴的人又都知道，若不是特別選出來的木材，則無法達到音樂共鳴之果效。從這眞理，又可叫我們發現，木與絲也可指兩個人或兩種人先被選拔，再被拉緊，然後再被高手彈撥，就會成爲今日社會之美妙聲音。眞願藉此使我們眞認識這「樂」，也使我們能成爲自己快樂且能娛樂別人的音樂，就可使這社會充滿歡樂。

一個很有名望的人雖和你無甚關係；但若與你同姓，你就會滿感「與有榮焉」！

○八二、心志得舒的「于」字

① 甲骨文 于　殷虛文字乙編三九六
② 甲骨文 于　甲骨徵文四四·二
③ 金文 于　詛楚文
④ 小篆 于
⑤ 隸書 于
⑥ 小篆 吁

這個被古今文字當作虛字之連接詞的「于」，也是又稱姓氏的。若看圖一古甲骨文的「于」，就知道它是雖虛卻又實的。這當是被簡化後才失去了它的眞義。也許因這緣故，〈書經〉的堯典裡就解增「口」後的「吁」說：「帝曰吁，省作于」。可見這與圖一同義之圖六的「吁」是原來沒有的字。

我們若以「長吁短歎」分別來看「長吁」就可知道圖一原初的「于」，許愼解它爲：「氣之舒出，上礙於一」就是指圖一說的。由此，可叫我們知道人在長吁時乃在使氣得舒。而圖一甲骨文的「弓」形，則是當人長吁時呼出之氣所遇之「一」的實際形狀；當是描繪一件鬱悶之事得到解決時，就會長吁一聲的！這就是我們當從原初所造這字義上來認識的這「于」。

○八三、最易流失的「時」

① 甲骨文 時　殷虛書契前編四三·六
② 金文 時　曾侯鐘
③ 小篆 時
④ 甲骨文 止　殷虛書契續編一二·三
⑤ 甲骨文 日　殷虛文字甲編七三一
⑥ 隸書 時

「時乎時，不再來，願足下詳察之」。這是〈史記〉淮陰候列傳的名哲人蒯通對韓信所說的話。這不只是永古不變的眞理，也是上蒼所賜給每一個人最公平的事。因爲創造主沒有多給聰明

絕頂或位居顯要的人一分一秒。也沒在平民百姓或販夫役隸般的人身上減少一分一秒。而每一分秒的壘積，它就成為人人都得享用的每日的二十四小時。這也是我們中國的古人稱為子、丑、寅、卯……等的十二時辰。也許因這緣故，圖五甲骨文的「日」就沒有構造為像形的圓形；它似乎是指每天早、午、晚或深夜等階段的「日」。若對照圖一的「時」看，它的上方乃為圖四之象形的「止」，那是古人以最簡易的筆法所繪出之行走的「腳」。當古人把它與「日」合組時就被稱「時」；當是指「日子」乃是在不停的行走的。特別是今天的時鐘最能表明這事。而最特別的，那「止」與「日」中間的「一」，當是指界限的；乃在示意一經越過就再不會回來了。春秋時名人呂不韋在他的〈呂氏春秋〉首時篇說：「天不再與，時不久留」，這話就應驗到約六十年後的楚霸王身上而徒喚「時不利兮」而自刎於烏江。

我們願問，當我們如此認識這「時」時，我們當如何把握這「時」，使用這「時」，還是不經意的荒廢了這「時」。

○八四、寸步當師的「傅」字

① 甲骨文 人　殷虛書契前編六二·二
② 甲骨文 甫　殷虛文字乙編六五一三
③ 金文 寸　大鼎
④ 金文 傅　古鉥
⑤ 小篆 傅

依據圖五小篆的「傅」字看，它是由圖一甲骨文的「人」和圖二甲骨文的「甫」以及圖三金文的「寸」所組成之象形兼具會意的字。我們在此願與「傅」姓的諸公一同來研究一下，看古人是如何以此三字來組成這常被稱為「師傅」的「傅」。

這個象形的「人」，許慎稱它為「天地之性最貴者也」。

「甫」，從圖二看，那是從田間剛長出來之幼苗的圖畫，許慎稱它爲「男子之美稱」，是含指一個人自幼兒剛至二十歲之束髮之年說的。

「寸」，許慎說：十分也，人手卻一寸動脈謂之寸。是指人的手最得力之處。

如此組成的「傅」，許慎在〈說文〉裡稱它爲「相」也。就是善於觀察木頭可作何種用途；當被稱「師傅」時，則是指善於觀察或輔佑年輕人步向正途；故稱「師傅」。

「相」，是古代宰相之「相」，相等於今天的行政院長。

至於「傅」，古稱「太傅」乃專負輔導皇太子之責的。「傅父」或「少傅」，則是皇親國戚之輔導者。此非正品官員。再次才是被稱爲一技之長的「師傅」。從這字的組成和職稱的等屬，可見無論何人均當有爲師者予以輔導方得有成。否則，雖貴爲天地之性最貴的人，若未得「輔」，當會如幼苗般無法正常成長以致成熟。這應是今日自家庭敎育，再至學校敎育，以及人人可師的社會敎育。故古人組以「寸」，應是指「寸」步皆師的。否則，就會淪爲無用之材。

○八五、維護生命並彰顯內含的「皮」

① 金文 皮 者滅編鐘	② 說文解字 籀文 皮	③ 說文解字 古文 革
④ 小篆 皮	⑤ 隸書 皮	

這一個可稱爲造物主爲所有的動、植物創造的第一層防線的「皮」字，迄今尚未在甲骨文中發現；然照圖一的金文看，它似

乎是指人之外衣的「皮」，是指皮製品。圖二的金文似指人皮膚
的「皮」。然若照圖三的「革」字看，那是一個動物的生命被
「革」掉後所剩下的骨架，這當是人通稱牛羊之皮爲「皮革」的
原因。除了人與獸之皮以外，連植物的樹木，甚至小草，上蒼也
都賦給牠們爲著保護並也爲保衛方得生長的「皮」。可見這
「皮」對所有受造之物是何等重要。尤其對所有被造說：若沒有
皮，就沒有辦法辨識它究竟應稱作甚麼；除非透過專家們仔細研
究。然而，我們若想到人若沒有皮，不僅是無法辨識他是何人
外，那恐怖的情形，恐怕是我們難以想像的。爲此，人常形容對
自己的傷害曰「切膚之痛」當亦僅指代表人的整體之皮膚或皮肉
之痛而已。爲此，特別是天地之性最貴的人，當向創造主獻上至
誠的感謝！並應常存感恩的心唱說：

　　皮乃內實之護衛，亦爲內容的彰顯！
　　無皮則無法識其眞像；藉皮則使其個格得以表揚。
　　皮包了骨，則行動自如；皮綻裂，骨與肉皆無法成長。
　　皮何貴，任何重；是包裹身、心的囊。

○八六、光照並期盼的「卞」

①　甲骨文　主　殷虛文字甲編一五○
②　甲骨文　一　殷契佚存・二八
③　甲骨文　卜　殷虛文字甲編七三一一
④　金文　卞　同文舉要
⑤　小篆　卞

　　說到這個「卞」字，除了人的姓氏外，今天已沒有別的用途
了。不過，在古老的〈書經〉裡曾經把它當「法」來用過。那裡
記說：「臨君周邦，率循大卞」。就是指率領民衆遵行大法的。
漢書的哀帝記有：「時覽卞射武戲」，這當也是梁代的顧野王在
他的文字學專書裡說「卞；法也」的憑依。前者，可稱它爲方法

的「法」，後者則可稱爲律法的「法」。因此，我們就依此來探究古人爲何以「卞」來稱「法」的。

從圖一甲骨文的「主」字看，它就是這「卞」上面的那個「、」，那是一個燈光之火苗的象形字。故稱它爲一個人有「光」就可被稱「主」。因爲他可以指引人如何行路。至於圖二的「一」，用途則比較廣泛，它可作界限用，也可作地面用。而圖三的「卜」，就是今日卜卦看相的「卜」。古時則是指灼龜後所裂出的紋路來作指示人出行的方向的。如此的組合，它不就成了人得光照後所決定行止的方法嗎！這就是古人以「卞」稱「法」的因由。

時代演進到今日，這一切都變了，但這「卞」既變作無用，就早被權充人的姓氏。然而，天地之性最貴的人，是天生我才必有用的；故無論怎樣，每一個人總會有一點特別的光可以幫助別人。這也許是以其經驗來指示人一點方法吧！我們可參酌第九十二篇的「卜」字，當可知道天地最貴之人應盡之責。

○八七、天下大本的「齊」字

① 甲骨文 齊　殷虛文字乙編　八〇三五
② 金文 齊　歸父盤
③ 小篆 齊
④ 會稽石刻 齊
⑤ 隸書 齊

人權爲本的浪潮似乎已是今日任何霸權的獨裁者所無法抵擋的了。實在說，我們古人早在二千五百餘年前的〈禮運大同篇〉裡就已喊出：「大道之行也，天下爲公」。不就是指每一個人都當享有「公平」一致的人權嗎！故當我們來研究這「齊」字時，就深深的覺得，唯有人權完全公平而齊一時，那才眞正叫「天下

爲公」。尤其當我們來看圖一之原初甲骨文的「齊」字時，許愼稱它爲「禾麥吐穗上平也，象形」。這就叫「齊」；豈不是指同是一塊土地上生長出來的禾稼，它們的結果是「齊一」的，是不論它所結出之籽粒多寡的。這是供人肚腹之禾稼所表明者。而掌理國家大治的大法，豈不更當賦予人所當有的基本享受！這當是古今中外之「不患寡而患不均」的大病。故此，我們當向「齊」看，好邁向天下爲公的大道。更盼藉這「齊」也認識暴秦時所強行統一爲圖三的小篆；不久又改爲圖五的隸書，就叫我們無法辨識它「齊」之所在了。

○八八、去粃存實的「康」字

①甲骨文 康
殷虛書契前編
一二‧一
②金文 康
毛公鼎
③小篆
康
④甲骨文 禾
殷虛文字甲編
五三四
⑤甲骨文 手
殷虛文字甲編
三八四
⑥隸書
康

　　這個被稱爲「康健」、「康寧」以及「康莊」等的「康」字，若以圖一原始甲骨文的「康」字看，它是一點也不足稱「康」的；因爲那是一個極其像形兼具會意的字；是描繪以圖五之左右二手正在搓揉如圖四之已經枯乾的禾稼，以使糠粃與子粒分開的。圖一的下方就是米、麥的子粒被揉搓後落下的情形，乃是指糠粃已經被除去了。如此分析，就知道它應與我們現在這用法的「康」似已南轅北轍的毫不相干。也許因這原故，才在秦後在「康」左增以「米」稱「糠」，又以「比」作聲符增以「米」稱「粃」，意在使人把它們比一比就會知道何者是健康的子粒，何者是糠粃的。故現在這寫法的「康」，乃完全是正面且積極的堅實子粒的「康」。其餘的用法則都是「假借」的。因這緣故，就會使我們得知一切眞實的「康」，皆是經過雙手努力的搓磨或

輾研，否則，任何的「康健」、「康寧」……都無法成爲我們的享受。至於現在使用這「康」的寫法，乃是自圖三之小篆變爲圖六的隸書後而衍變的。這應是我們正當的認識。

○八九、社稷之基的「伍」字

這個「伍」，許愼在〈說文〉裡解它爲「相參伍也」；也許因古時的民政組織以五戶爲「伍」；軍隊的編制也以五人爲一「伍」而作如此解釋的。然而這字迄今又未在甲骨文中發現，這論證究當如何確定，自當仔細來探究。

我們先看圖一的－「五」，從這字的外型看，可使我們知道它是古代繰絲工具的象形；它被稱「五」，當是假借字。再以它上下之「一」，可寓含爲天和地，而中間的「×」應稱爲「天地陰陽之交錯」，復又以它被用作繰絲工具形，而這被繰之絲的長度是無法衡量的，這怎能說不是「相參與」的「伍」呢！也許因這緣故，後人就增圖三的「人」作圖四、五之「伍」來用。特別當「伍」被用爲軍人的基本組織後，孫子又在他的〈謀攻篇〉說「用兵之法，全軍爲上，破軍次之，全伍爲上，破伍次之」；以及〈周禮〉說：「五人爲伍，凡言參伍者，皆爲錯綜以求」。管子又在他的〈立政〉裡說：「五家爲伍……」等看，它已是國家社稷之最基本組織了。這與「羞與爲伍」是不可同日而語的。

你願意人怎樣待你；你就要怎樣待人。

○九○、言行如一的「余」字

① 甲骨文 余
殷虛文字甲編
一・六・九

② 甲骨文 口
殷虛文字乙編
八八五五

③ 甲骨文 手
殷虛文字甲編
八八五五

④ 金文 余
毛公鼎

⑤ 小篆
余

這個常當「我」用的「余」字，我們今天來使用它時曾否問過，古人旣造「我」及「吾」等又爲何另造這「余」來稱「我」呢？這寓含的深意可能是後代的我們難以想像的。更願與「余」姓的諸公一同來探究。

我們都知道這「余」在許多字詞典中都被列在「人」部，這當是後代的我們最難意料的。若看圖一原初甲骨文的「余」與圖四之衍變，可使我們知道它的上方乃圖二甲骨文「口」的倒寫，當然它還是「口」。而這兩個「余」字的下方，則都是圖三甲骨文也稱「又」的「手」字，它是簡化了的象形之「手」。由此可叫我們知道，當一個人以手指自己的口時，大部分不都在表明「這是我說的」言與行嗎！如此稱「余」的「我」若與以「手」持「戈」的「我」相比，就不是「大異其趣」足以形容的了。再以韓非子曾說：「內外相應，言行相稱」；和孔子所說：「言寡尤，行寡悔」看；則都是指一個人所言所行都當一致的。我們豈不當以感謝古人造字時所賦含的厚恩來使用這「余」並切實履行嘛！

我所要作且當作的；
　　不僅要利於自己，更要利於別人。

◯九一、天福萬民的「元」字

　　這一個被稱爲「起始」或「元首」的「元」字，它是由圖四的「二」和圖五的「人」所組成的。這「二」雖與圖六上方之「示」的「二」極爲相似，但當被用在不同地方時，其意義則完全不同。圖四的「二」古多用爲「上」，是指下面一長橫爲「天」或「地」；當天地之上再增以短些的「一」就當「天上」或「地上」之「上」來用了。從圖六的「示」則表明的更清楚。許慎在〈說文〉裡稱這「示」爲「天垂象……」，豈不就明顯指「二」爲「天」麼！尤其我們中國人的五千年文化，都是指「天」爲「上蒼」，乃是指天係一位有位格的神的，也因此，我們中國人的「祭天」就成爲古代帝王的最大盛典。至於爲何如此隆重，主要是在向天祈福，求祂庇佑萬民的。這萬民，就是圖一之下那個如圖五的「人」所代表的。相傳迄今，就成爲代代沿襲的「元」，他自然是「起始」之「元」。「元首」、「元旦」、「元勳」、「元氣」以及「西元」與「元元本本」都「元」自這「元」。

◯九二、蠟炬精神的「卜」字

　　唐代文學家李商隱曾有詩曰：「春蠶至死絲方盡，蠟炬成灰淚始乾」的豪語。這兩句話不知道曾經激勵了多少忠勇烈士與英雄豪傑。故當我們來研究這「卜」字時，我們就以這「蠟炬精神」來作背景而襯托這「卜」。那是因爲我們如果把「卜」之「丶」除去後，豈不正像一隻蠟燭的形狀嗎！更何況這「卜」乃是古時的人遇見爲難而乏人指引時，就拿一隻象徵吉祥的龜來處死，再以火來燒熱牠的龜甲，然後再看那因火灼而裂開的紋路，就當作人行止的方向或自判的方法。請想看，這龜所犧牲的代價是何等大呢！然而牠被灼燒後所裂開的不過是一個像形之「卜」的裂紋而已。可是，牠確也因此曾經指引了不少人；否則，古人就不會給我們留下這一文字了。而古代也確有職司問卜之官。然從這字的哲理看，人生最終總會走到最後一步的；但願我們所留下的能成爲別人一點點的光照或指引，以免白白的虛度一生。這豈不是蠟炬所給我們的激勵。

○九三、眷愛扶佑的「顧」字

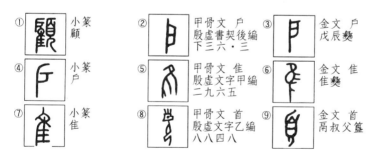

①　小篆　顧
②　甲骨文　戶　殷虛書契後編下三六・三
③　金文　戶　戊辰
④　小篆　戶
⑤　甲骨文　隹　殷虛文字甲編二九六五
⑥　金文　隹　佳
⑦　小篆　隹
⑧　甲骨文　首　殷虛文字乙編八八四八
⑨　金文　首　禹叔父簋

　　在古代的〈尚書〉大傳裡記有：「愛人者，愛其屋上之鳥」這故事，後來就衍變爲「愛屋及烏」的成語。依這故事，再來看這圖二窗戶的「戶」，再如圖五稱「隹」的「鳥」，以及圖八、九稱「首」的「頁」合組爲圖一小篆的「顧」。在這樣的組合架構下來認識這「顧」，就知道它如何被稱爲「看顧」、「顧

念」、「顧全」、「顧恤」或「顧惜」等這些「顧」的實義和眞含了。

　　在此，我們應特別來認識圖八稱「首」的古「頁」字。那豈不是一個人東張西望的圖畫嗎？那是仔細觀察有無疏漏的。圖九金文的「頁」似是重在以手扶佑。再請想看，這事必然是發生在房屋之內，因爲這字左上爲圖二窗戶的「戶」字；並且這「戶」下還有一隻「鳥」，則是指雖是一隻小鳥也應予細心呵護的。這比起今日對保護小鳥而組成之保護動物運動的團體來說，不知道它乃是落後造這字之古人們的觀念已數千年了。至於這稱頭的「首」如何會衍變爲「頁」而致我們無法辨識，當是逐漸簡化而失原意且又作別用了的。

○九四、藉養育使成長的「孟」

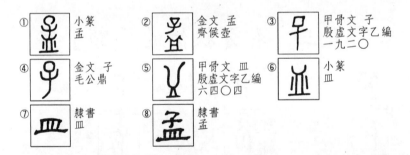

①小篆 孟　②金文 孟 齊侯壺　③甲骨文 子 殷虛文字乙編 一九二〇

④金文 子 毛公鼎　⑤甲骨文 皿 殷虛文字乙編 六四〇四　⑥小篆 皿

⑦隸書 皿　⑧隸書 孟

　　「孟」，這個字除了人的姓氏外，就只有在稍早的國畫或書法題字中所記的時序爲「孟春」等簡稱；其他就很難看見並會使用的了。尤當我們想到這姓，就又很容易連想到二千五百多年前的名人「孟子」。也因此，我們就當稍加用心的探究看看古人給我們留下來的這「孟」的深義到底蘊含些甚麼？

　　若以這字的構造看，它是非常明顯的圖三的「子」和圖五的「皿」所構成的圖一、二的「孟」。說到「子」，最常用的乃是

小孩子的「子」，以及古稱十二時辰之始的「子」時。一是人生的開始，一是時間的開始。而「皿」，主要是指盛裝飯食的「碗」古稱「皿」，以及沿用到今天泛指一切盛裝東西的器皿。若以創造這字最初的用意看，它就是我們今天常說的「飯碗問題」。當這「子」與「皿」合組爲「孟」時，就可使我們知道人生的起始乃在首重飯碗的吃。往廣義看；就是對孩子的養育。當然，目的乃在使其成長。時至今日，除養之外，教育則更感重要了。尤其孟母三遷所給我們的啓示。這就是旣「養」且「育」的「孟」字。它是人生的起始；也是一個人活在時間裡時序的起始。它是人生極其關鍵性的事，也是我們當有的正確的認識。

○九五、使氣鬱得舒解的「平」

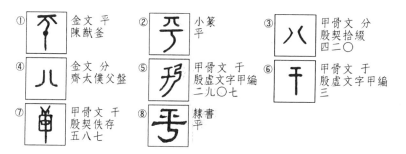

①　金文 平　陳獻釜
②　小篆　平
③　甲骨文 分　殷契拾綴　四二○
④　金文 分　齊太僕父盤
⑤　甲骨文 于　殷虛文字甲編　二九○七
⑥　甲骨文 于　殷虛文字甲編　三
⑦　甲骨文 干　殷契佚存　五八七
⑧　隸書　平

　　春秋時名著〈晏子春秋〉的問篇，曾記有「氣鬱而疾，志意不通」的話。由此可見一個人若因一點小事而使氣悶無法舒解，久了，雖不致會成爲不得了的大病；但卻會成爲許多尋短者的主因。故而就成爲因「不平」而以如此方法來「鳴」的社會問題。因此，我們就以這段話來作這「平」字作這研究的主題。

　　若從許多字辭典裡查考這「平」字，是必須到「干」部去查找的；然卻不知道這「平」古早的創意是與「干」毫無關係的。看圖七原初干戈之「干」當會知道。若再看圖五的「于」，就會

知道許慎在〈說文〉裡解它爲「氣不得舒，上礙於一也」的因由。若看圖六「于」，它確似今日這「干」，然而圖五未曾簡化的「于」之右旁的「弓」形，就是描繪一個人心中積鬱的悶氣，因受外在障礙的影響，就使其氣不得舒的。故後人又以「于」增「口」爲「吁」，就明顯他乃「氣吁吁」了。然再看圖一、二的「平」中間乃爲圖三、四的「分」，就又會知道那「于」之氣已被分開；因此，他的氣就得平順而得安舒。這才是我們應當認識之不致再尋短見的「平」。這雖是一個平常的「平」，卻是留下很多社會問題的「不平」，故當認眞並正確的來認識它。

○九六、金穀遍野的「黃」字

從我們現在這寫法的「黃」字，可使我們知道這字的主體結構就是圖六經過耕犁且經播種的「田」。這是我們務農爲本的先祖們基本要務。因它是解決民以食爲天的最大問題。若問單靠人的撒種或耕耘就能成長爲稻麥而讓人得飽美食嗎？答案乃是不可能。因它還需要再經過寒多霜雪的覆蓋，再經化爲水分的濕潤以及春風的吹拂，使那些苗芽因風吹襲就似稍加「提拔」般的成長。接下來，就到了炎熱的夏季，就是還需要炙熱的陽光如火般照射；這就是如圖四之「火」般的圖五的「光」來曝曬。這時，遍地稻禾經過了一個多月的照射，禾稼的枝葉都被曬枯了，但那遍地金黃般的籽粒卻全都被曬熟了。這時，它就成爲圖六之「田」再組以圖五如「火」之「光」照射稻麥遍地如金的「黃」。這樣的既敘事又象形的「黃」所含蘊的歷程和結果，是

需要炎黃子孫們懂得體認的。稻麥成熟使人得飽的過程如此，炎黃子孫的發揚光大是否也在春風吹拂中，抑或是在烈陽照射中很快就得成熟以作世人的需要呢？願我們不致成爲世間的「黃色新聞」、「黃色圖片」或「黃牛」；否則就會淪爲稻麥枝葉般只配燒火的「黃」了。

○九七、自得其樂也與人同樂的「和」字

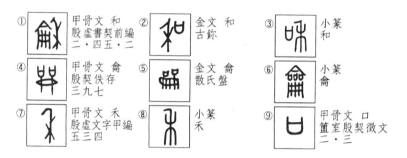

①甲骨文　和　殷虛書契前編二・四五・二
②金文　和　古鉌
③小篆　和
④甲骨文　龠　殷契佚存三九七
⑤金文　龠　散氏盤
⑥小篆　龠
⑦甲骨文　禾　殷虛文字甲編五三四
⑧小篆　禾
⑨甲骨文　口　簠室殷契徵文二・三

　　這一個可稱其爲樂天主義者隨時隨地都在享受自得其樂的如圖一之象形兼具會意的古龢字。後來又改變形象就成爲圖二且又作爲「和諧」、「和平、「和藹」、「和柔」……等的「和」，總算還保留了一點原來的創意。這實在是值得慶幸的事。不過，已早已不易看見它的原貌乃極富「和樂」的眞象了。

　　我們可先探究一下圖一原初甲骨文的「龢」；它是由圖四、五的古「龠」字，和圖七的「禾」及圖九的「口」所組成的。約數百年後才被「變」成這圖二的「和」。請想看，它與原始創意相差的是何等的遠。藉此，我們必須先來看圖四、五的「龠」，它是用一根軟草或小繩編紮了兩隻小竹管或較硬的草菅的象形。它上面的「口」是特別示意有孔的。這可從圖一右旁即圖七的「禾」對照。再經圖一左上如圖一倒寫的「口」來吹奏，它就可

成為自編自娛的樂曲了。這應是農忙中或收成後隨時可製的最簡便的樂器；這也許就是與樂同讀作「龠」的原因。當我們如此來認識這「龢」時，時光似乎又把我們帶回到當初，使我們看見古人們在農忙時自得其樂且又娛人的景象。而現在的這「和」，似乎只能當作一個代表的符號了。

○九八、恭敬感戴的「穆」字

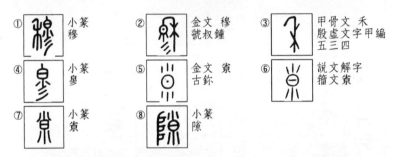

① 小篆 穆
② 金文 穆 虢叔鐘
③ 甲骨文 禾 殷虛文字甲編五三四
④ 小篆 㣙
⑤ 金文 㣙 古鈢
⑥ 說文解字 籀文㣙
⑦ 小篆 㣙
⑧ 小篆 隙

　　這是一個旣具像又抽象的「穆」字；眞叫我們無法想像古人是以何等智慧所創造出來而稱它爲「肅穆」般的莊重恭敬，而又稱「穆如清風」；稱天子的威儀曰「穆穆文王」或「天子穆穆」等的。像這樣滿具嚴肅並且極爲莊重的氣氛，幾乎已具使人暫時停止呼吸般的嚴肅感。當古人構造這字時，也一定是先深入了這情境而把它凝聚後，再以如同從門的縫隙中所窺察稻禾即將成熟的心情。當可稱其爲手捧相機在屛息般的心情下所拍攝的傑作。

　　爲此，我們可先看圖二金文左旁如圖三的「禾」字，它應是這字的主題。因它是結滿子粒且熟透後才下垂的。再看圖二的左旁，它是圖五、六的「㣙」，即圖八小篆省「阜」（隙）的「㣙」。而這「㣙」，清之段玉裁就在〈說文〉裡注爲「際見之白」。可見它是從門縫或壁隙間所看見的。故強調只有日光照射上下的光線如圖五、六的「㣙」。在這情景下，莊稼主豈不滿懷感戴的恭敬和肅穆的心情來等待收成嗎？這也是務農爲本之每一

位農民發自內心之感謝的寫照。這是虔敬的；也是發自全人內心的「肅穆」。這當是我們以此心境來懷念古人造這字時之苦思。

○九九、勿掩嚴肅的「蕭」字

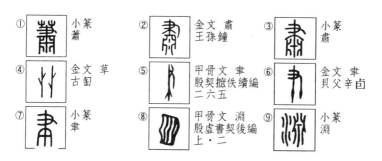

① 小篆 蕭

② 金文 蕭 王孫鐘

③ 小篆 肅

④ 金文 草 古匋

⑤ 甲骨文 聿 殷契摭佚續編 二六五

⑥ 金文 聿 貝父辛卣

⑦ 小篆 聿

⑧ 甲骨文 淵 殷虛書契後編 上‧二

⑨ 小篆 淵

「風蕭蕭兮易水寒」，這一句頗使人不寒而慄的話，是荊軻刺秦王前所留下。流傳至今已歷二千餘年，影響所及，無不使人會把他連想於「蕭條」、「蕭索」……等肅殺氣氛。然而古人組成這「蕭」為何是以圖二主體的「肅」增以「草」後就稱「蕭」呢？因此，我們必須先看圖二的「肅」字；從這「肅」就會使人「肅立」或「肅然」；因為這「肅」乃是由圖五的「聿」和圖八的「淵」組合」的。看這圖畫就知道那是圖五的右上的「手」拿著一隻筆在書寫或記錄的。當然，他所記的是不論你所行的是善或惡，豈不都會使人「肅然」麼。可是，這書寫的人是否隨心所欲呢？當然不是，否則就無法使人「肅然」。看圖八的「淵」就可以知道。從這「淵」，乃證明當那人在書寫某一人或某一事時，則像如履深淵，如履薄冰一般的。這就是圖八象形的「淵」。我們現在這寫法的「淵」，是從圖九小篆衍變來的。如此，可叫我們知道古人每造一字豈不都是經過相當的深思麼。

至於後人為何增以圖四之草後稱「蕭」，則是在告訴人如此嚴肅的事，不是可用「草」加以遮蓋或覆掩就草草了事的；其結

果當不只表面的「蕭條」，更不止像秋風一樣使水變寒，而且還會不自知的落入深淵而無法復起。

一〇〇、運籌帷幄的「尹」字

① 甲骨文 尹
殷虛文字甲編
三五七六

② 金文 尹
尹叔敦

③ 小篆
尹

④ 甲骨文 丨(貫)
殷契佚存
一〇〇

⑤ 甲骨文 手
殷契佚珠
七〇二

⑥ 甲骨文 事
殷虛文字甲編
六八

　　若從現在這寫法相當簡單的「尹」字看，除了姓氏以外，它已不再被當作古時掌治京師所稱的官位，如「京兆尹」，或百官之長曰「百尹」等了。這恐怕是生活在今世代的人所難以明白這「尹」是如何會被這樣使用的。若以圖一原初甲骨文和圖二的金文看，可說無甚變化。就連暴秦統一後的圖三，和原意可說無大差別。因此，我們當以圖一、二來研究，就可知道這字被稱為前述之「尹」究為何義了。

　　首先，我們要認識的當然是這字主題圖五也稱又的「手」字。其左，乃是這「手」所緊握的如圖四的一隻筆「丨」。我們若有這樣的認識，就會叫我們知道那是指那一個握筆的人，對他所掌理的事，有其極為週詳的計劃並書寫出來可資稽考的籌謀。這豈不是今日治理國家大政或管理一家工廠，以及一個企業化的公司所當必具的第一步驟嘛！特別在科技極度發達的今天，建築的設計，橋樑的設計，所有交通、運輸等無不先需經過週詳謀慮。因此，那個「丨」就成為無論任何大小事物起始之第一步計劃所用的「筆」了。這也是圖六之「事」的組成主因。這乃是我們從今天最科技的時代來認識的這「尹」。當然也可說是同音的「引」所引導的中心意義。

一○一、吉兆永偕的「姚」字

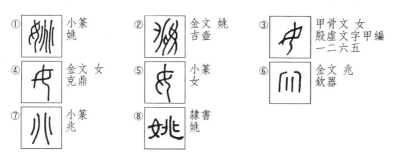

① 小篆　姚
② 金文　姚　吉壺
③ 甲骨文　女　殷虛文字甲編　一二六五
④ 金文　女　克鼎
⑤ 小篆　女
⑥ 金文　兆　欽器
⑦ 小篆　兆
⑧ 隸書　姚

　　這個古稱爲美好的圖一、二的「姚」字，今天則只作姓氏用了。至於它爲何被稱美好？當是古今中外不論文明或甚至尚未開化的人類中所共有的期盼；不過它外在的形式各有不同罷了。例如被稱爲最先進且極民主的美國，尚在民選的總統就職時，手按聖經宣誓，藉以祈求上帝庇佑。至於這「姚」之右的「兆」，則爲古時把龜甲拿來灼燒，再以牠被燒後所顯出的裂紋，再由專家或當初的「卜官」來斷定其行止或吉或凶的。圖六、七所衍化的「兆」，就是指龜甲所顯出之裂紋說的。也許凡出現如前述之紋狀，都可稱其爲吉兆，因爲它乃是顯示了或出或入的吉、凶，這就是衍變爲今天這寫法的「兆」字。

　　至於圖一、二的「姚」其左爲何被增如圖三、四的「女」後才能稱美好呢？當是指人類繁衍之責乃在婦女生產既順利又安然的。更何況無人不盼他們的後代世世美好。特別這「兆」後又被稱爲數字的「百億」爲「兆」，這就意含如此美好的「吉兆」可至無法數算甚至永永遠遠。

享受你勞碌所得的，
　　　　就是你所當享的福。

一○二、愼防陷阱的「邵」字

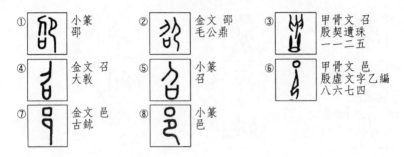

① 小篆 邵

② 金文 邵 毛公鼎

③ 甲骨文 召 殷契遺珠 一一二五

④ 金文 召 大敦

⑤ 小篆 召

⑥ 甲骨文 邑 殷虛文字乙編 八六七四

⑦ 金文 邑 古鉢

⑧ 小篆 邑

　　這個「邵」，是常被形容人年齡高而德望也高曰「德高望重」又稱「年高德邵」。而這「邵」則也有勉勵、勸導之意。爲此，我們當來研究這「邵」爲何能具此意而被如此應用。

　　依這字之右圖六的「邑」看，它原爲春秋時邵原關的地名，亦當屬向上蒼祈求而得的。然而這字主題之圖三的「召」，應是我們值得往深處研究的。因此，我們當來看原初甲骨文的這「召」。看這圖畫，可叫我們知道那是從上面伸出來兩隻手把中間的那一個人從深坑或陷阱裡拯救出來的意思。若以這情形來對照今日的社會，豈不處處都滿佈令人防不勝防的陷阱麼！而前述所稱年高德邵者，乃在闡明這一位人生的經驗和閱歷已至年高時還顯得他道德很高，就証明他是從未遭遇過陷阱苦害的。他當然可以成爲別人的鑑戒和學習的榜樣。這當也是這老人得以稱「邵」的原因。由此，也可見這地是右旁之人所求來的；尤其免於陷阱則更需要人自己切切的向上蒼祈求了。因爲人的智慧總是有限的。也因此，我們當向造字的先祖們獻上極深的感讚，好叫後人對認識這「召」與「邑」所組成「邵」有高度的深省。

白白地浪費了一點點時間；當知道也浪費了生命。

一〇三、安舒甘美的「湛」字

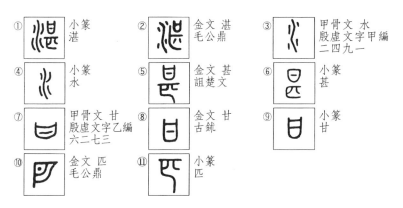

①　小篆　湛

②　金文　湛　毛公鼎

③　甲骨文　水　殷虛文字甲編　二四九一

④　小篆　水

⑤　金文　甚　詛楚文

⑥　小篆　甚

⑦　甲骨文　甘　殷虛文字乙編　六二七三

⑧　金文　甘　古鉥

⑨　小篆　甘

⑩　金文　匹　毛公鼎

⑪　小篆　匹

　　我們都知道這個形容「神志安然」、「工夫湛深」以及「技藝精湛」等的「湛」字，乃是這字左旁如圖三、四的「水」和圖五金文的「甚」所組成的。至於這「甚」又是圖七甲骨文甘甜的「甘」和圖十稱一匹布的「匹」所組成，這不是很多人能有如此認識的。故此，我們當一一來研究，方能得悉它組成的深含。

　　爲此，我們可先來看圖七的「甘」，那是描寫一個人的口中含了一個極其甘甜的東西，並不願立即吞下所以就慢慢且延長這享受的時間。這就是古人所造的「甘」。

　　至於「匹」，當初則是專指布帛的，尤其對當初的絲織品來說，它的長度幾可說無法衡量。不過，後來就演變爲現在廣被稱作四十碼的長度叫一匹，那是爲著便於計算的。然當這「匹」上再增以「甘」，其意則在表明這「甘」之「甚」了。也可說這甘甜是相當相當長的。但是，雖然可以稱爲相當長，然終究還有其限；因此，古人就在左旁再增以「水」，意在含指這甘甜之甚可達源遠流長永不終止。故而就被稱「湛」。未悉「湛」姓諸公以及崇仰我中華文化的同胞能有如此認識否？也願藉此能在旣安舒，又安逸的環境下來享受這湧流不止的「湛」。

一〇四、農田水利的「汪」字

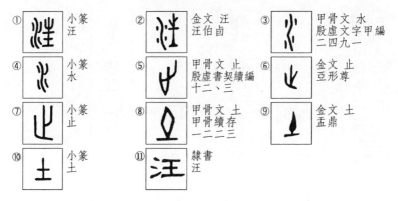

① 小篆　汪

② 金文　汪　汪伯卣

③ 甲骨文　水　殷虛文字甲編　二四九一

④ 小篆　水

⑤ 甲骨文　止　殷虛書契續編　十二、三

⑥ 金文　止　亞形尊

⑦ 小篆　止

⑧ 甲骨文　土　甲骨續存　一二二三

⑨ 金文　土　盂鼎

⑩ 小篆　土

⑪ 隸書　汪

　　我們通常稱爲「汪洋大海」的「汪」，若與又常被用作「淚眼汪汪」來比較，豈不是不可以道理計嗎？不過，我們若仔細研究古人當初所造這「汪」，非但不是這種寫法，其誇張的程度，也是令人難以想像。我們一同來探究一下當初古人如此構造的眞實意義看看。

　　我們先看這字之組成的基本架構；當然是圖二左旁如圖三的「水」。其次則應再看圖八甲骨文的「土」。它是到暴秦統一文字後才變作圖十之「土」的。至於原圖八的「土」，乃意指可以生長出植物甚至礦物的。這應是指上蒼所賜之土地的「土」。至於右上圖五的「止」，乃是腳趾的「止」，它是一個象形字，它當初是指行走之腳的，不知何時何人把它變限於「停止」了。當然，腳在不行走時自也可稱停止，這也是很自然的。然當這「止」被構置在「水」右時，它當然是可作「停止」來用；那是因爲古人在耕田犁地後常需用水澆灌或施肥，故在田旁挖一池塘稱「汪」；古人們就以這天雨所積之一汪的水，或自較近河川汲取的水來作洗滌農具或灌漑農作之用。這當是古人最初研發的「水利」之「汪」。到了春秋以後，它又被人當作姓氏用了；其

深含當是指你和我都應作隨時可爲別人取用，藉以助人洗滌或使別人的作物得以成長的。

一〇五、求能高鳴的「祈」字

　　若不是上蒼對我們炎黃後裔特別施恩，使我們能在清光緒廿五年即民前十二年在河南省安陽縣小屯村大批出土了甲骨文，我們現在這寫法的「祈」就完全失其原貌和實義，就只好妄自「祈求」了。

　　爲此，我們可先來研究圖一原初甲骨文的「祈」。從右下如圖三卑躬祈求狀的「人」字看，當是讀作祈求的「祈」的主要因由。若問這人在祈求甚麼？就當再來看圖二的「單」字。那是夏季鳴音最大、聞聲最遠之蟬的特寫圖畫（請參看一八二篇單）。古人似乎只強調了牠的眼睛和頭部；而圖一上方的「｜」，當是指這蟬所發極高鳴聲的符號。稍微對蟬有一點認識的人都知道，牠產卵後落入地內，要經過將近十七年的時間方能成爲幼蟲，然後爬至樹頂成蟬後，又只能維持約三週的生命。更何況喜歡捕蟬的頑童又常以長竿黏著膠糖或以網來撲捉用火烤熟來當野味！這是牠生命更短的致命大傷。也許爲此原故，牠就將上天所賦予牠特具的功能，就是牠天生的鳴器，以最短的生命來不住鳴叫，好叫人知道夏天將盡，而題醒人趕快準備收成。也似乎在叫人不要像牠不久即將在世上消失。這怎能說不是人所應當祈求的事呢？

　　今日這「祈」除具祈求之意外，它又是人的「姓」；也許是

古人藉此叮囑後代也能效法這蟬以人生極短暫的時間，常作登高一鳴的人，好使人注意自己當有的收成。

一○六、奇妙無限並盡護膚大功
的「毛」

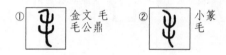

① 金文 毛　毛公鼎
② 小篆 毛

　　這個「毛」字雖迄今尚未在甲骨文中出現，但就許慎在〈說文〉裡解它為：「眉髮之屬及獸毛也。象形」卻是事實。其實，這不僅人及獸有毛，就連最微小的植物即使一根小草，造物主都賜給它為了保護它成長的毛。因為這「毛」不論對動物或植物，其功用都在於盡其排泄或保護的功能。這也表明每一具有生命的動、植物，都是無可或缺的。然而這「毛」今天又是許多人的姓；所以我們也就僅以人體的「毛」稍加研究。

　　據研究人體毛髮的人告訴我們，人體上大約有五百萬個毛囊，也就是指一個人身體上最少也有五百萬根毛和一部分頭髮，其最大功用乃在於幫助人身體的呼吸、排泄，並且時時都在它所站的崗位上防止外物對人體的侵入。若單以頭皮計，人的頭髮差不多都在十萬根以上。而每天因梳理而脫落的最少也在五十至一百根左右。不知道有多少人會想到這頭髮對人體最大功能的頭有多大幫助。若不是有了這十萬根以上的頭髮，隨時隨地都會受到外物的傷害及陽光的炙射的。眉毛又是幫助分散汗水流向兩方而不致傷害眼睛的。眼睫毛則是為了防止小蟲或飛沙入侵的。鼻孔的毛，則是為著過濾空氣中的污物的。特別是人體內支氣管上與所有的毛是相反而往上生長的管壁毛，是為了拖住並可使一咳再咳時，就會把痰吐出的，……。說真的，它的功用實無法述說完

全，只有請毛姓諸公去請教專家了！然而最當認識的，一個國家若比作一個身體，你我每一個人則都是這身體上不可缺少的一根「毛」。

一〇七、爲完使命而不顧己身的「禹」

① 小篆 禹

② 金文 禹 古鈢

③ 甲骨文 虫 殷虛書契後編 下八・十八

④ 小篆 虫

⑤ 甲骨文 九 殷虛文字甲編 三九二

⑥ 金文 九 盂鼎

這「禹」是古代一位治水名君的名字，曾奉黃帝命疏通全地洪水而奠立了中華九州。在這期間，他曾三過家門不入，而且因腳難行，卻仍負命「禹禹往前」，終於完成使命。因而，在〈史記〉的夏本記就說：「夏禹，名曰文命，受禪成功曰禹」。然而，我們卻當深知的，乃是這「禹」爲何如此構造而被稱「禹」？

這「禹」迄今未在甲骨文中出現，然就圖一、二的「禹」字看，它中間極似圖三、四之象形的「虫」字；其下乃爲圖五、六鐵勾狀的「九」字。就整個圖意看，它乃是在鐵勾壓制下仍奮力前行的一條虫。這當是「禹禹而行」的眞實寫照。這是我們從這字的圖畫所認識的這「禹」。若以黃帝命倉頡他們造字的時間約在西元前二六九〇年前左右看，這「禹」字應是早於夏禹治水前就已經有了的，所以他才會名「禹」。然而這一位似在強權下而不念他父「鯀」因治水無功而被殺之仇，卻仍能負命完成大功而得「夏」。由此可見，這字和這名所隱含的，人生雖可百年，不

過似一小蟲；但若盡其一己之責，仍能在禹禹中治平水患而劃分華夏九州並得天下。這就是不得了的一隻蟲。

一○八、希有種犬的「狄」字

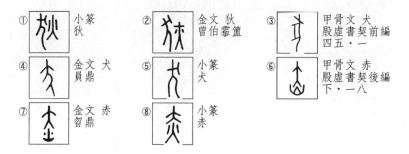

① 小篆 狄	② 金文 狄 曾伯霥簠	③ 甲骨文 犬 殷虛書契前編 四五・一
④ 金文 犬 員鼎	⑤ 小篆 犬	⑥ 甲骨文 赤 殷虛書契後編 下・一八
⑦ 金文 赤 智鼎	⑧ 小篆 赤	

　　我們現在所使用的這「狄」字，乃古時北方邊界的一個族群的名稱。到春秋時，則又有赤狄與白狄之分。後來也作了人的姓。若以這字的組成看，將犬置於火旁，豈不會遭愛犬團體的抗議嗎？還好，清代的王筠卻能在他所撰〈說文〉句讀裡解這狄曰：「赤色之犬」，頗稱精準。更何況這一赤色犬種實為罕見，自可稱非比尋常。若再以這字在古代的用途看，〈書經〉的顧命篇就記有「狄設黼扆綴衣」，是指下士官之服飾。〈爾雅〉釋獸則記有：「麋，絕有力，狄」。則又是指力大無窮的大麋鹿的。然而這字被指為「赤色之犬」；就是圖六的「赤」，再組以如圖三的「犬」，就更清楚是指「赤色之犬」了。如此的「赤色之犬」，當屬世間希有動物，又屬極忠於主人的犬類之粹，應屬特當珍惜的。不知愛犬的諸公們可曾發現此犬否？牠既是中國文字的「狄」，可能也是我中華所獨有的赤膽忠心。它當是含指人。

有志無趣，生活易感枯燥；有趣無志，則易失誤方向

一○九、來自天地的「米」

①
②
③

說到「米」，它實在是絕大多數人的最最需要，尤其佔全世界人口四分之一以上的中國人；它幾乎是我們不可或缺的主食。而且它食用的方法，特別在我們中國人的巧手中，甚麼「米粉」、「米糕」、「粿條」、「八寶飯」、「甜粥」、「鹹粥」……等，真可說是千變萬化，它似乎也代表了中國人能在全世界任何角落都能盡其所能的供獻自己一分心力，藉使這社會得以健康一般。雖然在物質極其豐富，雞、鴨、魚、肉都不虞匱乏的今天，不知道還有多少朋友們在大快朵頤之後，仍然需要吃幾口米飯才算飽足呢！故當這「米」又被稱作人的姓氏時，似是在指每一個人皆如一粒米一樣，當他與別人緊密合作如同一體時，也就真使人得以飽足了。

至於這「米」字的構造，它乃田間初生之稻苗的象形，是需要人加以培育後才會成長爲「米」的。不知讀者在這「米」的事上站立何種地位？是「被培育」而使人得飽呢？還是「培育它」使人得飽？

一一○、造化之妙的「貝」字

① 甲骨文 貝
殷虛文字乙編
六三七七

② 金文 貝
效父簋

③ 小篆
貝

圖一這個象形的「貝」字，它是海產中軟體動物的牡蠣。「說文」稱它爲「海介蟲」。至於牠爲何會被稱爲寶貝之「貝」；我們只能說這是造物主的特別大能。特別當牠被人發現

這海介蟲竟會如此產「貝」，後來就有人以專門技術來培育牠，藉以能得更多更大且更顯寶貴的「寶貝」——珍珠。這也是我們中國人在上古時期最早發現的。

　　上蒼所特別創造的這一種蚌螺，在張開保護牠的貝殼來游動或吸取食物時，自然的，海沙也比較容易被吸入。當牠吸入了雖不過是一粒小沙時，然對牠的傷害，則像人的眼睛侵入一粒細砂那樣難耐。為這原故，牠就不得不繼續分泌更多分泌物來包裹它。因這蚌內含有一種天然的珠母質，殼細胞，當這沙被蚌所分泌的帶有殼細胞的黏液一直包裹後，這沙粒似乎就像會長大一樣，就在這螺之體內也起了變化。這變化的結果，就成為可從這蚌螺中取出來的既圓潤又光亮的珍珠。特別是鹹水中所產的既大，又亮。而色澤又可分灰、藍、黃、淡紫等。再當這大量的蚌都如此繼續不斷的生產，牠自然就成為人的寶貝了。那就是一面寶貝牠可以生產珍珠；自然地，這珍珠也就成了人可以致富的寶貝。因此，我們只能說這是造化之主的奇妙創造。據傳，迄今所發現最大的珍珠約為四五〇克拉之重。不過，天地之性最貴的人，還是比牠更寶貝的。所以它才會被稱為人之姓氏的「貝」。至於圖二、三之「貝」的寫法，乃是人因懶而逐漸衍變的。

一一一、把握今天的「明」字

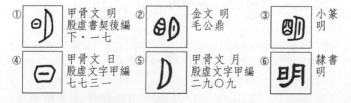

當我們看到圖一古甲骨文這寫法的「明」字，我們會不會感覺古人在構造這字時，曾對這圖四的「日」和圖五的「月」都留

心分析過那實際的天文現象，也叫我們看見他們在構造文字時的苦心。因為這是要留傳給後代並且到永遠的。何況這不是僅僅以這兩大光體拼湊在一起稱為明亮之「明」而已；但也為後人泛用為「明天」或「明白」之「明」預留了空間。看圖五的「月」，可知它有上弦與下弦之分，並且也知道那是月球繞地球運行所形成的月缺。也叫人知道這日子已經又運行過了一個月的時間了。當然，他們也應當會知道圖四稱「日」的太陽；乃為永遠不動的恆星，也許應知道地球是環繞太陽旋轉的，除遇日食外，是永遠向地球發射亮光。因此，才會把這兩大光體的外形各繪成不同的象形文字，也把它合組為「明亮」之「明」。更何況古人也早於全球任何民族藉這光體的運行而發明了並制定了節令的「曆法」。這又是我們應當「明白」的「明」。這恐怕也是古人叫後代得以明白「日，月」都在時時往前，切莫稍有怠忽的等待「明天」！這是要後代應當切實「明白」把握今天的「日」和「月」的「明」。

一一二、護衛瑰寶的「臧」字

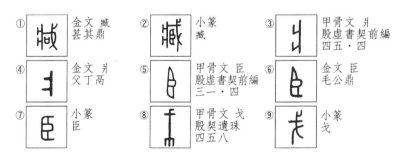

① 金文臧　甚其鼎
② 小篆　臧
③ 甲骨文 爿　殷虛書契前編四五‧四
④ 金文 爿　父丁鬲
⑤ 甲骨文 臣　殷虛書契前編三一‧四
⑥ 金文 臣　毛公鼎
⑦ 小篆　臣
⑧ 甲骨文 戈　殷契遺珠四五八
⑨ 小篆　戈

　　這個「臧」字，若從古書文中諸多記述看，它就是我們今天所使用增「草」以後的「藏」字。依這字的組成，它是由圖三的「爿」，圖八的「戈」，圖五的「臣」合組的象形兼具會意的。

這「爿」及「戈」皆爲古代最簡便的武器。至於「臣」，若把它橫過來看，就知道那是眼睛，是指以爲臣之人的眼目低頭注視君王的。而「戈」及「爿」，都是指保衛的武器。由此也可見這被保衛的東西乃係經過專長事務的爲臣者監察並分別過的，所以才會視爲瑰寶而予以收藏。這當是古人造這「臧」的實際圖意。然當今日我們所見這最明顯的「臣」置於最中間的地位時，這似乎又在意含那不僅是護守物質的瑰寶，當也是護衛視爲國家社會棟樑之材的瑰寶。這應是我們當認識今天衍變爲這收藏之「臧」的深含和實意。

一一三、詳謀細籌的「計」

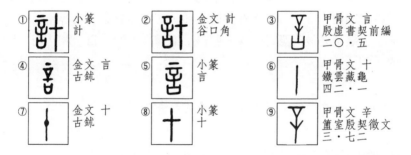

① 小篆 計
② 金文 計 谷口角
③ 甲骨文 言 殷虛書契前編 二○・五
④ 金文 言 古鉨
⑤ 小篆 言
⑥ 甲骨文 十 鐵雲藏龜 四二・一
⑦ 金文 十 古鉨
⑧ 小篆 十
⑨ 甲骨文 辛 簠室殷契徵文 三・七二

　　這個「計」，是我們常作「計算」或「計劃」來用的「計」。但它又常被用作「計策」或「計謀」而使人在不覺中而「中計」的「計」。但是，我們恐怕不易明白古人怎會如此簡單的以圖三的「言」組以圖六、七的「十」就稱計？因此，我們當一同來探究圖三的「言」才會比較深入的去認識它。我們從圖三的「言」字來看；其上爲圖九的「辛」字，就是辛苦的意思，看那圖意，當然會知道那是相當辛苦的。因爲把一個人倒立起來，甚至可說是把一個人倒吊起來，那是何等辛苦的事，故古時也當「罪」用，那是指刑罰的。但當它被組以「口」時，就意指必須

非常辛苦口來說明甚至說服一些人來聽從其「言」的。

　　至於經過變化後的這稱十的「｜」，原意為「數之終」，就是指一件事情研判至終了或已經作到終了的。當它再組以「言」，豈不就是經過詳細研判，並辛苦的說明並說服了許多人，這當然是既週密又周全的「計劃」。故也可稱「計謀」或「計策」。這就是我們當認識的「計」。然而管子有一名言，乃是家喻戶曉的；他說：「一年之計莫如樹穀，十年之計莫如樹木，百年之計莫如樹人」！他並且還解說：「一樹一獲者穀也；一樹十獲者木也；一樹百獲者人也」！這才真是我們每一個人所當詳謀細籌的「計」。

一一四、竭盡本分的「伏」

①　小篆　伏
②　甲骨文　人　殷虛書契前編　六二・一
③　甲骨文　犬　簠室殷契徵文　八・一八
④　金文　犬　員鼎
⑤　小篆　犬
⑥　隸書　伏

　　若照圖一小篆這寫法的「伏」字看，我們很難想像古人為何把「人」和「狗」擺在一起來稱它作「伏」？〈說文解字〉的許慎稱「人」為「天地之性最貴者」；而指圖三的「犬」稱它為「象形」，並接著解說：「孔子曰：視犬之字如畫狗也。」若以今日視犬為寵物的人說，不知是否被稱為「人」和「犬」一同趴在地上戲耍的。然若以我們常罵漢奸為「走狗」，或辱譏輕視自己者為「狗眼看人」時；這樣的人，怎會願意與狗同「伏」呢？如此，這「伏」豈不值得我們深思麼！因此，我們又當從積極的正面來認識這字對後代的教育意義。

　　在漢代戴聖所撰〈禮記〉的禮運篇曾說：「人者，天地之心也，五行之端也，食味、別聲，被色生也。按禽獸草木皆天地所生，而不得爲天地之心；唯人能與天地合德」。從這解說再來看圖二象形的「人」，似乎是在描繪人所表現的嚴肅，端莊並戰兢般活出與天地合德的。然對今日整個社會來說，如此認識自己的，眞如鳳毛麟角。也許因這原故，古人就藉這「伏」叫我們來看隨處可見之「犬」的吧。

　　如圖三的「犬」；牠具有天賦的馴服，也具有特別的靈巧。牠的勇敢，機警，以及對主人的忠誠，並能注意到主人的細緻動作或命令。故能被訓練爲獵犬、警犬、嚮導犬等；其嗅覺的敏銳，對人類的幫助極大。並且是在所有動物中最早成爲人類夥伴的。這些，也許是造字的古人早就察知的。故被造與「人」合組爲「伏」，當是警惕後代得知當如何視「犬」爲人盡忠，藉以反映天地最貴的人，當如何竭盡本分與天地合德的！

一一五、永無戰爭的「成」

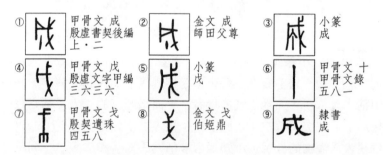

①	甲骨文 成 殷虛書契後編 上‧二	②	金文 成 師田父尊	③	小篆 成
④	甲骨文 戊 殷虛文字甲編 三六三六	⑤	小篆 戊	⑥	甲骨文 十 甲骨文錄 五八一
⑦	甲骨文 戈 殷契遺珠 四五八	⑧	金文 戈 伯姬鼎	⑨	隸書 成

　　從圖一古甲骨文的「成」和圖二金文的「成」看，它是原自圖四、五的「戊」而增以圖六的「｜」所構「成」的。我們絕無法否認這「戊」之右乃圖七的「戈」字，就是古代最基本的武器。至於圖四、五的「戊」，又怎能說它不是由戈而進化的另一

種武器呢。在漢書〈百官公卿表〉的戊己校尉注就說：「戊己，居中也，鎮覆四方」；〈說文通訓定聲〉又說：「戊，古文矛」。也都可證明它是武器。既是武器，自可傷人或致人於死，故這「戊」增以「｜」後稱「成」，難怪古人稱「十」為數之終也；豈不在說它已完成使命，以致「戊」下所滴乃為最後一滴血嗎。然而這樣的「成」，究竟成就了甚麼？也許為這原故，自古迄今，干戈從未止息，也證明並未因流血而完成任何一個世代的真正和平。直到今天，不論任何字詞典仍都把這「成」列在「戈」部，就證明這「戈」所作的迄未完「成」。因此，我們認為古人在構造這字時，乃是給後代留下最廣闊的思想空間；乃是以「戈」永無所「成」，只有不致流血或者是只再流一次血才是唯一達成真正「完成」最快速且是最短路程。這樣的事，恐怕只有祈求上蒼來完成了。

一一六、分賜卻益增的「戴」字

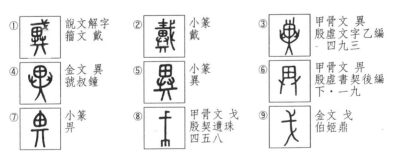

① 說文解字籀文 戴
② 小篆 戴
③ 甲骨文 異 殷虛文字乙編 · 四九三
④ 金文 異 虢叔鐘
⑤ 小篆 異
⑥ 甲骨文 昇 殷虛書契後編 下·一九
⑦ 小篆 昇
⑧ 甲骨文 戈 殷契遺珠 四五八
⑨ 金文 戈 伯姬鼎

　這個被稱為「愛戴」、「擁戴」以及「戴帽子」、「戴眼鏡」等的「戴」字，極具解字智能的許慎在〈說文〉裡解這「戴」曰「分物得益增曰戴」；我們當來看看這位大師是為何這樣來稱「戴」的。

　我們先看這字的基本架構之圖三、四的「異」字；這「異」，有換一個地方叫「異地」，不同時間叫「日新月異」或

「奇異」等意思。而這「異」的實際架構又是圖六、七的「畀」；這「畀」就是「分賜」或「給予」的。至於它爲何能分賜或給予呢？那是因爲圖三的「異」乃是雙手捧有一塊生長豐茂之「田」的。也因此，他才有資格分賜或給予。它也許是指始製耒耜，教民耕稼的神農氏的。我們可能要問，它怎會增了圖八就是古稱最基本武器的右上之「戈」，後被稱爲前述之「戴」呢？這原因當是這塊田的主人所分贈出去的越多，受惠的人自然越多，豈不當會被更多人擁戴麼。也因此，自然會有人甘願持「戈」予以保護和保衛。這當是許愼稱這樣的「戴」爲「分物得益增」的因由。這可能就是資本主義社會以正當且正常的給予才能產生出來的大資本家。因爲他那一塊田可以供應並養活千千萬萬的人，豈不應當被這些人「擁戴」！

一一七、後事之師的「談」字

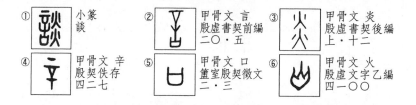

①　小篆　談
②　甲骨文　言　殷虛書契前編　二〇・五
③　甲骨文　炎　殷虛書契後編　上・十二
④　甲骨文　辛　殷契佚存　四二七
⑤　甲骨文　口　簠室殷契徵文　二・三
⑥　甲骨文　火　殷虛文字乙編　四一〇〇

中國人都承認我們是炎黃子孫；這「炎」與「黃」，乃是指四千六百多年前的「炎帝」神農氏與「黃帝」軒轅氏的。

歷史告訴我們，神農氏始製耒耜，教民務農故名神農，後稱炎帝。當他八傳於後代楡罔時，暴虐無道，黃帝敗之於阪泉，隨即位稱軒轅。當黃帝命史臣倉頡率衆臣造字時，倉頡他們可能是爲了記念這歷史而造出如圖三之火上加火的「炎」，並盼後代常言這史以茲惕勵故增圖二之「言」爲「談」，好使我們後代時常「談論」。

我們看圖二甲骨文的「言」，乃圖四之「辛」與圖五的「口」所組成的。意指說話之「言」必需辛勞口。而「炎」的主題是兩個「火」。火是圖六的象形字，是鑽木取火的燧人氏所發明，對人類文明是極大供獻。然若如圖三之「火上加火」加諸人民，那就是歷史上第一個暴君楡罔被黃帝所滅，這也是我們尊崇為「黃帝」的原因和歷史。

至於古人以「言」和「炎」合組為「談」，當是叫後代知道第一位炎帝神農氏敎民耕種，而且也嘗百草醫民疾病，是何等偉大的善舉，卻沒想到傳至八世的楡罔，卻欺壓人民如置水火了。這是歷史上最大的敎訓，故極具睿智的倉頡他們就以這「言」與「炎」記錄了這故事，好叫人能時常言談而惕勵後代。這當是我們要認識的「談」。更切望我們勿以增「水」後稱「談」來作「平淡」之言。

一一八、得其所在的「宋」

① 甲骨文宋　殷契伕存　一〇
② 金文宋　古銩
③ 小篆宋
④ 甲骨文宀　殷虛文字乙編　八八九六
⑤ 甲骨文木　殷虛文字甲編　六〇〇

「宋」，這個字是東漢的許愼寫其名著〈說文解字〉後二百餘年才作歷史上的朝代名──宋朝用的；在這前後則只當作人的姓氏。而許愼在〈說文〉裡稱這「宋」說：「居也，從宀、木、讀若送」。若從它讀音「送」，而迄今又只作姓氏看，恐怕是很難理解的。但是，若從文字乃歷史的記錄，且又可藉這「文」來「化」育後代看，它實乃上蒼藉倉頡他們所「送」給後代的最大禮物。

我們以圖一原初的「宋」看，它上爲圖四房屋形之「宀」。由此可見黃帝時代的居住文化早已不是上古時代之居於洞穴了。因爲它已具有今天房屋的外形。當它增以圖五象樹形的「木」後，就被稱爲「居也」的「宋」。若問它爲何不稱居而稱「宋」？這當是古人藉此而由衷的對上蒼發出感戴的。因爲人類因黃帝時代的衣、食、住、行甚至育樂都有長足的進步。就連睿智的黃帝還不敢稱作他的發明，乃認爲那都是上蒼所「送」。這不僅是指人已有這樣的房屋居住了，並且還有「木」可製作人所需要的一切用具。因此，他們就能從心底發出旣恭敬又感戴的讚佩，因爲他們已極具滿足感的認爲自己已得其所在。相反的，若以今天的人心乃永無止境的不滿看；是永遠無法「得其所在」的。這情形也許可稱爲促進社會進步的動力，但又何嘗不是社會之亂源呢！

一一九、不亢不卑的「茅」

① 小篆 茅
② 金文茅 古鈢
⑤ 古代的矛
③ 金文矛 母乙鬲
④ 小篆 矛

「茅」，原爲「矛」，就是圖五古代的一種古老的且最簡便的武器。圖三的金文乃爲象形的矛，圖四的小篆，則爲文字化的「矛」。而當它增「草」後，就借用爲圖一茅草的「茅」。

這「茅」雖是一種名叫「茅」的茅草，它是野生植物，卻是多年生的。有青茅、白茅、黃茅等品種，故也用途各異。有的可作較早時房屋的頂蓋；有的韌性較強，可搓結爲草繩；也有的可做爲稱蓆的草墊。白茅尙可入藥。青茅的莖葉還可作染料。這實在是不可輕視的「茅」；端看人如何來看待它並使用它了。若再

以它生長的特性看，雖生長於地面，幾乎是任由人踐踏。但孟子卻在他的〈盡心〉篇對高子說：「小徑之蹊間，介然用之而成路，為間不用，則茅塞之矣。今茅塞子之心矣」。這又是當從另一面來認識的不亢不卑的「茅」。

一二〇、勿存幻想的「龐」

①　甲骨文龐　殷契粹編　一二一四
②　金文龐　叡鐘
③　小篆　龐
④　甲骨文宀　戰後京津新甲　四三四五
⑤　甲骨文龍　殷虛書契前編　五四・四
⑥　甲骨文辛　殷契佚存　四二七
⑦　甲骨文口　殷虛文字甲編　一二一五
⑧　甲骨文虫　殷虛書契後編　下・八・一八
⑨　甲骨文言　殷虛文字甲編　一八九五

　　我們很難得看見在甲骨文中竟能出現滿多的「龐」字；這「龐」，就是我們常拿來形容不易估算或稱一個物體非常龐大的「龐」。這「龐」乃是圖四稱為房屋的「宀」和圖五的「龍」所組成的。若再細看這「龍」，它的基本構成又是圖九的「言」和圖八的「虫」。這樣組成的「龐」，恐怕是我們生在今日這後代的人所無法想像的。何況，除了科學家們確曾發現具體的大獸名叫「恐龍」外，我們中國人所想像的那種「能潛淵，能登天，能幽能明，能細能長」就如我們在各種慶典中視為吉祥而由人操作的那龍的樣子，是中外歷史上從未發現過的。若仔細分析，我們應稱它為古代民族所幻想的一個圖騰，以代表這一族群之理想和象徵的。

　　許慎在〈說文〉裡稱這「龍」為「鱗虫之長」，就是指牠是有魚鱗的大蟲，並說牠是虫中最大且長的。然若就這「龍」字的組成看，因它乃是圖九的「言」與圖八的「蟲」；所以許慎才稱

牠作「鱗蟲之長」。若再看圖五的「龍」，其上爲圖六的「辛」，古時與「罪」同字。其下方乃圖七的「口」，卻是倒寫的「口」；那就意含牠是所言不實的「罪蟲」。由此可見，這樣的「龐」不過是人非正當的幻想而已。故此我們認爲這字所含的眞義；應爲一個人在任何事物上都不當心存幻想；但卻應當腳踏實地去面對，以免好高騖遠。

一二一、體大卻善游的「熊」

① 甲骨文 熊　殷虛書契後編　上・九四　② 金文 熊　虢叔鐘　③ 小篆　熊

「熊」，是一個大型食肉的動物。顏色有黑、棕或較少白或灰色的。據說，最大的熊，有達七八〇公斤者。牠身體雖然如此笨大，但卻能爬樹或游泳。冬天，可長時間蟄伏，但多夜間出來覓食。然卻極怕火光；也許是捕熊人常以火炬四面圍繞藉易捕捉的。因這緣故，故也被世界保護動物團體列爲禁止撲殺的被保護動物之一。

至於圖一的原初甲骨文的「熊」字，是一幅正面來看的最簡易的素描。圖二的金文，則是極爲寫實的側面。牠最初對人類的供獻，就是牠巨大的毛皮，是居於寒帶的人所最愛的，也因而被殺的機會也大，故日漸稀少。當人類社會文明日益進步時，牠已反過來被人保護了。

這「熊」也是黃帝時一族群以其皮織於旗上作爲圖騰的；那就是最早期有熊氏的一族，後代就以「熊」爲姓。至於今日大多字詞典都把它列在「火」部，當是受秦後統一爲小篆的誤導。不過，「熊」氏的後代們當不致只是被保護者之一！站住當初圖騰的精神，顯出創造主所賜的威儀。

一二二、束縛自我的「紀」字

①　小篆　紀

②　金文　紀　漢鑑

③　甲骨文　糸　殷虛文字甲編　三五七六

④　小篆　系

⑤　甲骨文　己　殷虛書契續編　一・四七・四

⑥　小篆　己

　　這一個以「糸」和「己」所組成為常用作「紀律」，「紀綱」以及「法紀」等的「紀」字，迄今未見於甲骨文，如照圖二金文的「紀」看，它乃是圖三的「糸」和圖五的「己」所組成的。從圖三的「糸」看，它乃是由蠶繭抽出之一把絲的圖畫。它是象形字。而「己」呢，則是圖五經過四次轉彎的會意字，這樣的「己」，乃在說明人的思想會一轉再轉的。而〈說文〉則稱它為天干之數的「中宮」；我們若以人來看，它豈不也是一個人思想所在的「中宮」嗎。若以這情形對整個社會或某一團體說：各人都有他的「中宮」，並且也任他自由的一轉再轉，當然，就不容易顯出他是有規有矩的團體，當然就更談不上甚麼叫作紀綱了。為這緣故，古人就以「糸」在左來作人的約束，一面是叫人不得自由；而另一面，則是叫人看見這一捲絲的長度可能有數百丈甚或數千丈；然若找到它的一根「頭」，則可使全捲得以舒展毫不紊亂。如此的絲，一面是為對那「己」的束縛，一面也作了那「己」的啟示和榜樣。古人能以這兩種完全不同屬性的事與物擺在一起來組成這稱為紀律或紀綱的「紀」；若非經過慎思熟慮，恐怕是不容易被後代接受且那麼受用的留傳至今日的。當我們如此來認識它時，其目的也當在使從我們個人開始來束縛自我。果如此，動輒千萬言的「法紀」就無用武之地了。

　　══對別人遷就一點，就已經是你的愛了。══

一二三、捨己自得安然的「舒」

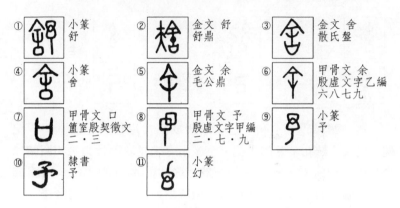

① 小篆 舒

② 金文 舒 舒鼎

③ 金文 舍 散氏盤

④ 小篆 舍

⑤ 金文 余 毛公鼎

⑥ 甲骨文 余 殷虛文字乙編 六八七九

⑦ 甲骨文 口 簠室殷契徵文 二‧三

⑧ 甲骨文 予 殷虛文字甲編 二‧七‧九

⑨ 小篆 予

⑩ 隸書 予

⑪ 小篆 幻

　　沒有一個人不盼望自己能有「舒適」、「舒暢」而又「舒服」的生活；只要一個人稍得「舒坦」，就會使自己盡情放鬆以得「舒展」而盡享安然。因此，我們要問，現在這寫法的「舍」和「予」所組成的這「舒」，是怎麼會被稱「舒」的？我們一同來找這答案。

　　我們可先看圖六甲骨文的「予」，其上乃是倒寫的「口」，其下為簡化的「手」，這意思是極簡明的以自己的手來指自己的口而稱我為「余」的。當這「余」下再增以「口」，它就是圖三的「舍」，也就是古與「捨」通用的「舍」，這就如古時母親餵食嬰兒乃是從自己口中嚼碎後而口對口的分享給孩子的「舍」。至於其右的「予」，乃是圖八的「予」也常用作「給」，也與上述的「舍」同意，所以它被組為「口」連於「口」。這樣的「予」，可稱「我」，也可用作「給」。〈漢書〉外戚傳有「春秋予之」乃是指允許的「給」。至於這雙口下面的「｜」則意含繼續的「給」。當這樣的「舍」與「予」合組後，就成為把自己的所有毫無保留的給出去後，他就真得「安舒」了。特別是做母

親的對兒女如此給時，豈不就得了極為滿足的享受，而稱其為極感「舒暢」嗎！這是別人無法取代且難領會的。這也可說是愛兒女就是愛自己那樣的安然。這不是道理，乃是父母對兒女之愛的特有享受。這也是我們應當真認識的「舒」；也當感念古人極富睿智的組合。這樣組合的「舒」，當是古人對非親屬以外之任何人的期許吧！自亦是今日世界迄無安舒的因由。也許是大多數人都顛倒了這觀念，那就會落於圖十一之夢想的「幻」了。

一二四、願效犬馬的「屈」字

①　金文 屈　古鉥
②　小篆 屈
③　甲骨文 人　殷虛文字甲編　八八九六
④　甲骨文 出　簠室殷契徵文　六・一〇
⑤　金文 尾　古鉥
⑥　隸書 屈

　　我們今天這寫法的「屈」，常被用作「委屈」，「屈就」、「屈服」或「屈辱」甚至「冤屈」等；乃是從圖二暴秦統一後的小篆不久又變作圖六的隸書，再衍變到今天這寫法的。若再對照圖一金文的「屈」，其上乃為圖五金文之「尾」的省寫，就是圖一上方的「毛」。至於圖二小篆上方的「尸」，又為圖三甲骨文的「人」之誤。而圖一、二的下方，則都是如圖四的「出」字。這其中的錯謬，一面說是暴秦造成的，而發明隸書的奴隸程邈則為害更深。否則，今天這寫法的「屈」，就不致成為把尸首抬出去這樣的冤屈了。

　　這「屈」雖迄今尚未在甲骨文中出現，然而，尚可在圖一的金文中尋得一些蹤跡。尤其它的被造是留給人使用，並且又作了人的姓氏，當然可說它是以人為本的。如果再以〈史記〉三王世家所記西漢名將霍去病上書漢帝所言「……臣竊不勝犬馬心

……」來看，這就是霍去病之委屈求全願效「犬馬」的。由這史證，可見這「屈」上方的「人」，願如長了尾巴的犬和馬出來盡忠漢帝的。故這「願效犬馬」的成語就流傳至今。這也就是當以正確態度來認識的這「屈」。如此看來，若是今天的後代雖稍受委屈，然其中心目的若是爲獻上一片赤誠，則會成爲留傳給後世的借鏡。

一二五、天地巧工的「項」

① 小篆 項　　② 甲骨文 工 殷虛文字乙編 二二二　　③ 金文 首 大敦

④ 金文 頁 卯敦　　⑤ 甲骨文 頁(頭) 殷虛文字乙編 八八四八　　⑥ 小篆 頁

　　這個「項」雖然已被普遍借作「事項」、「款項」或「項目」等來用，然就其組成架構看，它被造的主要緣由乃在指一個人的「頭」連於整個身體間不過大約十數公分長，而周圍也不過四十公分的「頸項」說的。這一部分，可說是人體上最不得了的關鍵所在；因爲它是負責連接頭和整個身體。他主要的組成爲七塊主要頸椎骨和脊髓，頸動脈、食道、聲帶，也都緊連在這頸項上。只要這頸項一出問題，就會影響整個身體和生命。它雖在人體上所佔面積不大，但其地位的重要，卻是不得了的。因此我們覺得古人在構造這稱爲頸項的「項」時，應是煞費其苦心。

　　首先，我們來看稱爲頭的圖三金文的「首」字，若再對照圖五甲骨文的「頁」，就知道古乃並用的。〈說文〉就稱「頁」爲「頭也」。但當「頁」左增以圖二的「工」時，這「工」似在表明這「項」乃天地般的大工。因爲「工」的上下兩個「一」是指天和地的。尤其這「工」被置於人的頭和身體中間時，我們當以

怎樣的心來感謝上蒼在一個微小的人身上所作的，竟是如此奧妙的大工呢！這實在是窮盡了人的智慧都無法表達的。願我們享用這「項」時，也眞能從全人深處來眞正體認這頸項的「項」；故更當寶貴並盡其所能的珍惜這「項」。

一二六、向天求福的「祝」字

①甲骨文 祝　殷虛書契前編　七・三一・一　②金文 祝　詛楚文　③小篆 祝　④甲骨文 示　殷虛書契前編　一・一　⑤甲骨文 兄　殷虛文字甲編　四一三　⑥金文 兄　兄癸卣

「祝福」這句話是每一個人都願聽、樂聽，也常使用的。然而，我們應當認識，這以「示」和「兄」來組合的「祝」爲甚麼就可以被稱爲祝福的「祝」。

我們先看圖一原初甲骨文的「祝」字；雖經過暴秦的統一，卻仍被保持了原貌和原意，就是左爲圖四古被稱天或稱神的「示」字。右爲如圖五之兄長的「兄」字。

說到「示」，許愼在〈說文〉裡說：「天垂象，見吉凶，所以示人也」。他並繼續說：「三垂，日、月、星也。觀乎天文以察時變。示，神事也」。這就說明管理日、月、星乃是神的事，當這日、月、星有任何變化，都是對人的一種啓示或儆惕。至於其右的「兄」，很清楚，那是一個人跪下來祈求的圖畫，並且是將張開的口向著天的。這就是指一個家庭或社會和國家的「爲兄者」當負有常向上蒼祈求以察時變，好爲民或自己的家庭祝福的。從這樣的組合中可叫人看見，站在爲「兄」的地位是負有面對上蒼以不辜負人民或全家福樂之責任者。這是古人所構造的「祝」，也是後代的我們所當認識的「祝」。更願我們所有年歲

長於別人者，都能成爲別人的「祝福」。

一二七、可編履亦可爲索的「董」

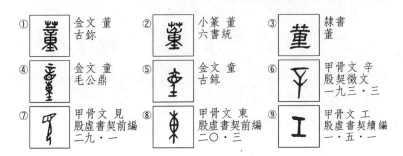

① 金文 董　古鉢

② 小篆 董　六書統

③ 隸書　董

④ 金文 童　毛公鼎

⑤ 金文 童　古鉢

⑥ 甲骨文 辛　殷契徵文　一九三・三

⑦ 甲骨文 見　殷虛書契前編　二九・一

⑧ 甲骨文 東　殷虛書契前編　二〇・三

⑨ 甲骨文 工　殷虛書契續編　一・五・一

　　我們現在這寫法的「董」字，大多都作督理事務的「董事會」、「董事長」或姓氏用的這「董」，它在甲骨文中未曾出現，當是暴秦統一文字後，以「童」爲「重」，以致誤謬至今的。因而我們相當崇敬的甲骨文大師董作賓先生也感不解，只有徒嘆「不知其所以」。若以我們現在僅可論據的圖一之金文看，文字學家們都承認這基本架構乃是圖四、五的「童」字；而這「童」又可說是由圖七的「見」和圖六的「辛」及下方的「工」再增以圖八的「東」所組成的。由這組成，不難使人看見其含意乃爲「雖屬幼小的事，卻是辛苦所發現」；然而還須加以培育或再以長時間來證實。所以它稱作幼小的「童」。特別下方還有一個「東」和「工」，自當可稱其爲在地上的發現者足可以稱爲「東主」的。至於它被用作「董事長」之「董」，也許因圖四這寫法乃爲旣辛勤又有見地的。這自是董事長的職責。然而它上方卻又以草爲主體，就是一種古時可織履，可編索的草名，因爲它軟硬適度，韌性也強。這也許就是我們要認識的備具原有本能的「董」。至於它又是人的姓，也許意含雖如稚童般的草，卻仍當盡一份能盡的功用。

一二八、藉造橋以利己且利人的「梁」

① 金文 梁
叔家父匡

② 說文解字
古文 梁

③ 小篆
梁

④ 甲骨文 良
殷虛書契前編
二一・二

⑤ 金文 良
季良父壺

⑥ 小篆
良

　　修橋補路，是我們中國人最傳統的善行之「良」。這樣的「良」，就是圖四原初甲骨文的「良」。它是一幅最簡單且最達意的圖畫。圖中的「口」，就是一條小河川上所架設的一塊木板或石板。那兩條曲線，就代表河川。這就是使人往來方便通過的最簡易的橋。也就是古早時期人所能作的最善良的事。這是古人以這圖畫來紀錄這樣的事，它就叫「良」。也許後人以這「良」專作「良善」或「良心」來用後，就另造了如圖一金文的「梁」，就比較明顯在繪出一個人搬動比較重大的長木舖設於河川之上而專稱橋梁的「梁」了。至於圖二的「梁」，則強調了水與木，以致衍變至圖三暴秦統一文字時，就如我們現在這寫法的「梁」了。然而，當這「梁」又被稱作人的姓氏時，又在梁左再增以「木」，它就成為「橋樑」或「棟樑」專用之「樑」。這似乎是畫蛇添足般的多餘。然若認真思想，一個人若能為地方鄰里交通多架橋梁，也可作人與人間遇有間隔而不易溝通時的樑，他豈不就可稱為國家社會的棟樑嗎？

> 一個人的作為，難免會受外在榮美的影響；
> 但卻要堅守的，乃是自己人格的完全。

一二九、木生於土藉得繁生甘美的「杜」

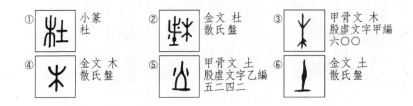

① 小篆 杜　② 金文 杜 散氏盤　③ 甲骨文 木 殷虛文字甲編 六〇〇　④ 金文 木 散氏盤　⑤ 甲骨文 土 殷虛文字乙編 五二四二　⑥ 金文 土 散氏盤

　　我們常用作「杜絕」、「杜撰」或「防微杜漸」的「杜」，其「堵」意卻是相當濃厚的，但又是頗難理解的說法。然因這「杜」迄今未見於甲骨文，我們就以頗具盛名的〈散氏盤〉所遺留之圖二之金文「杜」來探討。從這「杜」看，它是圖三的「木」和圖五的「土」所組成的「杜」。在圖五的「土」中，可叫我們看見這「土」上的「‥」；應是指土中埋有可使生長的植物的種子。圖二之左上，應為初生的枝葉。如此的「杜」，若加「杜絕」豈不相當殘忍？難怪許慎在他的名著〈說文解字〉裡解這「杜」曰：「甘棠也」。〈爾雅〉的釋木也稱「杜」為「赤棠」。然從北齊道慧所撰〈一切經音義〉中所記：「杜，古文敠」來看，可能自此謬「敠」為「杜」，因此我們似當以圖二較早的面貌來認識它比較準確，也藉此以還給「杜」姓諸公們原有的甘美。

　　而前述之「敠」，許慎在〈說文〉裡告訴我們說：「閉也」。清段玉裁就注說：「敠，杜門，杜行，而敠廢」。這又可作為我們對前述「堵」意的參考。

　　※不怕分內的事多；只怕分外去多事。※

一三○、天地唯一的「阮」

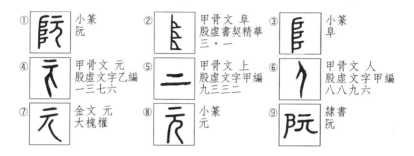

① 小篆 阮
② 甲骨文 阜 殷虛書契精華 三‧一
③ 小篆 阜
④ 甲骨文 元 殷虛文字乙編 一三七六
⑤ 甲骨文 上 殷虛文字甲編 九三三二
⑥ 甲骨文 人 殷虛文字甲編 八八九六
⑦ 金文 元 大槐權
⑧ 小篆 元
⑨ 隸書 阮

　　「阮」，這個字是由圖二的「阜」和圖四的「元」所組成的。如此組成的「阮」，除了晉代阮咸所發明的一種樂器名叫「阮咸」外，就是許愼在〈說文〉裡稱它爲地名的「代郡五阮關」了。這似乎與其他稱地名的字有明顯的差異。

　　「阜」，許愼解它說：「大陸也，山無石者像形」。這是指這「阜」乃爲一片廣大陸地的。但許愼稱它爲「山無石」，當是指從遠處眺望一遍空曠的大地卻有一群山的。所以稱「阜」。這是所有「阜」部的字多稱地名的原因。然當它的右旁組以圖四中骨文的「元」來稱地名，就感到它相當狹隘了。因爲這「元」常被用作「元首」、「元始」或「元元本本」，似乎是不應被限於某一地之地名的。又何況這「元」上乃圖五之「二」，古常作「天上」解；當它下方再組以圖六的「人」，當然是應被稱爲元本就是元首之「元」的。如此的一位元首，豈僅限這一地，或僅僅管理這一塊地呢？然而以許愼在〈說文〉裡稱「人」乃「天地之性最貴者也」看，那「二」自當稱「天」，其下則屬「最貴的人」；如此，可稱「我」的「阮」（註：晉阮孚自稱「阮囊羞澀」。），自當稱爲天地最貴之人了。

══ 上蒼賜給人最偉大的至寶；就是使人有思想。 ══

一三一、萬民所賴的「藍」

① 小篆　藍

② 甲骨文　監　殷契摭遺續編　一九〇

③ 甲骨文　臣　殷虛書契前編　三一・四

④ 甲骨文　皿　殷虛文字乙編　六四〇四

⑤ 金文　監　頌敦

⑥ 金文　草　古匋

　　「藍」，我們都知道它是三元色中一個代名詞。特別是代表了天的顏色，尤其沒有一點烏雲，甚至連一片白雲都沒有時，它那一種高潔、神聖、晴朗、恬澹等無窮無盡的舒暢，是無法僅以心曠神怡所能形容的；這是何等的美！然而，我們卻無法領會文字學大師竟在他的〈說文〉裡解這「藍」曰：「染青草」。當然，他所看見的地上的「草」，當然是「草屬」；更何況這一可作染料的草，的確可以作成染料來染其他物件可使其為淺藍色。不過，這解說似稍嫌狹隘。然照這字的組成看，它的基本構造乃為圖二甲骨文的「監」字。而這「監」又是以圖右那較為誇張的「人」又繪以特別誇張如圖三的目，以及圖四稱為飯碗的「皿」所組成的。後人再增以圖六的「草」後，才被許慎稱為「染青草」的。可是，我們若以這基本架構的「監」字看，乃是指那一個被誇張的人所注視的「那一個飯碗」，它乃是萬民以賴，萬民必需的，這必需依賴上蒼按時降下春雨秋雨，使禾稼得以按時成熟，則可使那人所注視的「皿」裝滿食物，這是人僅能竭盡本分之後而靠天成全的。萬里無雲的藍天是民所愛，但是，烏雲帶來適度的雨水，亦屬萬民所需；炙熱的陽光使禾稼得熟，也只有唯一的蒼天來顯大能。否則，萬民只有坐以待斃。如此看來，「染青草」的「藍」實可稱為不必需之需，但萬民賴以裹腹，則必需坐在藍天之上的那一位，才能賜福萬民。故此，我們所認識的這「藍」，當是指人所不能見的藍天之上管理天空的那一位。

一三二、家藏祖典的「閔」字

①　小篆　閔

②　金文　閔　頌鼎

③　甲骨文　門　殷虛文字甲編　八四〇

④　金文　門　頌鼎

⑤　甲骨文　文　殷虛文字乙編　六八二〇

⑥　金文　文　毛公鼎

　　這以「門」以「文」來組成的「閔」字，迄今未見於甲骨文；但除了作人的姓氏外，古代也曾作憂患以示傷念用。就如〈詩經〉幽風所用的「恩斯勤斯，鬻子之閔斯」。而今日所用之「閔」，則多以增「心」後的「憫」了。然而，我們若以這字的組成來探究，當是指這「門」內的家族是有典籍可考且有「文」所記的。

　　「門」，是圖三象形的「門」，是指門戶或家門說的。而這「文」呢？據文字學家的考證，在河南彭頭山所發現新石代時期的早期文化，據碳十四測定，距今已有九千年歷史。特別在這遺址中發現一件應為頭飾的帽型上，刻有「×」形符號。經過一再研究，證實那是屬於一個族群首領所戴頭飾；他們也依此推論，這乃是後來圖五甲骨文之「文」字的初文。再經研究，這「×」乃全世界都認定為「錯」的符號，這首領可能是以此代表權威來論定何人的對或錯的。這當是「文」字之始。然當它與「門」來組合時，當屬這一門戶內的家族事蹟，是有記錄可循的。這也許是我們要從深處認識且留作後代謹守遺訓的「閔」。

一三三、可捲可釋的「席」

①　甲骨文　席　殷虛文字甲編　一〇六六

②　金文　席　歸傘敦

③　小篆　席

　　「席」，是後人增「草」後的「草蓆」之「蓆」。而未增草前，它仍是同具此意的象形字。特別當它被用作「席次」或「主席」後，反而較失原意。我們可看圖一原初甲骨文就可知道那「席」的實意。圖二金文的「席」，就是人躺在席上休息的圖畫。到了暴秦統一後圖三的「席」，就完全看不見那是為人舒適並可坐可臥且可使人安歇的「席」了。從圖一、二看，可知那是一種柔軟舒適的草，再經過人手巧妙的編織而成的。這是一個使人得以暫時小憩或稍作可以安歇的象形字。也因此，我們不能不對這「席」發出感讚說：席阿席，你雖屬柔弱的草，但經過人手的處理，你就成為使人得以安歇的席！你可任人捲而不用；也可任人釋之或坐或臥，使未達目的地者得以小憩，俾行更遠的路，使疲倦者得以躺臥，藉以重新得力！但你毫無怨尤；也不分人的貴賤，因為你真是一個捨己者。你何偉大，因你為人效力至直到成為灰燼！這也許使它成為人的姓氏所深含的意義。若問今日稱為「主席」者，你的心志何在呢！

一三四、成熟而不驕大的「季」

①甲骨文 季　殷虛文字乙編　三六八四
②金文 季　季良交盉
③小篆 季
④甲骨文 禾　殷虛文字甲編　五三四
⑤甲骨文 子　殷虛文字乙編　八三二

　　這一個常被人以等次稱之的「伯、仲、叔、季」的「季」，也用作「冠軍」、「亞軍」、「季軍」等級的「季」；認真說來，這字若真的有知，以及對造字古人構造這字的真義，應可說都使他們滿了委屈。我們可從這字的構造外觀和它的寓含，就可察出它的真實意義。

　　這「季」上方乃圖四之成熟禾稼的「禾」字。因為它成熟

了；它的籽粒飽滿了，也可說他已像一個滿腹經綸的人了。但它並不驕傲，反而把頭低下來。這是一棵稻麥成熟後的實際，毫無誇張，也不是寓意。

至於「子」，那是圖五稱為小孩子的「子」，我們常稱為「種籽」也寫這「子」，這說明它幼小，稚嫩。但當它被播種於土壤內，經過了寒霜、冬雪以及炎夏後，它長大了，而且也成熟了，也就是經過了「禾」的過程達到它成熟季節的「季」。它就低下頭來告訴人，你們可以把我收割作為你們的食物了。請想看，這是排行的「老四」嗎？這是無法得第一名的「季軍」嗎？這也許是連大文字學家許慎在〈說文〉裡就把它屈解為「季，少稱也，從子，稚省」；也許因這原故，後代就人云亦云的使它受盡了委屈。為此，我們特別期盼「季」姓的諸公能真認識它。雖然歷史已無法為它平反；但願藉此而能讓真正成熟且可使人飽足的人，不是一個昂首闊步者，乃是低下頭來默然無語卑躬的真如人子的「季」。也好使造字古人的美意得以成全。「孔子」、「孟子」、「老子」、「莊子」……，也許就是因此謙稱的。

一三五、華夏特產的「麻」

①　小篆
　　麻

②　金文麻
　　師麻鼎

③　甲骨文 厂(崖)
　　殷契拾綴
　　三八五

④　金文 厂(崖)
　　散氏盤

⑤　小篆
　　枲

⑥　甲骨文 枲
　　殷虛文字乙編
　　三三九四

「麻」，是一個品種頗多的總稱，例如「大麻」、「枲麻」、「苧麻」、「亞麻」、「黃麻」、「胡麻」……等。這一植物，具有特強的韌皮纖緯。大部分的莖皮經過特別處理後，可作紡織原料。特別是廣稱「夏布」的「麻布」、「麻紗」等，尤為上乘衣料。許多耐力較強的縫紉線、漁網、濾布等也多需要這

種麻類爲主材。而「苧麻」所織的布，更具耐洗、不皺不縮等特性，且容易乾燥。洗濯次數愈多，愈顯亮麗，並且還具抗黴菌和抗其他維生物侵蝕的功能。是我們中華疆域的特產。故被引至國外時，就叫「支那草」（China Fodder）。至於這「麻」字的構造，它的基本架構是圖六原初甲骨文的「朮」；從它的象形看，可知它的皮是頗具特性的，所以也被特別表明。當這「朮」被置於圖三、四的「厂」下，就是經過在崖下的陰濕環境加以漚泡後，再予曝曬，它的皮反更顯出它的韌性。也就是說它已經歷了處理的過程才被稱「麻」的。這是古人以這既象形又會意來組合所構成的「麻」。實在說來，它既可被外國人稱爲 China Fodder，也足證它實可代表中國人天生的不畏曝曬，不畏苦難的艱強韌性。因此，我們當從這特性來認識這「麻」。

一三六、無理由使氣餒的「強」

①小篆　強

②甲骨文 弓　殷虛書契前編 七・五

③甲骨文 厶　殷虛書契前編 六一・六

④甲骨文 虫　殷虛書契後編 下八・十八

⑤小篆　虫

⑥說文解字 籀文 強

「強」，古與「彊」通用，然而這兩個字都未見於甲骨文。但這二字的主題，都具有其主體結構的「弓」和「虫」。「弓」是古代最早的武器之一。就是圖二象形的「弓」。它右上之圖三的「厶」（古呔ㄙ），應是箭自弓發出後的形聲。如此說來，若以古代的背景看，既有箭從弓發出，豈不就當稱「強」嗎？然而，何等寶貴，古人並未以如此構造來稱「強」，反而在發出箭的呔聲後再增以圖四的「虫」字再來稱「強」，這是寓含何其深邃的意義！它乃是告訴認識這字的人的；因爲虫並不認識字，牠也不懂得人乃是「天地之性最貴者」！這是古人藉「虫」來示意

人，因爲億億萬萬的蟲幾乎都踹在人的腳下，並且是活在隨時可以喪命的環境中，但牠們還是堅強的活著，並且還是不住的禹禹往前。這當是清代翟灝名著〈通俗編〉所言的：「螻蟻尙且貪生，何況人乎」的名言。故天地之性最貴的人，理當毫無氣餒的剛強。這就是我們應當認識的以「虫」作主題的「強」。

一三七、待價而沽的「賈」

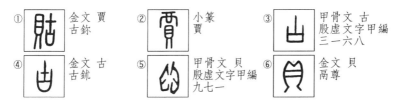

① 金文賈 古鉢
② 小篆 賈
③ 甲骨文 古 殷虛文字甲編 三一六八
④ 金文 古 古銖
⑤ 甲骨文 貝 殷虛文字甲編 九七一
⑥ 金文 貝 高尊

　　這一個當作姓氏用的「賈」ㄐㄧㄚ字，也讀「賈」ㄍㄨ，這可能是古人造字時特含的雙重意義。這字雖迄今未見於甲骨文，但從春秋時所遺留之圖一的金文看，當可證古讀「賈」ㄍㄨ的因由。再以它的組成架構如圖三、四的「古」和圖五象形的「貝」看，可知那是古代貨物交易或買賣用語的「待價而沽」。就是認識眞貨的商人等待叫價的。所以與「價」同音。

　　至於它的組成，其右是「古」，是「十」和「口」所組成的。就是經過十代或十口所流傳的意思。左方的「貝」，就是圖五生產珍珠的軟體海產蚌殼的圖畫。牠的價值是無法估算的。因爲在未打開前，無法得知蚌中有無珍珠或所藏珍珠之大小方能沽定其價值，這就是〈論語〉子罕篇「待價而沽」的來由。所以它被稱爲圖一的「貼」。從經過這樣的「估」後，自然就產生了價，也因此就成爲「貼」「價」互用。後被稱爲人的姓氏時，就專讀爲「賈」ㄐㄧㄚ了。至於以「西」和「貝」組成的「賈」，乃是暴秦統一文字所統出來的。不過，若就其寓含和眞義看，你和我裡面所藏的價值，是否會被人一眼就沽定了呢！

一三八、且問且行的「路」

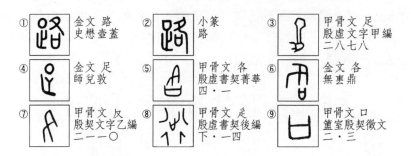

① 金文 路 史懋壺蓋

② 小篆 路

③ 甲骨文 足 殷虛文字甲編 二八七八

④ 金文 足 師兌敦

⑤ 甲骨文 各 殷虛書契菁華 四・一

⑥ 金文 各 無叀鼎

⑦ 甲骨文 夊 殷契文字乙編 二一一〇

⑧ 甲骨文 夊 殷虛書契後編 下・一四

⑨ 甲骨文 口 簠室殷契徵文 二・三

　　從這「路」來思想我們古人造字時的睿智，實在叫我們感覺他們所具備的智慧，是何等超特。就以我們這每日必行的「路」看，實具備了既深又博的哲義。若以圖一金文的「路」看，它與我們今日這寫法幾乎毫無差異，它是由圖三極爲象形的小腿部分至腳的圖畫，其右是圖七、八的「夊」和圖九的「口」所組成之圖五的「各」。而這「夊」又是從圖八的「夊」只採用了其中的反過來的「夊」組成的。若從圖八的「夊」看，它乃是行走至十字路口的意思。當然要稍加辨識才能繼續往前的方向。然其最較準確的方法，就是用「口」來問熟知這路的人。這也是行走在人生的路上所當必備的「門路」、「思路」等。請我們想看，誰不想走一些捷徑，藉以節省一些體力和時間？若把走研究學問這一條路也含括在內，其主要的方法豈不更是以「口」來求問嗎？這當是古人在構造這「路」字時所採取的「且行且問」的特具哲理。當我們今天使用這「路」字時，是何等簡便；然而，我們可曾想過古人在構造這「路」時的「路數」，是花費多少心思才爲後代留下這麼「好走」的「路」。我們豈不當存感戴的心和謙虛的態度來行走上蒼給我們預備的這一生的「路」。

〰〰〰　「學問」，是從學習會問而得的　〰〰〰

一三九、期勿再愚的「婁」字

① 金文 婁　澤山碑
② 小篆 婁
③ 甲骨文 又(手)　殷契遺珠 七〇二
④ 金文 玄　宰辟父敦
⑤ 小篆 玄
⑥ 甲骨文 女　殷虛文字甲編 一二六五

「婁」，也就是我們現在所常用的「屢」字的古寫。（它也是增「手」後的「摟」）。當它被稱作人的姓氏後，才被後人增「尸」稱「屢」的。這似乎是在告訴後代甚至全人類，這「尸」，乃是屢見不鮮的事。期望後代切勿重蹈覆轍。

這個「婁」，迄今尚未在甲骨文中發現；然照圖一的金文看，它的上方，乃是圖三的左右二手。中間則爲如同圖五小篆倒寫的「玄」。若再對照圖四金文的「玄」，就知道它含有牽絏甚至懸掛或繫念的意思。更何況其上還有雙手如同抱住來襯托呢！我們當然會再問：那雙手抱住並繫念的是甚麼？答案就是下面的那一個圖六的「女」。這樣的事，可能是文字學家許慎所不喜悅的，也許因歷代相傳「女人乃禍水」的事太多的原故，所以他才會解這「婁」說：「空之意也，一曰務愚也」。實在說來，男女婚姻的大事，乃是上蒼所命定，怎能稱「愚」呢！那當是指今天普遍皆知的「婚外情」等不法苟合太多說的。因此，我們當從正面且積極的態度來認識這事和這字。特別在男女關係極度開放的今日社會，這樣的「婁」並不應認定爲「古板」！但當要看對這事的認知態度會否成爲社會道德和法紀的亂源。愚或不愚，只有你自己來認定了。

行爲純正；雖或貧窮，卻遠勝不義的富足。

一四〇、藉詳察以減免禍患的「危」字

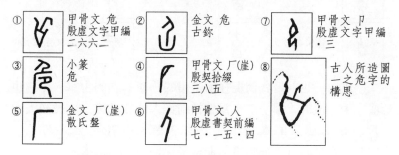

① 甲骨文 危
殷虛文字甲編
二六六二

② 金文 危
古鈢

⑦ 甲骨文 卩
殷虛文字甲編
・三

③ 小篆
危

④ 甲骨文 厂(崖)
殷契拾綴
三八五

⑧ 古人所造圖
一之危字的
構思

⑤ 金文 厂(崖)
散氏盤

⑥ 甲骨文 人
殷虛書契前編
七・一五・四

　　危險，是人人都當戒備且當謹慎防範的。因爲這「危」是特別指人的生命說的。否則，就不必稱其爲「危」了。我們看圖一古人所造原初甲骨文中所深含的當可知道。更何況時代的快速進步，明顯的高崖自然容易發現；但是，隱藏而不易發現的陷阱，卻滿佈遍地，令人防不勝防。因此，我們來探究古人所造這「危」的深義，也許會給我們帶來較深的啓示。

　　我們看圖一甲骨文的「危」字，那是指人從山崖中一根危橋往下看的圖畫，自然會有戰悚般的危險。但若看圖二金文的「危」，則是很明顯是指陷阱的。這二字被稱爲「危」，其基本架構都在於其中如圖六的「人」。而我們現在這寫法的「危」，上面的「人」，迄今未變；中間的「厂」乃是經過簡化了的圖四之山崖的「厂」字。到了圖三暴秦統一後的小篆，下面卻增加了如圖七的「卩」，那是古「卩」字，意在跪地向上蒼求告，祈盼無此危險。這當是人人都會有的意念。然從這圖一、二看，爬得愈高自是危險也愈大。然而即使行走平地，又何嘗不當注意陷阱呢！這當都會因好高鶩遠而稍一不慎所惹出來的。故此，若僅靠迷信的祈求是不夠的。唯一的，事事謹慎詳察而不冒險，才是走上平安道路的正途。

一四一、中華美飾的「江」

① 金文 江 古鉢
② 小篆 江
③ 甲骨文 水 殷虛文字甲編 二四九一
④ 金文 水 周敦
⑤ 甲骨文 工 殷虛文字乙編 二二二
⑥ 金文 工 古鉢

　　現在這寫法的「江」，若與圖一對照，實在簡化了不少，然就圖一的畫意和深含看，也自然無法看見它既磅礡又浩瀚的氣勢。若細看左旁那彎曲的「水」，再加上那僅以四「::」所代表如畫般的浪花，但亦可形容它為驚險萬狀並崎嶇變幻於彎曲間的山峽，它不就是那一條名震寰宇的「長江」嗎。再加上其右的「工」字，真可說是宇宙間無與倫比的鬼斧神工。這當是古人們經過了詳細裁察後，才以如此極其簡單的架構來組成這樣的「江」的。何況古人所造這二橫的深含，又多是指「天」與「地」；中間應稱「人」。如此的江，自是天地間絕佳創造。

　　這「江」，應是指始自源頭海拔六、六二〇餘公尺唐古拉山主峰傾瀉而下的「江江」聲而來。它實應稱為中國人的錦繡河山中的最佳美飾。至於它給人帶下的水利、交通、發電等無限功用則更無法形容。我們只有向造物主獻上至高無比的感戴！

一四二、重視幼教的「童」字

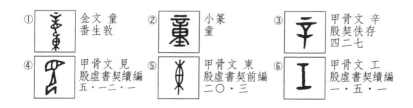

① 金文 童 番生敦
② 小篆 童
③ 甲骨文 辛 殷契佚存 四二七
④ 甲骨文 見 殷虛書契續編 五·一二·一
⑤ 甲骨文 東 殷虛書契前編 二〇·三
⑥ 甲骨文 工 殷虛書契續編 一·五·一

　　這一個被稱爲幼小的「童」字，雖迄未在甲骨文中出現，然照圖一金文這「童」字看，其主體則是圖四甲骨文的「見」，再組以圖三甲骨文的「辛」和其下圖五的「東」所組成的。從這組成可使我們知道，在上蒼所賜給我們的這一塊土地上，培育一個幼童是極其辛勞的。這是普天下作父母的人都不可否認的眞理和事實。也是今日全世界都重視幼童教育的因由。尤其古人在這「童」的中間組以特別誇大的「見」字，豈不在指明要詳察且關注的保護和重視嗎！這眞可說是造字古人的神來之筆。尤其許愼在〈說文〉裡解「人」爲「天地之性最貴者」；豈不也包括這雖幼小且尚稱「童」的「小人」嗎？尤其更當知道我們所生養的幼童，乃是上蒼特別托負給我們的重責大任；所以我們才會說「兒童是國家未來的主人翁」！這就是圖一主體的「東」。故自應費盡心力來重視。這也許是小篆所增添之圖六的「工」的意義。

一四三、重內在爲顯於儀容的「顏」

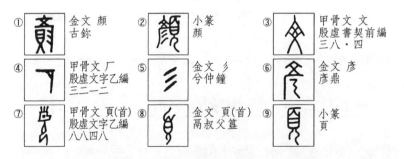

①	金文 顏 古鉥	②	小篆 顏	③	甲骨文 文 殷虛書契前編 三八・四
④	甲骨文 厂 殷虛文字乙編 三二一二	⑤	金文 彡 兮仲鐘	⑥	金文 彥 彥鼎
⑦	甲骨文 頁(首) 殷虛文字乙編 八八四八	⑧	金文 頁(首) 鬲叔父簋	⑨	小篆 頁

　　當我們看到這「顏」時，很多人都會以「顏色」之「顏」來作標準答案，殊不知這是被假借來用的；而且是輕忽了它正面極其高貴的意合。未悉「顏」姓諸公曾否重視古人構造這字時所賦予的使命和尊嚴。

這「顏」迄今雖尚未在甲骨文中發現，然照圖一的金文和小篆看，它基本的架構可說至今未變，並且還極完整的保留了這「顏」的每一細節，我們一一來探究，當可獲得最完美的結論。

這字左旁的「彥」（圖六），許慎在〈說文〉裡稱它為「美士有文，人所言也」。許慎這意思是說：一位稱為佳美的飽學之士，（士乃古時知識分子的簡稱）可從他臉上顯出來的紋路，就足可被人稱道的。因此，我們當先來研究這「彥」怎麼會有如此深含的。

我們先看圖三的「文」；這「文」，古也作「紋」，是一種記號，也是一個事實的記錄。它記在那裡呢？從這「彥」看，是記在「厂」上的，就是指一個人的最高處被稱為山崖般之「厂」處。既說人的高處，就是指人面孔最高處的額，也就是指歷經風霜和歲月瀝練的人，臉上自然會留下皺紋的，這當是一位知識豐碩之人的面孔上所表現的自然痕跡。而且這現象的實際，又是極明顯的圖五的「彡」（古讀衫，也具美的意思）。如此的組合，他就成為美士的「文」，是人所稱讚的。它就是俊彥的「彥」。

再看這「顏」右的「頁」，它是圖七的古「首」字，就是一個人的「頭」。看圖七這幅極為生動的圖畫，就把一個人的「頭」描繪的極為盡緻。當它再組以「彥」時，豈不就把一個人的面部表情顯露無遺嗎！難怪孔子會說：「正顏色，斯近信矣」〈論語·泰問〉！如此的「顏」，乃是內在的知識豐富，顯現於額上的容貌。至於孔子所說的「顏色」，則是指人面孔所顯現的風韻。請想看，如此的「顏」是何等尊貴又何其莊嚴而令人尊崇呢。它自非嘻皮笑臉，也非濃妝艷抹；而是內在豐滿以至容光煥發的「顏」；自是我們應當正確認識的「顏」。

～～～ **公義；是行為純正之人的盾牌** ～～～

一四四、惕勵後代的「郭」

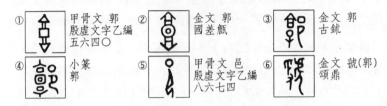

① 甲骨文 郭
殷虛文字乙編
五六四〇

② 金文 郭
國差䁖

③ 金文 郭
古鉥

④ 小篆
郭

⑤ 甲骨文 邑
殷虛文字乙編
八六七四

⑥ 金文 虢(郭)
頌鼎

　　從圖一、二和圖六不同的「郭」字看，可使我們察知它是歷史的記錄，也是使後代對這字的變化當有的惕勵。

　　我們從圖一的「郭」字看，可知黃帝時代的文化已有築城防敵的認知了。這樣的城「郭」，是四方型的城牆，上面還建有亭樓藉以瞭望外侮或敵情。這可說是四千六百多年前的歷史記錄。到一千五百多年後的周代有一「郭」國出現，他們因自己強盛如虎，就改「郭」為圖六的「虢」。其右乃是「虎」。他們也真有點像虎，因為她吞吃了不少小國。但卻為政不仁，未久即亡，「虢」城反變為一堆廢墟。因而漢代劉向所撰的〈新序〉就有一段記載說：「桓公曰，郭氏何為墟？野人曰：郭氏者，善善而惡惡；桓公曰：善善而惡惡，人之善行也，其所以為墟者何也？野人曰：善善而不能行，惡惡而不能去，是以為墟也」。就這麼簡單的幾句話，已把如虎般的「虢」國亡因，清楚道盡。也許因這緣故，後人又增造了圖四的「郭」，其右且增圖五人跽形的「邑」以示祈求後代勿再重蹈覆轍。這也就是衍變為圖四以至成為現今這寫法的「郭」。這是文字，也是歷史。如今這兩種寫法的「郭」，均仍留傳。唯不悉有多少人真知道這歷史！然而何等令人嘆惜，直到三千多年後的今天，「惡惡而不能去」的事，仍在如虎般吞食整個社會！未悉「郭」公們洞察否？

♣ 把握住現在，才有機會創造未來。♣

一四五、無畏嚴寒的「梅」

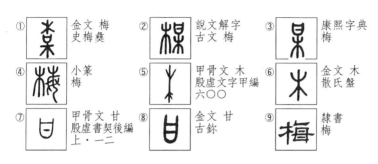

① 金文 梅
史梅簋

② 說文解字
古文 梅

③ 康熙字典
梅

④ 小篆
梅

⑤ 甲骨文 木
殷虛文字甲編
六〇〇

⑥ 金文 木
散氏盤

⑦ 甲骨文 甘
殷虛書契後編
上・一二

⑧ 金文 甘
古鈢

⑨ 隸書
梅

　　「梅」，這一個從未在甲骨文裡出現過的字。然就圖一的金文和圖二〈說文〉裡所收錄的古文看，它都是從圖五甲骨文的「木」和圖七甲骨文的「甘」所組成的。以「木」說，是指它乃木本薔薇科的植物；以「甘」說，乃是它開花後所結出的「梅子」，它就是許多人無可或缺的既提神又解渴的果實。且爲許多人隨時皆備的良伴。然而它最被人喜愛的，乃是唯有它能在極其嚴酷的寒冬裡獨一展現且完全不需綠葉襯托的花朵。它那淺紅、淡紅，稍黃以及晶瑩剔透的潔白，無不使人陶醉。尤其能在淒厲的寒風中爲人帶來清純而且淡雅的清香，也會叫人感受到雖身處嚴寒，卻忘卻嚴寒。相反的，還給人帶來寒冬即將過去的春消息。故使人會在梅林中流連忘返。更特別的，乃是它粗大壯碩的樹幹，它那極美的彎曲，更顯出它與寒風搏鬥而得勝的精神。至於它曾被強風吹斷後所留下的疤痕，不但對它毫無傷損，反而給它增添了威武不屈的豪情，因此，沒有一個畫家會漏失這一特點，否則就不會被稱爲一幅完美的「寒梅圖」。而畫梅的人所最愛的乃是它那挺拔而且突顯出一枝獨豎且有直衝雲霄之威的秀美，並且常是開滿花朵的。似乎是在長嘯般向嚴冬挑戰說：豈奈我何！這就是代表中國人精神的植物，它的名字就是「梅」！很可惜，圖四小篆的「梅」，似乎是被暴秦「統」的體無完膚了。

一四六、使干戈化器皿的「盛」字

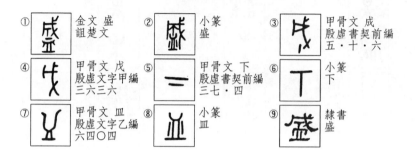

① 金文 盛　詛楚文

② 小篆　盛

③ 甲骨文 成　殷虛書契前編　五・十・六

④ 甲骨文 戊　殷虛文字甲編　三六三六

⑤ 甲骨文 下　殷虛書契前編　三七・四

⑥ 小篆　下

⑦ 甲骨文 皿　殷虛文字乙編　六四〇四

⑧ 小篆　皿

⑨ 隸書　盛

　　這一個讀作茂盛的「盛」ㄕㄥ，也讀作盛裝食物的「盛」ㄔㄥ；似乎使人不太明白它爲甚麼會有這兩種意義極爲懸殊的讀法。細加研究，也確有它特具的深義和哲理。這是我們應向古人獻上無限感佩的。

　　這「盛」，雖迄未出現於甲骨文，但是，從圖一的金文看，它的基本組成，當是有甲骨文可循的。它上面是圖四的「戊」，其下是圖五甲骨文的「下」，再就是下面圖七甲骨文的「皿」。若以「戊」從「戈」看，就知道它是古代的一種武器。它也被用作甲、乙、丙、丁等天干數的「戊」，當它與子、丑、寅等地支數交錯後，就被稱爲六十年的一甲子。然而極具深意的是；「戊」的下方組以「下」後，就被稱爲放下武器的圖三的「成」。因爲武器既已放下，當可證明戰爭已經「成功」。所以叫「成」。至於圖七的「皿」，是盛裝食物的用具。當它與「成」組合後，就等於無用的武器已被製造爲盛裝食物的器皿了。這時，豈不是社會安寧國家太平，人文即可達於鼎盛了麼？所以叫「盛」。但當人文鼎盛時，跟著來的當然也是商業茂盛。這時，盛裝食物所需要的器皿也自然會跟著增加；當初製造武器

的「戈」就自然會成為製造器皿的原料了。這當是稱為「盛」之也作「盛」之用的哲理和實義。這實在無法不叫我們敬佩古人造這「盛」字時所顯出來的睿智。

一四七、休戚與共的「林」字

①　甲骨文　林　殷契粹編　七二六

②　金文　林　艾伯鼎

③　甲骨文　木　殷虛文字甲編　六〇〇

④　金文　木　散氏盤

⑤　小篆　木

⑥　小篆　林

我們相信，大多「林」姓的朋友都會介紹自己姓「雙木林」。但卻很少有人會問，一棵樹稱「木」，兩棵樹怎能稱「林」呢？這當是造物的主宰所賦予它們之特別的生命所始然的。因為所有的植物都具有雌雄二性，所以它們也跟人一樣會繁衍後代，因此，只要有兩棵樹的地方，日子久了，它們就自然會成為茂密的樹林，這當也是與人不同的另一種生命所發出之休戚與共的結果。而它對人類所盡的功用，可說無日不需，無時不需。甚至一棵高齡的樹所蘊含的水分，竟可達一公噸，這當是一般人所無法瞭解的。若由此來反照天地之性最貴的人，該當如何來盡一己之力以繁茂世界呢？深盼文字學家許慎在〈說文〉裡所解的「木」說：「冒地而生……」，解「林」則說：「平地有叢木……」；都能成為人的正常情形。願我們能體認「休」乃「平安福善」，「戚」乃「憂患哀苦」；若我們都能「休戚與共」，就如茂密繁盛之叢木般的「人林」，自當越過越盛。

> 生命的責任就是延續生命；因而當留心我們現今所表現的生命，切勿將惡習延續給下一代。

一四八、善用刀以雕鑿的「刁」

①	 甲骨文 刀 殷契拾綴 四三六	②	 金文 刀 祖乙卣	③	 隸書 刁

　　「刁」，看這字形，就叫我們知道它與「刀」幾無差異。若仔細探究，也會叫我們曉得它原本就是圖一、二象形的「刀」。故許慎在〈說文〉裡僅收「刀」而無「刁」。元代黃公紹所撰〈古今韻會〉就清楚的解「刁」說：「隸書刁，爲刀之異音同義字。後人避其相混，故倒出其筆以別之，遂使刀、刁分爲二字」。若再往深處探究，就知道稱爲「刁斗」之「刁」，乃是以當初圖一的刀雕鑿出來的古炊具。宋代趙希鵠撰的〈洞天清錄〉中就詳述這「刁」說：「世所用有柄的銚子，宜炊一人食，即古之刁斗」。而〈史記〉孟康的集解則解曰：「以銅作鐎器，受一斗，盡炊飯食，夜擊持行，名曰刁斗」。這二說都在說明其爲圖一古刀形之「刀」所雕鑿出來的「斗」。當「刁」專用於雕後，就諧稱「刁」以分別。然而，「刀」與「刁」皆多爲製作食物或食器效力的。至於假借作「刁悍」、「刁滑」、「刁惡」…，意在顯明這「刁」之鋒利來形容人之惡形惡狀的。如此一借，當非古人分別這「刁」的眞義。如果「刁」姓諸公及我全體同胞，皆能以「刁巧」來應對所有難以應對之事，自當是造字古人之盼。

一四九、善用爲東時光的「鍾」

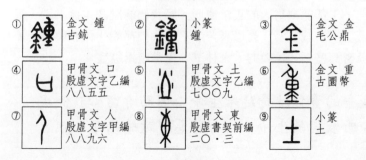

①	金文 鍾 古鉥	②	小篆 鍾	③	金文 金 毛公鼎
④	甲骨文 口 殷虛文字乙編 八八五五	⑤	甲骨文 土 殷虛文字乙編 七〇〇九	⑥	金文 重 古圜幣
⑦	甲骨文 人 殷虛文字甲編 八八九六	⑧	甲骨文 東 殷虛書契前編 二〇·三	⑨	小篆 土

　　這「鍾」雖未見於甲骨文，然從圖一的金文及圖二的小篆看，其左是圖三金文的「金」，其右爲圖六的「重」則是一致的。若再分析這「重」，其上爲圖七的「人」，中間是圖八的「東」，其下則爲圖五的「土」。以這樣的組成看，「人」當是這字的主體。而「人」在「東」上，豈不表明人乃東主嗎！尤其在他所站立的「土」上，這土地自屬他所「重」視，且屬「鍾情」而且「鍾」愛的。如此的「鍾」，一面在於人的重視，一面也被這人視爲黃金一般來寶貝，乃是期盼它被重視至如「黃金」一樣的屬性永遠不變甚至不畏水火的。至此，自然可稱他爲「鍾靈毓秀」，並且是不可以任何物質可來替代的。這就叫「重」於「黃金」的「鍾」。這「鍾」也曾被借用作器皿如容量的斜也叫「鍾」，或一杯酒也叫一鍾酒等，似乎都失去比「金」更「重」之意。然而古人在這字中所隱藏的意含，乃在一個人可以自主爲「東」時，是應當視爲比黃金更寶貝的。否則，如此的黃金年華轉瞬即逝後，「老態龍鍾」就會立刻到來。這時，再後悔也來不及了。

一五〇、在省思中行止的「徐」

①　小篆　徐
②　甲骨文　行　殷虛書契後編　下・二
③　甲骨文　彳　殷虛書契後編　下四三・二
④　甲骨文　余　殷虛書契前編　七・三六・一
⑤　甲骨文　口　殷虛文字乙編　八八五五
⑥　甲骨文　手（又）　殷契遺珠　七〇二

　　「徐」，除了人的姓氏外，大家都知道它也是緩步慢行的意思。也常用作一個人的性情不疾不踏。「清風徐來」則又是形容一個人極其安逸的享受微風的。但是，卻是很少人去探究古人爲甚麼以圖二甲骨文之「行」的左旁，即圖三的「彳」，和圖四甲骨文的「余」來組成「徐」。而這「徐」右的「余」，又卻是很

少人知道它是圖五之「口」的倒寫，再加圖六稱「又」的「手」所組成的。若認眞推究，就知道這是一個極富趣意又頗具勉勵深涵的字。它所以稱「余」，就是人以自己的手指向自己的「口」說「我」或反問自己的「余」。而最爲人知的，就是國父孫中山先生遺囑的首句：「余致力國民革命……」。

　　至於這「余」之左被增「彳」後，又怎會稱「徐」？我們看圖二的「行」，就知道它是彳亍二字合組而成的。「彳」是緩慢的行；「亍」則稍帶猶豫的行。當這「彳」組以「余」則可稱之爲：我一面反覆推究又一面愼加考量就自然會緩慢行走了。這樣的一幅圖畫，是安然的，但也是在省思的。這當是一個行事穩健的人雖在閑暇中漫步，卻能夠藉機反省。如此，對他的所行所爲豈不更臻無瑕嗎！這是緩慢中行走時，再指著自己來問一問的結果。不知道所有認識這「徐」的人，有此深思否？果如此，可行，可止，就成爲我們最卓絕的果斷了。

一五一、築壇祭天的「邱」字

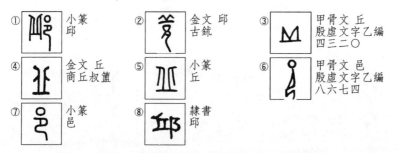

① 小篆 邱
② 金文 邱 古鉨
③ 甲骨文 丘 殷虛文字乙編四三二〇
④ 金文 丘 商丘叔簠
⑤ 小篆 丘
⑥ 甲骨文 邑 殷虛文字乙編八六七四
⑦ 小篆 邑
⑧ 隸書 邱

　　我們現在這寫法的「邱」，在二千五百餘年前是只有左旁之「丘」，就是圖三甲骨文的「丘」。以後因孔子名「丘」，後人就避「丘」而增以圖二金文下方的「邑」而成爲暴秦統一爲圖一小篆那樣的「邱」，然後再經隸變就成爲現在這寫法的「邱」。不過，對古人構造這字時的原始創意竟然絲毫無損，這

實在是上蒼給我們保留的神跡。因為在一百多年前竟出土了數萬片原初的甲骨文。

我們若照圖三看，既稱它為「丘」，可使我們知道那不過是兩個土堆而已。但照許慎在〈說文〉裡的解它說：「土之高也，非人所為也，從北，從一，一，地也……四方高，中央下為丘」。但是，在春秋戰國（西前四〇三）所發現之〈逸周書〉中卻清楚記載說：「設丘兆於南郊，以祀上帝……」。若與梁代沈約撰的〈宋書〉中所記：「……遂於東南己地創立丘壇」。而六部成語則注曰：「壇者，無神象，皆築土為丘，設壇陳列祭品，望空而拜謂之丘壇」。從這些記述，可叫我們看見，古今中外的人類，不論其尚處原始或已極為文明，無不具有拜神的觀念；而這丘壇則可能是我們中國人最早發明築一土壇以作陳列祭品之用的。

至於避孔子諱而增圖六的「邑」，反而增加了祭拜色彩。就是獻祭的人在那壇旁施以跪拜之禮。這就是我們今天所使用的這「邱」。真願它能如孔子所說：「祭神如神在」〈論語八佾〉。而並非外表的形式儀文。

一五二、負重致遠的「駱」字

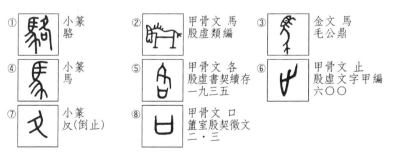

① 小篆 駱
② 甲骨文 馬 殷虛類編
③ 金文 馬 毛公鼎
④ 小篆 馬
⑤ 甲骨文 各 殷虛書契續存 一九三五
⑥ 甲骨文 止 殷虛文字甲編 六〇〇
⑦ 小篆 反(倒止)
⑧ 甲骨文 口 簠室殷契徵文 二・三

「駱」，乃是多產於亞洲北部面形近馬而又與馬完全不同的畜類──名叫「駱駝」。也許因這原故，古人造這「駱」時，就

把牠列在「馬」部，也許又因「各」音與「駱」頗近，故列在「馬」右以稱「駱」。若是以圖二象形之「馬」再組以圖五的「各」，眞可說已把「駱」之特點，特別是獨峰者，實可稱表露無遺。當然，我們知道圖五上方乃爲倒寫如圖六的「止」，但它怎能不說極似獨峰駱之「峰」呢！這也許是巧合。然其下面圖八的「口」，卻又可表明牠的最大特性的就是牠可以在十分鐘內飲水二十五加侖，但卻又因牠失水性特慢，故又可以數日不需進水。再以牠的峰內可以貯備大量脂肪，也因此又可數日不食，而且仍能在酷熱氣候下毫無倦態的繼續前程。故又有「沙漠之舟」的稱號。這就是上蒼所賦予服役天地之性最貴之人的最佳禮物。至於人常形容的「駱驛不絕」，也許在激勵人亦當有駱駝般的耐性的！特別是「駱」姓的諸公，上蒼是否加賦你如駱之精神呢？

一五三、無窮境界的「高」

「高」，是大家都懂得的高低之「高」。但是，究竟高到何等地步才能稱高，若仔細推究，可說它是旣是無窮盡，又是無止境的。例如今日的高樓，三十層、五十層根本已不足稱高。如今一百層的高樓也已逐步屈居第二，甚或第三……或更後。這些，也都不過是科技進步的結果而已。但眞正的高，乃是中國人所稱的「高風」、「高節」、「高行」、「高言」……等，才是中國人所稱或巴望的：「高風亮節」、「高山仰止」等類之高。也許因這緣故，許愼才會在他的名著〈說文〉裡解「高」曰：「高，崇也，象臺觀高之形……」。因此，我們可來看圖一這旣象形又會意的「高」；其下，乃在表明先需建定穩固之基，然後，就叫人知道高山可以仰止，而學問知識之高又是無止境無窮盡的高；

這也才是人當追求的「高」。所以古人才會在這字義上所含指當
再從最高的尖端還要往上的。究竟怎樣才算「最高」或「至
高」，最少，孔子在大學那裡曾給我們留一個標準：「大學之
道，在明明德，在親民，在止於至善」。這當是我們比較明顯的
「高」；乃是築了再高的臺也無法用眼目看見的。

一五四、聲嘶力竭以使人盡知的「夏」

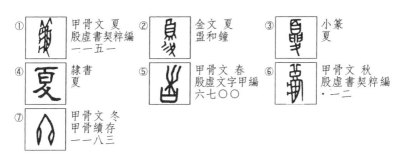

① 甲骨文 夏
殷虛書契粹編
一一五一

② 金文 夏
盂和鐘

③ 小篆
夏

④ 隸書
夏

⑤ 甲骨文 春
殷虛文字甲編
六七〇〇

⑥ 甲骨文 秋
殷虛書契粹編
‧一二

⑦ 甲骨文 冬
甲骨續存
一一八三

　　古人在造這稱為季節的「夏」字時，似乎是連想到四季的。
例如「春」、「秋」和「冬」；可說都把它描繪得再無可比。請
看圖五的「春」，是指一盆花開始發芽繁茂的。圖二的「秋」，
則是以秋虫中最可愛的蟋蟀來代表。圖七的「冬」，則是以冬天
的屋簷滴冰來描繪。至於這「夏」，我們就很難想像古人竟以夏
天裡鳴聲最大的「蟬」來代表。然而，到了暴秦統一小篆時卻把
這「夏」統得體無完膚。特別小篆後的隸書以致到今天這寫法的
「夏」，已完全無法使我們看見一點「夏」意了。至於這「夏」
為何以圖一的「蟬」來代表，我們來研究一下就可知道古人在造
字上所費的苦心。

　　「蟬」，是創造主所特別創造出來的一種昆蟲；牠所產的卵
是無法估量的。當它落至地面後，就自然的鑽入地下並潛至樹根

底部，然後再經過十三至十七年的孵化，當牠成爲幼虫時，就可順著樹根爬至樹稍。這時，牠已脫殼成長爲完全的「蟬」。而牠與所有昆蟲不同的最大特點，就是上蒼所賦給雄蟬腹基處的震動膜，使牠能發出旣聲高又聞遠的鳴聲。牠這極大的鳴聲似乎是上蒼藉此來告訴人夏日將盡，秋收即將來到而使人得以準備收成的。然後，牠與雌蟬交配產卵後就在聲嘶力竭般的鳴叫下耗盡體力。至此，牠所得享的不過是二至三週在樹稍上極短暫逍遙於衆樹的生活後就結束牠的生命。這時，牠已完成所負的使命；古人也因此就藉牠來稱「夏」。願我們能存感戴上蒼的心來紀念牠，也好叫我們眞認識原初以牠的圖像爲記的「夏」。

一五五、敬虔祭祀的「蔡」

①	金文 蔡 古鉨
②	小篆 蔡
③	小篆 祭
④	甲骨文 祭 北大藏甲 四・一・四
⑤	金文 祭 史喜鼎
⑥	小篆 肉
⑦	甲骨文 示 甲骨六錄 六三九
⑧	甲骨文 (手)又 殷契遺珠 七〇二
⑨	金文 草 古匋

「蔡」，除了周代有「上蔡」、「新蔡」等國名外，「蔡」姓也當是自此而有的。此外，今日通用之「芥菜」，古也有作「蔡」者。由此可知它被列爲「草」部而屬「草」之一種當是無可置疑的。然而我們所當重視的，它的主體爲「祭」，乃是我們應當研究的主題。

從圖四甲骨文的「祭」看，其右爲圖八也稱「又」的「手」字。其左則爲以手倒出酒的圖畫，這是古今在獻祭的事上不可或缺的。圖五的金文與圖三的小篆則增添了圖六的「肉」與圖七代表神的「示」來強調向神獻祭，它就成了今日這寫法的

「祭」。當這獻祭的事流傳至今時，酒與肉都成爲不可缺少的
了。這也許在於表明對獻祭的事備加鄭重的。然若追溯「上蔡」
與「新蔡」的興亡，前後不過數十年的事，也許因亡國之痛而使
他們對祭祀的事再不敢輕忽，也就越發鄭重。如此看來，這
「祭」上之圖九的「草」對「蔡」姓的後代來說：是當倍加惕勵
且絕對不可草率的。

一五六、有耕作才有收穫的「田」

①甲骨文　田
殷契佚存
九八八

②金文　田
盂鼎

③小篆
田

　　這個田地的「田」字，是連小學生都會解說的。然若仔細
分析，爲甚麼古人造它時乃是以方方的「口」中間畫了個「十」
就稱它作「田」？因此，我們在想，古人如此構造這字時的思
想，並非我們所想的那麼簡單。若依照今日研究地球科學的人統
計，全世界的陸地面積約爲整個地球的百分之二十九；而開始教
人耕稼的神農氏，不知道花費了多少年日才研究出斲木爲耜，揉
木爲耒，並實地勘察何處可以耕種墾殖後，如何施肥灌漑，才教
民開發田畦而稱爲「田」的。何況今日還有許多農民都知道何爲
「生地」何爲「熟地」呢！因此，應可說那已開發過的地，並經
規劃出人行走的田埂，並且因勢而形，所以才會有比較規則的這
「田」。更何況當倉頡他們在奉黃帝命創造文字時，已是神農氏
以後數百年的事。也許文字學家許愼深明此意，他才會解這
「田」說：「田，敶也，樹穀曰田」。後來的〈說苑〉又解說：
「田，擇種而種之也」。除了這些，其餘的就分別被稱作「地」
了。由此，也可叫我們知道，整個大地乃上蒼所賜；然而可以耕
作的「田」就不是非勞而獲的。因爲它隱含了農民們無法估算的
辛勞。如此的「田」，才是我們應當認識的「田」。

一五七、不限不轄的「樊」字

①　金文 樊
　　樊君罍

②　小篆
　　樊

③　甲骨文 網(四)
　　殷虛文字甲編
　　二九五

④　甲骨文 木
　　殷虛文字甲編
　　六〇〇

⑤　甲骨文 手(又)
　　殷虛文字甲編
　　三八四

⑥　隸書
　　樊

　　「樊」，許慎在〈說文〉裡說：「鷙不行也」。意思是指把這一種兇頑的鷙鳥，架設成網羅不容牠任意亂飛的。但這樣寫法的「樊」，卻迄未在甲骨文中發現。不過，若以圖一的金文來看，也可使我們知道雖經暴秦統一過如圖二的小篆，卻無大差異；也可證明它乃是由圖四的「木」與圖三也稱「四」的「網」，再增以圖五的左右二手所組成的。若照許慎的說法乃指專為兇頑的鷙鳥，則似嫌狹隘。然若照圖一下方的兩隻「手」看，它應不是指正在鋪設網架的；因為上方的工作已經完成，而那雙手卻似乎仍在奮力。由此測斷，它應指一個人被另一個人以「樊籬」所困而欲奮力攀爬逃出的。這也是古時稍有權勢者對家奴的私刑。故也由此衍生為「攀爬」，「攀登」或「攀附」……等的「樊」。依此論證，這「樊」乃含轄制或剝奪他人自由之意，是相當具體。果如此，古人豈不藉此寓含若轄制別人自由，而人豈不亦可以更強的雙手剝奪你的自由嗎？然而，若為家禽家畜而設，則又另當別論了。兩相對照，設網究何所為，則在於你所能掌握的威權運用於一念之間了。即使你架設的網羅為了捕捉飛鳥，亦為今日的法律所不容的。

> 一個極為聰明的人，但不一定有智慧。
> 一個大智若愚的人，他的洞察力，就不是用聰明可以言喻的。

一五八、頤享天年的「胡」

① 金文 胡 古鉥
② 小篆 胡
③ 甲骨文 古 殷虛文字甲編 三一六八
④ 金文 古 古鉥
⑤ 小篆 古
⑥ 小篆 肉(月)

　這一個被稱爲祝福之語的「胡壽」，乃是依照〈詩經〉周頌篇「胡考之寧」所流傳的。而「永受胡福」則是〈禮記〉的儀禮篇所記。這樣的「胡」，在今天這社會不僅很少人再用，甚至幾乎很少人懂。相反的，「胡說」、「胡鬧」、「胡作非爲」……這些話，幾乎是天天時時都常聽聞。這不僅是對「胡」的認知不足；而且也是「胡」姓諸公們的莫大委屈。

　我們若以這字來詢問古文字學家許慎，他在〈說文〉裡就告訴我們說：「牛額垂也……」。從這解說：乃是叫我們知道那是指一頭老牛頸下垂了很大一塊肉的。如果再以這字的組成看，圖一的金文與小篆應是同義的。都在意指那一塊古老的肉；而許慎卻以牛下所垂之肉來形容，一面指爲人效力的牛已垂垂老矣，間接也可指人年老時之老態龍鐘狀的。更何況這「肉」之左再增以圖三的「古」，則又意指經過「十口」相傳來證實。難怪宋代詩人陸游的七十詩就說：「身世蠶眠將作繭，形容老牛已垂胡」。這都是描寫蠶與牛爲人效力直至全盡而垂老的。如再以此來衡論一個人，竭盡全力爲家爲國直至垂老，自是當享「胡考之寧」而「永受胡福」。然而，若少年不努力的後果，豈不應當盡嘗老大徒傷悲的苦果嗎。

※貪婪的心，會使寶貴的生命失喪※

一五九、順應時勢的「凌」字

① 小篆　凌

② 甲骨文　冰　殷虛書契徵文　一五・一〇

③ 小象　麦

④ 說文解字　古文　夫

⑤ 小篆　夫

⑥ 甲骨文　夊　殷虛文字乙編　二一一〇

　　這個常被用作「壯志凌雲」的「凌」字，但也常被用作「盛氣凌人」；這種兩極現象都具「意氣風發」之意，而「凌厲」則可指揮灑自如般的奮勇；「凌亂」，則又似頗極消沈的毫無章法。我們來研究它時，豈不會問古人在構造這字時怎會如此極端呢？若詳加分析，就知道都已有違古人在這字義裡所含的深義。

　　我們可先看這字主體圖三的「麦」，〈說文〉稱它爲「越也」，又解圖五的「夫」曰「高大也」。若以圖五看，那是指一棵剛從地面冒出之苗芽的。其下的「八」則爲古「分」字，意指它乃出自土下的根芽，自有它的成長分寸，絕不可以人的辦法反乎自然。而圖三下面「夊」，則是圖六的反寫；而這「夊」許慎稱它爲「從後至也」。從這解釋，可使我們知道它會稍慢一點的來到。這豈不都在說明一種生物有其自然成長的過程麼。然而更特別的，古人卻在其左再組以圖二的「冰」字，這則是意指冬天的冰雪，需要等到春天來臨後才會緩慢溶解的。如此看來，「凌氣」、「凌虐」、「凌厲」豈不都是許慎稱「麦」爲「越也」的超越自然麼！若以「人」作比喻，那則是急於顯露而欲盛氣凌人的。如此過度的熱，就會使「冰」急速成水而化爲氣般消失。故此，我們當像自黑夜等待「凌晨」一樣；必需經過一分一秒才能等到即將來到的光明。故願我們能如此來認識這「凌」。

一六○、同心儆惕的「霍」字

① 甲骨文 霍　殷虛書契前編一五・二
② 金文 霍　霍壺
③ 小篆 霍
④ 甲骨文 雨　甲骨續存一七五六
⑤ 甲骨文 佳　殷虛文字甲編二九六五
⑥ 隸書 霍

「觀象於天，觀法於地，觀鳥獸之文，近取諸身，遠取諸物……」；這是古人造字時所採取的基本態度和精神。因此，當我們來研究這個圖一原初甲骨文的「霍」時，我們實在無法想像這個「霍」的由來是如此絕妙。當然，這應該感謝那一位大文字學家許慎；若不是他在〈說文〉裡告訴我們說：「霍，飛聲也；從雨、佳，雨而佳飛者，其聲霍然」！請想看，這是何等寫實的一幅圖畫。就是描寫一群小鳥安然的在地上覓食，驟然降下一陣大雨，牠們自然會如同一聲令下，霍然一聲的飛奔其巢。就這樣，造字的古人似乎是捕捉了這一鏡頭，且取其聲，又繪其圖，就成了形聲的「霍」，這豈不是含括了這一群鳥同心合意般機警的快速飛逃嘛！

若照圖一看，其上乃圖四的「雨」，其下乃爲代表多數的三隻小鳥，即圖五的「佳」。當牠們同聲齊飛時，就自然會發出「霍」聲。到圖三的小篆，就把鳥減少爲兩隻；而隸變後，不但雨形被改變得不象了；而小鳥也只剩一隻，就眞叫人無法得知「霍」聲從何而起。請想看，如此的一「剪」，實已把古人的創意趕盡滅絕！當然，「霍」姓的諸公寫起來確是省了不少筆劃，然而古人們的創意，和你們的「一志同心」則全被抹煞。這是我們當有的認識；也是值得我們向古人們的感念並崇敬的。

◇◇ 當隨時保持我們警惕的心。◇◇

一六一、當常慮以避憂患的「虞」字

①　甲骨文 虞
　　殷虛文字甲編
　　二六五八

②　金文 虞
　　司寇壺

③　小篆
　　虞

④　甲骨文 虎
　　殷虛書契前編
　　四‧四四‧五

⑤　甲骨文 吳
　　殷虛書契前編
　　二九‧四

⑥　隸書
　　虞

　　這個被稱爲憂患的「虞」字，也是歷史上聞名的楚霸王的妾虞姬的姓。它的基本構造乃是圖一如「虎」的獸；若問牠究竟是不是「虎」，許慎卻解牠作「騶虞也」，並且還說牠是「白虎黑紋，尾長於身的仁獸」（參看圖四）。至於「騶」，許慎告訴我們說：「廄御也」，就是專門照顧獸並負責馴獸的役隸。如此天天與獸相處的役隸，自應稱之爲堪虞的。但是，我們卻當來研究，這個原初甲骨文的「虞」，其左還有一個「🦴」的圖形；文字學家們都把它當「桎梏」解，就如今日手銬腳鐐般專門制伏獸的刑具。當然，作廄御的人旣有此刑具，對獸則應是無「虞」的。但是，直到今天，它還是被稱爲是當憂慮的「虞」；究竟是甚麼原因？我們想，古人之如此構造並非偶然。請想看，當一隻獸看見那刑具，就像看見馴獸師那一條鞭子，豈不隨時當虞嗎？但是，我們當想，這字是造給人看的。若是我們每一個人的手中缺少一個可以制伏足以傷害我們的馴獸鞭具，我們豈不是隨時當「虞」嗎。尤其生活在今日這人與人相爭，而且自古迄今戰爭從未止息過的世代裡，是很難歡娛的，這也許是古讀「吳」之圖二的金文，以圖五的「吳」作音符的原因。若不具備足能勝過別人的那一個「🦴」，雖不會被別人吞吃，但卻是時常生活在被人在「🦴」以下過著被轄制的生活就無何可娛。這也許是古人要我們認識的「虞」。尤其楚霸王與虞姬的故事，更是我們的鑑誡。

一六二、凡事皆當防範的「萬」字

① 甲骨文 萬
　 殷虛書契後編
　 下‧一九
② 金文 萬
　 詛楚文
③ 小篆 萬
④ 隸書 萬
⑤ 蠍圖

　　「家產萬貫」、「億萬富翁」的這個「萬」字，應該是許許多多人所羨慕的；不知道有多少人知道古人所造這原初圖一的「萬」竟然是如圖五的一隻蠍子。請想看，一隻蠍子是已經夠人害怕的了；誰還想要千萬隻呢？沒有經歷過被蠍子巨毒螫害的人是不會知道牠的毒性；輕則使人紅腫疼痛難忍，重則無法醫治而喪命。請想看，如此的「萬」是誰會喜歡！不要說一個人，就是一條蛇或一隻獸被牠螫了以後，就像打了麻醉針一樣使其麻醉，然後就聚集千萬隻蠍子來一同吞吃。這是多麼可怕的事。然而，古人竟以這毒蟲的圖畫當作「萬」；對我們這些後代來說，究竟寓含多大啟示和深義？恐怕是很少人曾經深究的。

　　至於這字，許慎在〈說文〉裡解它為「蟲也，象形」。段玉裁就注說：「蟲名也，假借為十千數」。十千，當然就是今天所稱的「萬」。至於這「虫」，牠屬於蜘蛛科，遇敵，則將尾向上彎曲以聚集毒液，先以尾部鉤針螫之，使中毒。然後就被牠們當作食物。這是我們所知道的最簡單的常識。我們怎能不懷疑古人以這蟲作「萬」豈不使後代深陷迷惑嗎？也許因這緣故，古人才會以此告訴後代，我們所面臨的千千萬萬的人、事、物；看似小蟲，然稍不注意，都會中牠毒鉤。這也就是每天的新聞、報章、雜誌寫不完也報不完的千千萬萬中毒的事。然而，我們從表面認識的乃是花花綠綠鈔票的「萬」，它隱藏的毒鉤卻是很少人能透察卻是帶有巨毒的「萬」。這當是古人對後代叮囑的：凡事皆當謹慎防範才能避免遭受毒害；它就叫「以防萬一」的「萬」。

一六三、精選作柱的「支」字

這一個常被用作「支持」或「支撐」的「支」字，雖迄今未見於甲骨文，然從圖一在〈說文解字〉中所列舉的古文被稱為「去竹之枝」看，那是圖五也稱「又」的「手」拿著一根如圖四之「竹」的圖畫。這是既象形又會意的字。其意乃為把這一支竹的枝葉除去後，它就成為一支盡隨己意的竹竿了。這樣的竹竿，可搭竹棚，可建竹屋，其皮可編竹籃、竹筐、竹席……等，尤其在荒山野地的竹橋，不知給多少人帶來方便。這些，都是中國人最會利用的。當然，也全在於有經驗的人會分別，會挑選，會製作，並可把一支竹竿的用途完全用盡，毫無浪費。它就叫去蕪後的「一支」，並不是與樹木同稱的「一棵」。

這「支」，也作商業會計記賬用的「收」與「支」，顧名思義，已使我們得知它已有名有實記錄在賬簿上的被「支用」了。古時，也稱一個宗族的支派為「支」，古代舜的族裔中就有一支派以「支」為姓而流傳至今。不過，若把這「支」擴大來看，你和我都是這社會中的一「支」；那就要看你如何把自己擺在最合適的地位；以免浪費你之所「支」。

一六四、盡其所以的「柯」字

 小篆
可

 甲骨文 木
殷虛文字甲編
六〇〇

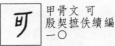 甲骨文 可
殷契撫佚續編
一〇

　　「柯，斧柄也」。這是許慎在〈說文〉裡告訴我們的。許慎這說法，當是專指一種落葉的喬木說的。它高可至三、四丈，用途頗多，尤其造船。若單指它為斧柄，就未免太委屈它了。然而，若以這字的構造看，它的左方為圖二的「木」，其右為圖三的「可」；如此組成的「柯」，豈不是指這「木」自己的「口」在說：「我可以作甚麼」嗎？如此說來，除了造林的專家以外，真正認識「木」又懂得用「木」的人恐怕是微乎其微。譬如：一棵數十年的樹木，在豪雨季節，它所吸收的水分竟可達一噸以上；乾旱時，它又可以排放出來供應給就近的植物；這當是造物主所賦予它的特別功能。至於它成熟後的功用，真可說是無法細數。尤其平日所常見的桌、椅、床、地板……等；尤其在古時最大需要的房屋或橋樑的棟樑。雖然現在多以鋼筋水泥代替，然而從森林所發出的「庠」，尤其可從中萃取的「芬多精」，對久居水泥叢林的人，就更感必需。特別在建築業極度發達的今天，以往認為只配作燃料的廢木，現在已被製作為高貴的夾心板了！由此看來，古人所構造的這「木」之「可」的遠見，是遠超今日科學尚未開發完盡之「木」之所「可」的。

　　這「柯」，古代還作「媒介」用，願我們都盡這「媒介」之責，好把這「木」的「可」用之處發揮到極致。

一六五、行甘言甜的「旨」

①　金文 旨　乍父癸卣
②　說文解字 古文 旨
③　小篆 旨
④　甲骨文 人 殷虛書契前編 六二‧二
⑤　甲骨文 止 殷虛文字甲編 六〇〇
⑥　甲骨文 甘 殷虛書契後編 上‧一二

　　「旨」，從〈史記〉夏禹記的「舉皋陶而薦之，將畀之政

…」。〈正義〉則注曰：「舜禪禹，禹即帝位，以咎陶最賢…」的這「咎陶」就是「皋陶」。到了商代，就有一位官居丞相而稱爲「司空」的名叫「咎單」，從這記載，可知「咎」姓是在歷史上佔有相當地位。也許他們的後代因「咎」具罪意，以致就在「咎」下的「口」增「一」爲「甘」而稱「昝」。乃取自稱是「咱」的意思。

　　至於「咎」，許慎在〈說文〉裡說：「災也，從人各；各者，相違也」。依這解說：就已把「罪」與「災」都隱含在內了。因爲「各」乃爲圖五的「止」與「口」所組成的。這意思極爲明顯，乃表明圖一右上乃圖四之「人」的「口」與「足」各有所司，且各不相干。故許慎稱其爲「相違」。當然，口所說的與足所行的「言行不一」，怎能不被定罪而成災呢！因此，當這災臨及己身時，當然只有承認「咎由自取」。這樣的事，自是古代的「咎」姓家族所不願的；因而就在禍從口出的「口」內增以「一」來稱圖六的「甘」，乃在期盼後代自此皆能口出「甘」言的。如此，就會極爲坦然的自稱「咱」了；這就是自那時起始的「昝」姓之「昝」。

一六六、聽命發令的「管」字

① 小篆 管　② 金文 竹 古匋　③ 甲骨文 官 戰後京津新甲 四八四五
④ 甲骨文 宀 戰後京津新甲 四三四五　⑤ 甲骨文 曲 殷虛文字乙編 七三八五

　　這一個被稱樂器之一的管絃之「管」；它也是管理事務的「管」。乍看起來，這似乎是兩件截然不同的事，古人怎會以這樣的一個字來作兩種背景不同的用途；這實在是值得後人詳加考究的。

關於樂器之「管」，是以竹管截斷，然後打通中間關節，再鑿以數洞，以口吹之，以手指按放，然後就能發出高低不同的美妙聲音，如再經譜成曲調，就會成爲更完美的音樂。這可能是中國人最先發明的一種管樂器，並衍生出簫、笛、笙……等不同的樂器。總其名則曰「管」。這樣的「管」，主要在於它完全被挖空，並且完全操縱於人的口與手。所以這字的組成以圖二在其上的「竹」爲主題，其下爲圖三的「官」，這可能是因這吹奏的人顯出了他的特別技巧，就是在他轄下以聽命的「ㄍ」（口），就被稱「官」。而許愼就稱它爲「如篪六孔」。

當這「管」既能如此完全沒有自己主見而被主人操縱自如且能娛人時，爲政者也就藉此來選拔這樣沒有自己主張和意見的人照著他的意思來輔佐他管理衆民，並且也無須凡事躬親，因而也就設立了這樣的「官」來爲他效力管理一切，也會如音樂般稱心如意。如此，就延用作管理的「管」。

從這兩種論證，可知今天管理的問題很難像美麗的音樂，自可察知其原因之所在了。這樣的結果，是後人不明此理呢？抑或是古人在這字的使用上分別的不夠明確？只有爲首的執政者與輔佐爲政的管理者自問良心了。

一六七、烹滷虜物的「盧」

① 甲骨文 盧　殷契拾綴・四

② 金文 盧　王子方盤

③ 小篆 盧

④ 甲骨文 虎　殷虛書契前編 四・四四・五

⑤ 甲骨文 滷　殷虛書契前編 六・四一・五

⑥ 甲骨文 皿　殷虛文字乙編 六四〇四

「盧」，許愼在〈說文〉裡解它爲「飯器也」，這是指古時並未增「火」的爐灶之「爐」的。而古時又稱賭博的遊戲作「呼

盧喝雉」，則是指在歡慶秋收之後的農忙之餘的玩樂，並以歡欣的心情來享受美食。此時，還以猜拳來比賽，看誰呼盧得盧或喝雉得雉。至於圖一之甲骨文以圖六的「皿」和圖四稱獸的「虎」合組，爲何就被稱「盧」？以這圖意看，乃是當農忙後就以抓取較大野獸來慶祝豐收藉快朵頤的。因此，他們就把那獸置於較大的爐內加以烹煮。尤當吃的文化日趨進步時，就增以不同的調味香料藉增美味，後又增造如圖五的「鹵」字。很明顯，那是描繪正在烹煮一隻肥腿的。因此，它就成爲圖二、三的「盧」。從這些文字的衍進，也可使我們得知古人對享受美食的文化進步的相當快速，這當也是我們中國人對美食的烹調能夠譽滿全球的因由。然而，爲了美食的享受似嫌不足，因而在住的文化上也同時配合而進步，就在這「盧」上再增以「厂」而稱「廬」，就變作特別享受的住處了。這就是我們食與住的文化進步的紀實。

一六八、把握夕陽的「莫」字

①　甲骨文 莫　殷虛書契後編上・一四六

②　金文 莫　散氏盤

③　小篆　莫

④　金文 草　古匋

⑤　甲骨文 日　殷虛書契前編四・二九・五

⑥　隸書　莫

　若以圖一原初甲骨文的「莫」看，那是描繪由草叢中遙望夕陽西下之美景的。這時的落日，也的確會呈現稍較橢圓的情形，這當是古人在構造這字時所抓住之刹那間的構思。所以它就被稱爲滿帶暮意的「莫」。當這「莫」被用作「不可」或「不要」等後，後人就增「日」另造「暮」來代替而各有所專。不過，「天無二日」這舉世皆然的不變眞理，卻被抹煞。這也許是當初未曾想到的。以致造成了「你暮」、「我暮」以至「暮氣沈沈」而「莫可奈何」的直到如今；甚至會延續至永遠。

　　然而，我們若思想那一幅日落草叢中的彩霞，而稱其爲一日之末的最佳美景時，「夕陽無限好」的詩句不就會馬上浮現心頭麼！而古人構造這字時，也確具激勵後代在每當此時，都當把握一日內的最美時光盡力衝刺以竟一日之功的。若再看許愼解這「莫」曰：「日且冥也，從日在草中」看，程邈所發明之圖六的隸書，就相當離譜，實是當稱「莫明其妙」！不過，這「莫」已多被形容爲「不可」或「不要」等了，還算具有儆惕之意。這也許會使原初造「莫」的古人稍得安慰吧。

一六九、天地之綱的「經」字

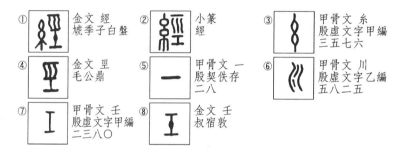

① 金文 經 虢季子白盤
② 小篆 經
③ 甲骨文 糸 殷虛文字甲編 三五七六
④ 金文 巠 毛公鼎
⑤ 甲骨文 一 殷契佚存 二八
⑥ 甲骨文 川 殷虛文字乙編 五八二五
⑦ 甲骨文 壬 殷虛文字甲編 二三八〇
⑧ 金文 壬 叔宿敦

　　這個稱爲「經緯」、「經綸」、「經典」、「經濟」……等的「經」；也是被稱爲中華文化大經的「詩、書、易、禮、樂，以及春秋」等六經也同是這「經」。如此顯耀的「經」，迄未在甲骨文中發現。然從金文尙可窺見古人是在甚麼情形下所構造而稱爲如此的「經」的。

　　圖一這「經」的左方是稱「經」的主題之圖三的「糸」；所以許愼才會解它爲「織縱絲也，從絲巠聲」，這也說明了其右的「巠」，乃如絲所織造成有經有緯之圖五的「一」，以及圖六的「川」和圖七的「工」所組成的。至於這「一」，〈說文〉說：「惟初太極，道立於一，造分天地，化成萬物」。如此的

「一」，當是〈漢書〉董仲舒所說「萬物之所從始」的「一」。至於「川」，我們都知道它是貫穿並通流的水；其下的「工」，則是中國人稱為天干之數的甲、乙、丙……等第九位的「壬」字。〈說文〉稱其為「陰極陽生」。但它又像「工」；這樣的「工」，上為「天」，下為「地」，由此又可知此乃天地之大工。當我們得知如此傑出的構造後，就可得知其何謂經緯之「經」了。如再從中國最古老的名著〈水經注〉看，它的大小川流遍及全地如同人體內的經脈。由此更能顯明這「經」的地位和重要性。這眞會叫我們嘆為觀止，更感覺到這「經」中的一筆一劃皆乃天地間之大工不可或缺的。然而，許愼稱人乃天地之性最貴者，豈不更是這天地大工中或經或緯都不可缺的中堅之綱嗎。這當是我們要認識的「經」。

一七〇、愼選方位的「房」字

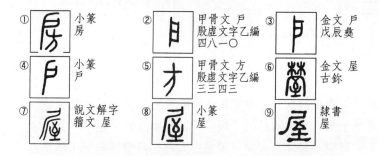

① 小篆　房
② 甲骨文 戶　殷虛文字乙編　四八一〇
③ 金文 戶　戊辰彝
④ 小篆　戶
⑤ 甲骨文 方　殷虛文字乙編　三三四三
⑥ 金文 屋　古鈢
⑦ 說文解字　籀文 屋
⑧ 小篆　屋
⑨ 隸書　屋

　　「房」與「屋」這兩個字是常被我們連起來通用的；若仔細分析，它又是截然不同。尤其我們現在所使用的這「屋」字，是從圖六的金文再衍變為圖七的籀文，以至圖八的小篆而又改變為圖九的隸書。如此的一變再變，先是從山上的叢林下至洞穴；再衍變為「人」自上而下「至」山崖內。再到秦時被李斯的一「統」，就被「剪」得只剩「人至」；然後再被程邈的改

「隸」，就把人嚇得再不敢入屋；因爲那已很清楚的成爲「尸至」了。（因此，在字詞典中，都列在「尸」部）請問，這字不是墳墓嗎？這都與古人原初的創意相去過甚。當然，我們因無原初的甲骨文的「房」可考，但是，依照現今這寫法的「房」來推斷，它上爲圖二的「戶」，就是窗戶的「戶」，那是以半個「門」字來代表的。再組以圖五方向的「方」，它就被稱「房」。由此可見我們古老的居住文化到黃帝命倉頡他們造字時，對住的舒適已大有進步，而且相當考究。因爲這稱爲房屋的「房」，已考慮到通風、採光，以至對外的視野，就是門與窗的方向。也可說是連環境的優美，都相當兼顧，這可說已達今日西方人士對選購具有私密性和遼闊視野的「view」都已設想，也可說已達今日高於一般的水準。這才是我們古人給後代設想的理想的「房」。這也是我們泱泱大國的國民應有的居住享受。

一七一、祈得美食且享溫暖的「裘」

古人爲我們所構造圖二甲骨文的「求」，乃是一隻野獸被治死只剩一副皮的圖畫。它所以被稱「求」，應是意指人能順利獵取野獸，雖靠人的智慧，但還需要祈求上蒼庇佑，否則人反會被獸傷害的。至於圖三的「裘」，可叫我們看見，已經把獸皮製作

成可以禦寒的皮衣，所以古人就把圖二的「求」與圖五的「衣」合組起來而成爲這樣的「裘」。因此，我們今天來使用它時，就毫不猶豫的指它爲一件皮衣。也因此，許愼就在〈說文〉裡解這「裘」說：「皮衣也，從衣象形」。從這樣的「裘」看，乃是當他們準備獵捕野獸之前，是曾經先向上蒼祈「求」庇佑能以平安順利的。這結果，除了獲得野味外，還可將獸皮製成衣服來禦寒。當他們因食得飽，因衣得暖後，就把這「求」與「衣」合組爲「裘」以紀錄這得「裘」的經過。如今我們這麼簡單的來使用這字時，我們豈不應當紀念古人們如同披荆斬棘般與野獸博鬥的經過嗎？這應是我們如此認識的「裘」。

一七二、愼防萬一的「繆」

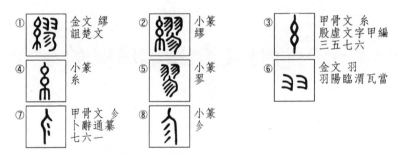

①　金文　繆
　　詛楚文

②　小篆
　　繆

③　甲骨文　糸
　　殷虛文字甲編
　　三五七六

④　小篆
　　糸

⑤　小篆
　　翏

⑥　金文　羽
　　羽陽臨渭瓦當

⑦　甲骨文　彡
　　卜辭通纂
　　七六一

⑧　小篆
　　彡

　　我們看圖三的「糸」，那是指一捲經過繅製的絲說的。圖六的「羽」，是指在翺翔中一隻飛鳥的翅膀。圖七、八都是描繪一個人的腋下所挾藏著自己認爲比較珍貴的東西；它就是古寫的「珍」字。若以這三個毫不相干的字看，它怎能會被組合在一起被稱爲「綢繆」的「繆」？再當以「言」代「糸」後又稱「謬誤」之「謬」；而讀姓氏時則又稱「繆」[注]。如此的組成，若非一一分解，則是無法完全明白它的眞意和深含的。

　　先看「絲」，是古代製衣的最佳材料；如製成繩索，則又是極爲堅韌的。而在這「繆」中，則當是以繩索用的。「羽」，是

代表會飛去的表徵。「彡」呢，是古代人將珍貴物品藏於腋下就認爲它最安全的。

當「羽」與「彡」組合後，它就是圖五的「翏」，許愼就稱它爲「高飛也」。如照上述，一個珍寶竟然長了翅膀高飛了，豈不令人完全沮喪甚或灰心嗎！爲此，古人就在圖一、二的「翏」左縛以絲製的繩索把它捆住；這樣，即使它長了翅膀也不會飛走了。如此，它就可被稱爲經過綢繆的「繆」。它的深義即在告訴後代，凡事都當謹愼綢繆而防萬一。因此，春秋時秦國的惠文君才會說：「昔我先君穆公及楚成王繆力同心……」；就用這「繆」來稱他們之所以強盛。願我們能藉此深知古人構造字的苦心，眞能如珍寶般來寶愛。

一七三、當心誤入的「干」字

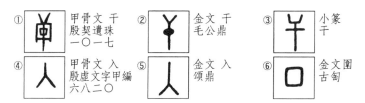

① 甲骨文 干　殷契遺珠 一〇一七
② 金文 干　毛公鼎
③ 小篆 干
④ 甲骨文 入　殷虛文字甲編 六八二〇
⑤ 金文 入　頌鼎
⑥ 金文 圍　古匋

當我們要來認識現在這寫法的「干」字時，就使我們發現這字是在一再簡化下的犧牲者。因爲從這樣的「干」中，已無法看見古人在創造這字時的深意和苦心。因此，我們必須先看圖一、二的「干」字；它的中心主題乃是如圖四的「入」；而這「入」乃在告訴人任何地方都不可隨意進入的，尤其如同圖六之古「圍」字的「口」，特別在圖一的古干字中，它乃是兩個「口」所組成的，就是「重圍」的意思。請想看，隨便闖入別人的重圍，自是容易引起干戈的。由此，可叫我們知道古人以雙重的「口」再組以圖四倒寫的「入」，自然會陷入重圍而動起干戈。至於這「入」，乃古時之鐵鑽，當初燧人氏鑽木取火可能就是以

這鑽形的鐵器來鑽取的。當然，它也自然可稱作一種武器。若是一個人攜帶鐵器進入別人的範圍，後果自是難以預料。更何況今日這時代，已特別注重個人的隱私呢！稍一不慎，不但誤犯法條；若再引起干戈，還會禍延子孫的！如此看來，就可得悉古人造字時創意之深，顧慮之遠。然而，後人為了懶而「簡」，似乎確實簡便許多，然而，其中的深含，以及滿了警告的儆惕，卻被「剪」得無影無蹤而只剩一個代表似的符號了。未悉「干」姓的諸公察知這深義否？

一七四、竭盡本能而不倔強的「解」字

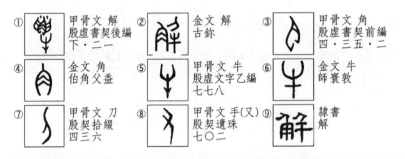

① 甲骨文 解　殷虛書契後編　下・二一

② 金文 解　古鈢

③ 甲骨文 角　殷虛書契前編　四・三五・二

④ 金文 角　伯角父盉

⑤ 甲骨文 牛　殷虛文字乙編　七七八

⑥ 金文 牛　師裏敦

⑦ 甲骨文 刀　殷契拾綴　四三六

⑧ 甲骨文 手(又)　殷契遺珠　七〇二

⑨ 隸書　解

　　這個「解」字，除了用作姓氏時讀「解」ㄒㄧㄝˋ外，就一直被用作「解決問題」或「瞭解」的「解」。至於它為甚麼會以現在這寫法的「角」，再組以右上的「刀」以及右下的「牛」就稱作「解」？這問題若不是還有原初的甲骨文可考，真可說是相當難「解」的。

　　我們先看圖一這個既象形又會意的字；它乃是一幅極為鮮活的圖畫。它上方中間的主題乃是圖三的「角」。下方則是圖五的「牛」；由此可證明那「角」乃是「牛」的「角」。這「角」的兩旁，乃是圖八左右的兩隻人的「手」，而且其上還有特別明顯

的血點，故也可說那是圖七的「刀」所造成的。因此這圖意明顯是指這牛的角乃是剛剛被剝除的情形。這確有一點像是血淋淋般的圖畫。然而我們要問，如此的組成是怎能被稱「解」的？為此，我們當轉一個角度來思想這字的被造乃是為著人的；但卻以牛來作這事件的紀實和比方。否則它就不會被稱為文字了。也因此，我們當先探究這字主題的「牛」和牠的「角」。

我們知道，牛乃是一種極其溫馴的家畜，且是古時在農耕的事上不可或缺的。牠不但為人背負重荷，且也毫無怨尤的為人效力至死。但是，這牛若一但發了牠倔強的脾氣，卻會一發不易收拾。不但會以牠獨一的武器──就是牠的角來觸撞人。甚至使人喪命。為這問題，似乎除了把牠殺死以外就別無他途。但是，古人卻沒有如此教導我們，而是以圖一這圖畫告訴後人，卸去牠的武器──「角」，問題就解決了。這當是這「解」的圖畫和深義。然而，這字的真義應是指認識這字的人的。竭盡本能是人理所當盡的責任；若怒發了如牛般的脾氣，則非解決牠的武器不可。這也許是古人構造這字的真義！

一七五、心存雁行的「應」字

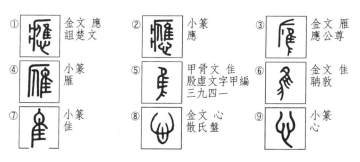

① 金文 應 詛楚文
② 小篆 應
③ 金文 雁 應公尊
④ 小篆 雁
⑤ 甲骨文 隹 殷虛文字甲編 三九四一
⑥ 金文 隹 耼敦
⑦ 小篆 隹
⑧ 金文 心 散氏盤
⑨ 小篆 心

「應當如何」？可說是許多人常常掛在口邊的話。假如我們稍為留意，就會發現所有自己認為的「應」，幾乎都是各憑己意

而全無眞正準則。但是，我們曾否追問古人爲我們構造了這應該的「應」，乃是由圖五的「隹」再組以圖三上方倒寫的「人」，即圖四的「雁」。然後再增以圖八的「心」來稱爲「應」的。因此我們要問，「雁」的「心」怎能會被稱爲人所「應該如何」的準則呢？爲此，我們就查考上蒼所創造的「雁」來加以探究；結果，實叫我們有了七項奇特的且稱眞正「應該如此」的發現。

第一：牠是體型最大的候鳥，對冬寒的反應特別敏銳，特別當人看見牠們列隊飛行天空時，乃在啓示寒冬將至，應當準備禦寒衣食。

第二，牠們是最合群的鳥類，彼此眞實的照顧，有食共享，有敵同當，任何時間，都能竭盡本分。

第三，牠們的體積雖重達約五公斤，卻仍能在遷徙時在高達六百米處持續飛行每小時約六十五公里的耐力。

第四，牠們的婚姻關係極爲聖潔，因其求偶方式各異，故絕不致錯認對方，亦絕無婚外出軌情事。如一方亡故，另一方則終生不婚至死。

第五，雌雁抱孵期間，雄雁終日守候，幼雛孵出後，即可自行覓食，父母同時照料，一年後即投入群體生活。

第六，牠們團體的紀律極嚴，遷徙時絕對軍事化。飛行天空時常以「一」或「人」形出現。這是圖三「雁」字中「一」與「人」所採取的特點。露宿或落地覓食，必有一雁守值，除外在人爲因素外，絕不會疏忽。

第七，牠們對方位的辨識極爲準確，記憶特強，即使舊址面目全非，牠們也不會迷失方向。

類此種種，豈不都是天地之性最貴的人所「應當」具備的條件嗎？這當是古人以「雁」的「心」來組成的應該的「應」。

一七六、表明誠敬的「宗」字

① 甲骨文 宗　殷虛書契前編　一六‧四
② 金文 宗　盂鼎
③ 小篆 宗
④ 甲骨文 宀　殷虛文字乙編　八八九六
⑤ 小篆 宀
⑥ 甲骨文 示　殷虛書契前編　一‧一

　　到底有沒有神，對信的人來說：是確鑿無疑；若對不信的人說：則是聽之杳杳。然若以古今中外不論官方或民間又常以「拜神」來求告或祈盼祝福看，應該說都是寧願信其有而有所「宗」，似乎就會在感覺上踏實許多似的。再就我們現在要來認識的這「宗」字看，古人所造的這「祖宗」、「宗旨」、「宗敎」、「同宗」……等這「宗」，乃是清楚的明示是有神的。並且表明這一位神乃在自己的家中。請先看圖六的「示」，它上方較長的「一」乃示意天」，再增以較短的「一」則可稱爲天上。其下爲「三垂」。如此構成的「示」，許愼在〈說文〉裡就解它說：「示，天垂象，見吉凶，所以示人也，從二。三垂，日、月、星也，觀乎天象，以察時變，示神事也」。這乃是在告訴人；看見天上的日、月、星，就可知道有神的，並示意這三光乃神所管理。而其上如圖四、五的「宀」，那是房屋形。從這二字合組爲「宗」看。信與敬拜都是屬於你個人或你一家族的事；所以稱「宗」。許愼就稱其爲「尊祖廟」也。從這解釋，主要乃在對先祖以眞誠來敬拜的。其目的是在於使後代知道「我們是有所宗的」。然而孔子卻在〈論語〉的八佾說：「祭如在……」；孔子這說法則是在於你心裡到底有沒有他的同在，這才是眞正的誠和敬以及所拜的眞正意義。外在的形式若甚隆重，卻與存心不一，那就是拜也枉然了。這當是我們眞正的當有所「宗」的事。

一七七、使堅且固的「丁」

　　「丁」，在古老的甲骨文中是一個象形的字；但是，卻需要用會意的看法來解它，否則，我們就無法得知它究竟像甚麼形。首先，我們應該知道，在倉頡他們造字的時代，還沒有今天我們所使用的這金屬的鐵釘；所以，直到圖五這寫法的「釘」，已是約二千四百餘年後的事了。我們若看圖一的「丁」，則是指古代用木或竹削製的「釘」，並且是被釘於器物之內後，它在某一器物的表層所留下來的既圓又方的形狀。那是因為它原被削光的長度已被釘入器物之內了。圖二的「丁」，原則也是一樣。至於圖三的「丁」，則是被削製而尚未使用的「丁」。到了圖五的小篆，我們只好稱它是「進步的文字」，但卻已完全不具「丁」意。因此，我們必須以會意的說法來看這「丁」，好使我們得知它是逐步衍進的文字。但是，我們又必須知道，古人當初以竹或木來削製的這「丁」，其目的乃是使他們所使用的器物得以堅固。然而，我們還必需知道，今天不論用具的大小，甚至飛機、船艦，無不需要大大小小無法數算之釘子來幫助這諾大的器物好使它更堅固。然而，有一件事卻必須使我們深知的；那就是不論這「丁」的大小，都必須被釘鎖至幾乎看不見又摸不著的程度。否則稍一冒出，易於傷人的事小，而這器物的本身先會漸漸鬆散，最後就使這整個器物完全不能使用。由此，可使我們得知，若是一個「丁子」真盡了功用，就使它完全不被彰顯；而那器物則被保護的堅而且固。這是所有的工程師們檢查並維護某一機械

所必需並必備的知識和常理。未悉「丁」姓的諸公以及身為這巨大機械－社會團體－之一的「丁子」，真如此認識否。

一七八、輾轉傳說的「宣」

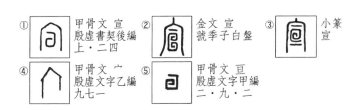

① 甲骨文 宣
殷虛書契後編
上・二四

② 金文 宣
虢季子白盤

③ 小篆
宣

④ 甲骨文 宀
殷虛文字乙編
九七一

⑤ 甲骨文 亘
殷虛文字甲編
二・九・二

在現今這世代中，「宣傳」、「宣揚」等的「宣」，不論在商業上或政治上，都是常用的。至於今日所稱的「宣傳」，幾乎無不誇張至極致。然而，若照古人在甲骨文中給我們留下當初所造的圖一這「宣」字看，則會使我們大有今非昔比之感。因此，我們當回首當初來看這「宣」，藉以得知古人構造這「宣」時所賦予的使命。

我們看圖一的「宣」，可知那是由圖四稱為房屋的「宀」和圖五的「亘」所組成的。「宀」，就是房屋，也就是所居住的「家」。而「亘」呢？它讀「亘」ㄏㄨㄢˊ，即古墻垣之垣。但又讀「亘」ㄍㄣˋ，即「亘古」的「亘」ㄍㄣˋ。然古文都作「回」，即輾轉的意思。故〈說文〉稱其為「求回也」；並云「上下所求物也」。當這「宀」與「亘」合組為「宣」後，這意思豈不明顯為先在自己家中輾轉回求，並與「亘古」對證，然後才能對外「宣」講，或再進一步「宣傳」，才比較可靠嗎？。唯有在此情形下的「宣告」、「宣揚」或進一步的「宣傳」，那才是真正值得並且是可靠而信實的「宣」。如此的「宣」，比起今日大多都較極盡誇張澎風能事之「宣」，則相距太遠！「宣」姓的諸公以為然否。

一七九、倍加珍愛的「賁」字

① 金文 賁 班陽矛
② 小篆 賁
③ 小篆 卉
④ 甲骨文 貝 殷虛文字甲編 九七一
⑤ 金文 貝 鬲尊
⑥ 甲骨文 攴 殷虛文字乙編 一八七一

　　梁代劉勰的名著〈文心雕龍〉原通篇記有「草木賁華，無待錦匠之奇」的這「賁」，那是指非比尋常的草木。而明代蘭陵笑笑生所撰名小說〈金屏梅〉也記有「寒舍薄具菲酌……仰冀賁臨」的「賁」，則是對人之美稱。也就是許多請帖中所稱的「光臨」。這些，都是指自然長成或裝飾之美的。因此，我們當要來看，古人爲何以圖三花卉之「卉」與圖四象形的「貝」來稱「賁」。

　　圖四是產生珍珠之貝殼的象形，它之所以稱「貝」，乃是因這軟體海蟲張開蚌殼吸取食物時，很容易吸進海沙，牠就爲了減少海沙的刺痛，就分泌出液體將沙包裹，久之，這液體變硬，就結成價值非凡的珍珠；因此，牠就被稱「貝」。當這樣的「貝」再與經過專家培養之比尋常的「花中之卉」合組時，它就成爲美中之美的「賁」了。這不就是「錦上添花」之作嗎？這兩種東西雖都是天然的，但卻不是偶然的，乃是經過人以專門技巧悉心培育的。因此，它就成爲可誇的「賁」。這就是許愼在〈說文〉裡稱其爲「飾也」的「賁」。圖一金文的「賁」右原有圖六的「攴」；原爲圖六的「殳」，是意指需要人的手操作的。它頗含原意。圖二的「賁」就失去此意了。

一件真正完美的作品，是能經得起時間考驗的。

一八○、祈盼高登的「鄧」

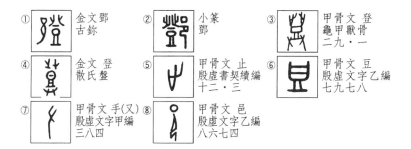

① 金文鄧　古鉢

② 小篆　鄧

③ 甲骨文　登　龜甲獸骨　二九・一

④ 金文　登　散氏盤

⑤ 甲骨文　止　殷虛書契續編　十二・三

⑥ 甲骨文　豆　殷虛文字乙編　七九七八

⑦ 甲骨文　手(又)　殷虛文字甲編　三八四

⑧ 甲骨文　邑　殷虛文字乙編　八六七四

　　在中國文字中的右旁爲「阝」(邑)者，大多是指地名；故這「鄧」亦不例外，是商代的叔曼季被封於「鄧」的一個地名，後代就以「鄧」爲姓。而圖一、二的這「鄧」，其左右亦爲圖八人踞形的跪地祈求的人，意在祈求這地得能五穀豐登的。這當是這地名的意義。然而這聲符的「登」，則是這字值得研究的主題。因此，我們應先來分析一下圖三的「登」。

　　這個「登」字，中間是圖六的「豆」，這「豆」是古代大型炊飯用具，意旨管理許多人飯食的。旣可掌管許多人飯食，自當具有相當地位；這當是這「登」的中心。而「豆」上卻是圖五的左右兩隻腳形，意指登上這地位的人是走在前面的。然而最有趣意的，乃是「豆」下的兩隻圖七的「手」，古也作「又」用，也就是延用至今的「又」字。而古人將它列在「豆」下，乃在示意他們是抬「豆」的人，也含指他們也是擁護走在「豆」前的人。如此的組成，就足可證明這「登」的全部深義了。也由此可使我們知道，一個想要登上高位者，必需是首先顧到大眾生活者，自然就是走在前面引領眾人者。結果，也就成爲眾民擁戴的人。這是少數人被擁護而登上高位的「登」；增了圖八的「邑」後就成爲眾多人居住的「鄧」。

一八一、人傑出地豐富的「郁」字

① 金文 郁 古鉢
② 小篆 郁
③ 金文 有 周公敦
④ 甲骨文 手(又) 殷契遺珠 七〇二
⑤ 小篆 肉(月)
⑥ 甲骨文 邑 殷虛文字乙編 八六七四

　　這個稱爲地名的「郁」字，也具有濃鬱和文采豐富的意思。在司馬相如的〈上林賦〉中就有「郁郁菲菲，衆香越發」以及宋代范仲淹〈岳陽樓記〉中有「岸芷汀蘭，郁郁青青」的記述。如此的形容，自不免使我們要問：古人爲甚麼會以圖四稱「手」的「又」，和圖五一塊「肉」形的「月」，以及圖六人踞形的「邑」來組成，這是我們應當知道古人爲何如此組成的深含。

　　「邑」，是圖六的人踞形，是一個人跪地祈求的意思。「又」，古指「手」形，這字含有一個人的手中所有以及手中所作。而在這字中比較突出的，乃是圖五之一塊「肉」形的「月」字。從這樣的組成，可使我們知道，跪地祈求的那一個人目的；是冀盼居住這地的每一個人都有豐足的食物，特別是每人皆有足夠的「肉」可吃。這是當初的人所共有的期盼。當這字衍生爲「文采豐富」以及「衆香越發」時，則意含「人傑出」、「地豐富」的雙重需求了。這當是我們要認識的「郁」。

一八二、竭盡本能的「單」

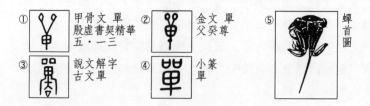

① 甲骨文 單 殷虛書契精華 五・一三
② 金文 單 父癸尊
⑤ 蟬首圖
③ 說文解字 古文單
④ 小篆 單

　　這個簡單的「單」字，用在姓氏時則讀「單」ㄕㄢ。然而我們這些後代的人，幾可說無法明白既稱「簡單」而又讀「單」ㄕㄢ的因由。因此，我們必須先來看圖五那一隻同翅目蟬科昆蟲的頭部圖畫。從這圖畫中，可使我們看到這「單」乃是這「蟬」。若對照圖一、二的「單」，豈不就是那隻蟬之頭部最簡單的圖畫嗎？它讀「單」ㄕㄢ　當是從蟬所諧音；而它又稱簡單的「單」，其原因當不是筆劃的簡單，反而是因牠生命之成長的過程並不簡單；而牠一生卻又是那麼極其短暫的「簡短」；且又那樣的「單調」。

　　至於牠的不簡單，乃是因為牠自成卵後就落入地面而漸入地層深處棲息，最少的也有五年，多則長達十七年之久方能從地層內爬上樹稍；再經過成蟲，脫殼等過程，才能形成牠真正生命的「蟬」。然而，牠所擁有的，不過是兩至三週，且最多不會超過三十天。然當雌雄交配產卵後不久，即結束牠極短暫的生命。若查問牠這極其短暫的一生所背負的使命，那又真可稱作極其簡單，就是竭盡牠在所有昆蟲中鳴叫聲音極大的本能，其目的當在告訴世人，夏日將盡，秋收將臨而使人有所預備的。這種情形，我們只能稱牠是造物主特別的創造。雖然如此，牠還是竭盡了牠生命的本能。這豈不在反照天地之性最貴的人，當如何盡其所能來盡各人最簡單的本分和本能麼！

一八三、無虞駭浪的「杭」

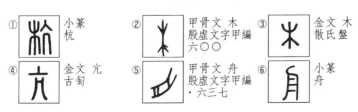

① 小篆 杭　　② 甲骨文 木 殷虛文字甲編六〇〇　　③ 金文 木 散氏盤

④ 金文 亢 古匋　　⑤ 甲骨文 舟 殷虛文字甲編・六三七　　⑥ 小篆 舟

　　這個以圖二象形的「木」與圖四之「亢」原系圖五變體的

「舟」所合組的「杭」字，其實也就是我們今日所使用的「航」字；因「航」通行後，這「杭」就被用作地名來用的「杭州」或「杭」姓了。若從〈詩經〉的衛風所記「誰謂河廣一葦杭之」以及〈楚詞〉的惜誦記有「魂中道而無杭」來看；則可叫我們知道古時只有「杭」而無「航」的。因此，我們當以這「杭」來研究這「杭」爲何被稱「航」。

　　我們都知道古今中外原有的船隻都是圖二之「木」所造的。特別是最初的圖五的「舟」，乃是由特選的較大樹木挖空中間後，就成爲可以載人並少數物品的「舟」。有了這「舟」，就可使人不致因一江一河之隔無法往還，反可沖破巨浪而抵達彼岸，藉此就可完成自己理想。當然，也因造船技巧及經驗的結果不僅大型的，超大的船隻都一一呈現於今日這世代。不過，就著這「杭」當初的製造和文字的構造乃原自「木」的挖空而被造成圖五的「舟」則是不爭的事。由此可叫我們知道，當初的「木」能被挖空成「舟」，以至今日的巨大航輪，都在於它有夠大的「空間」，方能載人載物藉以到達彼岸，則是逐步發展的。也由此可叫人知道，「挖空自己」才能使自己無虞巨浪而完成使命，並且還可幫助別人達到目的；這才是古人如此來造這「杭」的目的和意義。

一八四、協力治水的「洪」

① 小篆　洪

② 甲骨文　水　殷虛文字甲編　二四九一

③ 金文　水　艾伯鼎

④ 金文　共　古鉥

⑤ 甲骨文　十　殷契佚存　一〇〇

⑥ 甲骨文　手(又)　殷契遺珠　七〇二

　　說到「洪」，我們都會把它連想到洪水而認爲它是洪水氾濫或洪水滔天那樣的「洪」。果眞如此，可能應該不是古人以

「共」爲主題來構造這「洪」字的眞實意義。

我們可先看這字圖二左旁的「水」，它確象水流湍激的情形。若再看圖四金文的「共」，它中間的二直，則是圖五的兩個「十」字；旣是兩個「十」，當然就是「二十」，也就是圖一右上的「廿」；然而，這「廿」的下方卻是圖四的下方之左右兩個圖六的「手」字。如果再把它與上方的二十連起來豈不就是指「二十雙手」麼！如此的一連，就明顯的告訴後人，它就叫「共同」、「共力」、「共用」、「共有」或「共享」。若遇「洪水」，自更應當共同協力來防範或治理的。否則，這「洪」之右下就不會組以「雙手」了。我們中國人都知道古代夏禹治水的故事，乃是因他協同萬民開鑿溝渠，疏通洪道，反把那諾大的洪水導引成爲水利而開發成爲中國最具盛名的九洲。這可說是譽滿古今中外的大「共」；這也是使水患成水利的「洪」。如此看來，這「洪」一面是我們歷史的紀實；另一面，也是使後代得以認識這樣「廿」雙手的「共」，以紀念共同成果的「洪」。

一八五、護保胎兒及至永遠的「包」

① 甲骨文包 殷契佚存 五八六
② 金文包 包鼎
③ 小篆 包
④ 隸書 包
⑤ 古人構造包字 的創意圖 當爲「胞」之 初文

這個被廣稱「包羅」、「包括」、「包容」以及假借爲「包袱」等的「包」字，從現在這寫法中，已經使我們不太認識它的原貌和眞義了。所幸，先祖有德，使它能在民前十三年（清光緒二十五年）於河南省安陽縣的小屯村被挖掘出大量的甲骨文。它

是我們先祖在四千五百餘年前就憑藉著上蒼所賦於的特別智慧而創造出來之深具哲義及奧理的文字。否則，它就被稱爲在音而不在義的符號；當然也就不能被稱爲中華民族所特具的文化了。

現在，我們可看圖一這原初甲骨文的「包」字。

從這字的結構看，我們實在很難想象先祖們創造這字時的特別智慧。然當我們再看圖五時，就知道它乃是一個大腹便便之孕婦的剖面圖畫。極其扼要的幾筆，就把這「包」的極深內涵包容無遺。直到今天，生理學家們還在鑽研的婦人懷孕時的「羊水」、「胎盤」以及婦科專用名詞的「孕酮」progester one，就是廣稱妊娠素的一種荷爾蒙等等。如此的一個「包」，就形成了使胎兒在母腹內極爲安然的「包」。這才眞正叫「包」，因爲它包涵了人類繁衍最大基因，也因此才能使天地之性最貴的人生生不息的繁衍。若再分析圖二金文的「包」，可知那母腹內的胎兒已具雛形。甲骨文的「包」已成爲「子」；而圖三小篆的「包」，可能應稱其爲著床後的精子吧。

當我們如此來認識這「包」時，這樣的「包」豈不是不得了的包括了古今中外以致繁衍至永遠的「包」麼！願我們眞認識藉著智慧的先祖所留傳給我們的這無價之「包」。圖四的「包」，只能稱它爲「役隸」之作了。

一八六、說出甘言的「諸」

 ① 小篆 諸

 ② 甲骨文 言 殷虛書契前編 二〇・五

 ③ 金文 者 兩召權

這一個含有敬意的「諸」字，常被用作「諸位」、「諸君」等，也含有許多的意思，如「諸親好友」等。如此的「諸」，不僅在甲骨文中迄未發現，甚至連較遲的金文也沒有查到。因此，

我們只好依照圖一的小篆來研究，但也許可以追溯出其原由。

　　照這字的組成看，它是由圖二的「言」與圖三的「者」所組成的。至於這「言」，乃是由倒寫的「立」而被稱爲「辛苦」的「辛」爲主體的。若問爲甚麼倒立就稱「辛苦」，那是因爲古時將人倒立作爲犯罪之人的一種刑罰；故古時也作「罪」用。當這「辛」與「口」合組稱「言」時，乃是指一個人在說話時，是非常辛勞「口」的。因此就稱「言」。如果說錯了自會入罪。

　　至於這稱爲詞尾代名詞之圖三的「者」，它乃是甘蔗之「蔗」的象形字，其上爲甘蔗的象形，就是甘蔗的許多葉子。其下乃「甘」蔗的根，乃是指這「甘蔗」乃屬「甘甜」的。唯當「者」被用作詞尾代名詞後，後人就另造「蔗」來代替，而迫使這象形的「者」完全失去本意而被犧牲爲詞尾代名詞如「記者」、「弱者」、「受害者」……等了。然而，當我們來研究這「諸」時，就必須把它回歸本位，正其原意方能得悉古人如此構造這「諸」的原由。依此論證，我們當稱其爲「所有發言的諸君，乃是應當發出甘甜之言的」。這是我們所當認識的「諸」，也是自己享受並與聽者同享的「諸」。

一八七、盡職聽命的「左」

① 金文 左　虢季子盤
② 小篆 左
③ 甲骨文 手(又)　殷虛文字甲編三八四
④ 甲骨文 工　戰後京津新甲四八四四
⑤ 金文 工　散氏盤

　　這個稱爲左右的「左」字，許愼在〈說文〉裡稱其爲「手相左助」解，乃輔弼之意。很明顯，當初的「左」就是今日所用的「輔佐」這「左」。從這「左」看，增了「人」以後的「佐」乃

是後人增造以與「左」右之「左」有別而專作輔佐用的。然而若照古人原初所造圖三稱「又」的「手」，再增以圖四、五變化過的「工」看，其創意已很顯然；並且特別指明不在於這手中所有，乃在於手中所作。如此的構成，已經顯明一個人的「手」對自己來說，自然是一個完整身體的「相佐」。它就是今日所稱的「佐助」之「左」。這樣的「左」，主要在於右上稱「又」的「手」。從這字的構造與人體的構造看，「手」乃是聽從大腦的指揮以助全人的思想和主張得以完成的。如此看來，聽命的「手」，自己當然一無所有，只在於聽命而作。若是任何一隻手，在毫無意識的情況下緊握一個東西，他可能已經成為病態之「手」了。因此，我們當正確的來認識這「左」，當重在它的所作，才是佐助的「左」，並非在於這手中的所握。否則，這握住一把而不能放開，反而成為一個人極大的障礙了。

一八八、首先聽命的「右」字

① 金文 右 晉公盦　② 小篆 右　③ 甲骨文 手(又) 殷契遺珠 七〇二
④ 甲骨文 口 簠寶殷契徵文 二‧三　⑤ 隸書 右

　　這個以圖三稱「又」的「手」與圖四之「口」所組成的「右」字，現在都當作方向的左右來用；但也作人的姓。

　　從這字的組成看，它乃是「手」和「口」，不知它怎會被稱「右」的。特別是今天常用作人的左右看，似乎不太容易使人明白。然而許慎卻在〈說文〉裡解它為「助也，從又口」。照這解說：乃是指「手」與「口」互相幫助的。但卻似乎與「右」毫無關連。然照〈說文〉的〈通訓定聲〉卻解為「手」與「口」常是互相幫助的。這是當兩隻手還不能解開繩索時，則是用口來呼叫

別人或以口中的牙齒來幫助。實在說，這是在不得已情況下形成的，似乎還不足稱「右」。因此，我們認為「口」與「手」的互助，乃在於頭腦所指揮，否則它們是不會相助的。因此，這「右」之如此被造為「手」和「口」，應屬於輔佑大腦指揮手或口的互相輔佑。如此看來，今日稱其為方位之左右乃後人習慣所造成。若以大腦為指揮中心看，左為輔佐。右亦為輔佐，然照人天然習慣看，右手在先的比例則較多，這當是稱「輔佑」或「庇佑」的原因！若以今日團體的首腦地位看，誰先遵命者常被首先拔擢；這也許是被稱「右」的原由。這當也是古稱掌記天子之言為「右史」的由來。

一八九、盡力高飛的「崔」字

①金文 崔　己酉父 癸
②小篆 崔
③甲骨文 山　戰後京津新甲　二五二二
④甲骨文 隹　殷虛文字甲編　三九四一
⑤隸書 崔

這一個圖三的「山」與圖四的「隹」（即鳥）所組成之圖一、二的「崔」字，會不會使我們連想到它乃是一幅高山與飛鳥的圖畫。我們相信，定會有相當多的人會問，古人是在甚麼樣的情況下以這「山」與「隹」合組為「崔」來稱「高大的樣子」？若說那是受〈說文解字〉的許慎所影響；但早於許慎的〈楚詞〉在〈東方朔篇〉就記有：「高山崔巍兮」了！實在說來，這字的組成就已說明，再高的山，還是有鳥可以飛越的。不過，我們當要探究古人如此構造這「崔」，對我們認識這字的「人」來說，它給後代所留下的是甚麼樣的啟示。

我們知道這字是山雖高，鳥仍能飛越，但是，卻不是偶然的。乃是當雛鳥稍長時，就開始習飛，也就像小孩子開始學習走

路是一樣的道理。然而因牠們日復一日的飛，就會越飛越高，而無畏於任何攔阻。這豈不是激勵人也當不畏任何爲難嗎？這也許就是古人以這「崔」再增「人」來作「催促」的「催」的原因。故此，古人所云的「高山仰止，景行行止」的德行，雖感到他乃一般人所難以高攀的；然而，若不喪志，「高山崔巍兮」的雄偉，是應當可以從人的言行看見的。

一九〇、識士佳言的「吉」

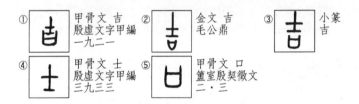

　　「吉祥」、「吉兆」、「吉利」等這樣的詞，是全世界的人都喜歡聽的。甚至當一個國家或地區舉辦一個大型的運動會，還要特別設計一種「吉祥」物來預示圓滿成功！然而，我們古人爲甚麼以圖四的「士」再組以圖五的「口」就組成圖一、二的「吉」了呢？這應是頗具深義的。

　　我們知道，圖四的「士」乃是由「十」與「一」所組成。「十」，在此可稱「十代」，當然也可稱「十人」。而「一」呢？在我們中國人的傳統認知都稱這「一」爲「元始」；而這「元始」則又是指我們傳統所信仰的上蒼。所以許慎才會稱「一」爲：「惟初太始，道立於一，造分天地，化成萬物」。漢代的劉安在他所著的〈淮南子〉精神訓說：「能知一，則無一不知也；不能知一，則無一之能知也」。這些，才是眞正的「一」；也是「一」之元始的眞義。如此的「一」，若再經過「十口」或「十代」的相傳，也可說是經過「十人」甚至「十代」的證實，自當可稱其爲既飽學且聰慧的有識之「士」了。這

也當是孔子在〈中庸〉所記「人一能之已百之」的「士」。當這樣的事，再經過足稱有識的「士」所流傳的「口」，則足可安心照著這法則去行。其結果，定規可被稱之爲毫無差錯的「吉」。

一九一、左右一切的「鈕」

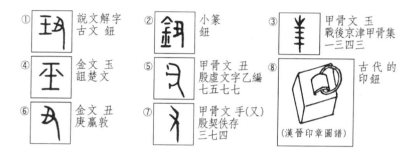

① 說文解字
　古文　鈕

② 小篆
　鈕

③ 甲骨文　玉
　戰後京津甲骨集
　一三四三

④ 金文　玉
　詛楚文

⑤ 甲骨文　丑
　殷虛文字乙編
　七五七七

⑧ 古代的
　印鈕

⑥ 金文　丑
　庚嬴敦

⑦ 甲骨文　手(又)
　殷契佚存
　三七四

（漢晉印章圖譜）

　　說到「鈕」，我們都會連想到它是「鈕扣」的「鈕」，是我們的衣飾所不可缺少的。如果一個人穿一件衣服不扣鈕扣，他的品格就立刻顯明。尤其對今日的電腦來說：一個按鈕就影響無限。然而若把這「鈕」追溯至古代，它的關鍵性尤其可觀。因爲這字是在約三千年前的周代就開始由君王頒發給執掌政權或兵權的人如圖八的「印符」，它就是衍變至今日政府官員的「印信」或「關防」。

　　古代的印符多爲玉製的，印上設有圓形環扣，可便於用絲或棉繩隨身繫帶。它的環扣部分就稱「鈕」。到了漢代以後，這一種印信就衍變爲金屬刻鑄的；那「鈕」也演變爲「虎」、「獅」等形狀來表徵官位。這就是圖一的「鈕」，即圖三的「玉」與圖五、六的「丑」所組成的。圖五的「丑」，即圖七的「手」形抓了一點東西的象形。至漢代後，原爲玉製的符「鈕」就變爲金屬的了，它就是今日我們所使用的如圖二之小篆的「鈕」。至於今日的「印信」，除了永久性的機關外，大部分的印信則多爲木刻

的。由此看來，印信的「鈕」與衣飾鈕扣的「鈕」，其關鍵地位皆稱相當重要；因爲它可以代表並左右一個人的身分與地位。

一九二、當分辨依賴圖騰或雙手的「龔」

① 甲骨文 龔 殷虛書契前編 二三・二	② 金文 龔 毛公鼎	③ 小篆 龔
④ 甲骨文 龍 殷虛文字外編 四五三	⑤ 金文 龍 龍伯戟	⑥ 小篆 龍
⑦ 金文 共 叔向父敦	⑧ 金文 共 古鉥	⑨ 甲骨文 辛(罪) 簠室殷契徵文 三・七二

　　我們現在要來認識的這個「龔」字，今天是只作姓氏用的。而許愼在〈說文〉裡卻解它爲「愨也」，是謹愼的意思。也有的文字學家解它爲「受牢籠」！若把這兩種解說合起來看，那當是「要謹愼的莫被牢籠」了。因此，我們要來研究，古人爲何以圖四、五的「龍」與圖七的「共」合組爲圖一的「龔」時，就稱其爲「當謹愼莫被牢籠」？

　　我們首先要看圖四的「龍」，那是古時的某一族群的旗幟上所繪製的「圖騰」，是作爲他們那一族群精神象徵的。就好像今天世界性的運動會所代表的吉祥物。圖五的「龍」，就進步成古時的文字了。從這字的構造看，左上爲圖九的「辛」字，其下爲倒寫的「口」，這就很明顯的告訴我們，那是指不正當的「言」。而其右又是一隻大蟲的象形，也就是前述的那一個圖騰中的「大蟲」。難怪許愼在〈說文〉裡解這「龍」曰「鱗虫之長」。那也證明那是一條很大的鱗蟲。而今天卻被我們傳說成「吉祥」的「龍」，那就看我們是否要如此認定了。

　　至於下面圖七的「共」；中間的二「ＩＩ」，乃是二十的意思；其下則是左右的兩隻「手」。如此組成的「二十隻手」，自可稱「共」同的「共」。當它與其上的「龍」合組爲圖一的「龔」時，它就被稱爲許慎所說的謹慎之「愨也」以及古文字學家所稱的「受牢籠」！特別是再加上那稱爲二十隻手的「共」，那豈不是指大家共同來「愨」，就是謹慎的以免受「牢籠」；或稱謹慎小心的不接受。那就要看我們存心來依靠上蒼所賦予我們所「共」有的雙「手」，還是迷信那傳說爲「吉祥」的圖騰了！願我們能如此來辨識它。

一九三、兄長之責的「程」字

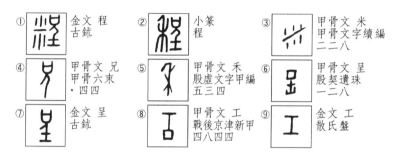

①　金文　程　古鉥

②　小篆　程

③　甲骨文　米　甲骨文字續編　二二八

④　甲骨文　兄　甲骨六束　・四四

⑤　甲骨文　禾　殷虛文字甲編　五三四

⑥　甲骨文　呈　殷契遺珠　一二八

⑦　金文　呈　古鉥

⑧　甲骨文　工　戰後京津新甲　四八四四

⑨　金文　工　散氏盤

　　這個「程」，是「工程」的「程」，也是「旅程」、「程度」、「里程」以及「程序」等的「程」，它爲甚麼如此被造而成爲這許多用法？它的基本意義又是甚麼？我們可從這組織的架構中來找出答案。

　　從圖一的金文看，它的左旁應是圖三甲骨文的「米」字。若再對照圖二，其左爲圖五的「禾」，其原則當是一致的。再看圖一的右上，乃是圖四的「兄」字；若再對照圖六的「呈」，其上爲「子」，它又是與圖一、二、四的「兄」，其原則也是一致的，其下方的「工」，則又是與圖八、九的原則相吻合。如此看

來，這稻禾的工程，乃是由稱爲長子的「兄」所負的責任，這是爲著全家生計的，這自然也是首要的「工」。而且也是爲「人子」者一生當盡的責無旁貸的「工程」。當然，在這些工作中，也有其必然的「程序」，這又是在一個家庭衆子中的爲「兄」的人，所應當肩負的責任。這當是古人在構造這字上所賦予後代認識這字後的使命。好能行完人生當行的「旅程」。

一九四、審愼且嚴謹的「稽」

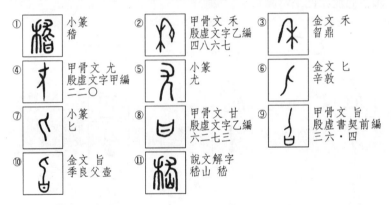

① 小篆 稽
② 甲骨文 禾 殷虛文字乙編 四八六七
③ 金文 禾 智鼎
④ 甲骨文 尤 殷虛文字甲編 二二〇
⑤ 小篆 尤
⑥ 金文 匕 辛敦
⑦ 小篆 匕
⑧ 甲骨文 甘 殷虛文字乙編 六二七三
⑨ 甲骨文 旨 殷虛書契前編 三六・四
⑩ 金文 旨 季良父壺
⑪ 說文解字 嵇山 嵇

　　「稽」，常被用作「稽核」、「稽察」或「稽考」等用詞。「反脣相稽」則並非「相譏」。乃是以極其嚴謹的態度來應對面臨的一切事物的。再如「稅捐稽徵」則更當依據法令來察明其所當「稽」而予以「徵」之的。如此的「稽」，古人是在甚麼樣的情況下所創造；若細加研究，可使我們得知古人在這字的構思上，可說是經歷過極審愼的「稽考」。

　　我們現在這寫法的「稽」，是從暴秦統一後圖一的小篆延衍的。它左旁爲圖二象形的「禾」，右上爲圖四的「尤」，意思是雖有「一」所阻擋，但仍應盡力越過以達目的。其下則是圖九、十的「旨」字，意思是完成上方的「旨」意。而這「旨」又是圖

六、七的「匕」與圖八的「甘」所組成，其意思又是不畏艱苦而達「甘」甜的。請我們想看，如此煩瑣的組合，豈不是煞費苦心麼。當然，其目的並非專指有「禾」的田賦；乃在使後人對處理面臨的任何事物都當謹慎嚴肅，否則被人「反稽」，則會落入咎由自取的下場。這樣的事，特別對身負「稽徵」關稅的人自應倍加謹慎。

至於圖十一「嵇山」的「嵇」，是夏代少康之子封於「嵇山」後以此爲姓氏。也許因其爲夏王的後嗣，又有此靠「山」而延用這寫法流傳至今。

一九五、勿仗兵甲的「邢」字

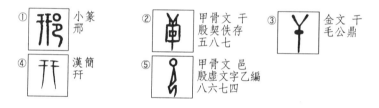

① 小篆 邢
② 甲骨文 干 殷契佚存 五八七
③ 金文 干 毛公鼎
④ 漢簡 开
⑤ 甲骨文 邑 殷虛文字乙編 八六七四

這個「邢」，除了春秋時滅於魏的「邢」國外，就只有姓氏才用了。尤其在「邢」立國不久即被魏所滅，這字的含意就更值得後代惕勵。

至於這字的組成，看圖四可知它是由兩個圖三的「干」與圖五的「邑」所組成。而圖二的「干」，意思是不當以持有「干戈」就可任意闖入或侵犯別人如「回」的範圍；尤其至漢時，就變作兩個「干」，意思是武力更強。然而這「邢」國還是被魏所滅了。由此可見，武力並非可靠。這也許是因當初的「邢」國未能注視這雙「干」之右還有圖五一個跽形的人，就是雖有「干」可恃，但卻當向上蒼祈求認識這「干」不過爲了悍衛自己而並非侵犯他人。這也許就是古人以「干」再組以跽形的「邑」就是當

向上蒼求告後方得安心安全以得安然。否則，就會落入別人的刑罰了。

一九六、無虞凝滯的「滑」

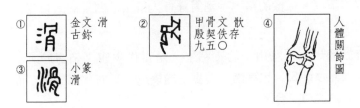

① 金文 滑 古鉢　② 甲骨文 骰 殷契佚存 九五○　④ 人體關節圖　③ 小篆 滑

　　我們現在這寫法的「滑」，所有的字辭典幾乎都列在「水」部，這當是受許慎在〈說文〉裡的解說而人云亦云的。請想看，人體內骨與骨間的潤滑關鍵怎能是「水」呢？至於骨關節的活動自如，乃是靠人體自然產生的潤滑劑，科學家們稱它為「滑液膜」（Synovial Membrane)的潤滑液。因此，我們當稱其為「液體」。也由此可知圖一金文的「滑」左旁為「三」並非圖三左旁的「水」。再看圖一這字主體右旁的「骨」，它上方的「H」，就是圖二骨關節的象形，它是圖二古寫的「骰」字；從這字的準確性看，再對照圖四人體內骨與骨間的實際構造，又使我們得知古人們似乎相當懂得人體生理構造的。也由此叫我們知道它是與機械加油的「滑」相當不同。因為前者是生理的自然現象；後者是人製造出來的；並且還須隨時攜帶以防未然。若以這情形來對照今日整個不安的社會，恐怕也需要天然的「滑液膜」方能使人與人間的骨關節得以潤滑，且能伸展自如。

悲劇，在歷史，在人生，似乎總是無法避免；
但卻也骹給人帶來勇氣與振奮。

一九七、尊我衣冠的「裴」字

小篆
裴

金文 非
毛公鼎

甲骨文 衣
殷虛書契續編
三・一三・六

　　今日只作姓氏用的這個「裴」字，從圖一小篆的組成看，可使我們知道它是與圖三的「衣」有關。若再看它上方的「非」，就又會使我們連想到它是毛茸茸的樣子，但卻不容易使人想到那「非」在此並非「不是」。再依〈漢書〉王旦傳中有「裴回兩渠」，及楊雄所撰〈太玄經〉五辭中有「留而不去」的「徘徊」之意看，就叫我們知道圖二的「非」是構於圖三甲骨文的「衣」字之內，那是指衣內敷置了皮毛藉以禦寒的。也證明這皮毛乃獵獲獸皮所得。因而，穿在身上就難免感覺厚重，行動自較遲緩，故而形容其爲「徘徊」狀了。可是，穿這種衣服的人，又並非泛泛之輩，那是因爲獸皮取之不易。故又常落入部落首領或族群首長的身上，這「裴」在他們身上自然就顯得比別人尊貴！因此，許愼才會在〈說文〉裡解它爲「長衣貌」！就是指衣冠容貌的！這當也是前述〈太玄經〉所記「裴如邠如，虎豹文如」的原因。而我們今日這寫法的「裴」，乃是從隸書所演變，故而大多數字辭典又多注其爲「俗」字。

一九八、使雁鴨得暫棲的「陸」

甲骨文 陸
殷虛書契續編
三・三〇・七

金文 陸
邾公鐘

小篆
陸

甲骨文 阜
殷契佚存
六七

小篆
坴

圖一甲文之右
的飛鳥圖

　　從圖一原初甲骨文的「陸」再對照圖二的金文看，似乎相去

頗遠。然若仔細研究，除稍作簡化一些外，其原意則仍無多大改
變。其左，至今仍是圖四的「阜」；這「阜」，許愼就在〈說
文〉裡解它爲「大陸也，山無石」。然若追問圖二右下之
「土」，可能是後人增添以強調它稱「陸」的。而那稱「阜」的
「大陸」，則實爲遠山的圖畫。然而，圖一之右可能是今日的後
代所最難解的。因爲我們不太容易明白那兩個「✤」狀究何所
指。所好，周代的〈易經〉及〈詩經〉都記有：「鴻漸於陸」，
及〈詩經〉豳風記有「鴻飛遵陸」看，我們當可斷定那是巨型候
鳥之「雁」的形狀；特別是描繪牠們將要著陸前雙翅及尾部搧展
的。尤其在這字右上下兩隻，是代表多數的，由此，當可證明牠
乃是巨型的候鳥。

　　在廿一世紀的今天來說，到處都有保護鳥類的團體，而這類
巨型的雁，牠們軍隊化的紀律，終生只有一個伴侶的婚姻……等
天賦美德，是值得保留一塊地留給牠們避寒時暫予棲息的。這是
牠們所需之「陸」，也是人在愛護牠們的事上所當爲其保留的
「陸」。（註：關於「雁」請參閱一七五篇）

一九九、光耀門第的「榮」字

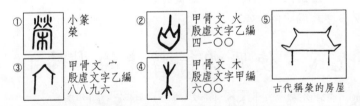

① 小篆 榮

② 甲骨文 火 殷虛文字乙編 四一〇〇

③ 甲骨文 宀 殷虛文字乙編 八八九六

④ 甲骨文 木 殷虛文字甲編 六〇〇

⑤ 古代稱榮的房屋

　　從圖一上方看是由圖二所衍生至今的兩個「火」；是毫無問
題的。當它再組以圖三的「宀」和圖四的「木」，似乎無法使人
明白它爲何是被稱「榮」的。而許愼卻解這「榮」曰：「桐木
也」，他並且還接著說：「屋梠之兩頭起者爲榮」。當然，能夠
稱爲「桐木」，這乃是自古迄今都被人稱爲價值非凡的「木」；

能以此木來建造房屋，自屬尊貴的人所居住的。難怪許慎會說：
「屋梠之兩頭起者爲榮」，當是指如圖五那種房屋的形狀的。雖
然如此，我們尚不能就此接受它足夠稱「榮」的理由。因此，我
們再看清代段玉裁對這「榮」的注說：「梠，楣也；楣齊謂之
檐，楚謂之梠。檐之兩頭軒起爲榮，故引伸凡揚起爲榮，卑污爲
辱」。從這樣的注釋，豈不就是指圖五之房屋兩端翹起說的嘛。
自此可使我們知道，在許慎以前的時代，住的文化已進步至相當
華麗了。可是，我們要問：這樣的房屋是指這「榮」中間如圖一
的「宀」說的；還是指圖五之木乃這建築的材料。則可能是二者
共兼的。而這「榮」上方如圖二的兩個「火」，當是指被國家或
社會宣揚至旣「榮耀」又「光輝」的。當然，也是滿了「榮
美」。這雖是因人的尊榮所帶來的；然而這華麗的房屋自然也因
人的原故而滿了榮光。這也許就是許慎稱「屋梠之兩頭起者爲
榮」的理由。也因此，「光耀門楣」之語至今還被延用，自是門
第稱「榮」之自然因由。

二〇〇、天下爲公的「翁」字

①　小篆　翁

②　甲骨文　公　甲骨續存　一八一七

③　甲骨文　分(八)　殷虛書契精華　四・一

④　甲骨文　口　簠室殷契徵文　二・二

⑤　金文　羽　千歲瓦當

「翁」，是對老人的一種簡稱；而許慎卻在〈說文〉裡解它
作「頸毛也」，則是指一種白頸的小鳥名叫「白頭翁」說的。從
這「白頭翁」的寓意看，可指從幼兒生長至年老髮白這一大段年
日累積的結果。然而我們卻非常納悶的要問，古人是在甚麼樣的
情況下以圖二的「公」和圖五的「羽」合組爲這一個指爲老人的
「翁」的？這不僅是一件頗具趣意的事，但又是一種自年幼起就

當肩負並傳揚的極為嚴肅的責任。也可說是古人在這字的深處所蘊含的深義。因此我們可先來認識這「公」；其上乃為圖三的「八」，它是古「分」字，就是對所有人、事、物的分別，分辨，甚至分開。當然，它主要是指「人」。因為一個人所以會出問題，就在於對人、事、物的不會分辨、分別、分開，以致混在一起而無法分明。當「分」下再組以圖四的「口」（並非一般認為的私—古為厶），意指公開以「口」表明。這是每一個人的最低責任和態度，所以它被稱「公」。

而「羽」呢？我們知道它是指鳥的翅膀說的，當它與「公」合組後，似乎把「公」當作聲符而被稱「翁」；實在說來，乃是意指從小鳥習飛時就開始把前述的「公理」到處傳揚且一直傳揚至年老髮白而至無力再傳的。

我們身為中國人誰不知道〈禮運大同篇〉所記的名言「天下為公」；可是，雖已傳揚超過二千五百餘年，不要說「天下不公」，就連最講公理的「法院」，不公的事還層出不窮呢？請想看，這樣的社會，這樣的世代，怎能不亂！故此，古人就在這「翁」中寓含給後代們繼續如飛翔般到處傳揚的責任；且是自年幼起一直傳至年老髮白及至被人稱「翁」時仍不卸下此責的。不悉所有稱「翁」者，願否接受這一託付，先從自我或向兒女傳揚！這當可達孔子所言，「修身，齊家，治國，安邦，平天下」的遠景了。

> 告訴別人那一條是「近路」；不必告訴他你是誰；但他會把你這個人永遠記在心裏。

二〇一、十步芳草的「荀」

① 金文 荀　荀白伊鈌
② 小篆　荀
③ 金文 草　古匋
④ 甲骨文 旬　簠室殷契徵文八·一一七
⑤ 金文 旬　王孫鐘
⑥ 小篆　旬

　　我們現在這寫法的「荀」，從它的「草」部看，就會使我們知道它是一種草名。依照商代就有的最古老的巨著〈山海經〉的「中山經」看，那裡記這「荀」就說：「青要之山，有草焉，其狀如葌（香草）而方莖，黃華赤實，其本爲藁木，名曰荀草，服之美人也」。這當是中國人所發現最早美容養顏的草藥。除這用法外，就被稱作人的姓氏了。由此可知隋書煬帝紀所記：「十步之內，必有芳草，四海之中，豈無奇秀」即由此而來。也由此可叫我們看見，圖四的古稱十日爲「一旬」這「旬」的寫法是有其原由的。

　　看圖四的「旬」，其上的「乀」，乃古「十」字。這「十」古稱爲「基數之終」。其下之迴形，則具有自始至終的意思。而這「始」與「終」當又可稱其爲最少爲「十次」或「十天」，這結果就是「旬」。如再以尋找可以美容養顏的「荀」草看，豈不是指只要細心或耐心去尋找，可能會在十步之內或最多一旬就可尋得的。這是隋煬帝所得的結論。如此的「荀」，對我們來說，乃具體察入微之細心與耐心的激勵；這當是這「荀」所深含的。

二〇二、溫馴且滿效益的「羊」

① 甲骨文 羊　殷虛文字乙編七六七三
② 金文 羊　師寰敦
③ 小篆　羊

　　「吉祥」的「祥」，自古都是以「羊」通稱的。孔子所編撰的名著〈春秋〉的「繁露篇」就贊曰：「羊之爲言尤祥」；漢代劉熙所著〈釋名〉「釋車」篇就稱「羊車」曰：「羊，祥也。祥，善也……」。許慎在〈說文〉裡也說：「羊，祥也」。直到今天，金石家們的篆刻還是以「吉羊」來稱「吉祥」。畫中國畫的畫家們畫一群羊時，也會題寫「大吉羊」以稱「大吉祥」。這似乎是許多人難以明白的，爲甚麼以「羊」來稱「祥」？當然，從羊羔的純淨潔白，馴良溫順，和牠跪食母乳的本性看，實在足夠可愛，也值得人對母親的盡孝來作楷模。然而另一面，牠繁殖的迅速，易于飼養，以及牠的毛、脂、肉甚至牠的骨頭都一無浪費等也都給飼養者帶來大批財富，就連洗羊毛後所遺留的羊脂，還可作爲化粧品膏油的原料，則不是人人皆知的。因此，牠就使人過著吃羊肉穿羊皮的生活。當都是使人稱「祥」的因由。此外我們還無法想像到古人撲捉這「羊」的特性和特色以極簡潔的筆觸繪出此一家畜美於內，溢於外，且滿含喜悅之容的圖一之「羊」，以及強調牠那一雙聽話的耳朵的柔順，在在的表露了牠所以被稱「祥」的表徵。圖二的金文是把牠圖案化了的。很可惜，到了秦始皇統一爲小篆後，這些「美意」都不容易看見了。再由小篆後的隸變直到今天這寫法的「羊」，就更無從尋找出「羊」之所以稱「祥」的蹤跡。還好，眞正的「羊」還能繼續繁衍到今天來爲人效力。

二〇三、孝鳥反哺的「於」字

① 金文 於　古鉨

② 說文解字　古文 於

③ 說文解字　古文鳥

④ 小篆 於

⑤ 隸書 於

⑥ 甲骨文 鳥　殷虛文字乙編　七九九一

這一個被廣泛用為連接詞的「於」字，古讀作與「烏」同一音義，應是自暴秦統一為圖四小篆後，再經過圖五的隸書就被誤謬至今天的。

這「於」原初的甲骨文雖至今尚未發現，但從圖一的古「於」字看，可知那滿似兩隻小鳥兩口相應的圖畫。而圖二、三的古「於」字，則又都如兩隻鳥口口相對的。若以這情形來描繪一般的鳥，則可稱圖一為母鳥哺之「於」幼雛。而古人以圖一古稱「烏」，則是專指圖六禽中孝鳥的「烏鴉」。因為古著〈本草〉的「慈烏篇」記載，「此鳥初生，母哺六十日，長則反哺之十日，可謂慈烏矣」！而晉代張華的〈禽經〉裡記「烏」說：「慈烏反哺」皆是指母烏生幼烏後六十日，雙目即會完全失明說的。由此可知這「烏」之孝慈的情形了。特別是圖六的「烏」，已把失明的特點描繪得極其恰切。而今天多被用作連接詞來用，也許是古人含指這慈烏之孝應予無限「連接下去」的吧！真盼我們能有如此深切的認識，更能顯在認識這「字」的人身上而連接不斷的「於」！

二○四、只供無求的「惠」字

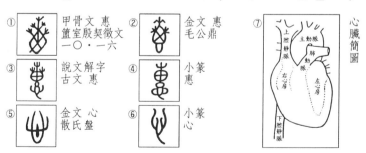

① 甲骨文 惠
簠室殷契徵文
一○・一六

② 金文 惠
毛公鼎

③ 說文解字
古文 惠

④ 小篆
惠

⑤ 金文 心
散氏盤

⑥ 小篆
心

⑦ 心臟簡圖
上腔靜脈　主動脈　肺動脈
右心房　左心房
下腔靜脈

我們常用作「恩惠」、「惠顧」以及「惠臨」等這「惠」，若對照圖一古人所構造原初甲骨文的「惠」，幾乎使人不可思議。也可說不夠認識它且輕忽了它。尤其送一樣禮物給朋友時，

又稱作「請予惠存」。若眞察透古人所構造這圖一的「惠」，再對照圖七那一幅心臟圖，除了「恩惠」一詞尙能略符原意外，其餘的用法，可說都會錯了古人的心意。但也可叫我們知道古人在人體以及心臟科學所察知的情形，實在是我們這些後代所難以想像並深切領會的。請看圖一的下方，豈不與圖七的心臟圖幾乎一樣嘛！它上方的主動脈，與上腔的靜脈和肺動脈等管狀，不就是圖一之「惠」上方的「艸」形麼？當科學進步到極其尖端的今天，這樣的一顆心臟，可說是沒有人不明白它每天造血和輸出的血液可達七千五百公升之多；而通過的血管加起來則有十萬公里之長。並且，它是隨著一個人生命的開始，一直到一個人生命的結束，是從來沒有一分一秒的間斷，且是毫無一絲要求的一直的「惠」！這才是眞正的「惠」！圖三、四都應說是畫蛇添足的增加了「心」字。若是這「心」是指良心的「心」，也許是在告訴人當從良心深處對創造主發出衷心的感戴；否則，這「心」對古人所造這「惠」來說，則是另具別義的。

二〇五、典範足式的「甄」字

① 小篆　甄
② 甲骨文　堊　殷虛文字甲編　二二五六
③ 甲骨文　堊　殷契遺珠　五九五
④ 說文解字　古文堊
⑤ 小篆　堊
⑥ 小篆　瓦

我們常用作「甄選」、「甄試」、「甄審」、「甄拔」等這「甄」字，迄今尙未在甲骨文中發現。但是，非常慶幸的還有圖二、三甲骨文的「堊」可作旁證。這「堊」，〈說文〉說「塞也」；它就是我們常說的「擁塞」的「塞」。〈書經〉的「商書篇」記有「鯀堊洪水」之語，這「堊」在此就是堵塞的意思。至於這「堊」右構以圖六的「瓦」後怎麼會被稱圖一的「甄」了

呢？若不是還有圖二、三這「垔」的圖畫，我們就很難猜測了。看了圖二的「垔」，就可使我們知道那是一個製造磚瓦的模型；圖三則是把泥漿倒入那模型的情形。圖四的「垔」，應爲自上往下的透視圖。當這「垔」右再增以「瓦」後，就叫我們知道這「瓦」乃是經過「垔」而被「甄」製的。尤以圖二下方的「凸」形，乃是古稱「鈞」的轉磬，更可叫我們知道那是泥漿經過「垔」後而被稱「甄」的實義。藉此，可使我們明白〈漢書〉董仲書傳所說：「上之化下，下之從上，猶泥之在鈞，惟甄之所爲」的道理。故班固也能以此形容說：「孕虞育夏，甄殷陶周」；應都是指有模型可循之「甄」的。也由此可叫我們知道，這「甄」之所以稱「甄」，乃是事先經過匠人悉心雕鑿方能稱爲標本之「甄」。當我們今天使用這「甄」時，我們是否會惦記古人在構造這字上曾是煞費苦心的！

二〇六、可使忘我的「麴」

① 小篆 鞠
② 小篆 麴
③ 甲骨文 米 殷契粹編 一一二
④ 甲骨文 麥 殷契佚存 四二六
⑤ 甲骨文 包 殷契佚存 五八六
⑥ 小篆 勹(包)

酒，是古今中外都承認它是一種不同於平常的飲料；因爲它有催激作用，故可使血管暢通，也可使人興奮。在所有的歡聚或慶典中幾乎可說不可缺少它；在一二人小酌時又可作敘舊的延長劑。甚至在亡人的祭奠中也以澆奠它爲最隆重的大禮。當然，許多人都知道它的主要原料來自稻米、高粱以及水果等。但是，使它們成爲酒的過程，卻在極其智慧之人的手中，把它製作成「麴」當「種籽」；這就是我們要認識這「麴」而先題說酒的原因。

　　這個「麴」字，迄今尚未在甲骨文中發現，但可從它的組成中找到原初圖三的「米」和圖四的「麥」。再從圖一之右的「米」外加了圖六小篆的「包」，就是意指把米或麥蒸煮後再包起來置放於適當的地方使它發酵，然後再經過自然的分解，它就成爲製酒的原料。這就是我們發明酒的老祖宗「杜康」造酒的經過。他所留下的「種籽」就是俗稱「酒母」的「麴」。

　　從這些過程看，米、麥等故可使人肚子得飽，然若成爲能刺激人而使人忘我而享歡樂的「酒」，就又非被釀製成「麴」不可。這當是古人以「麥」以「米」再構以圖五的「包」來稱「麴」的由來。

二〇七、最適自己的「家」

① 甲骨文 家　殷虛書契前編一五・四
② 甲骨文 宀　殷虛文字乙編八八九六
③ 甲骨文 豕　殷虛書契前編四・二七・四
④ 金文 家　毛公鼎
⑤ 小篆 家
⑥ 隸書 家

　　這一個家庭的「家」，是沒有人不喜歡的，尤其是自己的「家」。也因此，我們中國人就有一句諺語說：「金窩，銀窩，都不如自己的豬窩」。這是形容別人的家再好，還是不如自己的家好。但不知有多少人曾經問過，這個「家」字的組成怎麼會是以圖二古稱「屋」的「宀」和圖三象形的「豬」合組而稱「家」的？有的文字學家就說那「宀」可指家中的另一處房屋，意思是指家中有一所豬圈。也有人說：古人養豬是代表聚集財富，有了這代表的財富就能稱爲富足的「家」。請問，這些解釋是否覺得牽強。果眞如此，許許多多人的家豈不都不足稱「家」嘛。因此，我們認爲這個「家」乃是一個極富哲義的字。第一，它象徵生養衆多；第二，別人認爲我家的陳設極不以爲然，自己卻認爲

那是我家中特有的「味道」。第三，每一個人只有在自己的家中可以盡享自由。第四，別人對我家的看法如何，都與我無關，況且你們認爲的「金窩」、「銀窩」還不如我的「豬窩」。這當是每一個家庭的組織成員皆爲直系的親屬和血緣關係而別無取代的。故此我們絕對相信，沒有一個人會恨惡自己的既髒又亂的「家」；反而最喜歡的，乃是屬於「自己味道」的「家」。

二○八、林木爲界的「封」字

① 甲骨文 封　殷虛文字甲編二九○九
② 金文 封　召伯虎敦
③ 小篆 封
④ 甲骨文 土　殷虛文字甲編二二四一
⑤ 金文 土　孟鼎
⑥ 金文 寸　大鼎

「封建」，是我們古代君王把爵位和土地分封給各諸候而使他們建立自己的小王國的用詞。當民國建立後，就稱這制度爲「封建」制度。若有人還稱羨這制度，就稱其爲「封建」思想。而古時士大夫們的葬禮也會在墓旁種植許多樹就叫「封樹」。故這「封」就延衍爲「封疆」、「封域」及假藉的「封條」、「封閉」以致「信封」……等。現在，我們就一同來研究古人是以何種思想而構造出這一寫法的「封」的。

我們可先看圖一古甲骨文的「封」字，那是一株樹秧的根部封以一大團泥土的圖畫。這是移植小樹前所必需做的事。但當衍變到圖二的金文時，後人就在這「封」左的下方加了如圖五之金文的「土」字。意思在強調那樹苗當栽於「土」內。而其右又增添了古稱「手」的「又」字，意思是在說要用手培植。到了圖三的小篆，又在「手」下增加了「一」，它就是圖六的「寸」；這「寸」乃在表明手下一寸之腕處；在此則示意爲株株密連的。如

此的構成，就成爲暴秦統一文字後的「封」延用迄今。而這樣的事在古代來說，乃是當某一官爵被封立後，就種植許許多多的樹來分別他們的彊界；所以它就叫「封域」或「封彊」。這樣的「封」，一面是防範他人不易隨便侵入，一面也使自己的屬民認定自己的範圍。後來也衍變爲常用於墓園的「封樹」。

二〇九、堅韌不撓的「芮」字

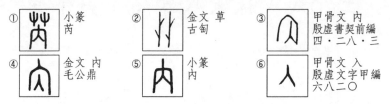

①　小篆　芮
②　金文　草　古匋
③　甲骨文　內　殷虛書契前編　四・二八・三
④　金文　內　毛公鼎
⑤　小篆　內
⑥　甲骨文　入　殷虛文字甲編　六八二〇

　　「芮」，我們看它上方的「草」，就會很自然的認定它是一種草的名字。這是中國文字組成的奧妙。確實，它也實在是一種生長在石頭上小草的名字；〈本草綱目〉就稱它爲「芮草」。唐代的弘景就註說：「芮，東山石上所生者，其葉芮芮短小」。這「芮芮短小」，乃形容它生長的緩慢且微小的。這實在是造物主所造這草的奇特。請想看，一塊堅硬的石頭，即使用專門鑽鑿石頭的工具，還需要一些技巧和力氣呢！可是，這稱「芮」的小草卻能在這石縫內生長，乃在使人看見它生命的韌性是如何堅強。然而這「芮」草的名字構以這「內」，實已表明它的特性，不過不易顯然罷了。因此，我們應當認識這「內」爲何稱「內」。

　　我們可看圖六的「入」字，這是古人鑽鑿時所使用的金屬工具。它下方的「八」形爲把手，是爲方便鑽鑿時左右轉動的。古人就稱這工具作「入」。當它與圖三像形的房門合組時，就被稱爲像人一樣進入門內；所以它就稱「內」。若以這「入」乃爲金屬看，豈不是指這芮草如同具有金屬般的堅強韌性麼！這當是

古人稱這石縫中所生長的草爲「芮草」，並以金屬之「入」來作這「芮」的主題，當爲特別顯明這「芮」之堅強特性的。

二一○、勿恃己長的「羿」字

① 小篆 羿

② 金文 羽
羽陽臨渭
瓦當

③ 甲骨文 幵
殷虛書契前編
四七・七

④ 小篆
並

⑤ 隸書
羽

⑥ 隸書
並

「羿」，許愼在〈說文〉裡解它說：「羽之羿風，亦古諸候也，一曰射師」。這乃是說，這個名叫后羿的人，是夏代帝王少康的司射，因其臂長，故以善射聞。少康崩，羿代夏政。因恃其善射，不修民事，後被寒浞篡殺。這是歷史。至於「羿」這個字是爲何如此構造，因迄無甲骨文及金文可考，故只有從圖一之小篆作依據來研究。

這「羿」之上方爲圖二金文的「羽」字；那圖意是一隻小鳥的兩個翅膀。其下則爲圖三甲骨文的「幵」字。照這樣寫法的「幵」看，其上爲兩個「人」，下爲兩個「干」，這意思就非常明顯的告訴我們那是指同心協力的。當這「幵」的上方再組以可以飛的「羽」，它就被稱「羿」。這哲義豈不是告訴人，同心協力則可如同由弓發射之矢，飛向目的。相反的，也會像后羿一樣不務朝政，而使王權頓失且致喪命。那就是含指雖握有雙倍的干戈，也會像長了翅膀一樣飛向他方。這當是后羿的史實所告訴我們的這「羿」的寓含。

> 上蒼給我們造一雙手，目的是要做甚麼；
> 不是要抓甚麼。

二一一、謙信皆備的「儲」字

① 小篆 儲

② 甲骨文 人 殷虛文字甲編 八八九六

③ 甲骨文 言 殷虛書契前編 二〇・五

④ 金文 者 殘陶量

⑤ 甲骨文 口 簠室殷契徵文 二・三

⑥ 金文 信 館陶釜

「儲蓄」這件事，可說是全世界的人對理財的基本觀念。而中國人又可稱之為最善儲蓄的民族。但當我們要來研究這「儲」字時，卻使我們發現它的哲理和實義並非在錢財之「儲」，乃是在「信譽」之「儲」。

我們可先看圖二的「人」字，有誰不承認它乃是一個謙恭有禮且滿帶溫和之人最寫實的象形呢？這是許慎在〈說文〉裡所說的：「天地之性最貴的人」。再看圖三的「言」，其上為圖五之人的倒立狀，那是辛苦的「辛」字。就這圖意說，人倒立是非常辛苦的；但當他在人前顯出謙卑的情形時，他就願呈倒立狀而承認自己在謙卑下求教於人的。如此的人，再增以圖五發言的「口」，這就是他之所「言」了。這樣的「人」他所發出或接受對方如此之「言」，怎能叫人不相信呢！這當是古人心意中所構造的圖六的「信」。

再來看圖四的「者」，那是一隻甘蔗的象形圖。上為甘蔗的枝葉狀，下為甘蔗的甘甜本質，所以稱「甘」。（請參考第二四五篇「甘」字）又何況它必須經過人的「口」一嚼再嚼，才會享受到它之甘甜。如此的「甘」，再組以前述的「信」，它就成為人不僅當「信」，且應當儲藏的既「甘甜」且信實的「言」。這當是我們應當認識的謙信皆備的「儲」。

信實的語言，乃是對自己的尊重。

二一二、牽引全車的「靳」字

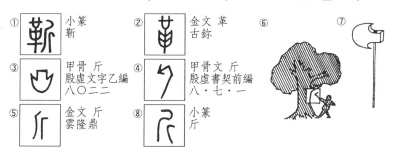

① 小篆　靳
② 金文 革　古鉥
③ 甲骨 斤　殷虛文字乙編　八○二二
④ 甲骨文 斤　殷虛書契前編　八・七・一
⑤ 金文 斤　雲隆鼎
⑥
⑦
⑧ 小篆　斤

　　這「靳」，是古代馬車中有兩匹叫「服馬」的；牠胸前所套的皮帶就叫「靳」。後來又增加了金屬的扣環，就普稱「游環」；然仍稱「靳」。現在，我們就來研究一下這「靳」當初為何以「革」與「斤」來組成。

　　從圖一的「靳」看，它左為圖二的「革」字，是一隻牛或羊等的獸，不僅已被殺死，而且牠的皮也被革除後只剩一幅骨架的圖畫，它就被稱為皮革的「革」。至於它的右旁被增「斤」，則是指這皮革及扣環都經過如圖三古稱「斤」的「斧」所製作的。如再問「斧」為何被稱「斤」，可看圖六那一幅砍樹圖，方框中的線條豈不就是圖五金文的「斤」嗎？這就是「斧」稱「斤」之指事且象形的字。這也是「靳」的構造乃是由「革」與「斤」所組成的製作過程。再當這「靳」套於「服馬」時，就可使駕馭的人操縱自如，穩達目的。這樣看來，這「靳」的功能與駕馭，是具有極大的牽引作用的。也由此可知「靳」在駕馭者的手中所佔的地位是何等重要了。

　　用知識和靈巧並勞苦所得的將歸何人，誰能預知？

二一三、使水能臨的「汲」字

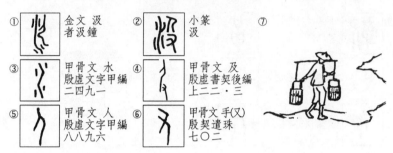

① 金文　汲
　　者汲鐘

② 小篆
　　汲

⑦

③ 甲骨文　水
　　殷虛文字甲編
　　二四九一

④ 甲骨文　及
　　殷虛書契後編
　　上二二・三

⑤ 甲骨文　人
　　殷虛文字甲編
　　八八九六

⑥ 甲骨文　手(又)
　　殷契遺珠
　　七○二

　　「汲」，我們都懂得那是把底處的水吸引到高處；或指至河裡或井裡打水也叫「汲水」。但是，我們卻要來研究這「汲」是不是以圖三的「水」作意符和以圖四的「及」作聲符而合組為「吸引」或「汲取」之「汲」的。「水」，是圖三流水潺潺的象形。而圖四的「及」則是一個既象形又具頗深含意的字。我們很容易看見這字之左乃是圖五的「人」；其下乃是如圖六一隻稱「又」的「手」。這圖意乃在說明另外一個人的手已經觸及那一個「人」了。所以它被稱「及」。當這樣的「及」再組以「水」，就意在表明這「水」臨及「人」。我們都知道「水」不會自動臨到人，除非遇有特殊情形，否則必須使用不同的方法使水來臨，所以就以另外一個人的「手」臨到自己那樣的「及」與「水」合組來稱「汲」。我們又都知道，一個人可以三天不吃飯，但卻不能一天不喝水；這當是古人以這樣抓住不放般的「及」再組以「水」來稱「汲」。這意思不就是在表明解決口渴的問題，應當隨時並及時設法嗎？難怪古人以「臨渴掘井」來喻指緩不濟急。

> 人自己無法選擇「姓」甚麼；
> 乃是現在這「姓」選擇了你。

二一四、祈求大光的「邴」

① [小篆 邴]

② [甲骨文 丙 殷虛書契精華 八‧一]

③ [金文 丙 魚父丁觶]

④ [甲骨文 光 殷虛書契前編 四一‧四]

⑤ [金文 光 毛公鼎]

⑥ [甲骨文 邑(阝) 殷虛文字乙編 八六七四]

　　在我們中國文字中，把圖六甲骨文的「邑」（即阝）列在右旁，幾乎都是指地名的。因此，這「邴」也不例外；所以許慎才會在〈說文〉裡說：「邴，宋下邑」。若對照圖六的「邑」，就可知道那地是向上蒼或他們所仰賴的主人祈求來的。當然也可能為祈求那地穩固或豐收並安全等等。現在，我們卻要來看這「邑」之左的「丙」所代表的是甚麼？就可知道他們所求的是甚麼了。

　　我們看圖二原初甲骨文的「丙」字，再對照圖五的金文可知它乃圖四甲骨文「光」字的省寫。再從圖三對照，就知道這「丙」乃為「火」，也就是古人所稱的五行之「丙」為「火」。直到今天，還有人常把不願他人知道的事在信中註明「看後付丙」；就是指把它燒掉的意思。至於圖二、三之「丙」外圍之「冂」，乃古「坰」字。許慎在〈說文〉裡解它說：「邑外謂之郊，郊外為之野，野外為之林，林外為之冂」。這就說明「冂」乃一國或一城一域之邊垂說的。這樣的邊垂之地，一面是指與鄰國接壤的界限，當然也是外敵入侵或內犯外逃的界限。所以必須祈求上蒼以「火」那樣的火光來照耀並維護。這就是直到今天雙方敵對的邊界或監獄外圍常設置強大燈光藉以防範的原由。如此的光，豈不也是我們每一個人的需要嘛！

　　　沒有經歷過黑暗的人，是不易珍惜光的。

二一五、善用衣食的「糜」

① 小篆　糜

② 甲骨文 广　戰後京津新甲　四三四五

③ 金文 麻　師麻鼎

④ 小篆　尤

⑤ 甲骨文 林　殷契粹編　七二六

⑥ 甲骨文 米　續甲骨文編粹　一一二

　　看到這「糜」，我們可能立刻會想到「糜爛」、「糜腐」、「糜散」、「糜弊」等令人感到頹廢的事。然若稍加分析，我們當會從正面看到這字乃是我們在穿衣服的事上所需要的高級衣料的「麻紗」，以及日常生活所必需的「米」。這個由「麻」和「米」所組成的「糜」卻產生了上述那樣的後果，似是不可思議的事。因此，我們當從積極面來看古人在構造這字上的用心到底是甚麼。

　　我們先看圖三金文的「麻」字；這是指人在古山崖之「厂」下治麻的。中間為兩隻稱「又」的「手」（𝐘），「｜」則是從在陰污處已被霉爛後的麻桿上剝下的皮。然後就可精煉成麻紗。這乃是古代處理「麻」的方法。高級衣料的「麻紗」就是由此而得。這樣的衣料，不易皺縮，還可抗黴菌，洗滌愈久，愈顯潔白。早年傳至西方，就被稱作支那草（China Fodder）而賺取不少外匯。但並不是人常誤寫的圖五的「林」。

　　再看圖六的「米」。那是指不同於其他食糧栽種之稻苗分佈的圖畫；就是今天所稱的插秧。當它成熟為「米」時，就成為我們不可缺少的主食。請想看，人類最正常且最正當的兩種需要加在一起後，怎會稱為前述最消極的「糜」呢？當是因為人落在不正常的情形後而無法享受這樣頗稱高貴享受的「麻」和「米」的結果。

二一六、木中大老的「松」

① 金文 松　空首幣
② 小篆　松
③ 甲骨文 木　殷虛文字甲編　六○○
④ 甲骨文 公　殷虛書契續存　一八一七
⑤ 甲骨文 分(八)　殷契古綴　四二○
⑥ 甲骨文 口　簠室殷契徵文　二‧三

　　這個以圖三的「木」和圖四的「公」所組成的「松」字，若以極簡明的說法看，它乃是樹木中的老公公。若問古人為何以圖三樹木的「木」再組以圖四的「公」來稱為「松」的？我們看圖四的「公」，當可為這樣的「樹」說出最具「公道」的話。

　　我們看圖四的「公」字，其上乃為古「分別」或「分開」如圖五的古「分」字。其下則是很清楚的圖六的「口」。這豈不是極為明顯的「公正的口」麼！如此的「口」可以說明它是樹中的常青木；那是因為它具有抵抗嚴酷風雪的本能，所以它能被稱為松柏常青。它挺拔的軀幹，和它不會被蟲侵蝕的本質，乃是在建築上具有多種用途的上材。它的果實可以製油。還可作食物。其針形松葉可以蒸餾法製成松節油。此外，它還在造紙上佔了最大地位。上好的木炭，也是由它而來。而它在未成為這些材料之前，還是最多被人使用的觀賞樹木。這當是古人以分別的「口」為它所說出的既公道又公正的話。若再予分析，可知它自幼苗開始，及至成為灰燼，可說極完美的奉獻了它的一生。這對互相猜忌、互相殘殺、戰亂至今頻仍之天地之性最貴的人來說，是何等的諷刺。「天下為公」的名言，在今天說，可能只有在這「松」上略見端倪。

我的姓與別人不同；
乃因我負有與別人不同的使命。

二一七、飲用不竭的「井」

① 甲骨文 井　殷虛書契前編　三五・七
② 金文 井　散氏盤
⑤ 自古迄今延用數千年的井
③ 小篆 井
④ 隸書 井

　　看圖一古代的「井」字，再對照圖五，可知那是指古時井上設有護欄的象形圖畫，也可叫我們知道這「井」就是一個象形的字。因爲古時的人汲取井水，常是在天色濛濛的清晨，或日落之後的傍晚，因而必需設有安全護欄。當然，最早的護欄自是比較簡陋如圖五之幾枝木棍所架設，故這象形的「井」當是由此而來。然而，井之挖鑿乃在於深識井脈的人，經過探戡，有時還需經過試飲，才能分別出這井水爲飲用水或作洗滌用的水。然而，水脈的確定，才是最要緊的；否則花費許多時間挖鑿後卻不能使用多久即遭水源斷絕，那就枉費許多人力物力了。除此之外，還要探戡它是否清澈而毫不混濁，那才能稱爲一口好井。因此，古人才會說：「井，清也，泉之清潔者也」（漢，劉熙撰〈釋名〉）。班固撰的〈白虎通〉也記有：「井者，水之主藏在地中」。由此，可叫我們看見，「井」這個象形的字乃爲外在的象形，若無實際的藏在地中的清潔之泉，則是徒有其名而不能供人飲用或洗滌的。

二一八、磨勵精錬的「段」字

① 甲骨文 段　日本京都大學藏甲　三・一四
② 金文 段　戰國周王戈
③ 小篆 段
④ 甲骨文 厂(崖)　殷虛文字乙編　三二一二
⑤ 金文 崖　散氏盤
⑥ 甲骨文 殳　殷虛文字乙編　一一五三

　　我們熟知的這個「段」字，是常被用作路段的「段」；或把一根木棍切割成數段或文章的「段落」等之「段」。然若對照許慎在〈說文〉裡所說：「段，椎物也」看，就頗有距離了。因爲「椎」是指敲打東西的工具，若再指其爲椎物，就使我們知道那是相當具有鍛鍊之意因而稱「段」的。這樣說法的「段」，若再與現藏多倫多四件三晉時代兵器上鑄有「段工師吳足」字樣看，可知那是指那件兵器是吳足這人鍛鍊的。這是三國時代孫權自東吳派兵攻打台灣年間所遺留的。由此再對照圖一原初甲骨文的「段」字，就知道許慎所解的「段」是頗符此意的。這「段」之左乃爲圖四、五的古「崖」字。那是指這樣的工作是在人工所挖鑿的山崖內進行的。其右則是圖六的「殳」，右下則是稱「又」的「手」。這整個的圖意，就是描繪手持鐵錘在山崖內鍛鍊金屬的意思。左邊「厂」下的「二」，是指已被鍛鍊成兩段的東西。由這樣的圖意再對照前述兵器上所鑄「段工師」看，就很清楚的叫我們知道這樣的「鍛」與「煆」，就是我們現在增「金」或增「火」之後的「段」，而並非專指一段兩段的「段」。因此，我們當回到原初來認識古人所構造這原爲磨勵精鍊的「段」。

二一九、一同辛勞的「富」字

① 金文 富 古鉨
② 金文 富 上官登
③ 小篆 富
④ 甲骨文 宀 戰後京津新甲 四三四五
⑤ 甲骨文 辛 簠室殷契徵文 三・七三
⑥ 甲骨文 甫 殷虛文字乙編 四六三八

　　若以今天這寫法的「富」字看，我們會不會覺得有些好笑！請想看，那稱爲房屋之圖四的「宀」，下爲「一口田」，怎能被稱「富」呢！因此，我們必須從圖一、二兩種寫法的「富」中來追溯其原由。

這「富」上方爲圖四稱爲房屋的「宀」，當是寓指「家」說的。中間乃是圖五的「辛」字；其下則是圖六的「甫」字。如此的圖意，乃是指這房內全家的人都當齊一同心「辛勞」的。其下的「甫」，就更指明那是「開始」爲著田內剛剛生長出來的苗芽一同辛勞。如此的辛勞，豈不又是含指培育家中的幼苗嗎！這是未來的富足之路，也是富足的法則。這當是古人在構造這字時對後代的叮囑！這當也是許愼在〈說文〉裡解這「富」曰：「備也，一曰厚也」的因由。因爲先有辛勤的「預備」或「準備」，再經過全家齊一同心的努力，自會有豐厚的結果。這結果自是足可稱爲走上「富」足之路的。

二二〇、勿存幻妄的「巫」

① 甲骨文 巫　殷虛文字乙編一八〇〇
② 說文解字古文 巫
③ 小篆 巫
④ 甲骨文 玉　戰後京津新甲四三四五
⑤ 甲骨文 王　殷契佚存九八八
⑥ 甲骨文 手(又)　殷契遺珠七〇二

說到這「巫」，我們很容易會想到「女巫」或「巫婆」等這名詞。而這樣的稱呼早在三千七百餘年前的商代就有了。在對古代史頗有研究的張蔭麟先生所著〈中國史綱〉中就記有「……商人尙鬼……」的事。還說：「巫，是指女巫，覡是指男巫；……一般人若有求神問鬼的事，得先求他們……」等記載。因此，再從黃帝時就創造的甲骨文來看，神靈的事似乎不是從天而降，而是出於人的手在幻覺下的作爲。這情形，可從圖一古甲骨文的「巫」看見。這字中間的「工」字，並不是指人手中工作的「工」，乃是指「天」與「地」的天然大工。請想看，如此的大工，怎能是如圖六之人的手所能作的呢？然而，人的頭腦卻常會有極不簡單的幻想，總想知道一些超過人的思想和能力範圍的

事，也因此就會有假冒鬼神的事發生，所以就產生了「巫」與「覡」等奇異的「靈媒」。後果如何，大多數人都承認，不過是求心裡平安而已。而那些自稱為「巫」與「覡」者，迄至目前為止，不過是生活在人正常生活夾縫中少數的少數，更何況迄今還沒有聽說那一個落得很好的下場。這也許是人的幻妄想超越天然是不可能的結果。也因此，古人才會以天然的「工」組以左右兩隻稱「又」的「手」來稱「巫」的原因。然而人真想得到如圖四的「玉」或欲稱圖五的「王」，乃是要在於自己親手作工的。

二二一、烏中楷模的「烏」

① 甲骨文 烏　簠室殷契徵文　一二・二九
② 金文 烏　毛公鼎
③ 小篆 烏

這「烏」，幾可說是與「鳥」無大差別的字。若對外國人初學中國文字說，實令他們難以分辨。然當我們來看圖一之原初甲骨文的「烏」字時，我們就無法不驚奇造字的古人所顯出的奇特智慧。我們豈不當把這字稱為不朽之作麼。

據研究鳥類的專家告訴我們，當這一遍地可見名為烏鴉的鳥孵出幼鳥後，六十日左右，母鳥的眼睛就會完全失明，因而幼鳥也在此時完全成長；故能對母鳥予以反哺，這豈不當稱為「鳥中楷模」的孝鳥嗎！然而最特別的，古人在構造這被稱為孝鳥的「烏」時，造字的古人竟然能在牠的頭部塗以半黑來強調此鳥的特殊情形，怎能不稱他們對這字的構思所顯出的絕妙而稱其為傑作呢。因而圖二金文的「烏」，就給牠加上冠冕了，這是古代毛公鼎上所刻鑄的「烏」。當它衍變到秦代，就不大容易被分辨了。然而，當我們如此來認識這字時，我們可曾思想，禽鳥尚具反哺之孝，這對今日世風日下的人類社會中殺父弒母的歪風，豈不是極大諷刺！

二二二、爲幼小而愼思並嚴防的「焦」

　　這個被稱爲「焦心」、「焦慮」以及「焦思」並「焦苦」的「焦」，從圖一的金文及圖二小篆的「焦」字看，幾乎可說是極不合理的組成。因爲這字上面的「隹」，乃是圖三象形的小鳥。而下面的「火」，即爲圖四、五所衍變的「火」。如此的組成，就成爲合體「指事」的「焦」了。我們若認眞思考，當可得到極爲圓滿的答案，就是如圖一的一隻小鳥被火燒焦了。若以鳥的本能看，牠們應該會飛逃的，怎麼會被燒焦呢？唯一原因，當是因牠們幼小，還不具飛逃的能力。其次就是父母照顧不週。這結果，自然會使牠們被燒焦，而使牠們的父母「焦愁」；甚至日日「焦苦」。然已徒喚奈何！可是，我們可曾想到古人所造這字並不是給鳥看的，因爲鳥並不識字。很自然，古人是以此圖畫寓指後人。請想看，自古迄今的社會幾乎是火災不斷；兵禍也如烽火般一再出現而至民不聊生，這豈不是原自某一個掌權之人一時的怒火嗎？直到今天，我們仍生活在如此的「焦慮」或「焦思」中。這當是許愼在〈說文〉裡對我們的警告：「焦，火所傷也」！我們若能有如此洞察的認識，怎能不爲我們的後代加以愼思並予嚴防呢！

> 二十歲不見得眞年輕，八十歲亦非眞年老；
> 　端看其心志年輕否！

二二三、愼防噬螫的「巴」字

① 甲骨文 巴
殷虛文字乙編
二七四八

② 金文 巴
大鐘

③ 小篆
巴

　　這一個被大部分字辭典都列在「己」部的「巴」字，可說是一個兼具象形、會意，又爲指事的形聲字。當我們看了圖一這原初甲骨文的「巴」字時，會不會有感同身受般的起了疚心之痛？這圖畫描繪的既簡明又達意，而且那「巴」的一聲似乎就在耳邊。因爲這圖畫是描繪一個人被圖二爬蟲般的毒蟲「巴」的一聲咬了之後，幾乎是痛不出聲來而舉起傷痛的手任其流血的。奇妙的事，這字的主體結構乃是「人」！圖二的主體則是那一條巨大的爬蟲了。照這實情看，這字豈不應列在「人」部或「虫」部麼？但是，何等特別，卻被大多數的文字學家們列在「己」部，這原因當在告訴人，乃是因爲「自己」不夠愼加防範的！然若再往深處去探討，這責任確實屬於「自己」；這就是我們古諺所云：「明知山有虎，偏往虎山行」的後果。這也是它被列在「己」部的主因。而許愼在〈說文〉裡卻解這字說：「虫也，或曰食象蛇」！看起來，似乎形容的相當過份；但若以前述那主體乃「人」或「虫」看，人的心豈不常常會超越常情的想入非非而致今日的監獄裡人滿爲患麼？「巴不得」這「巴」能作我們時時的題醒。

二二四、窮其所能的「弓」字

① 甲骨文 弓
殷虛書契前編
七・七

② 金文 弓
趞曹鼎

③ 小篆
弓

　　「弓」，可說是古人最早發明之最易攜帶且最方便使用的一種武器。尤其在古代對付野獸，幾乎是人人不可缺少的。據傳，

這「弓」是黃帝之孫「揮」所發明，黃帝就以「弓」可擴張，就賜「揮」以「張」爲姓。然照許愼在〈說文〉裡解這「弓」曰：「窮也，以近窮遠者，象形」。這乃在說明，人可以盡其所能的張拉這「弓」的。然若對照圖一原初甲骨文的這個「弓」字看，它是極其象形的。但是，若無「矢」以備，則是無法盡其功用的。若以這「弓」成爲「揮」的姓來說：若欲擴張，還應備有足夠使用的「矢」，否則空有其弓就無法窮其所能。未悉「弓」姓的諸公，你的「矢」有沒有最完善的準備。

二二五、善顧耕牛的「牧」字

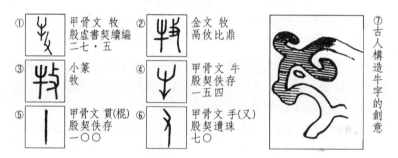

① 甲骨文 牧 殷虛書契續編 二七・五
② 金文 牧 高攸比鼎
③ 小篆 牧
④ 甲骨文 牛 殷契佚存 一五四
⑤ 甲骨文 貫(棍) 殷契佚存 一〇〇
⑥ 甲骨文 手(又) 殷契遺珠 七〇
⑦ 古人構造牛字的創意

　　我們看了圖一古甲骨文的「牧」字，可知其左乃是如圖七象形的「牛」。「Ｕ」是貫穿其上額的牛角；其下的「Ｙ」則爲可以牽動全牛的鼻環。中間的「｜」是地面部之毛左右分開的迎面骨，然而，其最具代表性的部分，則是兩角中間突出的那一短直「｜」所代表的，就是肩負重軛的頸項。這就是這古寫之「牛」頭部的象形。其右則是稱爲「手」的「又」字，中間的一直，則是牧牛者所持的一根棍子(古稱貫)。這就是圖一牧牛的「牧」。至於這「牛」，乃是造物主所造極爲溫馴的家畜，牠一面爲主人耕作田地，一面也爲主人馱拉重負，最後，還爲主人當作祭拜神的供物而成爲「犧牲」，也就是一般常借用作爲國捐軀所稱爲「犧牲」的「牲」，就是這牛所代表的「牲」。這是一頭牧牛對

其主人是毫無怨尤的奉獻了一生。因此，在牠的生命還未達到終點之前，我們這身爲主人者，是應當給予盡可能的善加照顧。因爲牠是生來就是爲人負重以至犧牲的。我們豈不也當善盡其責的牧養牠好使牠能爲人更多效力。這就是被許愼稱爲「養牛人也」的「牧」。

二二六、使崔嵬成大阜的「隗」

① 小篆　隗
② 金文 隗　古鉥
③ 甲骨文 阜　殷虛書契精華　三・一
④ 甲骨文 山　殷虛文字甲編　三六四二
⑤ 甲骨文 鬼　殷虛文字甲編　三四〇七
⑥ 小篆　鬼

這個以圖三之稱爲山無石之大地的「阜」和圖五之「鬼」所組成的「隗」；我們會否要問，這世界到底有沒有鬼？似乎是古今中外都沒有絕對答案的問題。但是，令人毛骨悚然的鬼話，卻又是時常聽聞。然從古人所造圖五的「鬼」字看，它乃是描繪人相互傳說的「鬼影祟祟」似人非人之飄忽無定的形狀。所以稱它作捉摸無定的「鬼」。因此，對這樣的「鬼」事來說：我們只要以「邪不勝正」來應對，就能超越它而使它歸於無有。這就是婦孺皆知的俗諺所云：「白天不作虧心事，半夜不怕鬼敲門」。但是，這個「隗」字卻是自古就有的，它雖然迄今尚未在甲骨文中發現，但歷史卻告訴我們這「隗」乃自商代封夏桀之後於隗國的事；後代就以「隗」爲姓的古姓。迄今已三千五百餘年了。因此，我們當來研究一下這「隗」對後代的人所意含的是甚麼意義。

首先，我們當認識許愼在〈說文〉裡所說的「阜」；他說「大陸也，山無石者」。若看圖三的「阜」，它乃像延綿高遠的

山；許愼卻稱其爲山無石的大陸，這當然是指經過人工開發後說的。而「鬼」呢，前面我們已經說過，只要我們心中坦蕩的無所指摘，自不會陷在這「鬼」的網羅和幻覺裡；那崔嵬般鬼鬼祟祟如山崄嶙嶙仍是毫無可懼的。因此，我們當如古人劈荆斬棘般的毅力來開闢它成爲其右的大阜；這當是古人以「阜」以「鬼」所組成之「隗」來激勵我們後代的深義。

二二七、宣散氣，生萬物的「山」

① 甲骨文 山　戰後京津新甲二五二二

② 金文 山　子作父觶

③ 小篆 山

　　我們都知道這「山」乃是一個象形的字；不過，從圖三的小篆看，它就不象圖一、二那樣的寫實了。然而，許愼在〈說文〉裡卻不是重在解它的象形，而是說到創造主所創造這「山」的本質和對人類所發揮的功能；所以他才會說：「山，宣也，謂能宣散氣，生萬物也，有石而高，象形」。就這麼簡單的幾句，已把這象形之「山」的功能表露無遺。他所說的「宣散氣」，對今天的人說：就是指人類所無時或缺的氧氣，絕大部分乃是由山製造，再經過不同的風向而傳送給群君多處的人，若不是由它傳送出大量的氧氣，大部分的人早就被人所製造的污氣、廢氣等壓抑得透不過氣。至於「生萬物」，最少，人所需要的木材、竹材，特別是藥材等，都是人類所必需的。尤其它所貯藏的無盡的泉水，靠著它深藏的水脈，而長年不斷的流向河川，且從地脈輸送給所有田園。而當大風暴來襲時，它又具有極大吞容量而吸入無法估計的水份；而且還更具少爲人知的大量的陰離子(Anion)藉著瀑布、溪流而產生的空氣維生素……。這些，不只是爲了人頭腦的清新，且可藉它防止不少疾病。類此種種，已經是我們這簡

單的頭腦無法細說的。因此，我們怎能不對這位創造主所創造這
「山」由衷的發出無限感讚！

二二八、虛懷以對的「谷」字

①　甲骨文 谷
　　殷虛書契前編
　　一二・四

②　金文 谷
　　敔敦

③　小篆
　　谷

④　甲骨文 分
　　殷虛文字甲編
　　二一二四

⑤　甲骨文 口
　　簠室殷契徵文
　　二・三

⑥　甲骨文 水
　　殷虛文字甲編
　　二四九一

　　這個「谷」字，幾乎沒有人不知道它是指兩山之間的低窪處
說的。其深其闊則是一般人所無法測量。但不論其大小深闊，總
其名則為「谷」，這是自古迄今始終未變的。但是，文字學家們
對它的解釋，雖大同，卻有不少小異。例如〈說文解字〉的許愼
就說：「泉出通川為谷」。乃謂兩山間水流所經之低窪處的。
〈爾雅〉裡的釋水就稱：「水注川曰谿，注谿曰谷」。〈韻會〉
就記說：「谷，兩山間流水之道也」。〈周禮〉則說：「兩山之
間必有川焉」，文從口者，即象兩山間之谷。從這些記述看，自
都有其論據。然而若以〈老子〉十五所記：「曠兮其若谷」看，
則較有勝義。並且河上公還為此注曰：「谷者，空虛不有」。若
依此對照圖一古甲骨文的「谷」，以及圖六的「水」和圖四的
「分」看，豈不都可稱其為其中一字的省寫嗎？而且老子十五所
說的「曠兮」，則為「分」的省寫為「八」可能更較合理。因為
如此的分而又分之無限空間的大「口」，才足以被稱為兩山或眾
山之間的大谷。更何況許多兩山之間的「谷」還真的沒有明顯的
流水！因此，從圖一原初古人所構造的這「谷」看，主要乃在表
明其為山與山間的空曠無限的「曠兮其若谷」。藉著這樣的認
識，它就成為所有人內心「虛懷若谷」的胸懷了。藉此，就端看
我們這個人的「口」所顯明的是否為分別而又分別。

二二九、職司乘載的「車」

① 甲骨文 車
殷虛書契前編
六・五

② 金文 車
毛公鼎

③ 小篆
車

　　從現在這寫法的「車」，再對照圖一、二之象形且指事的「車」，可叫我們知道當黃帝發明了第一部能給人乘坐，並也能爲人載物的這「車」不久，就改良爲各種不同功用的車。這當也是黃帝發明了指南針之後，就使用這些車在涿鹿之戰中大敗蚩尤的利器之一。因爲它可使人乘坐而不致耗費體力；又可載運較重較大兵器；使用起來眞可說攻守自如。至於今天的「汽車」、「火車」、「電車」等種種的「車」，它們的形式雖然不同，它們的籍貫和產地當然也來自各地各方；但若追溯其源頭，它們的祖宗當都是四千六百餘年前名叫少典氏的兒子，因生於軒轅之丘，故名軒轅氏（就是「車」的意思）。這實在是值得我們炎黃後裔驕傲的事。但是，不知道是否因爲黃帝藉它戰敗蚩尤，而種下兵禍連連的後果；以致這「車」並未盡其乘人載物之責，卻被好戰稱雄的人用於戰爭；這又可稱爲我華夏後裔最可悲的事了。也許是我們當從另一角度來認識的這「車」。

二三〇、藉射甄選的「侯」

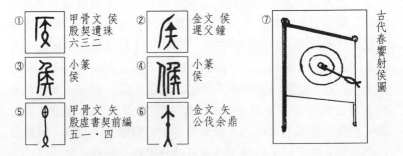

① 甲骨文 侯
殷契遺珠
六三二

② 金文 侯
遲父鐘

③ 小篆
侯

④ 小篆
侯

⑤ 甲骨文 矢
殷虛書契前編
五一・四

⑥ 金文 矢
公伐余鼎

⑦ 古代春饗射侯圖

　　照〈禮記〉的王制記載，「王者之制爵祿：公、侯、伯、

子、男凡五等」。這是漢代戴聖所記夏，殷周時的爵稱。照這爵位裡的「侯」字看，黃帝命倉頡率同一班人造字時，應該已經有了這侯位的名稱；並且也知道這「侯」在最早時期是如何產生；因而倉頡他們就依照當時的實情作了最簡要但卻最詳實的紀錄而稱「侯」。再從歷史得知：夏代的家天下前，乃是自眾從者中甄選賢能的。當然，其選拔的方式可能不盡相同。但這「侯」的爵位，當可從圖七的甄侯圖可以看見。這「侯」右下的「矢」，即圖五的古「矢」字的象形。當古人造字時，則僅以射靶的一角（「）來簡代圖七那整個射架，這就是原初最早甲骨文的「侯」字。由此也可知它是甄選「侯」爵的紀實。也由此可知我們中國在四千五百餘年前就已經有了這樣最公平且最公開的考試制度。

二三一、安居之盼「宓」字

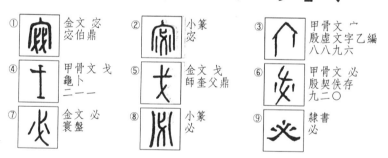

天下太平，乃是整個人類都盼享的平靜安舒的生活。然而，它卻像夢一樣，迄今都未實現；而且也沒有一個人能說究竟何時可以實現。但是，我們古人卻為這個夢昧以求的事早就勾勒出一幅極為鮮明且相當達意的圖畫；就是我們現在來探究的這個「宓」字。

古人所構造圖一之金文的這「宓」，乃是由圖三稱為房屋的「宀」和圖六甲骨文的「必」所組成的。再細看這「必」，就會使我們發現古人乃是費盡苦心所巧思出來的。請我們把圖四、五

的「戈」形，與圖六甲骨文的「必」對照一下就會知道，它乃是被毀壞了的「戈」。它兩邊的「ㅣㅣ」，乃是被打碎之「戈」所脫落的碎片；這就叫「必」。若再追問它是如何被稱「必」，這圖意豈不清楚表明家中所有的乃是化干戈為玉帛，變槍炮作鋤犁了麼！唯有如此，方能達到許慎所說：「宓，安也」的境地。否則，我們只有走上今日所謂正楷寫法的路，把我們的「心」插上一「刀」！親愛的「宓」姓朋友；親愛的中華同胞；這都是我們所「不必」的！我們也願藉此呼籲，不必再喊「為和平而戰」的去整裝經武。更願這「宓」的寓含早日實現於你我的「家」中。你願把這「戈」在家中當柴燒，或留在房內作記念。如此當可達到漢劉安在〈淮南子〉覽冥訓所言：「宓穆休於太祖之下」的願望。

二三二、從根基著眼的「蓬」

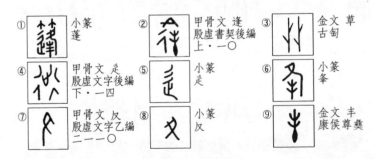

①　小篆　蓬
②　甲骨文　逢　殷虛書契後編上·一〇
③　金文　草　古匋
④　甲骨文　辵　殷虛文字後編下·一四
⑤　小篆　辵
⑥　小篆　夆
⑦　甲骨文　夂　殷虛文字乙編二一一〇
⑧　小篆　夂
⑨　金文　丰　康侯尊彝

　　「蓬」，是一種菊科草本的野生植物，莖高一尺許，秋天於枝稍開白色小花，秋末乾枯後，易被風吹捲到處飛飄，故又稱「飄蓬」或「飛蓬」。而另一同類異種的「蓬蒿」則可長高至七、八尺，亦同樣會被風吹襲而致「蓬花」亂飛。它們的特性都在於生長時頗為繁茂，故被人借用作「蓬勃」，「蓬茂」或「朝氣蓬勃」等。而消極的「蓬鬆不整」、「蓬頭垢面」則又是借用來形容這「蓬」秋後的衰頹之容的。這樣的事，造字的古人們似

乎察驗的相當深透，所以，就以圖三的「草」來表明它爲「草」本植物。巧妙之處，乃是再組以圖二原甲骨文「逢」字來稱「蓬」。而許慎在〈說文〉裡稱「逢」說：「遇也」，就是指這「草」雖衰頹而被秋風吹散的滿天飛舞，但是，它們卻會在空中相遇。若再細看這「逢」，就又知道它是由圖四古「辵」字中間倒寫的「止」，就是腳的意思。這「止」後來又衍變爲圖七、八的「反」。它左下爲「彳」，這就又表明它們是在相互行動。而右下圖九的「丰」，則是這「蓬」草最初的根苗。這就又說明它乃是由「丰」所生長的「蓬」，到了秋末就都「飛走」了。然而，它們還能在空中相「遇」；這就是這「蓬」還能如飄萍一般「萍水相逢」。不過，這時的相逢，乃是都已並非原來的「蓬勃」，而是如「蓬頭垢面」般了無生氣。這樣的結果，豈不都是出於生長的根基不夠穩固所使然的麼。詩人李白似乎深明此意，所以他才會說：「仰天大笑出門去，吾輩豈是蓬蒿人」來惕勵自己和讀這詩的人。故願我們藉認識這「蓬」來重視我們應當扎穩自己的根基。

二三三、掌銳器以治玉的「全」字

① 小篆 全
② 說文解字 籀文 全
③ 甲骨文 入 殷虛文字甲編 六八二〇
④ 金文 入 毛公鼎
⑤ 甲骨文 玉 殷虛書契前編 六・六五・二
⑥ 金文 玉 詛楚文

這個稱爲「完全」的「全」字，應該是包括了一切的；否則，就不能稱「全」。因此，我們當來研究古人爲何以圖三的「入」再組以圖五的「玉」來稱爲圖一和圖二的「全」。

我們都知道這「全」字的上方乃是圖三的「入」字，這「入」乃爲古時一種攻石或鑿玉的銳器。那「入」形，就如今天

所稱的把手，是為便於操作或扭轉的。其上的「｜」，則是這利器的最尖銳處，它可鑽入木、石、甚或一般的金屬之內，所以它被稱為「入」。至於它為甚麼「入」於圖五、六之「玉」後就稱為「全」，乃是因有其特別原因的。第一，玉乃石中之王，是古時所難得之物。第二，玉的本身具有人所當備的六項美德：許慎在〈說文〉裡稱一，潤澤以溫仁之方也。第二，䚡理自外知中義之方也；第三，聲舒、聞遠；智之方也。第四，不撓而折勇之方也；第五，銳廉不忮，潔之方也。此外，還有以烈火燒之卻不熱的無限之「忍」的美德。具此六項德行，方能稱寶「玉」，這是古代帝王佩玉藉以儆惕自己的主要裝飾。也由此可叫我們知道，這「全」不是為人之所欲得，乃是人之所當行。這才是天地之性最貴的人所應當具備的「全」。

二三四、當知所盼的「郗」

① 小篆 郗
② 小篆 希
③ 甲骨文 爻 殷虛書契後編 下・四一・一
④ 甲骨文 五 龜卜・七
⑤ 甲骨文 巾 殷虛書契前編 七・五・三
⑥ 甲骨文 邑 殷虛文字乙編 八六七四

今天已只被當作姓氏用的這「郗」字，是周代的一個地名。當時司寇蘇忿生的後代被封於「郗」，子孫就以「郗」為姓。這「郗」後來稱「沁」，就是今天的河南沁陽。至於這「郗」的構造，從今天這寫法看，它乃是「希望」的「希」，再組以稱「邑」的「阝」。我們都知道，所有右旁被組以「邑」者，絕大部分都是指地名。而這「希」呢，乃是由圖四甲骨文的「五」（×）與圖五的「巾」所組成的。再看圖三的「爻」，後被用作八卦之一的代名詞。這「爻」，是意指一切事物之交錯再交錯的。它的一半被稱為「五」，亦含指事物的交錯。例如人之五

官，絕不會單獨去盡功用。人之五指，若非相互交錯，就一無所能。

　　再來看圖五的「巾」，它原爲古稱的「布」；至於它能成爲「布」，其主因亦在於一絲絲棉紗被稱爲經與緯的互相交錯。它就是古時一段又一段或一塊又一塊的「巾」。這樣的意含，乃寓指一切事物的組成全在於相互交錯。這是天地間陰陽交錯的大道；也是人與人，事與事之相互交錯，然後就組合爲宇宙中的萬事萬物。這是中國人在八卦中列圖三「爻」爲六爻的原因。自也是「孤陰則不生，獨陽則不長」永遠不變的眞理。這當然也是這「郗」地之後代向上蒼祈求的「希望」。

二三五、分享瑞玉的「班」字

① 金文 班　公孫班鎛
② 小篆 班
③ 甲骨文 玨　殷虛書契後編上二六・一五
④ 小篆 玨
⑤ 甲骨文 玉　殷虛書契前編六・六五・二
⑥ 甲骨文 刀　戰後京津新甲四〇二九

　　這個稱爲「班次」或「一班人」等的「班」字，許愼卻在〈說文〉裡稱它爲「分瑞玉」；因此，我們就來研究一下，看許愼如何稱其爲「分瑞玉」而與我們今日所稱的「班」有何差別。

　　這「班」雖迄今尙未在甲骨文中發現；但圖一金文的「班」卻非常清楚的叫我們看見那兩個被稱「王」的「玉」中間乃是圖六的「刀」字。若再看圖三的古「玨」字，又可叫我們知道那是圖五的兩塊合成的「玉」或者可以分成兩塊的「玉」。這樣的「玉」，是頗爲稀少的，故稱它「玨」。也許古人認爲如此的「玨」應該一分爲二好給另一班人分享，所以就在這「玨」中間組一「刀」來稱「班」；藉以分享給另一班人的。

　　至於這「玉」被稱爲「瑞」，乃在它具有稱「仁」的「潤澤以溫」；稱「義」的鰓理自外而知中；稱「智」的聲舒揚遠；稱「潔」的「銳廉不忮」；稱「勇」的不撓而折；以及稱「威」的「經烈火而若無」！請想看，如此的「玉」若不能與人共享，即爲獨善其身了。這樣的文字，是我中華民族所獨有的，但古人卻沒有意思使這樣「玨」讓有權威者一人所獨據；因此，才造出這「班」字來寓示後人，期盼炎黃後裔都能分有且得分享。

二三六、盡人事聽天命的「仰」字

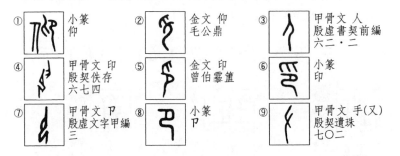

①　小篆　仰

②　金文　仰　毛公鼎

③　甲骨文　人　殷虛書契前編　六二・二

④　甲骨文　印　殷契佚存　六七四

⑤　金文　印　曾伯霖簠

⑥　小篆　印

⑦　甲骨文　卩　殷虛文字甲編　三

⑧　小篆　卩

⑨　甲骨文　手(又)　殷契遺珠　七〇二

　　我們現在這寫法的「仰」字，是暴秦統一文字後不久之圖一的小篆所衍變，再由漢末高次仲改爲正楷而流行至今。若從圖二金文古寫的「仰」看，它就是下面的「人」仰望或仰賴上面的「人」的意思，所以它就叫「仰」。這也是古人造字時常以圖四、五正反之「人」互用的道理。也許是秦時統一這字時爲了更清楚表明爲下面的人應仰望上面的人，因而再增以圖一之左的人而成爲今天這寫法的「仰」。再從許慎解這「仰」曰「望欲有所庶及」，當可證原圖二已足可稱「仰」的。若對照古書文所用之「仰」看，如周代左丘明著之〈國語〉晉語篇記有：「重耳之仰君也，若黍苗之仰陰雨也」及〈周禮〉之地官有：「軍旅之容，闞闞仰仰」等，當都在於「仰望」或「仰賴」另一在上之人的。然若以孟子在盡心篇所言，「仰不愧於天，俯不怍於人」，則示

意我們對天對人都已盡其所以，藉達「盡人事而待天命」之處世
為人之道的。

二三七、農忙後之餘興的「秋」字

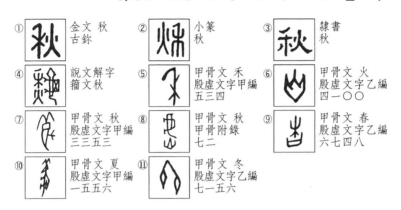

① 金文　秋
　古鉢

② 小篆
　秋

③ 隸書
　秋

④ 說文解字
　籀文秋

⑤ 甲骨文　禾
　殷虛文字甲編
　五三四

⑥ 甲骨文　火
　殷虛文字乙編
　四一〇〇

⑦ 甲骨文　秋
　殷虛文字甲編
　三三五三

⑧ 甲骨文　秋
　甲骨附錄
　七二

⑨ 甲骨文　春
　殷虛文字乙編
　六七四八

⑩ 甲骨文　夏
　殷虛文字甲編
　一五五六

⑪ 甲骨文　冬
　殷虛文字乙編
　七一五六

　　我們現在這寫法之圖三的「秋」字，乃是從圖一的金文以致
圖二的小篆所衍變的。照圖一的「秋」字看，它應是簡化自圖四
籀文的「秋」。這「秋」的左旁就是圖二小篆的「禾」與
「火」。若看圖四的「秋」，可知它右旁乃是極為清晰之「龜」
的圖畫。如再探討這樣寫法的「秋」，又可叫我們看見它是由圖
八原初甲骨文另一寫法的「秋」再組以「禾」而稱「秋」的。若
再分析古人為何以「龜」形下方組以如圖六的「火」來稱
「秋」？則應是別有趣意的事。其緣由當溯自古人在秋收後不論
其收成如何；都會以燒灼龜甲來卜問來年豐收與否的。因此，它
就成了既象形又會意的指事字了。然而若再探究圖四的「秋」，
它可能是在圖八之先而稱「秋」的。圖七是一幅活活潑潑之蟋蟀
的圖畫。牠們是在秋季成熟產卵，繁衍快速，且不論田野或庭院
都可成為牠們的棲息之所。牠日夜鳴叫，尤在夜晚更顯獨特且頗
悅耳。特別在中國北方，秋收農忙之餘，鬥蟋蟀的風習即自古相
傳。不論孩童或成年人，皆多把牠當寵物飼養或把玩。而且人還

以牠們爲得智慧與得好運的吉祥物，所以稱「秋」。圖九之花盆中長出草木來稱「春」；以夏日鳴叫聲音最大之蟬來稱圖十的「夏」；以房屋滴水成冰來稱圖十一的「冬」；故又以這秋天當作農忙之餘興的獨特昆蟲－蟋蟀－來稱「秋」。這當是古人早於圖八之龜所稱的「秋」。

二三八、中間爲準作裁決的　「仲」字

① 甲骨文 仲　殷虛書契精華　三・一
② 金文 仲　古鈢
③ 小篆 仲
④ 甲骨文 中　殷虛書契前編　四・二七・六
⑤ 金文 中　古鉥
⑥ 甲骨文 人　殷虛書契前編　六二・二

　　這個稱爲「仲裁」或兄弟排行之「伯、仲」的「仲」字，在圖一原初的甲骨文中，其左原本無圖六的「人」字。至於增「人」後圖二的「仲」，當是爲與圖四之「中」有所區別的。至於圖四、五的「中」，是表示「口」爲某一彊域的範圍，而這彊域內中間立一代表性的旗幟，以表徵其爲中央之所在；那「中」之中間的「卜」，則意示爲這一族群之代表性的旗幟，其「≳」則爲飄揚時的旗游。也是他們那一族群的標竿和標準所在。而無旗游的「中」，則爲今日的「仲」；其意含乃爲處於此一範圍之「中央」或稱「正中」地位的。這就是「中」與「仲」有所區分之不同的「中」。

　　今天這「中」，乃是我中華民族的「中」，當爲古人寓示我中華後裔應具「中央」、「中正」等標準的。當然，我們亦當以此準則來作「仲介」或「仲裁」。這應是我華夏族群之所本；依此「本」，方能達到孔子所說的「本立而道生」〈論語・學

而）。這是我們「中國」之極高境界的理想。我們豈不當回想五千年來的我們，是否已使古人失望呢？還是正在向這「標竿」往前！

二三九、治事之始的「伊」字

①甲骨文 伊　戩壽堂藏甲　九・二

②金文 伊　古鉨

③小篆　伊

④甲骨文 人　殷虛書契前編　六二・二

⑤甲骨文 尹　殷虛文字甲編　三五七六

⑥金文 尹　尹叔敦

這個最早被稱爲「伊水」的「伊」字，早期也稱「伊川」，就是古代夏禹治水時最先治理之伊、洛、瀍、澗四河之一的「伊河」。當時以「伊水」之患，而使人隔天涯，故有「伊人何方」之嘆。而這「伊」也被假借作女性的「她」來用。然用作事務的開端稱作「伊始」，應是這「伊」的本義。因此，我們可看圖一甲骨文的「伊」字；它左旁爲圖四的「人」，其右則爲古稱「手」的又，中間的「｜」，乃爲手執的「筆」。這是圖五的「尹」字，也是古代的官名。這「尹」就是治理之前以手執筆的圖畫。或稱爲規劃中的「筆」。若以今天的說法，則可稱其爲規劃一件工程之前先要劃一藍圖的紀實。這才是被稱作某一工程的「伊始」之「伊」。更何況這藍圖乃是由一個人以手執筆來製作的呢！這當也是我們常稱某人在開始工作之先就稱他爲「胸有成竹」般「運籌帷幄」。這就是古人所構造之圖一的「伊」。

至於許愼在〈說文〉裡所說：「伊，殷聖人阿衡」，乃是指「伊尹」的。是指殷代的天下乃是由「伊尹」所規劃、治理。他之功乃在於就湯伐桀、滅夏、伊尹之功居首。這是指伊尹爲治國立功之第一人說的。這也恰是這「伊」的寫照。

二四〇、如骨節般相處的「宮」

① 甲骨文宮　殷虛文字甲編五〇六　② 金文宮　散氏盤　③ 小篆宮
④ 甲骨文宀　戰後京津新甲四三四五　⑤ 甲骨文呂　殷虛書契前編一・五・八　⑥ 金文呂　古鉨

　　說到「宮」，我們很容易回想到一百餘年前封建思想的事。並且我們還會在現代的電視節目中看見「宮庭」、「皇宮」等建築非凡的殿宇。甚至到了廿一世紀的今天，我們還會建造一所珍藏歷代文物的「故宮」。也就因為它的非比尋常，所以就稱它為不同於一般房屋的「宮」。但是，若從漢代班固撰的〈白虎通義〉所記，以及〈易經〉也記的：「上古穴居而野處，後世聖人易之以宮室」這話看，當初的「宮」與「室」是頗有距離的。然而，許慎在〈說文〉裡卻說：「宮，室也」。由此，我們也確信，「宮」與「室」之有別，乃在於經過刻意的裝璜與否的。但是，若對照圖一古甲骨文的「宮」字看，它乃是由圖四稱為房屋之「宀」與圖五、六的「呂」所組成的。當然，我們都知道「宀」是古時稱為房屋的象形。而「呂」呢？它似乎是極為簡單的兩個「口」字；但卻是圖五、六的「呂」字。這「呂」，許慎卻在〈說文〉裡說：「脊骨也，象形」。若從這意含再往深處去探討，當可知道古人所稱這宮室的「宮」內所居住之一口一口的人，應當相連如人體內之骨節的。如此，方能稱為相連如骨節般的一家人，果如此，它豈不比外形的宮殿要高貴得多嗎。這更是一家人稱為同胞骨肉的真義。也惟有如此，方能成為古人以「宮、商、角、徵、羽」為代表音符的首位的真義。若再擴大為人與人間的如此相處，這世界豈不也會成為最美音樂的「宮」麼！（請參閱第二十二篇「呂」）

二四一、豐足有餘的「甯」字

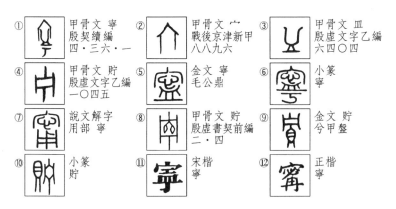

① 
甲骨文 寧
殷契續編
四・三六・一

② 
甲骨文 宀
戰後京津新甲
八八九六

③ 
甲骨文 皿
殷虛文字乙編
六四〇四

④ 
甲骨文 貯
殷虛文字乙編
一〇四五

⑤ 
金文 寧
毛公鼎

⑥ 
小篆
寧

⑦ 
說文解字
用部 寧

⑧ 
甲骨文 貯
殷虛書契前編
二・四

⑨ 
金文 貯
兮甲盤

⑩ 
小篆
貯

⑪ 
宋楷
寧

⑫ 
正楷
寧

這個專用於姓氏的「甯」，原與「寧」既同音也是同義的。當是自周代的「甯俞」起，不但是專作姓氏用時的寫法；甚至有人用於「甯可如何」就用「甯」；「平靜安寧」就用「寧」。然若查考原初的甲骨文，則只有「寧」而無「甯」。如果再從原初的「寧」來深究其原義，也許就願「寧」而不「甯」。

請看圖一原甲骨文的「寧」，它是由圖二稱房屋的「宀」與圖三象形之器皿的「皿」和圖四之貯藏之「貯」簡化後的下半所組成的。這「宀」既為房屋，即等於你已有了安定的居所。中間的「皿」，一面可稱其為吃飯的飯碗，一面也可稱其為盛裝食物的器皿。至於下面的「丁」，乃是簡自圖四和圖八的貯藏的「貯」。看這「貯」，我們還當細心觀察圖八「宁」中的「」，那是冬天的「冬」字。是描繪寒冬時屋簷下滴水成冰的圖畫。這圖意乃在含示當在寒冷的冬季貯藏應備的食物的。如此組成的「寧」，豈不等於「房屋」、「食物」等不但有，而且還有豐足之貯藏嘛。如此，自然是既安定又安寧了？這就是古人以此來寓示後人對食住之所需都有相當貯藏的。否則，當無法得享「安寧」！其它的「寧」，可能是後人在不同情況下所增改的。

二四二、莫效怨鳥的「仇」字

① 金文 雔　雔尊蓋

② 小篆 仇

③ 甲骨文 隹　殷虛文字甲編　三九四一

④ 甲骨文 言　殷虛書契前編　二○・五

⑤ 小篆 仇

⑥ 甲骨文 九(勾)　殷虛文字甲編　三九二

　　文字學名著〈說文解字〉的著者許愼解這「仇」字說：「讎也」！照許愼這說法看，「讎」與「仇」雖爲不同寫法而音義皆同的。當「仇」被普遍稱爲「仇敵」或「仇恨」等用法後，則與圖一古「讎」字很難認同。若以左丘明所撰〈左氏春秋〉記有「嘉偶曰妃，怨偶曰讎」；〈春秋〉的繁露也記有：「百物皆有合偶，偶之合之，讎之匹之」等看，當都是指夫婦配偶說的。而〈書經〉的微子篇則記有「小民方興，相爲敵讎」；則意指爲夫婦以外之相互敵對了。這也許是在秦統一文字後才有圖五小篆之「仇」的原因。因此，我們就願以圖一的古「讎」字來探討古人爲何以兩隻相背的「隹」再組以雛鳥的張口形來稱「讎」。

　　據今日研究鳥類的專家們說，我們今天大多稱爲小鳥鳴叫爲美麗的歌聲，多是因不解鳥語而誤傳的。據他們研究所知，牠們的譏譏喳喳多爲吵架。尤其稱爲「杜鵑」的鳥，古人也稱其爲「怨鳥」，又名「子規」。宋，陸佃撰的〈埤雅〉就記此鳥「苦啼啼血不止，一名怨鳥，夜啼逮旦，血漬草木」。如再以圖一的「讎」看，牠們兩個豈不是怨讎至兩背相對仍繼續爭吵麼！甚至吵到一個地步，連牠們自己的雛鳥在中間張大嘴巴等候餵食都不管了。這當是「怨懟」的一對發生「怨讎」的開始，所以它被稱「讎」。常此以往，恐將演變爲「仇恨」對方及至今成爲「仇敵」之「仇」的。也許古人藉此來儆惕我們這天地最貴的人莫效「怨鳥」的。今日這寫法的「仇」，當是「人」被圖六的「鉤」所轄制而衍變的。而用於姓氏時則讀作「仇ㄑㄧㄡˊ」。

二四三、表揚忠良的「欒」

① 金文 欒　古匋
② 小篆　欒
③ 甲骨文 糸　殷虛文字甲編　三五七六
④ 甲骨文 言　殷虛書契前編　二〇·五
⑤ 甲骨文 木　殷虛文字甲編　六〇〇
⑥ 隸書　欒

　　「欒」，是一種木本落葉喬木的樹名。照許慎在〈說文〉裡解它說：「欒，木似欄」；並且還說：「天子樹松，諸侯柏，大夫欒，士楊」。照這說法，它乃是常被用作植於士大夫階級的墓園以表揚亡故者的。然照圖一金文的「欒」字看，它乃是圖五的「木」與圖四的「言」和圖三的兩個「糸」所組成的。若照這字的上半看，許慎稱這「䜌」曰「治也」。梁代的顧野王所撰的〈玉篇〉說：「䜌，理也」。從他們這說法，都可使我們看見那「言」如同被左右之「絲」困擾；或指繩索捆綁，是需要分解並加以治理的。這是「䜌」的意義；自也是輔佐執政者的群臣對元首所付的重要使命。而古人又以這「䜌」再組以「木」，它又被稱為一種喬木的名字，似乎在寓指這治亂之事需要如木般之棟樑之才；方能把找不到頭緒般亂絲整理得有頭有序。這當是古人構造這字的意義。何況這「欒」乃極具美姿之觀賞木呢！特別當它被植於士大夫之墓園時，其用意則在於表彰那位亡故者生前曾為國家社稷極盡辛勞。也由此可以得知這一位亡故的官員是功在國家，自當被稱為為「欒」般來讓後人景仰。這當是古人如此構造這「欒」的實義。

　　一個卓越的人，乃是懷著一直跑在別人前面的志向。

二四四、勿炫己長的「暴」字

①　甲骨文 暴
殷虛書契前編
五・一

②　金文 暴
寅簋

③　說文解字
古文 暴

④　小篆
暴

⑤　隸書
暴

⑥　甲骨文 鹿
殷契後編
上・一五

　　在我們要來探討這個「暴」字之前，我們可先看圖六那幅圖畫。當然，我們也都會承認那是最簡要的描繪一隻鹿的。這鹿的特點就是牠的角，這是牠最暴露在人眼中的東西，也是養鹿人家對牠所施行的非常殘暴的事；就是常以血淋淋的殘暴手法鋸下鹿角來作中藥以及人的補品中的上品──鹿茸。這當是這「暴」ㄆㄨ又讀「暴」ㄅㄠ的原因。這也是因牠的角被暴露，就被人以強暴的手段來割取牠的角來進入人的口，這就是圖一兩角之間構造一個「口」來示意那角要被人吃掉的。所以就稱作強暴的暴。然而，對牠們自己來說，牠們的天性也是非常殘暴。就是牡鹿在發性期間爭奪牝鹿時，牠們就以牠的角來作武器時互相纏鬥，直到牠們的角斷裂到不能再作武器為止。請想看，這又是何等殘暴的事。這當是古人以圖一的圖畫稱作暴ㄅㄠ也稱暴ㄆㄨ的原因。這也許是古人藉此來示意後代且勿炫耀自己的天賦特長；是極易被「暴」ㄅㄠ而落入暴ㄆㄨ人之手的。

二四五、萬事萬物之源的「甘」字

①　甲骨文 甘
殷虛文字甲編
六二七三

②　金文 甘
古鉨

③　小篆
甘

④　甲骨文 口
殷虛文字甲編
一二一五

⑤　甲骨文 一
殷契佚存
・八二

⑥　隸書
甘

　　說到「甘」，我們馬上就會連想到那是指「甘甜」的；但卻

很少會去追問古人是在何種情況下所構造出這樣寫法的「甘」？
否則，它豈不也像Ａ、Ｂ、Ｃ，是一個代表的符號嗎！因此，我
們可從圖一原初甲骨文的「甘」來看，可知它是圖四的「口」中
含著圖五的「一」或作「‧」的。這是一個象形且具會意的字。
我們都承認，中國人是一個最懂得吃，且最會享受吃的民族。當
我們口中含著一種極具美味的食物時，我們都不會很快的把它嚥
下去；乃是含在口中，讓舌頭慢慢品嘗而傳達至全人，並且會從
心底說：眞好吃。如此，這是不是就可稱爲那「口」中的「一」
了呢？若從文字學家許愼的解說看，這「一」就不是指我們所說
的食物了。許愼在〈說文〉裡說：「甘，美也，從口含一，一，
道也」。他這說法就與我們所想的相當不同。清代的文字學家段
玉裁就解許愼所稱的「一」說：「食物不一，而道則一」。這就
證明許愼所說的並非食物。因爲人所喜歡的食物並不完全一樣。
但處世之「道」，卻是天下皆同的。所以許愼在解「一」時就
說：「唯初太極，道立於一，造分天地，化成萬物」。請想看，
這是何等的「一」。我們還可再看老子所說的「一」；他說：
「昔之得一者，天得一以清，地得一以寧，神得一以靈，谷得一
以盈，萬物得一以生……」〈老子〉三十九。莊子在天地篇說：
「天地之大……其治一也，通於一而萬事畢」。請想看，這那裡
是我們常稱爲一、二、三的「一」呢！就今天整個世界看可說一
無甘甜甘美之處，當都在於「道德」、「道理」、「道義」……
等的「道」皆未能立於這「一」所始然。

二四六、衡度己量的「斜」字

① 甲骨文 斗　甲骨續存 一八一六
② 金文 斗　秦公敦
③ 金文 斗　穆公鼎
④ 小篆 斗
⑤ 說文解字 古文斗
⑥ 草書 斗

我們現在這寫法的「斜」,對照原初的甲骨文圖一的「斗」,與圖二金文的圖意並無多大差異,不過簡略了「斗」內外之「－」而已。這個「－」即是指斗內盛裝了酒並且還溢出的。圖三的「斗」,可能在製作上有所變化;圖五的古文則更表明這「斗」乃是金屬的製品。因此,許慎就在他的〈說文〉裡收錄了圖四的「斗」,就衍變為我們現在這寫法的如圖六的「斗」。後來又把原初本義的「斗」當作聲符並表示它乃金屬故稱「斜」。也因而衍生為今日這「斜」。我們若仔細觀察圖一的「斗」,可知它乃是今天舀水的杓子,許慎稱它為酒器;當是古時當作喜慶宴會上舀酒的器具。並且可能是竹或木製的。那「十」的形狀則是杓柄。這用具在古時說,也可能當作衡度一個人酒量用的。它的大小也可能各有不同。例如杜甫的詩曾說:「李白斗酒詩百篇,長安市上酒家眠」之句;那是指他已醉臥在酒店裡了。至於他的酒量,則無法查考。但無論如何,說它是一種舀酒的器具,但也可作飲酒之人的量器,也頗為合理。這樣的事,對今天常有醉酒駕車而釀出大禍的人來說;這「斜」則是他隨時當備的。不知「斜」姓的諸公願意承擔這一任務否。

二四七、考量於萬一的「厲」

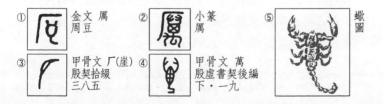

① 金文 厲 周豆　② 小篆 厲　⑤ 蠍圖
③ 甲骨文 厂(崖) 殷契拾綴 三八五　④ 甲骨文 萬 殷虛書契後編 下·一九

這一個稱為「嚴厲」、「厲害」、「正顏厲色」、「聲色具厲」以及「磨厲」等用法的「厲」字,雖迄今尚未在甲骨文中發現;然就圖一金文的構造看,它是由圖四的古甲骨文「萬」和圖三古稱山崖的「厂」所組成應是可以確定的。至於它被稱圖二的

「厲」，就在於它乃是圖五蠍子的象形。這種屬於蜘蛛科的毒蟲，尾部所貯藏的毒液相當厲害，萬一被螫，輕則紅腫疼痛難熬，重則可因劇毒未能及時解除而喪命。至於它被稱「萬」，實在是古人的極大智慧。一面是指這毒虫極多且多至稱「萬」；一面也是叮囑後代千萬不可吊以輕心。也許有人說，我已活了幾近半百還從來沒看見過蠍子呢！然而，比這毒蟲更厲害千萬倍的人、事、物都在你的四週；這就是這「萬」增以圖五古稱山崖的「厂」，也就是指我們居住的地方，尤如山崖般難以逃避的。因此，古人才以圖三這「厂」組以「萬」來稱「厲害」的「厲」。更何況這厲害的事常會吸引人去「嘗試」一下就惹火上身。再如「引狼入室」、「紅杏出牆」，還有不信邪的自認超凡般「有志一同」……者；這些，怎能說不是萬般厲害呢！許慎在〈說文〉裡稱這「厲」說：「旱石也」，則當是指這「厲」如同山上的崖石般堅硬難移或者更難雕鑿的。如此的「厲」，怎能不當以「正顏厲色」的態度以應對！

二四八、犧牲衛國的「戎」字

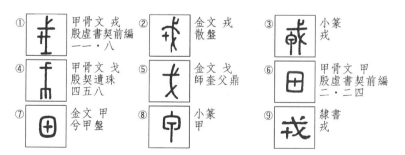

① 甲骨文 戎 殷虛書契前編 一一・八
② 金文 戎 散盤
③ 小篆 戎
④ 甲骨文 戈 殷契遺珠 四五八
⑤ 金文 戈 師奎父鼎
⑥ 甲骨文 甲 殷虛書契前編 二・二四
⑦ 金文 甲 兮甲盤
⑧ 小篆 甲
⑨ 隸書 戎

我們都知道這「戎」是指軍人的軍旅生涯說的。故許多軍人許久未能與家人見面甚或很少通信時，就稱是因「戎馬倥傯」；而稱軍事機密就叫「戎機」……等。而這字的最明顯處，就在於它主體圖四的「戈」。但是，可能很少有人會去追問這「戈」下

面的「十」究竟是何所指？這就是古人在構造這字時的絕妙佳構。

　　我們都知道「戈」乃是指今日軍人所必備的槍械說的。它乃是古代最簡便的武器。而這「十」呢？恐怕是我們難以想像到那是指古稱軍服曰「兵甲」的「甲」。請看圖六的「甲」，它就是原圖八之「甲」。圖八這「甲」，乃是指田野或果樹上熟透了的果實所顯出的裂紋說的。其意乃為果實熟透時所顯出的現象。至於古稱「盔甲」的「甲」，乃是指「盔甲」上一片片金屬鱗狀鐵片的縫隙，就如果實成熟的裂紋。而其最深的意含，則是指保家衛國的軍人所穿戴的盔甲一面是為著保護他的身體，然而犧牲卻是軍人的心志；豈不也可稱作他們必具備的犧牲心志麼！這就是古人以「戈」以「甲」所組成的圖一的「戎」！當我們如此來認識這「戎」時，我們豈不會向今日的軍人獻上無比的敬意！那是因為他們乃是比一般人先具犧牲壯志的。這也是許慎在〈說文〉裡稱「戎」說「兵也」的道理。

二四九、繁衍無限的「祖」字

　　在二十一世紀的時代，我們中國人的思想，似乎也跨進了相當的一大步。甚至男女間的性問題，幾乎也已開放至令人難以想像的地步。可是，當我們來研究我們中國人極為重視的祖先的「祖」字時，卻會叫我們發現，數千年來幾被封閉且屬隱諱難言的事，我們的古人早已毫不保留且毫無忌諱的描繪在古文字中了。

　　我們可先看圖一古甲骨文「祖」字。這祖右的「且」後被增以圖四稱神的「示」，才被分別爲圖一、二的「祖」的。至於它被稱「且」，乃是指「必需」且「非它不可」的。至於它爲何被稱爲「必需」的「且」，許慎在〈說文〉裡解它爲「所以薦也」；這是極其含蓄的說法。但另一文字學家李敬齋先生就以另一說法說：「且，祖也，以男子之勢爲神也」。朱芳圃氏也說：「且，實牡器之象形」。而大英百科全書也記有「生殖器官崇拜」（Phallicism）的事。如此看來，性器官之崇拜，並非生殖器官的本身，乃在於造物主創造的大能。如此，我們豈不當說圖一之古稱「祖」旁的「且」應爲男性生殖器官的象形應無疑義。當它增以圖六稱神之「示」後它就與「且」分別而被稱爲「祖」了。這乃在說明這「祖」所蘊藏的乃爲如神一般的無限大能。

二五○、干戈息止的「武」字

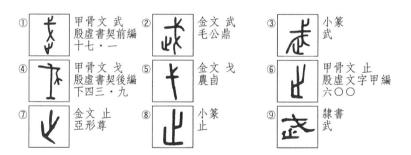

①甲骨文 武 殷虚書契前編 十七・一
②金文 武 毛公鼎
③小篆 武
④甲骨文 戈 殷虚書契後編 下四三・九
⑤金文 戈 農卣
⑥甲骨文 止 殷虚文字甲編 六○○
⑦金文 止 亞形尊
⑧小篆 止
⑨隸書 武

　　在古今中外的歷史裡，幾乎沒有一個國家不是以堅實的國防列爲第一要件。而每一個國家又無不從武力而得，故又不得不以武力來防範。因此，整裝經武來護衛自己又屬天經地義的神聖大事。果如此，我們古人所構造的這以圖四、五等的「戈」，再組以圖六、七等的「止」就稱它爲圖一、二等的「武」；豈不是相當不符其原初本義麼？若照許慎在〈說文〉裡解這「武」說：「楚莊王曰：夫武定功戢兵，故止戈爲武」。而那「戢」的意

思，許愼就接下去解其爲「藏兵也」。豈不是指不再用兵麼！這究竟是作夢，還是理想！但是，若照〈史記〉給我們留傳的一段故事看，仁君之政可以止戈則又不是不可能的。

　　〈史記〉周本紀記載后稷的第十代古公亶父時就說：「古公亶父復脩后稷公劉之業，積德行義，國人皆戴之。薰育戎狄攻之，欲得財物，予之。已復攻，欲得地與民。民皆怒，欲戰。古公曰：『有民立君，將以利之，今戎狄所爲攻戰，以吾地與民。民之在我，與其在彼何異。民欲以我故戰，殺人父子而君之，予不忍爲』。乃與私屬遂去豳，度漆、沮、踰梁山，止於歧下。豳人舉國扶老攜弱，盡復歸古公於歧下。及他旁國聞古公仁，亦多歸之。於是古公乃貶戎狄之俗，而營築城郭室屋，而邑別居之。作五官有司。民皆歌樂之，頌其德」。及至西伯時又記曰：「吾所爭，周人所恥，何往爲，祇取辱耳」，遂還，俱讓而去。請看，這那裡需要動「武」，當「戈止」時，斯爲眞「武」矣！這當是古人在構造這「武」時之深含。故此老子才會說：「夫唯不爭，則天下無與之爭」。

二五一、核對破竹的「符」字

①	金文 符 新鄭符	②	小篆 符	③	金文 竹 古匋
④	甲骨文 付 簠室契纂	⑤	金文 付 散氏盤	⑥	小篆 付
⑦	甲骨文 人 殷虛書契前編 六二・二	⑧	金文 寸 大鼎	⑨	小篆 寸

　　我們現在所使用的這「符合」、「符節」以及邪門外道所使用的「符咒」等的「符」；從圖一的金文看，其上爲圖三的「竹」，當可證明這「符合」的「符」，早期乃是屬於「竹」，

應是當初把「竹」裂開後再來相對而證明它是否符合的，後來又
衍生爲瓦片或木、石等，則是後人信手拈來之物替代的事。至於
古人爲何又以圖七的「人」和圖八的「寸」組成圖四、五等的
「付」合組爲圖一的「符」？我們一同來研究一下就可知道。

　　這是一個旣象形又會意的合體指事字。所以，許愼在〈說
文〉裡說：「符，信也，漢制以竹長六寸分而相合」。而「付」
呢？〈說文〉說：「予也，從手持物以對人」。從這解說，就很
清楚的叫我們知道，漢時將竹切爲六寸；而古時則可能僅爲一
寸，則更較方便置於衣袋，所以這「付」組以「寸」。因此，從
這些來看這「符」的首要意義是在於當信那可信的事，並且是憑
藉那雙方相互交付分開的「竹」。當他們約定的事需要對證時，
就當如分開的「竹」一般。最少，外型必需相符；若更仔細核
對，連其中細微的每根竹絲都要合得起來。這就叫與原約相合的
「符」。也是我們互相約定的共「信」並極其吻合的「符」。它
也就是衍延至今稱爲「契約」的「符」。邪門外道的「符」，則
是不能且是「無法」的「符」。

二五二、止殺爲本的「劉」字

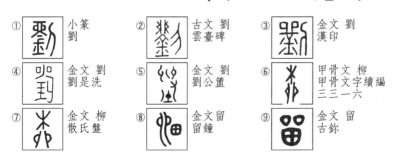

①	小篆 劉	②	古文 劉 雲臺碑	③	金文 劉 漢印
④	金文 劉 劉是洗	⑤	金文 劉 劉公簠	⑥	甲骨文 柳 甲骨文字續編 三三一六
⑦	金文 柳 散氏盤	⑧	金文 留 留鐘	⑨	金文 留 古鉥

　　「劉」，從它右旁的「刀」看，應爲古代的一種兵器。魏時
的張揖所撰的〈廣雅〉釋器就稱「劉」爲「刀」也。從以上各圖
中之「卯」看，它均爲採取圖六之「柳」下的「卯」形。這

「」乃為柳枝的嫩苞，亦頗似今日的鋸齒，當也是被稱為「刀也」的形狀。至於行至今日它已被專用於姓氏的古姓，乃是源自四千餘年前堯帝後裔被封於「劉」，即今河北唐縣。至二千餘年前的漢代，還被稱為「國姓」，故有張、王、李、趙遍地「劉」之稱。然自漢至今，它已被專用於姓氏了。至於這「劉」的寫法，迄今尚未在甲骨文中發現，但從金文後的「劉」看，可說是冠所有姓氏之最。我們若稍悉歷史都會知道，著名的漢帝劉邦在一統天下後為何不把他的「國姓」也予統一？這也許是因劉邦統一天下後不久，許慎（西元 58-147）就已經寫了〈說文解字〉這一本名著後就被定了「型」而使然的。故當我們來研究這字時，就覺得圖六甲骨文的「柳」之下方，當為這字基本象形的「音符」；再加上圖八「田」旁的「柳枝」狀所組成的「留」，讀作「劉」當是極其自然的。再追溯這「劉」乃古兵器之一，許慎稱「劉」為「殺也」，可說是冒死之作，更何況劉邦之天下確從嘶殺所得呢？然而筆者認為；自古迄今的刑罰都在「期盼於無刑」；而「劉」之稱「殺」，豈不亦在止於「殺」而從「留」麼？這也許是今天整個文明世界都將步上廢除死刑的終極目的和因由。

二五三、萬世可師的「景」字

① 小篆　景

② 甲骨文 日　殷虛書契前編　四·二九·五

③ 甲骨文 京　甲骨續存　二二四五

④ 金文 京　牧敦

⑤ 小篆 京

我們通常所說的「風景」與「景氣」和〈詩經〉小雅所記「景行行止」的「景」，乍看，似乎叫我們不太容易連貫起來；然而，若把這「景」分析為「日」與「京」所組合，再對照許慎

在〈說文〉裡對這「日」與「京」的解析，就知道它為何被稱為令人「景仰」的「景」了。

我們可先看圖二的「日」；它並不是象形的「日」，它乃是可從四面八方都可光照並皆可印證他表裡內外始終如一的「日」。至于「京」，許慎在說文裡說：「人所為絕高丘也」。這乃是指地上被稱為君王所在的一個「京城」，是出於人手所建造的。請看圖三甲骨文的「京」字，豈不表明城內的那一個「人」正在建造麼。這也確是直到今天不論那一個國家的京城，其物質的、精神的，都是一直在建造中！當它上方增以圖一的「日」後，它就被稱為「景」了。這樣的「景」，許慎就稱它為「光也」。這樣的「光」，一面是指這「京城」的「光景」，另一面也可說是代表這整個國家的「光景」。這深處的意含則在於謀事在人了。能否為後世師表，能否被萬代景仰，則在於這京城的君王賢暴與否矣。

「風景」，是大自然所呈現的；「景氣」，則是人為的社會秩序所影響的。然卻都在日光之下顯露無遺！可是這「景」也被稱為人的「姓」，則是指這一個「人」能否也在這日光之下呈現令人景仰且至萬世可仰之美景的。

二五四、謹慎所言的「詹」字

① 小篆 詹

② 甲骨文 危 殷虛文字甲編 二六六二 (象闕一四○危)

③ 甲骨文 言 殷虛書契前編 五·二○

④ 甲骨文 人 殷虛文字外編 二一九

⑤ 甲骨文 厂(崖) 殷契拾掇 三八五

⑥ 甲骨文 八(分) 殷虛書契精華 四·一

這個「詹」是由圖四的「人」與圖五的「崖」，和圖六稱「分」的「八」及圖三的「言」所組成的。如此構成的「詹」，許慎在〈說文〉裡稱它為「多言也」。莊子則以「小言詹詹」用

於他的「齊物論」篇。而這「詹」也可作「選定」解；如常用於
請帖的「謹詹於……」則是指經過謹慎思考後而酌定的。這
「詹」被許慎稱爲「多言」，當是指人常說的「言多必失」，且
會有「亂大謀」甚至「喪邦」的危險。我們可來研究一下古人爲
何以這樣的組成來稱它爲「多言」且含危險的。

　　我們可先看圖二甲骨文的「危」字，那是描繪一個人自斷崖
間彎腰俯視的圖畫（請參閱一四〇篇危字）。這豈不是「非常危
險」麼！這「危」的左方，則正是圖五的「崖」字。當它再組以
圖六的「分」，其意則是指應當謹慎分辨的。其下則是這字之主
題之圖三的「言」字。這樣的「詹」，就是指人常說的不加思考
易落危險的「言」。當這「詹」再增「目」，就更能清楚的使人
看見他之所「言」極具「前瞻」之觀的。假若到處危言聳聽，豈
不會一言喪邦麼！這實在是古人極具苦心所構造且屬深切叮嚀的
既象形又會意的字。我們豈不都在不知其然的情形下使用至今
麼。願我們能具思古的情懷；並從深處以感謝的心來認識古人所
留傳給我們這如此構造的「詹」。

二五五、藉縛以達所求的「束」

①　甲骨文 束　殷虛文字外編二一九　②　金文 束 大敦　③　小篆 束

　　我們都知道這「束」是指被「束縛」或被許多條款加以「約
束」等的「束」。但是，除了極少數研究文字學的專家外，則是
絕大部分的人不知其所以的以如此的寫法來稱「束」。爲此，我
們可從圖一這一個象形兼具指事的圖畫來研究，當可得知它如此
被構造的因由。

　　我們看圖一的「束」字；若把這圖畫拿給管理果園的專家們
看，他們當會不加思索的告訴你，這是一幅接枝的圖畫，是可使

不結好果的枝子被結紮於結好果子的樹上，以使這枝子達到結好果子的目的。明代詩人王冕的村居詩就記有這接枝的詩說：「灌畦晴抱甕，接樹濕封泥」。這「甕」形的「濕封泥」就是描寫圖一中間橢圓形的那一部分的。如此的「束封」，可使果園的主人達到豐收甜美果實的目的。樹木如此，人生的求學過程亦復如此。社會秩序之法理的需要也是如此。故盼人人都能真認識這「束」乃為飽享甘美果實之必需的「束」。

二五六、圖騰為記的「龍」字

①　甲骨文 龍　殷虛書契前編　下六・一四
②　甲骨文 龍　殷虛文字外編　四五三
③　金文 龍　邵鐘
④　小篆　龍
⑤　甲骨文 虫　鐵雲藏龜・四六
⑥　金文 虫　甲虫爵

「龍」，在〈說文解字〉裡許慎稱牠為「鱗虫之長」也；當是指圖一這寫法說的。圖二、三、四當是諸步衍變而成為今日的這「龍」。從圖一看，它極可能是古代某一族群作為圖騰的記號，後來也就衍變為那一族群的姓。

若從圖二看，它的左上是「言」和圖五的「虫」所組成。圖三的金文就更顯明地的右旁確是圖五的那一條虫。如再從圖二之左的「言」來分析，它應是上為「辛」下為「口」的「言」字。這「辛」，古時與「罪」通用，是指人犯罪後遭受倒吊之刑罰的。再看那「口」卻是倒寫的，又可叫我們知道牠並非正當也非正常的「口」，是指這口所言並非正確。如此構造的「龍」，不知後人怎會被誤傳甚至迷信為吉祥之兆？藉此，願我們能對它有正確的認識。

若再從歷史或科學考證，除了曾有較大獸類的「恐龍」曾被發現且有遺骨可以證明外；而我們這稱為能飛翔、能潛淵……等

神奇則無蹤跡可循的。期盼我們能因此不至繼續迷信，也不致使外國人當作愚拙的笑話。

二五七、使樹增榮的「葉」

①　小篆
　　葉

②　金文葉
　　齊侯鎛

③　金文　草
　　古匋

④　金文　世
　　石鼓文

⑤　小篆
　　世

⑥　甲骨文　木
　　殷虛文字甲編
　　六〇〇

　　我們今天所使用的這「葉」字，乃是自圖一小篆所衍變至今的。若照秦以前圖二的金文看，它乃是由圖四、五的「世」與圖六的「木」與圖三的「草」所組成。由此，也可叫我們知道這「葉」當是專指樹木的「葉」。而許慎在〈說文〉裡稱它為「草木之葉」則是把「草」也包括了的。若再看晉代張湛注解說文的「葉」就說：「葉，散也」；清代的朱駿聲就解這「葉」為「聚也」。若總括這三位文字學家的不同解釋，又可叫我們知道：許慎是指這「葉」外在的形狀；張湛則是指它的功能在於「散發」樹木所製造的「氧」（oxygen）；朱駿聲則重在說樹葉也具收聚人類所呼出之「碳」（carbon）的。如此，就把這「葉」的整體功用全部表明。

　　但是，若再就這字的構造看，圖四、五的「世」，則是指圖六的「木」；就是某一種樹，藉著一年又一年的葉生、葉落，它就世世代代的繁衍成長成為人類在不同情況下所需要的木材。然而，這「葉」自春天發芽生長；及至秋冬的葉落，則可稱它已經竭盡了自己的本能，為樹木增添了無限生機和榮美。

　　🔘 我們當常準備；脫去老舊的，增添鮮新的。 🔘

二五八、遠離背逆的「幸」字

① 金文 幸
　古鈢

② 小篆
　幸

③ 甲骨文 夭
　殷虛文字甲編
　二八一〇

④ 金文 夭
　夭鼎

⑤ 甲骨文 屰
　殷虛文字乙編
　九〇四三

⑥ 小篆
　屰

　　這個稱爲「幸福」或「幸運」的「幸」字，雖迄未見於甲骨文，但卻很幸運的尙能從圖一的金文及秦統一後圖二的「幸」察悉它稱「幸」的緣由。照這字的構造看，它乃是由圖三的「夭」和圖五的「逆」所組成的。圖三的「夭」，今天已被用作「茂盛」狀了，但也作「靈活」解，如晉代郭璞的〈江賦〉中就說：「撫淩波而宛躍，吸翠霞而夭嬌」。而作「很快」解的〈漢書〉刑法志也有「罹元元之民，夭絕亡辜，豈不哀哉」之句。如照圖三的「夭」看，那確是一個人很快跑開的圖畫。當它的下方被組以圖五的「屰」後，就證明他乃快快離開「叛逆」的。結果，自屬「幸運」而得享「幸福」。從這字如此的組成看，不就證明古人在這字的深含中已給後代指明「幸福」之路麼！這乃是一個旣象形又會意的指事字。

　　我們現在這寫法的「幸」，乃是從秦後的隸變，再經過稍後的「變正」而演變的。在這樣寫法的「幸」中則是無法叫我們看見「逃」與「逆」的。那則是這「字」的「不幸」。所好，我們還多當作「幸福」用，那則是很「幸運」的事了。

> 姓，不僅是某一族群的表號；
> 它也是凝聚這一族群精神意志的目標。

二五九、負有專責的「司」字

① 甲骨文 司
傳古別錄
九・二

② 金文 司
古鉥

③ 甲骨文 人
殷虛文字甲編
八八九六

④ 金文 人
盂鼎

⑤ 甲骨文 口
簠室徵文
二・三

⑥ 甲骨文 后
殷契拾綴
四三一

從古人所構造之圖一的「司」字看，它乃是由圖三的「人」和圖五的「口」所組成的。從這樣的組成，可叫我們知道一個人的「口」所負的是甚麼樣的使命了。這「口」，對自己說是負進食的責任；對別人說，是負呼求或傳達己意的責任，就如襁褓中幼兒的哭叫；稍長後的「說話」；再如身負要職後所要傳達的自己的命令，也因此就叫「司令」。古時稱「司馬」的官，就相等於今日的國防部長。

至於許慎在〈說文〉裡所說的「司」為：「臣司事於外者，從反后……」（看圖六），接下去就解「司言」的「詞」為意內而言外也」則是前述的另一解說。

二六〇、極盡善美的「韶」字

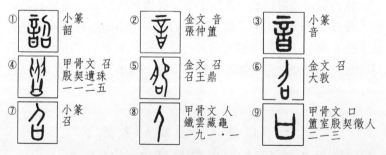

① 小篆
韶

② 金文 音
張仲簠

③ 小篆
音

④ 甲骨文 召
殷契遺珠
一一二五

⑤ 金文 召
召王鼎

⑥ 金文 召
大敦

⑦ 小篆
召

⑧ 甲骨文 人
鐵雲藏龜
一九一・一

⑨ 甲骨文 口
簠室殷契徵人
二一三

在人的天然習性裡總是難免會懶的，也因此，就非常容易因懶而簡。這樣的事，特別在我們中國人所使用的文字中最易發

現。我們可從圖四古甲骨文的「召」可以看見。圖五的「召」，可說已經夠簡了，若再對照圖六、七的「召」，似乎更簡得叫人無法從這字中看見「召」意。因此，就有必需來研究一下原初之「召」的深含。圖四的「召」中間為圖八的「人」字。這人的左右為兩隻手，其下則為以圓圈來示意的陷阱或坑洞。而其下方的「｜」形，當為遮蔽陷阱或坑洞之物。如此組成的「召」，其圖意乃在表明一個人被陷在坑洞中時，就會感到左右都被轄制。圖五下方的「口」，當可稱其為形聲，意在表明有呼有救後，那人就等於被「召」出來了。然而如此的「召」，似在含指人被陷於無形的陷阱，所以它被稱「召」，而不稱「救」。

　　至于這「韶」之左的「音」，其上為辛勞的「辛」字，下面是甘甜的「甘」。這就是辛勞口所發出之甜美之音。特別當「召」與「音」合組後，豈不就是被召出之人所發出的甜美之音麼！我們中國古代的名君虞舜所作的音樂就稱「韶樂」，孔子就稱這樂為「既美矣又盡善也」！這也在表明上述的「召」是不可減少一步行動的。願我們都能體察而呼求，以致被呼「召」，藉以發出極為甘美的音樂。

二六一、祈盡所能以告知人的「郜」

①　金文 郜　齊侯壺
②　小篆 郜
③　甲骨文 告　殷契遺珠 一七七
④　金文 告　召伯虎敦
⑤　甲骨文 邑　殷虛文字乙編 八六七四
⑥　小篆 邑

　　「郜」，許慎在〈說文〉裡懂懂告訴我們說：「周文王所封國」。這是指周文王封他兒子冉季受封的地方，後代就以這「郜」為姓。但我們要問，這字的組成意義究竟是甚麼？我們可

先看圖三、四之「牛」與「口」所組成的「告」字；這不是在意指牛以口來告訴人麼？牠是爲甚麼？又因甚麼來告訴人。大部分的人都知道，牛在被宰殺前似有預感，以致大聲鳴叫。在古書〈瑯琊代醉〉就極誇張的說：「大牛鳴音，聲聞五里」。這樣的事若在古代曠野的夜晚說，是頗有可能的。何況牠爲死而哀鳴呢。因此，古人就以「牛」與「口」來組成「告」以示意爲大聲哀號般的鳴叫。這就是古人以「牛」以「口」所組成之「告」的因由。如此的組成，可說已把「牛」爲人；特別是爲古代的天子，社稷作犧牲而獻祭曰「太牢」之死前之鳴的。

而圖五的「邑」，乃是一個人跪地祈求的圖畫。當它與圖三的「告」合組後，就成爲被稱地名的「郜」了。如此的「郜」，意在指爲生活在這地的人，都當留心生死存亡的事，若一旦有此警訊，就應當如即將喪命般來告知全體族群。然而我們又都知道古今中外無不以「牛」作犧牲來獻祭，就是前述孔子在祭禮中稱獻牛作「太牢」〈禮記・王制〉的意思。這也是含指即或爲國家社稷犧牲性命，也當不顧一切的告知所有當告之人。這恐怕是不爲衆人皆知的「告」與「郜」。

二六二、千倍收成的「黎」字

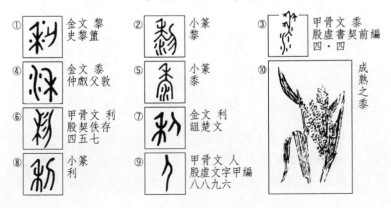

① 金文 黎
史黎簋

② 小篆
黎

③ 甲骨文 黍
殷虛書契前編
四・四

④ 金文 黍
仲戲父敦

⑤ 小篆
黍

⑩ 成熟之黍

⑥ 甲骨文 利
殷契佚存
四五七

⑦ 金文 利
詛楚文

⑧ 小篆
利

⑨ 甲骨文 人
殷虛文字甲編
八八九六

　　我們常用作「黎明」及古稱大眾為「黎民」的這「黎」，我們都常會將它的上半寫作「利」；而古人在構造這字時是否也寫作「利」呢？我們一同來查考看看。

　　我們先看圖三至五的「黍」。這「黍」，北方人叫「黃米」，那也就是圖十之「黍」的圖畫。這「黍」的唯一特性就是它那使人無法數算的籽粒。它也是所有食糧中籽粒最多的一種。這樣的食糧被組以圖九的「人」，它就被稱「黎」。如此的「黎」，才是被稱眾多的「黎」；也可說是眾多的人種植五穀的。也由此可叫我們知道這「黎」的右上組以「人」的因由。至於我們常會寫作「利」，可能因它好寫；更因常以為「利」是這字的「音符」。若再看圖六、七的「利」，就知道它的右旁亦如圖六的「人」。它的意思是指一束豐滿的禾穗乃是由人的手播種下一粒種籽所生長出來的，這就是從一粒籽粒所生的大利。何況它又是人所需要的食物，自然就成為人人嚮往的「利」。至於它又稱作「黎明」，古人的深意乃在告訴後人不要認為這耕種的事很難；只要你把種籽種下去以後，明日的「黎明」就會有想不到的大利可以看見。這當是古人以圖三的「黍」和圖九的「人」所組成之「黎」的緣由。至於右上的「勿」，當是自小篆誤傳。

二六三、盡其在我的「薊」字

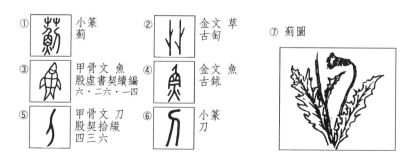

① 小篆 薊
② 金文 草 古匋
③ 甲骨文 魚 殷虛書契續編 六・二六・一四
④ 金文 魚 古鉥
⑤ 甲骨文 刀 殷契拾綴 四三六
⑥ 小篆 刀
⑦ 薊圖

　　「薊」，是圖七之一種菊科小草的名字，常在春末開粉紅或紫色小花。另有一種叫「田薊」者則是苣屬的，常生長在田邊，若經專家栽培還可作觀賞用。而它們相同之處都在於皆有翅狀的小刺。故此，這樣寫法的「薊」，就是藉「魝魚」也叫「鱭魚」之魚翅狀而讀作「劍」。這種魚的外形很像刀，因此，古人就以圖二的「草」作主體來顯明它是小草；再以圖三的「魚」狀組以圖五的「刀」以稱「薊」。

　　「薊」草對人類說，除了告訴人春天已深，另一季節又將到臨藉使人儆惕外；其它則無甚大用。然而，它卻給大地裝點了既美麗又活潑的美景而盡了它能盡的本分。這又何嘗不是上蒼藉著它對天地之性最貴的人發出忠告，使人更積極而盡其在我的盡本分呢！否則，就會像這字的另一主體而落至「人為刀俎，我為魚肉」的悲境。

二六四、不以干戈對弱小的「薄」

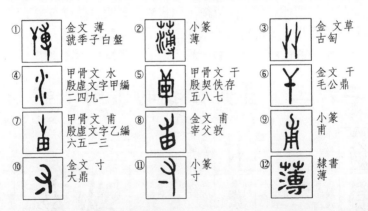

①	金文 薄 虢季子白盤	②	小篆 薄	③	金文草 古匋
④	甲骨文 水 殷虛文字甲編 二四九一	⑤	甲骨文 干 殷契佚存 五八七	⑥	金文 干 毛公鼎
⑦	甲骨文 甫 殷虛文字乙編 六五一三	⑧	金文 甫 宰父敦	⑨	小篆 甫
⑩	金文 寸 大鼎	⑪	小篆 寸	⑫	隸書 薄

　　「薄」，我們通常都會作「厚」與「薄」相對解；以致也衍生為「薄弱」；「薄能」；「薄情」以及「薄命」等。而故意虐待人則又叫「刻薄」。因此，我們當進一步欲知其然的來探究古

人是如何構造出以上這些形容而稱「薄」的。

　　這「薄」迄未在甲骨文中看見，然看圖一的金文，可使我們發現它原初既無上面的「草」，也無左下的「水」。它的基本架構乃是原圖五的「干」所簡化爲圖六的「干」；以及圖七的「甫」和圖十的「寸」所組成的合體會意字。我們知道「干」是以強力來「干犯」或「干涉」的意思。「甫」，看圖七可知那是田裡剛剛生長出來幼苗的圖畫。圖十的「寸」是手下一寸之短短距離的會意字。從這些圖意看，當是指以「干戈」般的武力凌駕於一寸的幼苗的。這不僅是「干犯」，這乃是欺凌！所以後人才會形容作「刻薄」。而許慎在〈說文〉裡說：「薄，林薄也」，這解說頗難領會。清代的文字學家段玉裁就注說：「按林木相迫不可入曰薄，引伸，凡相迫皆曰薄……」。段君的如此一注，就把「干」與「甫」和「寸」表露無遺，再如某物件原厚一寸，把它強壓或削薄爲半寸等等。藉此可叫我們知道現在這寫法的「薄」，當是暴秦高壓統一下所始然的。也由此可叫我們知道古時帝制下的黎民百姓爲何被虐稱爲「草民」了。而這「薄」所深含的，她已不「薄」，當是今日整個世界「民主」潮流所趨；且已滿足古人構造這「薄」時所寓含的深義。

二六五、象徵職權的「印」字

①　甲骨文印　殷契佚存　六七四
②　甲骨文抑　殷虛文字乙編　一一二
③　金文印　曾伯霥簠
④　小篆　印
⑤　甲骨文　丑(抓)　殷虛文字乙編　七五七七
⑥　甲骨文　卩　殷虛文字甲編　‧三

　　我們若把圖一的古甲骨文「印」字翻轉過來與圖二的「抑」來對比，可能會叫我們無法分辨。然從諸多的古文字中發現，它

的圖意頗甚相同，其含意也頗多關聯。我們知道，今日這「抑」
乃是指「遏止」或「壓抑」。但是，執行「遏止」或「壓抑」則
非有權不可。但當執行人手持官府蓋了大印的文書時（如圖五的
「丑」）他就有權執行了。這就是「印」與「抑」之相關聯且幾
乎相通處。也由此，可叫我們知道這二字之主體對象都是圖六人
跽形的「人」，且是當人手持「印」時他就代表有權。這也是今
日官員移交時首重印信之理。

　　至於今日通行代表個人責任的「印章」，乃是緣自周代的兵
符；也就是今日的官印。周代的兵符，有玉石或銅質的。其上也
鑄有「獅」或「虎」等以表明職權或地位。這就是沿衍至今且不
論中外都仍通行的「印」。

二六六、滿懷關愛的「宿」字

① 甲骨文宿　殷契粹編　九七○
② 金文宿　豐姞敦
③ 小篆　宿
④ 甲胄文宀　殷虛文字乙編　八八九六
⑤ 甲胄文人　殷虛書契前編　六二・二
⑥ 甲骨文席　殷虛文字甲編　一一六七

　　「宿」，就是「宿舍」以及「住宿」等的「宿」；它似乎有
別於永久性的「家」。因此，許慎在〈說文〉裡說：「宿，止
也」，當是指短暫留止的。再從一晚或一夜也稱「一宿」看，就
知道這「宿」是為客商行旅所預備的，它相等於今日的旅館。故
〈周禮〉的地官、遺人篇有「三十里有宿，宿有路室」的記載。
至於「宿將」或「宿志」則是指經歷相當旅程就稱作老練的。然
就這字的構造看，它則是指前述「宿有路室」之稍具歇腳之設備
的。當然，今天的大飯店已有號稱「總統套房」的豪華設備，實
在說：那也是由當初的這「宿」衍進的。因此，我們一同來看看
圖一四千六百餘年前的「宿」是怎樣被造的。

首先，我們先看這字上方的「宀」，它是圖四的房屋狀；其次，則是圖六古早已較水準的「蓆」，再就是身為行旅的那個圖五的「人」。如此，它就被構成最早的客棧——「宿」。

當人類的生活文明極度發展至今天，大部分人的家中多有「客房」的預備，亦即最起碼的準備；就是除了一間空房外，最少還要預備一席床榻，就是圖六的「席」。這就是通用了四千多年且仍在延續使用的「宿」。

這「宿」也是人的「姓」，就是表明這個人是一個歷經風霜的人，也是一個好客而樂意接待客旅的人。因為〈聖經〉上也說：「不可忘記用愛心接待客旅；因為曾有接待客旅的，不知不覺就接待了天使」（來十三：2）。

二六七、公種孫食的「白」字

① 甲骨文 白　殷契佚存　六九二
② 金文 白　虢季子白盤
③ 小篆　白

我們中國人所稱的「白」，許多地方卻不是指黑白分明說的。例如「淡淡的藍灰」就稱它為「魚肚白」。而對某一事物沒有一點成就，就稱它為「白忙」！我們可曾想到如此的「白」，古人是以何種智慧來構造的？因此，我們當一同來研究一下圖一這原初甲骨文的「白」字。依這「白」看，我們幾可武斷的說：它乃是一種稱為「白果」，學名為「銀杏」(Ginkgo)的圖畫。因為它生來是白色的，這當是古人以它來稱「白」的主因。它應為既象形又會意的字。因為這種果樹成長的相當慢，最少也要等到三十年後才能看見它結果，因而又稱它為「公種孫食」。這就等於作祖父的人「白忙」了。

不過，這公孫樹樹形具金字塔狀，能適應於大都市的不良氣

候。葉爲美麗的秋葉色，故大部分被當作風景樹。而它抗蟲、抗菌的特性也是其他樹木所不能及的。如此，它又當算是沒有「白」佔土地。這些，也許是古人以這「白果」狀來稱「白」的因由。

二六八、摭藏於內的「懷」字

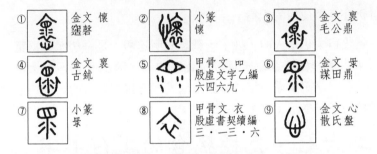

① 金文 懷 遹𣪘
② 小篆 懷
③ 金文 裹 毛公鼎
④ 金文 裹 古鈢
⑤ 甲骨文 𥅀 殷虛文字乙編 六四六九
⑥ 金文 𥅀 諆田鼎
⑦ 小篆 𥅀
⑧ 甲骨文 衣 殷虛書契續編 三‧一三‧六
⑨ 金文 心 散氏盤

　　我們若從字詞典裡去查找「胸懷大志」；「懷念故鄉」以及「懷疑」等這「懷」字，很自然，我們會去查找「心」部。然而若看圖三毛公鼎的「懷」，它就沒有「心」。而圖一金文的「懷」才增了下面的「心」；圖二小篆之左旁的「心」當是由此衍生；如此，也就衍變成今天我們現在這寫法的「懷」。

　　我們若再進一步探究這「懷」右如圖八的「衣」字，就又叫我們知道那「衣」內所「懷」的乃是圖五甲骨文的「𥅀」字；也由此可叫我們知道那「𥅀」乃是藏於「衣」內的。這當是古「懷」中沒有「心」的原由。因此，我們當來研究這「𥅀」何以要摭藏於「衣」內而稱「懷」的。

　　這個「𥅀」字，現在幾乎已經被廢了。因爲很少人用它，似乎也不會用它了。至於這「𥅀」的眞義，許愼在〈說文〉裡解它爲「目相及也」！再從圖五至圖七看，也可知它並不是眼目中所流出淚水的圖畫，它乃是象形兼會意的合體字，意思是指視線不

良，焦點無法集中的。當它增「辵」後，就成「逯住」的「逯」了。如此的一逯，豈不是很寶貝的把這逯到的東西攏藏於衣內麼？由此，也可叫我們知道古人如此組成這「懷」的真意和深含。而這「懷」行至今日，則可泛指為眼目所及的知識，道理或從書本得來的倫理或道德觀念等，都當藏於內心的。如此，又可叫人得知一個人有所「懷」時，當會察知他藏於內而形於外且是清晰而不模糊的「懷」。

二六九、盛夏最愛的「蒲」

① 金文 蒲　蒲子幣
② 小篆　蒲
③ 甲骨文　水　殷虛文字甲編二四九一
④ 金文 草　古匋
⑤ 甲骨文　甫　殷虛文字乙編六五一三
⑥ 金文　甫　宰甫敦

「蒲」，許慎在〈說文〉裡說：「水草也，或以作蓆……」。從這字上面如圖四之草的組成，可知它是生長於河邊或池旁的一種水草。它有天賦的圓柱形細莖，葉細長，花序卻是與眾不同的深褐色，粗若拇指，頂端開黃色小花，美色宜人。葉細長，柔軟，但頗有韌性，故可編扇，也可織蓆。這種草，可說是生於「水」，也長於「水」，故這字又被組以圖三的「水」來顯明它的特性。而圖五的「甫」，就很清楚的叫我們看見它乃是剛由田中生長出來之幼苗的圖畫，所以它叫「甫」，就是剛剛「開始」的意思。及至長大成熟後，它一面可稱為極具觀賞的獨特之美；它的葉編作扇子後，可使人得享清風；編作蓆，就成為人類盛夏時的所需。因它柔軟舒適，且有吸汗的功能。即使時至滿享冷氣的時代，這蒲蓆還是人夏日的寵愛，這實在是造物主所賜給人類的最佳禮物。

二七〇、祈求怡然的「邰」字

① 金文 邰 古鉢　② 小篆 邰　③ 金文 怡 古鉢

④ 小篆 怡　⑤ 甲骨文 邑 殷虛文字乙編 八六七四　⑥ 金文 邑 旬邑權

在所有常見文字之右旁組以圖五、六的「邑」時，大多都是指地名的。這「邰」自然也不例外。因而，許慎就在〈說文〉裡解這「邰」說：「炎帝之後，姜姓所封周棄外家國，從邑台聲」。這「邰」，就是今陝西武功縣南的一個地名。

也許大家都認為這字左旁的「台」，就是今天通常用的「台灣」的「台」；其實非也。原「台灣」之「台」，實為「臺」，它被簡化為這「台」，乃是自民國二十四年六月八日由當時的教育部長王世杰受命簡化了三百二十四個字當中的一個。迄今已通行六十餘年了。若照圖一的金文看，再至秦統一後圖二的「怡」，可叫我們知道它乃是「怡然自得」的古「怡」字。當它與圖五的「邑」合組後，就叫我們知道那是被封「邰」的人，祈求能夠和樂自得之「怡然」的。當它被組以「邑」時，就省略了「怡」左的「心」而稱「邰」。然當這「台」下組以「心」時，它就變作「怠惰」之「怠」了。這當是古人構造這字時對後人的忠告：怡、怠之間，乃在於自己之存心的。

二七一、相隨相顧的「從」字

① 甲骨文 從 殷契粹編 八一二一　② 金文 從 師虎父鼎　③ 小篆 從

④ 甲骨文 人 殷虛文字甲編 八八九六　⑤ 甲骨文 行 殷虛文字後編 下・二　⑥ 甲骨文 辵 殷契佚存 二九〇

　　「服從」、「跟從」、「聽從」等的這「從」，是我們常常用到也常常聽到的。至於古人爲何如此構造，可能是很多人認爲是想當然耳！但卻很少人追根究底。

　　若照人的天然習性看，大多是喜歡棄繁從簡的。但從圖三衍生至小篆的「從」字看，不知甚麼原故，卻捨棄了圖一原初甲骨文的「從」，而另「繁」出圖二金文的「從」。這樣的「從」，是來自圖六的「辵」和它上面的「止」。乃是爲了表達「有行有止」的。然而，若依許慎在〈說文〉裡解它爲「相聽也，從二人」看，他當是指圖一或圖二的「從」。若再對照左丘明在〈國語〉裡所說的「從」看，他說：「從善如登，從惡如崩」！這又是可敬又可畏的「從」了。但若分析古人僅以圖一的「二人」所構造之「相聽也」的「從」看，這二人乃深含彼此相聽之意。因爲前者爲「前瞻」，後者爲「顧後」，這就是前者相聽於後顧之人，後者相聽於瞻前之人的。如此的前後均皆顧及，第三以後的人就可毫無後顧之慮的跟從了！這當是古人以「二人」來構造這「相聽也」之「從」的原因。

二七二、祈得諍友的「鄂」字

①　金文　鄂　古鉥
②　小篆　鄂
③　甲骨文 吅ΗΗ　殷虛文字乙編五八二三
④　小篆　吅
⑤　甲骨文 于(吁)　殷虛文字甲編二九〇七
⑥　甲骨文 邑　殷虛文字乙編八六七四

　　從現今這寫法之「鄂」的右旁爲圖六的「邑」看，可知它是指地名的。它乃是今天湖北省的簡稱。但我們也知道每一地名又有它特具的意義；故此，我們當來研究這「邑」之左組以圖三及圖五合組之圖二的「咢」所具的是甚麼意義。

　　圖三的古「吅」字，在許多的字詞典裡幾乎都查不到了；而

許愼在〈說文〉裡則解它曰「驚嘑也」！就是忽然間偶發的驚嘆。它具有發自喉嚨的「口」和嘴巴之「口」的意思。所以用二「口」來組成。圖五的「于」，許愼在〈說文〉裡解它爲：「氣之舒也」。從圖右的「弓」形看，它是「氣」的形狀。當這二字合組爲「雩」時，許愼則稱它爲「譁訟也」。這「譁訟」也具形容大聲之意，故也當「高」解。但它也與「諤」通用；而「諤」則更具正直的話和古人所說的「諍言」。若再查考漢代枚乘在〈漢書〉裡形容說：「夫無諤諤之婦，士無諤諤之友，其亡可立而待」看，就可知道這「諍言」對人幫助之大了。當這「雩」再組以圖六的「邑」，就可知道那乃是跪地祈求能有「諍友」常發「諤」言，藉免「其亡可立而待」的。故願我們能如此認識，也祈求常有「諍友」以「諍言」來相勸。

二七三、集絲成纜的「索」字

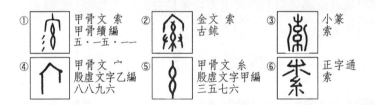

① 甲骨文索　甲骨續編　五・一五・一一
② 金文索　古鉥
③ 小篆索
④ 甲骨文宀　殷虛文字乙編　八八九六
⑤ 甲骨文糸　殷虛文字甲編　三五七六
⑥ 正字通索

　　圖一這個古甲骨文的「索」字，乃是由圖四的「宀」與圖五的「糸」所組成的。那是指繫於房屋頂端藉以表明其長度的。而其左旁的「彡」，乍看似乎甚難領會；其實，那是指古時以手工搓製繩索晾於屋內時，尚有碎屑飄落的意思。從這圖畫，可使我們知道，年代更早之結繩記事的文化早已通行了。但是，若進一步分析，這「索」乃爲相當粗的繩子；就如一條大船停泊港口時，就以纜索繫住。我們就不能說用一根繩子繫住。這就會使我們分辨繩與索是如何不同的。若照圖二的金文看，那又是進一步說明那「索」是以雙手來搓製的。因爲那「糸」的左右各增了一

個手字。看起來似有多餘之嫌。但是，卻給我們帶來相當省思。其深含頗似在說：如此的一條大「索」，乃是從細絲般的麻蒎一絲絲所結合的。這不就是團結就是力量的象徵麼！而且還含指長度無限，且足繫住千萬噸大船的。若是千萬人同心協力，其力量之大，怎能不使強敵外侮生畏呢！不過，若再探究這「索」卻置於室內；則是寓指這事不當故意顯揚而招惹是非。這當是古人如此構造這「索」的深含。

二七四、民皆歌樂的「咸」字

① 甲骨文 咸 殷虛文字乙編 一九八八

② 金文 咸 盂鼎

③ 小篆 咸

④ 甲骨文 戈 契契遺珠 四五八

⑤ 甲骨文 戌 鐵雲藏龜 一五·一

⑥ 甲骨文 口 箽室殷契徵文 二·三

這一個常被諸多字詞典列在「口」部的「咸」字，我們也許認為它應列在「戈」部。然而若與圖一原初的甲骨文對照，這「咸」列在「戈」部；似較符合古人造字的實意。因此，我們來看常被用作「全」或「都」的這「咸皆」、「咸同」，以及清代用於國號的「咸豐」、「咸安」等。這乃是許慎在〈說文〉裡解「咸」曰「皆也，悉也」的原因。若問這圖四的「戈」與圖六的「口」合組後，怎會稱為稱「皆也」的「咸」呢？圖四的「戈」與圖六的口當是合組為「咸」的主因。那是因為在「戈」的護衛下，自會異口同聲的。這是受「戈」所影響的。

而用於天干地支之數的圖五的「戌」，則指為晚上二十一至二十二時；按此時乃進入安歇之始也。故許慎在〈說文〉裡解「戌」曰：「九月陽氣微，萬物畢成」這樣的「戌」再增以「口」，則是萬物成熟收割入倉後，農民「咸」得歡樂的。〈史記〉大宛傳則稱戌守國境之兵士，曰：「戌甲卒十八萬」。這是

天佑吾民的「戍」。也因此，全球不論任何國都又無不備以武力戍守，這又是必備之「戈」的「戍」了。如此的「戍」，則在使人民得以安居的。當這天地之「戍」相得益彰時，自是人人「口」中都會發出歡樂之歌的情形，所以稱「咸」。因為那「咸」已滿足萬民之「口」，所以才夠稱得「咸豐」、「咸平」而至「咸然」。

二七五、往事可稽的「籍」字

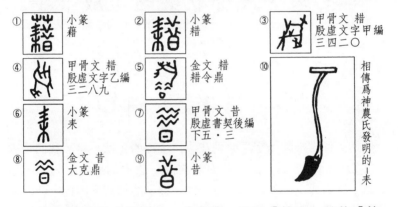

① 小篆　籍
② 小篆　耤
③ 甲骨文 耤　殷虛文字甲編 三四二○
④ 甲骨文 耤　殷虛文字乙編 三二八九
⑤ 金文　耤　耤令鼎
⑥ 小篆　耒
⑦ 甲骨文 昔　殷虛書契後編 下五・三
⑧ 金文　昔　大克鼎
⑨ 小篆　昔
⑩ 相傳為神農氏發明的—耒

　　這個被稱為「書籍」，「典籍」以及「籍貫」等的「籍」字，從現在這寫法看，它乃是從圖一的小篆所衍變的。再從這字上方的「竹」看，乃是說明這「書籍」或「典籍」已刻於約為春秋時（西前 280）的竹簡了。這當是小篆以「竹」以「耤」合組為「籍」的因由。不過，我們當來探討一下這「籍」何以記述下方的「耤」來稱「籍」？這是我們中國字，故應為中國人所當知的。因此，我們必須對這「耤」有相當的認識。

　　我們可看圖三、四兩種寫法的古「耤」字，實在說，它乃是正反兩個不同方向的同一幅圖畫。都是描繪古人藉著神農氏所發明圖十的「耒」和「耜」而耕作的。這件事，我們都相信是先祖神農氏所發明。因此，約二千年後的古人就把它稍加改變而鑄於

圖五的「耤令鼎」而稱爲金文；再後就刻於竹簡以稱「籍」。藉這「籍」就叫後人知道先祖們如何藉著農耕來維持生活並繁衍爲世界最偉大的民族。

至於「草」部的「藉」，當初乃爲以草編織可展可捲的蓆，是隨時可以用來坐臥使人得以舒適的。這豈不是因「耤」而來麼。故願我們藉著認識這「籍」和「藉」，而能從早期的「典籍」來書寫成史書以記念先祖們的創業維艱而流傳千古。

至於今天這寫法的「籍」，左下的「耒」當爲代表圖三、四的整幅圖畫。右下圖七的「昔」，則可稱之爲那是古早之從前的事。它被稱「姓」，是因掌管典籍之官員接受帝王御賜。

二七六、殷勤之果的「賴」字

① 金文賴 周敦
② 金文賴 古鈢
③ 金文賴 宋牛鼎
④ 小篆 賴
⑤ 甲骨文 出 簠室殷契徵文 六・一〇
⑥ 甲骨文 束 殷契佚珠 一九三
⑦ 甲骨文 人 殷虛甲編 八八九六
⑧ 甲骨文 日 殷虛文字甲編 七七三一
⑨ 甲骨文 月 鐵雲藏龜 八四・二

這個被稱爲「依賴」或「仰賴」的「賴」字，迄今尚未見於甲骨文。然而，我們卻可從圖一、二、三的三個古金文中尋找出一點線索；而叫我們知道它爲何被古人稱「賴」。

我們今天這寫法的「賴」，無疑，它是從圖三衍變的。它左旁及圖二的左上都是與圖六之甲骨文完全相同的「束」。圖二左下又是與圖三右下及圖四右下完全相同的「貝」。再就是圖三右上和圖二之右又是完全相同的「人」。從這兩個字的組成可以得知，人需要一束稻禾或錢貝方可維持頗爲短暫的生活。這也許是

它被稱可以依「賴」的原由。但是，圖一所描繪的就比較不同；因為在這一個字裡無法找到貝、束、人任何一個字。這個鑄刻於「周敦」上的「賴」，是早於圖二、三的。我們仔細來探究一下當可得知它稱「賴」的深含和實義。

先看它的左上，乃是圖五之「出」的上半；因此，當稱它為「出」，應是指出外工作的。其下為「ㅇ」，應是指圓圈上的「｜」乃周圍的方向。下面為省寫的「矢」，應為快速的去。右中上為圖八的「日」，而「日」上卻增了「ㅅ」；我們認為那是指日頭尚未昇起的早晨。下為圖九的「月」，應是指月亮出現時才回家。這豈不是指一個早出晚歸而殷勤工作一天的人嗎！如此的辛勞，豈能沒有收穫！。這也就是我們形容勞苦工作者常是披星戴月的圖畫。這也是我們中華民族早出晚歸，勤勞儉樸的真正依「賴」。若在這些事上存「心」不足，那就稱「懶」了。

二七七、超乎眾人的「卓」字

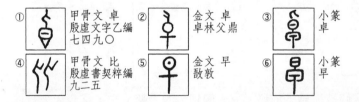

①甲骨文 卓　殷虛文字乙編　七四九〇
②金文 卓　卓林父鼎
③小篆 卓
④甲骨文 比　殷虛書契粹編　九二五
⑤金文 早　敔敦
⑥小篆 早

「卓越」、「卓絕」以及「卓然」等這「卓」字，我們都知道它是指超人一等的。然而我們要問：這樣構造的「卓」為甚麼被稱「卓」？我們一同來研究一下當會知道古人是以何等超絕的智慧來構造這「卓」的。

我們可看圖一古甲骨文的「卓」字，它的上方是圖四簡化了的「比」字；當它與另一字合組時，就省略了二人中一個人。這是古人造字時的一貫原則。這「比」下乃是圖五、六的「早」。

就這麼極為簡單的構造，它就成為最後的兩個人來比較看誰搶先一步而「早」到的「卓」；最後，當然只有一人。這樣的事，直到今天還繼續不斷的出現於全世界的每一角落。如此的「卓見」，絕不是憑空說說的；乃是因他確有超乎眾人的成就。當我們如此信手拈來般使用這「卓」時，曾否體會到古人構造這字時的巧智。我們就不能不極為稱羨並寶愛我們這具有五千年的固有文化了。

二七八、使人舒適的「藺」字

① 金文 藺　藺人幣
② 小篆 藺
③ 金文 草　古匋
④ 甲骨文 手(又)　殷虛文字甲編　三八四
⑤ 甲骨文 又(手)　殷契遺珠　七〇二
⑥ 甲骨文 席　殷虛文字甲編　一〇六六

中國歷史上頗為著名的「藺相如」，幾乎連所有的國中學生都知道的。而他所姓的「藺」，我們也都知道它是一種可以編織高貴草蓆的「藺草」；因而被列在草部。然從這字的結構看，恐怕會被國際保護動物組織的團體大張撻閥的。因為把一隻稱「佳」的小鳥關在「門」內。請我們想看，古人會把這小鳥虐待到這種地步嗎。但若仔細研究，就知道這樣的寫法乃是那惡人秦始皇命令統一文字時，由他的幫凶李斯那一班人篡改後而始然的。難怪他最後遭到五馬分屍的命運。若回到圖一較早的金文，就知道這「藺」的組成原為圖三的「草」，再組以圖四、五的左右二「手」，又編織了圖六象形的「蓆」而被稱「藺」的。藉此，可叫我們知道古人在構造這字時乃是經過極為縝密之構思的。一面是因他們重看上蒼所造這小小的植物對人類的供獻；一面也叫後人知道古人以雙手為後代留下辛勞的榜樣。何況這藺草迄今還在被編織成「藺蓆」使人享受以渡夏日之酷熱的。而這草

心，古時還被用作「燈芯」，並且還被用作外科手術之輔助工具呢！這些，都是古人爲後代留下雙手辛勞的記錄。更願我們眞認識這「藺」後，而能懷念古人創業艱辛的雙手而流傳千古。

二七九、享受蔗甜的「屠」字

① 金文 屠　古鉢
② 小篆　屠
③ 甲骨文 尸　殷虚文字甲編二七七
④ 甲骨文 人　殷虚書契前編六二・二
⑤ 金文 者　秦量
⑥ 甲骨文 甘　殷虚文字甲編六二七三

　　當我們要來研究這「屠」字時，我們首先要來仔細分析古人爲何以「尸」和「者」來組成這個令人生畏的「屠」？並當追問這「尸」和「者」難道就是使人成爲尸者的那一個兇手就是「屠夫」麼？這答案可說都是否定的。因此我們先來探究一下圖五之「者」的構造。這「者」迄今雖未在甲骨文中出現。然從清末民初的文字學家李敬齋先生所得結論看，再對照圖五上方的描繪，李氏稱它爲甘蔗之「蔗」的象形兼具會意的字，是極爲合理的。因爲它上半爲蔗的枝葉；下半則是這「蔗」的本質即圖六的「甘」。當這樣的「者」被假借爲代名詞之「者」後，後人就以「遮」去「辵」而增「草」造這「蔗」專用於「甘蔗」迄今。

　　至於這「者」上的「尸」原是「人」而被誤爲圖三、四的「尸」。因爲人來享受這「甘蔗」時，就必需除其葉，屠其皮，再經一口一口的咀嚼方能得享它之甘甜。這才是我們要認識的古人以「人」以「者」來組成的「屠」。

　　「含蓄」；要比「暴露」高貴的不知凡幾。

二八〇、大智若愚的「蒙」

① 甲骨文 蒙　殷契遺珠·四六一
② 小篆 蒙
③ 金文 草　古匋
④ 甲骨文 冢　福氏藏甲二〇
⑤ 小篆 冢
⑥ 小篆 帽

　　「蒙，覆也」，這是許慎在〈說文〉裡對這「蒙」的注釋。這「蒙覆」自然也具「覆蓋」或「遮蔽」之意。而古人稱幼兒為「童蒙」，稱幼兒初讀詩書則曰「啓蒙」，則是指幼兒時的作為是被無知所蒙蔽，故需藉讀書以開啓而稱「啓蒙」。但是，〈易經〉的「蒙篇」卻說：「蒙以養正，聖功也」；後人就解這裡的「蒙」曰：「能以蒙昧隱默自養正道，乃成至聖之功」。這樣的「蒙」，就恰如老子在四十五章所說的：「大巧若拙，大智若愚」了。這樣的「蒙」若對照「大言不慚」或今日極為普遍的競選諾言之「大吹大擂」相距的是何等遠呢！古名人姜尚隱於渭水；諸葛隱於茅蘆；此乃雖自「蒙」卻在養正；其後，都顯明了他們的「聖功」。以此來看古人所構造這圖一的「蒙」，其下方不正是極為清晰的「人」嗎！上蒙者，若稱「帽」，自為保護了人體最重要的「頭」；若為普通飾物，亦當稱其為以某種物件來遮蔽而自隱方不顯揚的。

　　我們這說法大多數人也許不能苟同，也可能會說太不合時代潮流。不過；我們豈不都知道當今的許多大發明家，那一個不是先隱自己於研究室內，然後才能展露其「聖功」呢！這就不是今日這寫法之圖三的「草」再組以圖四、五的「冢」之所以能稱的「蒙」了。

◎　詭　詐　的　後　果　乃　是　敗　壞　自　己　◎

二八一、利滌家物的「池」

① 甲骨文 池　甲骨附錄乙編二一一〇
② 金文 池　鐘伯鼎
③ 小篆 池
④ 甲骨文 水　殷虛文字甲編二四九一
⑤ 金文 也　秦權
⑥ 金文 也　魯大司徒匜

　　在形容水之聚集處的用辭，當算我們中國人分別的比較清楚，也甚明確。例如：海洋、江、河；再就是我們現在要來研究的這個最方便取用的「池」。古時之護城河也稱「城池」。它不算大，但也不小；不算深，但也不淺。爲牲畜飮用，爲家物洗滌，在古時來說，是可稱其爲極其方便的。最爲稱便的，乃是漚泡麻類的植物以取其筋皮。古人們可能就在這種情形下描繪出這實意，而構造出如圖一的「池」。這字之右的「)」形，當是指這「池」的範圍，左邊是家庭用具，也可能是代表筐或食器。中間是「手」。這就是極爲方便的以手洗滌器物於池邊的圖畫。所以它叫「池」。

　　至於圖二金文的「池」，就有很大的變化，它的左邊是這稱「池」的主題，就是圖四的「水」。右邊，則構以圖五、六的「也」。這個被後人稱爲語助詞的「也」，看圖六可知那是因時因地而產生的子孑，甚或較大的爬蟲：如蛇。這就是「是這個，也是那個」的「也」。但若比起原初的甲骨文，其意思就差別的很大。由此看來，初造文字的倉頡那一班人，實在是極具睿智且經縝密思考的。故此，我們當以圖一來認識這範圍不大，水亦不深且洗滌方便的「池」。

　　當這「池」也被用作人的「姓」時，則又是意含我們這個人，也可當作他人隨時利用得以暫時潔淨的「池」。

二八二、高卻能曲的「喬」字

① 金文　喬　戰國鼎

② 金文　喬　邵鐘

③ 小篆　喬

④ 甲骨文　夭　殷虛文字甲編　二八一〇

⑤ 金文　夭　夭鼎

⑥ 甲骨文　高　殷虛書契前編　三四・一

　　「喬」，是木本植物中比較傑出之類的總名稱；這是因為它品種甚多的原故。而且全球各地的任何氣候，都不會影響它的生長。在美國內華達州就有一棵喬科的芒果松（bristlecone pine），樹齡已達四千六百多年。孟加拉也有一棵這類的樹，其樹冠周圍竟達六百公尺。這些，都是其它樹木所沒有的特性；甚至用途也高於其它樹木。我們介紹這些，乃在於要問我們的古人是在何種情況下以圖一這寫法來稱「喬」而成為這類植物的名稱的。由此，也可叫我們知道我們古人的智慧也如同這樹一樣高超過人。

　　從圖一、二的「喬」看，可知它的基本架構乃為「高」；這「高」，不是單指它的高度，也應該泛指它的生存耐力高超，樹冠特別，用途遠超其它樹種。至於圖一的「喬」，上方構以「ㄣ」形，似在表明它的一切情形雖都高於其它樹木，但卻以一隻手來摭掩稍頭不願顯揚。至於圖三小篆的「喬」，上面是圖四、五的「夭」，則含逃意而不敢驕的。故此，古人也以這「喬」的左旁增「馬」後就稱「驕」，意思是指「馬」，而不是稱為喬木的它。願我們能透過這「喬」來領略古人的智慧；也能作為他們對後代的期盼。

姓氏，不僅是你個人的尊榮，
也是你那整個族群的尊榮。

二八三、爲善不欲人知的「陰」字

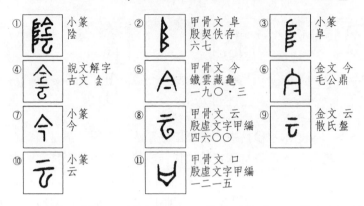

① 小篆　陰
② 甲骨文 阜　殷契佚存六七
③ 小篆　阜
④ 說文解字　古文 侌
⑤ 甲骨文 今　鐵雲藏龜一九〇‧三
⑥ 金文 今　毛公鼎
⑦ 小篆　今
⑧ 甲骨文 云　殷虛文字甲編四六〇〇
⑨ 金文 云　散氏盤
⑩ 小篆　云
⑪ 甲骨文 口　殷虛文字甲編一二一五

　　我們通常稱作天氣「陰」、「晴」的「陰」字，若研究它的構造，實在會叫我們看見那是滿了趣意的巧智之作。因爲從圖四的古「陰」字看，它原本並無今天這寫法之左旁的圖二、三的「阜」。例如圖五的「今」，一面是指爲與「從前」相對的「現在」；而另一面也可說它是「即時」的「現今」。若再看圖五的「今」，那就更「今」了。那是指圖十一之倒寫的「口」即將吐出或就要吞入腹內的一個東西的。這豈不是「即時」的「現今」嗎。至於它與圖八合組的「云」，它就是天空捲雲狀的「雲」字。是爲了別於說話的「云」而後增了「雨」以專指「雲」。當它們合組爲圖四的「侌」時，則是指厚厚的雲遮擋了「現今」，它就被稱爲「侌」。後人又在左旁增以圖二的「阜」，意思是指一大遍土地都看不見太陽的。如此，似頗感達意。但是，卻減少了古人原初所造之「侌」的深含。因爲這「侌」上方乃爲人的「口」，意思是指一個人今日的言行無意加以宣揚，而不欲人知般使它暫時爲雲覆蓋。這就是世人常說的「積陰好善」之行。尤其當「云」增「雨」專用爲天空飄浮之「雲」，而「云」則作爲人之所言的「云」後，誇張不實之言，若與善於助人之言相較，實可稱其爲善莫大焉的。

二八四、森林野宴的「鬱」字

① 小篆
鬱

② 甲骨文 林
殷契粹編
七二六

③ 金文 林
艾伯鼎

④ 甲骨文 缶
殷契粹編
一一七五

⑤ 金文 缶
父舟夔

⑥ 金文 冖
盂鼎

⑦ 甲骨文 鬯
殷虛文字甲編
三一六六

⑧ 金文 鬯
盂鼎

⑨ 金文 彡
兮仲鐘

　　這一個寫起來頗爲繁複的「鬱」字，許多字詞典都告訴我們它有兩種幾乎兩極的解釋。一爲「草木茂盛」的意思；另一則爲「鬱結」或「鬱積」之「悶悶不樂」的意思。許愼在〈說文〉裡則解它爲「木叢者」；則與前者略同。然若從這字之構造看，「草木茂盛」乃是「木叢」的結果。而「悶悶不樂」呢，則有前往「草木茂盛」之地藉「森林浴」而吸收「芬多精」的必要。這當是在水泥叢林中久居後就會邀約家人或同事好友等前往山林荒郊去野餐藉以散發「鬱悶」的因由。由此看來，享受「野餐」並非現代人的新鮮事。我們從這「鬱」字的組成看，可知它是我們古早時代就已有的，且以這字作了記錄。

　　這字上面是圖二的「林」，毫無疑問是指樹林或山林。林字中間是圖四的「缶」，是古時盛裝食物或酒的用具。其下是圖六的「冖」，乃是「巾」的簡寫。再從右下圖九的「彡」看，那是「彩」字的簡寫。一面是指那「巾」是彩色的；但也可當他們也帶些花束來襯托。左下則是使人和暢的「酒」或者是已經「滷」就的魚肉。就是圖七、八的「鬯」。它稱「鬯」。這凶下乃爲正在享受的「人」。如此的組成，豈不是一幅豐盛的「森林野宴圖」麼！這不是今日才風行的野餐；它乃是我們值得宣揚的中華民族數千年前就有的文化。願我們會珍惜它，也寶愛它。

二八五、有肉則足的「胥」字

| ① | 金文 胥 古鉨 | ② | 小篆 胥 | ③ | 甲骨文 足 殷契遺珠 五四二 |
| ④ | 金文 足 師兌敦 | ⑤ | 小篆 足 | ⑥ | 小篆 月(肉) |

　　「胥」，是含有尙稱滿足的意思。如〈詩經〉小雅那裡記有：「民胥然矣」之句。漢代劉熙撰的〈釋名〉釋飲食那裡記有：「取蟹藏之，使骨肉解，胥胥然也」；就有雖不豐富，但頗滿足之意。此外，這字還作姓氏用。現在，我們當來研究它爲何被古人稱爲「尙能滿足」而以圖三的「足」與圖六稱「肉」的「月」來構成而稱「胥」。

　　看圖四、五的「足」，可使我們知道它乃是由圖三象形的「足」所衍變的。它是人體之小腿部分與腳的象形。它被稱爲「足」，即是藉「足」可以行動自如。當它與圖六稱「肉」的「月」合組後，它就稱「胥」了。這「月」是一塊肉的外形；中間是紋理。如此的合組，乃在意指有食並且有肉，就當滿足的。這圖意若就今天來說：有肉可吃已是極爲平常的事了，自當滿足。這乃意指旣有如此的生活，就當「胥胥然的」。這是一個人知足常樂的最大幸福；也是人人當備的最高智慧。因爲，古今不知多少貪得無厭的人，不僅永無快樂，而且還會因永不滿足而貪得無厭並招致大禍的。

生活在自己最簡單的生活中；
　　那就是你最幸福的生活。

二八六、眾志成城的「能」字

① 金文 能 毛公鼎
② 金文 能 番生敦
③ 小篆 能
④ 甲骨文 以 殷虛文字甲編・三九三
⑤ 金文 以 散盤
⑥ 小篆 月(肉)

　　「能不能」的這「能」，我們每天都會聽見，可是真正認識這「能」字為何如此構造？因迄今尚無甲骨文可考的原故，所以，也迄無正確答案能令人滿足。例如最著名的許慎在〈說文〉裡解這「能」說：「熊屬，足似鹿……能獸堅中故稱賢能，而強壯稱能傑也」。請問這樣的解釋有誰能滿意呢！清代的段玉裁為「能」注說：「〈左傳〉、〈國語〉皆云晉侯夢黃能……」；這是夢話也不能作真理。民初文字學家林義光先生照〈爾雅〉釋魚所說就解它為「鼈三足，當為能之本義」；並還指證圖一之古金文毛公鼎「正象三足」；亦實太勉強。徐灝氏又說：「能，古熊字」。真可謂：眾說紛云。然以筆者拙見，圖一較早的毛公鼎與圖二、三皆相差無幾。故當可斷定左上乃為圖四甲骨文的「以」字；其下為稱「肉」的「月」。在此應為一個人的全部身體。其次乃為三個「人」字。研究文字學的人都承認古文字以三個同樣的字相組時，則代表最多的。此處亦然。故拙者認為此三乃「眾人全心同力如同一人」的「能」。意即眾人成為一人的「眾志成城」。此實乃以衛我彊，以禦外侮之大「能」。

　　　　人若不尊重自己的姓，
　　就無法使人尊重你這一個人。

二八七、天佑吾民的「蒼」字

① 小篆 蒼

② 金文 草 古匋

③ 甲骨文 倉 殷虛文字甲編 二三六九

④ 金文 倉 叔倉父簋

⑤ 甲骨文 豆 殷虛文字乙編 七九七八

⑥ 甲骨文 口 殷虛文字甲編 一二一五

　　從這「蒼」之上面的「草」看，我們都可知道它是指一種草的名字。它是遍野叢生的一種野生的菊科植物。一年生的雜草也叫「蒼草」。經過篩選，還可成為中藥藥材。因為它繁生極快，面積之廣堪稱驚人；也因它具有綠中帶青的顏色，一望無際，幾與天色接壤，故常被形容為「天蒼蒼、野茫茫」！然若論這字的構造，它應為圖三原甲骨文的「倉」增以圖二的「草」而組成的。照圖三的「倉」看，它上為圖五倒寫的「口」，下左為糧秣的「禾」，其右則是古今所有人的家中無可或缺的木器之「木」。圖四的「倉」，下面則是圖五的「豆」，乃是古食具。如此，就很清楚是指「倉房」內所有之儲藏的。這樣的「倉房」，當初可能是以最易取得的「蒼草」來覆蓋的。而這「蒼草」成長於遍野時，又有蒼天般之藍青色，古人則又比喻為這「倉」乃需「蒼天」來覆蓋藉以庇佑的。故又稱「蒼天」的「蒼」。這當也是許慎在〈說文〉裡僅以「草色也」來解這「蒼」的原因。

對自己沒有信心的人，

　　　很難得到別人對你的信任。

二八八、美滿生活握於已手的「雙」字

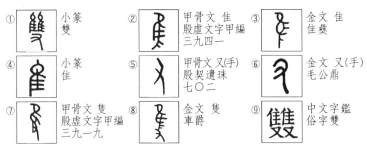

① 小篆
　雙

② 甲骨文 隻
　殷虛文字甲編
　三九四一

③ 金文 隻
　隻爲

④ 小篆
　隹

⑤ 甲骨文 又(手)
　殷契遺珠
　七○二

⑥ 金文 又(手)
　毛公鼎

⑦ 甲骨文 隻
　殷虛文字甲編
　三九一九

⑧ 金文 隻
　車爵

⑨ 中文字鑑
　俗字 雙

　「雙」，這個詞是與「單」相對的。從圖七、八的「隻」看，可知那是圖五之稱「又」的象形的「手」握著一隻圖二、三稱為小鳥的「隹」說的。這樣的「隻」，無論牠是雌雄或是雛鳥，總是因為被人手所掌握而落入孤單的。所以，它就常被形容為「形單影隻」或「隻影自憐」等的「隻」。然而當人用全能的手再握住兩隻小鳥時，它就被稱「雙」了。而這「雙」古也作圖九的「雙」。這是一幅相當簡單且極鮮明的圖畫。然而若問古人以這樣頗較殘忍的事來構造隻身的「隻」和成雙的「雙」，對後人敎訓的深意何在？這可從古人諸多詩意中找出答案。因為極其自由的鳥總是常被人類稱羨的。例如白居易長恨歌中「在天願作比翼鳥……」；以及梁代簡文帝金閨詩中有：「日移孤影動，羞睹燕雙飛」等都道出了不願隻身獨處之淒涼情景。而唐代韋應物也有：「不如池上鴛鴦鳥，雙宿雙飛過一生」之「只羨鴛鴦不羨仙」的嚮往。古人們旣是如此羨慕成雙成對的鳥類生活，自亦不會凶狠的抓住一隻或兩隻可憐的小鳥而使牠孤單。更何況這文字是為了當初的人和我們這些後代呢？由此我們當可窺知古人乃是藉這圖畫告訴我們「隻」與「雙」的兩種生活，都握在我們自己手中的。和樂融融的家庭生活；或是讓兒女與自己過著高貴獨處

的單親生活，就看自己如何掌握了！

二八九、捧耳傾聽的「聞」字

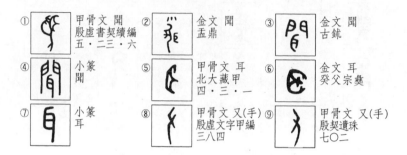

① 甲骨文 聞
殷虛書契續編
五・二三・六

② 金文 聞
盂鼎

③ 金文 聞
古鉥

④ 小篆
聞

⑤ 甲骨文 耳
北大藏甲
四・三・一

⑥ 金文 耳
癸父宗彝

⑦ 小篆
耳

⑧ 甲骨文 又(手)
殷虛文字甲編
三八四

⑨ 甲骨文 又(手)
殷契遺珠
七〇二

　　很多稍感重聽的老人都有一種習慣，就是當他要仔細傾聽對方說話時，大多都會很自然的張開雙手放在耳後來作助收器。這是極其科學的擴張耳外廓的接聽法，好使傳來的聲音能夠全部收聽。這當是古人依這情形所繪出圖一的「聞」字。它相當生動，而又特別誇張了耳部，藉以突顯耳朵之特別功用的古甲骨文的「聞」。這樣的「聞」，經過數百年後圖二的金文，它上面增添了「巛」這樣的三筆，可使我們知道，那是示意為音波。這也叫我們知道，古人是相當懂得聲波科學的。這就是古人以圖五、六象形的耳，以及圖八、九經過簡化之象形的手所組成的古老的「聞」。

　　但是，何等不幸，從圖三的金文看，兩隻手的圖畫竟變成了「門」，這可能是當初傳寫抄錄之誤。到了今天，我們都把衍生至秦代統一為小篆之圖四的「聞」作張本，而廣被接受的流傳至今。這樣的錯，實在是離譜，因為這樣的圖意並不表示仔細聆聽，而是從門後去偷聽了！請想看，這那裡是古人所要留傳給後代的德行典範呢？但沒料到，遠在美國的尼克森總統卻學了這一招，然卻犧牲了總統寶座。就是那名聞全球的「水門」竊聽案。

不知道我們中國人，特別是從事新聞工作的朋友們曾否注意到今日這「聞」字的基本道德；還是眞的去從門後或後門去探取消息，而不是由正途恭敬聽得的「獨家」或「頭條」！願我們都能正視這「聞」，藉以還報古人造字之恩。然而我們卻不會想到啞人的手語之「聞」乃是如此表達的。聞味的「聞」則是假借的。

　　「聞」姓，始於上古族群中有「聞人氏」一族，後代就以「聞人」或「聞」爲姓的。

二九〇、可製藥而醫脾瀉的「莘」

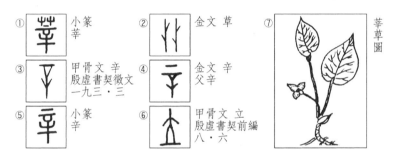

①　小篆　莘
②　金文　草
③　甲骨文　辛　殷虛書契徵文一九三・三
④　金文　辛　父辛
⑤　小篆　辛
⑥　甲骨文　立　殷虛書契前編八・六
⑦　莘草圖

　　看到這「莘」上的「草」，就會叫我們知道它是一種草的名字。傳說爲神農氏所著之古老的〈本草綱目〉裡所記，這「莘」味甘無毒，根可製藥，醫治盛氣脾腫。在歐美稱它叫馬兜鈴科的細辛（wild ginger）。他們曾以這草製成瀉藥。而我們古人怎會以圖三、四的「辛」增以圖二的「草」而稱「莘」？看圖七「莘草」的圖畫可叫我們知道它被稱「莘」的因由。這草的葉爲倒「心」形，春天，於接近地面處開紫黑色小花，是極少數與一般花朵開在頂端比較相異的。也許因這原故，古人就借用這不正常而如圖三倒立的「立」所稱之圖四的「辛」增草後稱「莘」的。若如圖六之倒立的「人」，豈不也是人中少數之少數嗎。這是因古人以倒立來刑罰犯罪之人的。所以它叫「辛」。古人也許在這

種思想下構造了這「莘草」的「莘」。這是一個指事兼具會意的字。但也記錄了這「莘草」所成功的事。它雖與一般的花草稍有不同；但經製成草藥後，卻可醫治人的脾腫或下瀉。這樣的結果，它的「辛苦」就有它特別的成就了。

二九一、黑中之尚的「黨」字

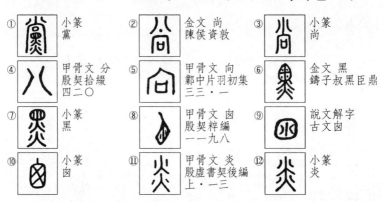

① 小篆　黨
② 金文 尚　陳侯資敦
③ 小篆　尚
④ 甲骨文 分　殷契拾綴　四二〇
⑤ 甲骨文 向　鄴中片羽初集　三三・一
⑥ 金文 黑　鑄子叔黑臣鼎
⑦ 小篆　黑
⑧ 甲骨文 囪　殷契粹編　一一九八
⑨ 說文解字　古文囪
⑩ 小篆　囪
⑪ 甲骨文 炎　殷虛書契後編　上・一三
⑫ 小篆　炎

在政黨政治極度發達的今天，「黨」這個字，幾乎是婦孺皆知的。然從這字的組成看；它乃為「尚黑」，就令人相當難解；我們來分析一下當可知道它的真意和深義。

首先，我們看圖四的「八」，它也是古「分」字。再看圖五之方向的「向」，當這「分」與「向」合組為圖二的「尚」時，它就稱為被分別後的方向而稱高尚了。至於它下方圖六、七的「黑」，上半乃為圖八煙囪的「囪」字。下面則是圖十一兩個「火」所合組的「炎」。也由此可叫我們知道當炎熱的火經過煙囪後所留下的，自然是烏黑一堆的灰，所以它叫「黑」。

如果我們再進一步去分析，就可得到一個答案：黑的灰自然不是我們所要的；但是，經過火所燒煉出來的東西，豈不是經過火而被分別出來的高尚之物嗎！

　　而許慎在〈說文〉裡解這「黨」說：「不鮮也」；則是指「不少」的。清代的段玉裁就爲其注曰：「五百家爲黨，黨，長也，一聚所尊長也。此謂「黨同尚」。由此可見，這「黨」的眞義乃是指從黑所分別出來的「高尚」。

二九二、勿負本能的「翟」字

①小篆翟　②金文翟史喜鼎　③金文羽羽陽千歲瓦當
④小篆羽　⑤甲骨文隹殷虛文字甲編三九四一　⑥金文隹禾敦

　　這一個用在姓氏讀作「翟」ㄓㄞˊ的「翟」ㄉㄧˊ，原爲雉科山雞的名字。故許慎在〈說文〉裡就解它爲「山雉也」。然而我們要問：古人爲何以稱爲翅膀的「羽」和稱爲鳥的「隹」合組爲「翟」？我們當來探究一下這字的深義所在。

　　我們先看圖三象形翅膀的「羽」字；其下的「隹」，就是圖五、六之鳥的圖畫。我們會否要問：牠既是鳥，不就已經有了翅膀嗎？爲何還在其上方增以「羽」呢？這就是古人構造這「翟」的趣意。因爲這一種雉科的「翟」，與家禽之雞的體型幾乎完全相同，但牠卻比雞任何地方都美麗許多，尤其牠的尾巴較長而不下垂。也許就因牠這樣的張揚，再加上牠色彩的亮麗，故常爲獵人撲捉的對象。故這「雉」在全球五十多品種中，已有不少幾近絕跡。一面是因牠空有翅膀而不會高飛；另一面乃是因牠艷麗的羽毛常令獵人垂涎。這就如莊子在〈山木篇〉所說：「豐狐文豹……其皮爲之災也」同樣的原則。由此，也可叫我們知道古人爲何再在「隹」上增以「羽」而稱「翟」的因由。這豈不是古人藉這「翟」來示意後人應當善用上蒼所賦本能，而不致辜負但卻不應特別顯揚而免遭厄運嗎！這也許就是我們要認識的「翟」。

二九三、品享美味的「譚」

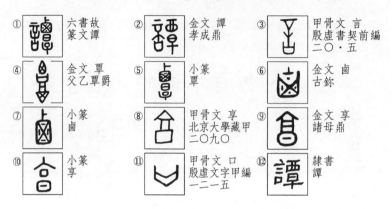

　　「譚」，人常稱爲「言、西、早」，這當是指這字今天這寫法的構造。若看圖四、五的「覃」，可叫我們知道它是圖八、九倒寫的「享」再組以圖六的「鹵」所組成的。這樣的「覃」，許愼在〈說文〉裡就稱它爲「長味也」，乃是指那「鹵」爲「罈」內盛裝了滷製好的美味，可以享用較長時間的。至於圖八的「享」，我們可以看見它上爲圖十一倒寫的「口」正在享受下方器物中的食物，所以它被稱「享」。當這「享」與「鹵」合組爲圖四、五的「覃」，它就是許愼稱的「長味也」的「覃」，讀姓氏則作「覃」ㄒ，可能是由各地鄉音所衍變。然當這「覃」再組以圖三的「言」就成爲圖一的「譚」了。梁代的文字學家顧野王就在他所著的〈玉篇〉裡稱爲：「誕」，意指放縱，乃含指人在享受這美味後就意猶未盡般放縱似的述說不完。這也許是人常稱「天方夜譚」，而很少人寫作「夜談」的因由。故此，我們當稱其爲細嚼慢嚥的來品享美味的「覃」與「譚」。這應是我們古老的中華民族對享受美食的文化所留傳給後代的紀實。

　　品茗則在懂得淺嚐；求取學問就應該深享。

二九四、天工開物的「貢」字

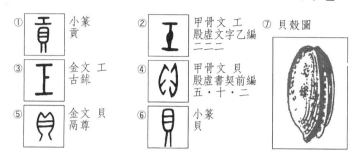

① 小篆　貢

② 甲骨文　工　殷虛文字乙編二二二

③ 金文　工　古鈢

④ 甲骨文　貝　殷虛書契前編五・十・二

⑤ 金文　貝　鬲尊

⑥ 小篆　貝

⑦ 貝殼圖

　　這一個提貢自己的財力、勞力、或智慧等來幫助別人；就稱作對國家社會的貢獻的「貢」。而我們中國古代的夏朝，也稱田賦曰進貢。然若查考這樣的「貢」即為將自己所有的上好拿出來時，為何以圖二的「工」，組以圖四的「貝」來稱「貢」，應是我們加以探究後方能真認識它乃非比尋常之「貢」的。

　　我們先看圖七象形的軟體動物普稱牡蠣的蚌；當牠的外殼張開來游動或覓食時，就會吸入海沙；當這海沙入侵後，牠肉體自然會感傷痛，牠也因此就以保護的本能分泌牠天然具有的殼質分泌物來包裹，當這動作一直循環時，這殼質分泌物也自然會跟著增大。在這情形下，就起了特別的變化，它就是我們中國人在上古時代就發現的珍珠。後來，也就是人專以人工培育，以至有各種色澤並又圓潤光亮的珍珠繼續發現。當然也會成養蚌人的財富，自然的，就被稱為寶貝。這就是這「貝」的由來。

　　至於上面圖二、三的「工」，它的組成乃是上為天而下為地的「一」，中間再組以人手握工尺狀的「𠃍」。從這圖意，則是叫人知道天與地間的合作，乃是天地間最大之工的意思。若再連於上述的「貝」，就更叫我們知道，如此奇妙的作為不是任何人可以創作的；它實在是造化天地的主宰所創造。它更不是人的手能有的貢獻；乃是上蒼對人類的特別貢獻。當它被串聯於美女或

貴婦之頸項稱爲項鍊時，則更顯它乃天與人間的特殊貢獻了。

二九五、謹愼防火的「勞」字

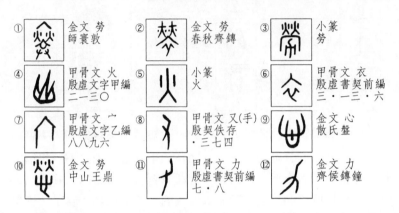

　　圖一至三這三種不同寫法的「勞」字，因爲迄今尚未出現於甲骨文；然其共同處，都構以圖四、五的「火」，這當是許愼在〈說文〉裡解這「勞」曰：「劇也，火燒冖，用力者勞」的主因。我們都知道，許愼稱「冖」就是指如圖七之今日的房屋說的。當火燒了房屋時，人所付出的力量豈不甚「劇」嗎？許愼這說法，應是指當時所通行之圖三的小篆說的。若從圖一、二的金文看，它們的主體則都是圖十三的「衣」與圖六的「火」，那又是指火已燒到衣服的。圖十的「勞」之下方乃是圖九的「心」字，則又是含指「心急如焚」的。因此我們認爲今日這寫法的「勞」雖可能與當初原始之「勞」相去甚遠；但是，若照今日無日不聞之消防車疾駛的悲鳴聲看，火燒房子或其它物件的事，幾乎已時時可見了。如果到這時再來「勞」其「劇力」，何不事前防範而免勞民傷財呢？這當是古人所留傳給後代應當事前「心勞」，而免火已燒到「衣服」再來「勞力」的就會危及生命了。

　　今天所以會有人盡皆知的「燃眉之急」的諺語，然其基本要

素還是當在於「未雨綢繆」。

二九六、期盼無阻的「逄」字

① 甲骨文 逢
殷虛書契後編
上‧一〇

② 小篆
逢

③ 甲骨文 夆
殷虛書契後編
下‧一四

④ 小篆
夆

⑤ 甲骨文 止
殷虛文字甲編
六〇〇

⑥ 甲骨文 封
殷虛文字乙編
八六八八

這個今日僅作姓氏用的「逄」字，迄未見於甲骨文。〈篆典〉把它列為「夆」部。而春秋時之越大夫「逄同」，也稱「逢同」，這當是古時之「逄」與「逢」相通所始然。然從這二字的組成看，它們確又有分別，「逢」字，可請參閱第二三二篇的「蓬」字。而這「逄」，乃為「夆」與「夂」所組成，我們可來探究看看。

　　圖三、四的「夆」，〈說文〉稱它為「乍行乍止」；而圖三中間如圖五的「止」，就是腳趾的「止」，它意示為左右兩隻腳。然而，當左右二「止」合組為圖二之右的「夆」時，許慎又稱它為「服也，從夂牛相承不敢並也」。清代的段玉裁就解說：「凡逄服字當作此」。正中的〈形音義大詞典〉編者又曰：「意以夆為降之初文；降有制止意；逄為塞止……」那原因乃是中途遇阻，就是圖六的「封」字。從這些論據，可知這乍行乍止已達塞止甚至降服的地步了。那是因為兩足間究應如何？已「進退維谷」，否則只有投降前之徬徨。這當是古人所構造的「逄」。未悉「逄」姓諸公在此如何選擇。不過，歷史上多少忠臣烈士所留下的榜樣卻不徬徨而義無反顧。像文天祥那樣：「自古英雄誰無死，留取丹心照汗青」；這乃是「乍行乍止」前當先有洞察的。

二九七、悅己之容的「姬」字

① 甲骨文 姬
鄴中片羽
三‧三九一

② 金文 姬
作姬簋

③ 小篆
姬

「姬」，許慎在〈說文〉裡說：「黃帝居姬水，因水爲姓
……」。這應是指「姬」姓的源流說的。而今日許多用法的
「姬」，又多是指歌舞爲業的女性。可是，再細察我們古文字的
構造，又可知它乃是另有專指的。

我們看圖一、二的「姬」字，就知道它右旁都是以「女」爲
主體的。若再細看圖一、二的左旁，就會使我們恍然大悟說，那
不是每一女性無日不需無時不備的一把梳子嗎！這樣看來，漢代
劉向所撰的〈戰國策〉中的名言：「女爲悅己者容」不就是這字
之極其鮮活的圖畫麼。時至二十一世紀科技尖端的時代，女性的
同胞們，仍留在這字所描繪的實意中。不過，整肅儀容已不是婦
女們的專利了；何況，我們最古老的〈孝經〉早已告訴我們：
「身體髮膚受之父母」，怎能不予重視而悉心顧愛呢！若以不修
邊幅爲藝術，恐怕只會蹧蹋自己，甚至連父母也一同被虐了。

二九八、展延無限的「申」字

① 甲骨文 申
殷契佚存
九八六

② 甲骨文 申
殷虛書契後編
上十三‧十

③ 金文 申
矢尊

④ 金文 申
于甲鼎

⑤ 小篆
申

⑥ 台灣電信局
標誌

我們今天所使用的這「申展」、「申明」、「申述」以及
「引申」等這「申」字，是從圖五小篆的「申」所衍申的。若再
從它往上探索至圖一、二、三，就會使我們不太領會這「申」的

深意究何所指。然而，若看圖六今日電信局的那個標誌，就會使我們知道那是今日這「電」之下半的圖畫。也由此可使我們知道古老甲骨文的「申」字，就是描繪陰雨將臨前之閃電的。我們若用極快速的相機把它拍攝下來，就會看見那閃電的路徑與圖一、二等的「申」極其相似。這也說明了那電波的無限申展。若不是聰明的科學家們發明了避雷針，這電對人類的為害還不知會到甚麼程度。然從我們古人所構造這古老的「申」字看，當是期盼後代對人類享受的事物，能像閃電般快速發展以至無限的。近十年的電腦，幾乎已達這程度，這也許是圖一、二這古老之「申」意所「申明」的吧！

二九九、相互依助的「扶」字

①　甲骨文 扶　殷虛書契後編　二・三五・二
②　金文 扶　扶鼎
③　小篆　扶

我們現在所使用的這個稱為「扶持」、「扶助」等的「扶」字，毫無疑問，是從圖三暴秦統一後的小篆所衍生。從這結構看，不少的文字學家稱這「扶」之左旁的「手」作「意符」；再增以右旁的「夫」作聲符。乍聽之下，會使我們覺得是既合情又合理的佳構。然而，若對照圖一的「扶」，很清楚，那是兩個人的手共持那「｜」的圖畫。照比例看，那「｜」絕對不是我們今天所認為的「拐杖」。若照許慎所解的「一」看，他說：「一，惟初太極，道立於一，造分天地，化成萬物」。這樣的「一」，豈不是莊子所說的「大化之道，天下的大本」嗎。我們又何嘗不承認任何一個國家或社會，若沒有最根本的道德規範，就會不成體統的天下大亂了呢。這當是那兩個大人所握的「一」。而且這「一」也就是他的依賴和扶持。即使三個人、四個人，甚或更多的無數的人，他們所把握的根本，仍是天下大本的「一」。有這

「一」，人才有依賴；有這「一」，人才能得眞正的「扶持」；唯有如此的「一」，才能眞正的「濟危扶傾」。這是道德的根本，立國的根基。自然更是國家社稷所依賴的「扶」。

三〇〇、藉得安居的「堵」字

① 金文 堵　古鉥
② 說文解字　籀文堵
③ 小篆　堵
④ 金文 垣　邵鐘
⑤ 說文解字　籀文垣
⑥ 甲骨文 郭　殷虛文字乙編・四八一

　　這個古稱「一堵牆」的「堵」字；也作「堵塞」或「防堵」等來用。但它迄今尚未在甲骨文中出現。然照許愼在〈說文〉裡解它作「垣也」看，應是指圖四、五的「垣」。從這「垣」又會叫我們知道它左旁乃是圖六甲骨文的「郭」字。而這「郭」則是指古代的城牆說的。若再探究古代城郭的建築，它主要的材料乃是泥土置於木框中，經過大力夯捶成一堵一堵的泥土的板塊所堆砌而成。這就是許愼稱「堵」作「垣」的因由。再查左丘明所撰〈左氏春秋〉所記：「一丈爲板，板廣二尺，五板爲堵。一堵之牆，長丈，高丈」。由此，就叫我們知道古時城郭之牆，是由「堵」堆積而成。由此，也可叫我們知道「堵」和「垣」與「堵」的關係。但也藉此得知築造城郭乃爲防堵敵人侵襲的。故此，〈史記〉的高祖記才會記說：「諸吏民皆安堵如故」。田單傳也記有：「願無虜掠吾族家妻妾，令安堵」的記載。總括這些說法，就知道這「堵」並非一時的「防堵」，乃是爲著長治久安的。這就是因「垣」而「郭」而根基卻爲泥土所夯製的「堵」。這也是我們今天這寫法以圖一之左的「土」作材料，以圖二、三之右的原甘蔗之「蔗」而組成之「堵」藉使民享甘甜的。

三〇一、善用雙手的「冄」字

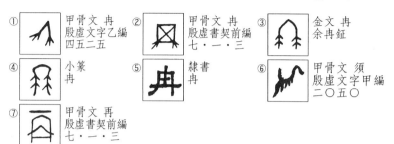

① 甲骨文 冄
殷虛文字乙編
四五二五

② 甲骨文 冄
殷虛書契前編
七・一・三

③ 金文 冄
余冄鉦

④ 小篆
冄

⑤ 隸書
冄

⑥ 甲骨文 須
殷虛文字甲編
二〇五〇

⑦ 甲骨文 再
殷虛書契前編
七・一・三

　　這一個常被形容為「冉冉白雲」的「冄」字；許慎卻在〈說文〉裡解它說：「毛冄冄也，象形」。不知道他是否為依據圖三的金文或圖四的小篆說的。清之段玉裁則為其注曰：「乃形容細毛隨主體搖動而自然飄蕩之意」。也有的文字學家就附會說它為「髯」之初文。這些，似乎仍叫我們不知所以。更何況圖六原甲骨文的「須」才真是「髯」的初文。而現在這「髯」則應為後增之「假借」字。若再從春秋時屈原的〈離騷〉裡說過：「老冄冄其將至兮，恐修名之不立」；漢代的〈馮衍傳〉亦記有「歲忽忽而日邁兮，壽冄冄其不與」等看，豈不都意含「冄冄」年日如白雲般空空飄過嗎？近代的文學家郁達夫形容他病後的情形也說：「冄冄浮雲日影黃，維摩病後日凋喪」！這些，似乎都在指「冄冄」為虛度光陰的。因此，我們認為圖一原初甲骨文的「冄」，乃是非常明顯的「兩手空空」的圖畫。而圖二的「冄」，則又應為一個人裝入棺材後之雙手可以伸出來讓大家仔細看看，他乃是兩手空空的離開人世的。這才當是古人所構造之「冄」。其目的乃在儆惕後人，當趁著雙手尚能工作時，應不辜負上蒼所賜之雙手來創造一切的。當然也含括我們今日雙手所創造一切最現代化的享受，不致如浮雲般空空飄過就霎時不見的。然而，我們智慧的先祖在這「冄」上增了「一」而稱圖七的「再」；豈不又再告訴後代，儘管昨日已「冄冄」飄過，今日還有機會「再」創造未

來嘛。因爲我們那兩隻萬能的雙手還在。這才是我們當認識的
「冄」與「再」。這也是以兩手所作的才能稱有且留給後代而不
致「冄冄」。並非兩手能抓的而帶不進棺材所稱的「冄」。我們
現在這寫法的「冄」，應是圖五惹的「禍」所害的。

三〇二、爲家、國辛勞的「宰」字

① 甲骨文 宰　殷虛文字甲編　三三二
② 甲骨文 宰　殷虛文字乙編　八六八六
③ 金文 宰　散氏盤
④ 小篆　宰
⑤ 甲骨文 宀　殷虛文字乙編　八八九六
⑥ 甲骨文 辛　簠室甲骨徵文　一九三‧三

　　這個主宰的「宰」，也是古時稱輔助君王的官職「宰相」的
「宰」。他相等於今日的國務總理或行政院長。也許因他掌有生
殺大權的原故，故又假藉爲「屠宰」的「宰」。然照今日這寫法
的構造看，它應是傳衍至圖四的小篆。其上爲圖五的「宀」，下
爲圖六之辛勞的「辛」。由這圖意，可知這一位主宰者，是爲著
狹意的「家」而辛勞的。廣意的說，他則是爲著國家社稷辛勞
的。所以古時才稱「宰相」。然照圖一、二古甲骨文這二種寫法
的「宰」字看；圖一是那一個「家」中的人正在清洗或處理家屋
中較爲龐大的東西。也許是宰殺祭牲準備獻祭。能處理這麼大的
事務，自當被稱爲這家的主宰。圖二的「宰」，應與圖一的原則
無異，不過稍較簡化一些，其重點乃在辛勞。圖三的「宰」，則
與圖二無異，而其深意則在指這一位稱「宰」者辛勞到一個地
步，已如圖六被倒立的人那樣辛苦了的。如此的「宰」，豈不說
明爲家爲國不顧己身而至捐軀己身的地步嘛。這應是我們所當認
識的「宰」。我們今日稱其爲「宰殺」；當是假借來用的。

　　許慎在〈說文〉裡說：「宰，罪人在屋下執事，從宀從辛，
辛，罪也」。從這解說看，罪人所作的一切當都是爲著贖罪，那

裡還會有權利和爲官的爭執。這也許是古人藉此示意後人，爲國家社稷乃當盡的本分，理當竭盡辛勞。自應無權利職位之爭的。

三〇三、祈相依偎的「酈」字

① 小篆　酈

② 甲骨文　麗　甲骨文字續編　三・四〇四

③ 甲骨文　鹿　殷虛書契後編　上・一五

④ 金文　麗　師族敦

⑤ 小篆　麗

⑥ 甲骨文　邑　殷虛文字乙編　八六七四

　　這個「酈」字，很清楚，是由圖一的小篆延衍至今的。依照這「酈」，又可知它乃是來自圖四、五的「麗」再組以圖六的「邑」。看這「邑」，可知那是一個人跪地祈求的圖畫。他祈求甚麼呢？就是祈求他能「麗」。因此，這「麗」一面是這字的主題；一面也是叫後人應當知道「人」爲甚麼要跪地祈求這「麗」。

　　若照今天這「麗」看，它是指「美麗」；請問，美麗怎能是可以求得到呢？因此，我們必須再看這「麗」的組成；它下面是圖三的一隻象形的「鹿」。它的上方，似乎不太容易叫人明白那是甚麼？或者意指甚麼？說來也並不難揣測，他乃是獵鹿的人所享受的鹿茸或穿戴鹿皮都是可以使人增添美麗的。而「鹿」本性的馴良，溫順，聽覺，嗅覺，以及牠奔馳的快速，就是人常以「逐鹿」形容快速的代名詞。再以今日夫婦離婚率之日漸攀高，豈不又是因對方之馴良、溫順、聽覺以及嗅覺太過遲頓而累積到不可收拾的地步所始然嗎！至此，就自然不會被稱爲「賢伉儷」了！因此，就叫我們知道一個和諧的家庭，首要乃在互相依偎極其和諧的家庭；這也許就是古人以「邑」作主題的指事來會意出這以「鹿」爲主體的「酈」，乃爲人所應當祈求的。這也當是漢代的楊雄會在他的名著〈方言〉中稱「麗」曰「耦也」的道理。

願我們真認識它，也為今日的離婚歪風而祈求。好叫我們所居這地能以稱「酈」。

三〇四、人鳥皆顯悠遊的「雍」字

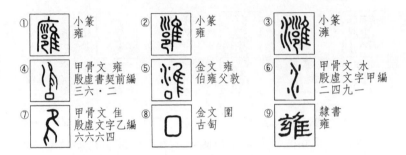

① 小篆
雍

② 小篆
雍

③ 小篆
灘

④ 甲骨文 雍
殷虛書契前編
三六・二

⑤ 金文 雍
伯雍父敦

⑥ 甲骨文 水
殷虛文字甲編
二四九一

⑦ 甲骨文 佳
殷虛文字乙編
六六六四

⑧ 金文 圍
古匋

⑨ 隸書
雍

　　這一個常被形容高貴婦人為「雍容華貴」的「雍」，〈後漢書〉魏霸傳也形容他全家和穆曰：「霸七弟同居，三十里慕其雍和」也是這「雍」。而諸多字詞典也都解這「雍」為「和順」。而許愼則在〈說文〉裡解這「雍」曰：「渠也」。然若問圖四這「雍」的古甲骨文為何以圖六的「水」，圖七的「佳」和圖八的「口」（古圍字）來組成？但當我們看見圖四、五這一幅極其祥和之水鳥悠遊的圖畫時，就不禁令人驚嘆說：我們的古人早在四千五百多年前就已繪出這人鳥同居的美景了。若就今天的話說：保護水鳥這件事還應該是我們中國人所首創的呢！請看圖八的「口」，那是一個環境或範圍。也許這就是我們自古就有的護城河，圖四、五左上明顯是圖六的「水」；右方即圖七稱「佳」的「鳥」。像這樣既美麗又安祥的意境是何等令人羨慕。這當是歐美人士以高價爭購最佳視野的風景特區而稱之為「view」的所在。也許因這原故，它就被移借為對人稱道的「雍容」、「雍嫺」、「雍和」或「和順」了。也因此，它又被衍生為「擁護」、「擁戴」等名詞。至於行不得也而難耐的擁塞場面；當又是極其反面的事。不過，這美景圖已無法在現在這寫法中看見，

那是程邈這隸棣發明圖九的「隸書」而衍生到今天的。因此，也就無法叫人享受到它原有的美景了。

三〇五、祈求能空的「郤」字

① 金文 郤　古鉩

② 小篆　郤

③ 甲骨文 谷　甲骨文字前編　十二・四

④ 甲骨文 分　殷虛文字甲編　二一二四

⑤ 甲骨文 口　簠室殷契徵文　三・二

⑥ 甲骨文 邑　殷虛文字乙編　八六七四

我們現在這寫法的「郤」，今天已作姓氏用了。若以正當的用法看，它具「空閑」或「機會」等的意思；但已很少有人會這樣使用。若再以右旁的「邑」看，它應為地名，因為它是晉大夫叔虎之邑。然就今日看，它已成為頗不算多的專用的姓。但是，如照這字的意含看，今天也實在不易找到有人在內心中具此胸懷；不知是否為「郤」姓的人比較稀少的原因。

我們看這字右旁圖六的「邑」，可叫我們看見那是人跽形的跪地祈求狀。若問他祈求甚麼？從這「郤」看，他當然是祈求能夠達到老子所說：「曠兮其若谷」的；這也是梁代名士沈約所撰〈陸昭王碑〉文中所言「虛懷博納，幽關洞開」的名句；也是後人稱為「虛懷若谷」的由來。亦如古諺所云「宰相腹內可撐船」等這樣的胸襟；不只是很少人能夠作到，甚至恐怕在今天的世風中，連想都不會有人想的。難怪在〈聖經〉中耶穌也把使人得福的條件列在第一項說：「虛心的人有福了」！果能如此，不只是個人得福，而今日社會的亂象也當會大大改觀。

至於這「谷」，則很清楚的叫我們知道，它上為圖四的「分」，下為圖五的「口」，如此的「谷」，就表明它乃是山谷被分開如一張無法測量的「大口」。當它再組以圖六的「邑」，

就成爲人所祈求得以稱「郤」的地。如今我們幾乎都不會分辨與「郤」何異了；這也許是古人在構造這字時存心給後代留下的難題，不只的確不易分辨；然而與「稀」同音，恐怕就是古人造這「郤」與「郤」相似，乃是意含叫後代應確實爲此祈求的「郤」。

三〇六、激勵並儆惕的「璩」

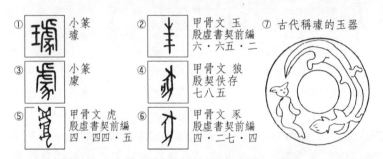

① 小篆 璩

② 甲骨文 玉 殷虛書契前編 六・六五・二

③ 小篆 䖍

④ 甲骨文 狼 殷契佚存 七八五

⑤ 甲骨文 虎 殷虛書契前編 四・四四・五

⑥ 甲骨文 豕 殷虛書契前編 四・二七・四

⑦ 古代稱璩的玉器

　　圖一的「璩」，應是自春秋以前就有的一種玉器。所以它被記錄在古書〈山海經〉裡。因爲它是玉器，所以就以其左圖二的「玉」來表明。然從圖三的「䖍」看，〈說文〉說它是：「鬥相不解也」。若看圖三這「璩」，牠實在是相鬥的；它上爲簡寫的「虎」，下爲「豕」，請想看，那有虎不吃豕的，難怪古人以圖七的玉器稱「璩」。這一塊「璩」的右上所雕刻的乃是以相當誇張的手法雕刻出如圖四的「狼」或圖五的「虎」，其下爲此獸撲捉左下方如圖六之「豕」形的弱小動物。這一環形的玉器，古名「璩」。乃是古代帝王所佩帶的。這也是圖二甲骨文之「玉」的圖畫；它是指串連之一片一片說的。這「玉」有「潤澤以溫；䚡理自外知中；其聲舒揚且又聞遠；不撓而折；銳而不忮；以及烈火燒之不熱等特質。特別又雕以強獸欺弱豕的圖畫，則在於儆惕一個作王的人所當有或不當有之作爲的。這是激勵；也是儆惕。若無玉而增「口」當作口號便是「噱頭」。增「刀」或增

「手」便是奪取或強佔了。這是我們這些後代應當具有的認識。

三〇七、製絲之源的「桑」

　　「桑」，是一種落葉喬木的樹名。它的最大功用，就是它的樹葉可供人類製作最高衣料絲織品的來源，就是蠶所需的唯一食物，它就是這「桑」樹所生長的「桑葉」。因此，也可說這「桑葉」乃是爲著人的高貴衣料所預備的。而這桑樹的皮韌性特強，它又可作人類相當需要的「桑皮紙」。它的果實可吃。木材也可製作許多不同的器具。但卻都遜於養蠶的價值。像江南就有「江南三月採桑忙」的民歌。名詩人陶淵明也有：「相見無雜言，但道桑林長」的詩句。孟浩然也有：「開筵面場圃，把酒話桑麻」的詩。的確，蠶吐絲而作成的高貴衣料，乃是我們中國人最古老的發明。它不只是養蠶人家的最大收獲，也爲整個國家帶來莫大財富。而且這最古老的技術還爲當初運往西域而開劈了一條「絲路」。這是中外通商最富盛名的歷史。

　　然而若就「桑」這個字來說：它乃是一幅活生生的採桑圖。看圖六的「桑」，可叫我們看見那一棵樹上滿是圖四原初甲骨文的「手」，它與圖一原初的「桑」是極爲一致的。這就印證了前述「採桑忙」的實情。其主幹乃如圖二的「木」；這就是古人所造最寫實的「桑」。願我們同住在這「桑里」的人，真能認識並珍惜這「桑」。

三〇八、百藥之長的「桂」

① 小篆 桂　② 甲骨文 木 戩壽堂藏甲 四五・二　③ 金文 木 木父丁爵

④ 小篆 圭　⑤ 甲骨文 土 殷虛文字甲編 二二四一　⑥ 小篆 土

　　〈說文解字〉解這「桂」說：「江南木，百藥之長」。這是指很多種桂樹大多都可用於中藥處方的。尤其它對中國人最善長的中國美食，也幾乎是不可或缺的。而且這桂木中之「月桂」、「肉桂」、「丹桂」，也多生長於江南，這當是許慎簡稱其為江南木的原因。特別在這許多「桂」中被稱為「牡桂」、「菌桂」者，〈本草綱目〉記其為「味辛溫，主百病，養精神，和顏色……」等，則應是許慎稱其為百藥之長的因由。然依這字的構造看；這「桂」迄今尚未見於甲骨文。然從圖一的小篆看，它則是由圖二、三的「木」和圖五、六的「土」上加「土」而被稱為圖四之「圭」所組成的。這字之左的「木」，當然就表明了它是樹木。而其右的「圭」，一面可稱其為音符；另一面乃系古代君王分賜土地與功臣時，則以「圭」作表記。而這表記的「圭」又因其材質的不同，也會將其官位表明。然而，這「桂」右兩個「土」，乃在表明它生長之根頗深的。而這「圭」用於稱譽某人時就稱其為「圭璋」；稱作標準事物時，又曰「圭臬」。這當都是以「圭」來作為百藥之長之「桂」也的可貴表記。

　　一塊薄木片，看起來似乎毫無用處；但它被墊在一張桌子的偏斜處，就可使這張華麗的桌子極其平穩了。

三〇九、疏通得宜並供人享用的「濮」

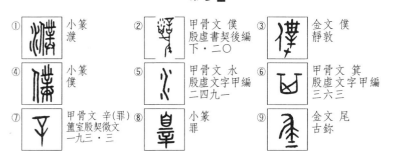

① 小篆 濮
② 甲骨文 僕 殷虛書契後編 下・二〇
③ 金文 僕 靜敦
④ 小篆 僕
⑤ 甲骨文 水 殷虛文字甲編 二四九一
⑥ 甲骨文 箕 殷虛文字甲編 三六三
⑦ 甲骨文 辛(罪) 簠室殷契徵文 一九三・三
⑧ 小篆 罪
⑨ 金文 尾 古鉨

　　從這「濮」之左的「水」看，我們當可知道它是水道的名稱。因爲從歷史可以查知它乃上古時期的水道。它自今河南封丘，上經延津，滑縣，入河北濮陽而至山東濮縣入鉅野的「濮」。〈史記〉河渠書中就記說：「河決於瓠子，東南注鉅野，通於淮、泗」。由此可見當時水患之甚。

　　現在，我們卻要研究古人爲何以圖五的這「水」作主題再構以圖二的「僕」來稱這水道爲圖一的「濮」。因此，我們當先看圖二古甲骨文的「僕」字。這「僕」的右上乃爲圖七的「辛」字。它也是古「罪」字。亦即圖八下半的「辛」。再從這「辛」下的「人」看，他乃是被繩索牽繫著的罪犯去服勞役工作的。再看左上爲圖六的「其」，它是古「箕」字。可證那罪犯正在從事用畚箕傾倒泥沙。這樣的工作就稱「僕」。這樣的事，若從歷史上最著名的夏禹奉命疏通洪水時，曾十三年過家門而不入，豈不更甚於罪囚麼！何況他父親「鯀」還因治水無功而被處死呢。當然，他的功績終於通九州，陂九澤而度九山，終於疏通今日人們得以安居並爲水利的大陸九州。然而，當歷史不斷推進至今日人民至上的民主時代時，身爲政府官員者多自稱爲人民公僕了。但是，若回顧大禹治水時的「罪僕」心情，實可稱爲今日人民公僕

的表率。而這「僕」增「水」後的「濮」，似乎又在表明水雖爲患，但若疏通得宜，又可稱其爲「水利」而作爲人類「僕役」供人隨意享用的。

三一〇、生爲犧牲的「牛」

① 甲骨文　牛
殷虛文字乙編
七七八
② 金文　牛
師寰敦
③ 小篆
牛
④ 隸書
牛
⑤ 構思古人創造牛字的

　　我們都知道這個「牛」字是一個牛頭的像形字。特別是圖五的這圖畫，可證古人在構造這字時乃是以其最簡潔的手法採取其最主要的部分，就把這「牛」的特點完全表露。現在我們來使用它時，實在覺得方便之至。但卻很少人清楚它的變革。當它行至今日，我們雖從知識得知它是像形的「牛」，然卻已無法看見它究竟是如何「像」的。因此，特提供上圖藉使我們得知古人在構造文字上所費的苦心。

　　然而這「牛」卻又在春秋時已成爲人的姓氏，就是當時宋國的始君微子啓有後代名「牛父」，曾任司寇，後代就以他的名字爲姓的。這樣的一位司寇名字竟叫「牛父」；他旣身爲司寇，難道不悉「牛」之生命生來就爲著作人稱爲「太牢」的祭牲嗎？也許是他太懂得此理，所以才稱他自己爲「牛父」，好使他的後代若身爲官宦，則當抱持不是「役人」，而是「役於人」的「牛」來服務人群，甚至死後的肉、骨、皮都仍能竭盡所能的留給後代享用。然當科學日益昌明至今日的尖端時代，實乃應自另一角度來「役於人」，且能成爲天人共享的「祭品」。方不辜負短暫的一生。

註：「太牢」，古代獻祭之三牲；〈禮記〉的王制記有：
「天子社稷皆太牢，諸候社稷皆少牢」。

三一一、指引後代道路的「壽」字

① 金文 壽 頌鼎
② 金文 壽 克鼎
③ 小篆 壽
④ 甲骨文 老 北大藏甲 三・三一・一
⑤ 金文 老 詛楚文
⑥ 小篆 老
⑦ 甲骨文 足 殷虛文字甲編 二八七八
⑧ 小篆 又
⑨ 甲骨文 手(又) 殷契遺珠 七○二

題到「壽」，很多人都會連想到那是指德邵年高享盡人間福
樂的。但是，我們來查考圖一、二，古老金文的「壽」字時，卻
叫我們看見那是一位老人所經歷一生道路的圖畫。因此，我們就
無法不從深處向古人們獻上由衷的欽敬。並且也可察知古人們披
荊斬棘般為後人留傳了人生當如何奔走前面道路，然後方能稱
「壽」。因此，我們可一同來研究一下這字為何被稱「壽」的因
由。

看圖一至三這不同寫法的「壽」，其上皆為圖五、六的
「老」字；它應是自圖四甲骨文的「老」衍變的。當然，那是指
一位老人的。再看下方的「⼄」，則是指那老人所經歷過崎嶇的
路。至於這「⼄」中的「◻」，應是指圖七那「足」字所簡化的
「足跡」。圖一的下方是甘甜的「甘」字；圖二的下方乃是圖九
的兩隻「手」；也就是指那老人在已過年日之「手」所作的以及
「足」所經歷的一切。這樣的年日，若一一記述，當是春秋時流
傳「上壽百二十年，中壽百年，下壽八十說的」（註：〈左傳〉
僖，三十二疏）。這樣的年日，到了年老的時候再來回味，即使

再苦還應該稱爲「甘甜」的。如此的經歷且又經歷了八十年以上的歲月，豈不自當稱「壽」嗎。如此的經歷，才應當是後代所承受的「產業」。自當可作爲後代的榜樣。好叫後人也能相傳久遠。這就是許慎在〈說文〉裡說「壽，久也」的因由。

三一二、使行無阻的「通」字

① 甲骨文 通　殷虛書契粹編一一九二
② 金文 通　頌敦
③ 小篆 通
④ 甲骨文 辵　殷虛書契後編下·一四
⑤ 小篆 辵
⑥ 甲骨文 用　殷契佚存三○
⑦ 小篆 用
⑧ 甲骨文 干　殷契佚存五八七
⑨ 金文 干　毛公鼎

　　我們常稱爲「交通」、「通達」和「暢通」等的這個「通」字，爲甚麼是以「辵」以「甬」來組成，似乎是令人難解。因爲通在〈說文〉裡稱「甬」爲「草木花甬甬然」。再以「甬」增「虫」後爲「蛹」又是指繭內的幼蟲蜷縮不動不食的。若稱「甬道」，又是指狹小了。這些，都無法令人認同它爲沒有阻隔的暢通。所好，我們還算極其有幸的尚有原初的甲骨文可考；也由此而解決了我們的疑惑。因而，我們就一同來看圖一原初甲骨文的「通」字，就知道它爲何被稱「通」了。

　　這原初的「通」乃是圖四、五之「辵」的省寫可簡稱「行」的。其旁乃是圖六的「用」字。這「用」之「片」乃是插放古時武器干戈之「干」的木架。中間如圖九的「干」，則爲圖八之「干」的省寫。當這「干」與「辵」合組後，意即表明古時天子出行之前，以衆兵用干戈開道的。如此，所行之路就得以暢通。若以這字對今天的交通說：豈不也如交通警察手持指揮棒指揮車

輞和行人或行或止嗎！這樣看來，這「通」的構造非僅通用於古時，且可通行於交通極度發達之現今的。

至於今日這寫法似感不夠暢通的原因，當是秦後統一如圖三小篆後不久又改為隸變所造成的。因此，我們當回到圖一來看古人所構造足以暢通的「通」，就可沒有阻礙了。

三一三、肯定自己的「邊」字

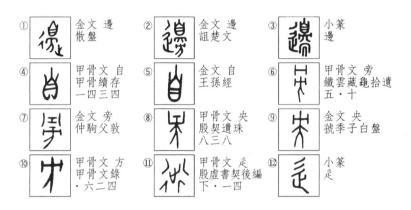

① 金文 邊　散盤

② 金文 邊　詛楚文

③ 小篆　邊

④ 甲骨文 自　甲骨續存　一四三四

⑤ 金文 自　王孫鐘

⑥ 甲骨文 旁　鐵雲藏龜拾遺　五・十

⑦ 金文 旁　仲駒父敦

⑧ 甲骨文 央　殷契遺珠　八三八

⑨ 金文 央　虢季子白盤

⑩ 甲骨文 方　甲骨文錄　・六二四

⑪ 甲骨文 辵　殷虛書契後編　下・一四

⑫ 小篆　辵

我們都知道這個稱為旁邊的「邊」字，幾乎可說是與大中至正的「中央」相對的。因此，我們當來探究一下古人是如何構造這兩個相對的「邊」和「央」的。

我們先看圖八、九的「央」字。圖八原初甲骨文的上方以「凵」來凸顯一個範圍，然後再以「一」置放中央。其下則是一個象形的「人」連於上方中間的「一」；如此，就把那一個人的地位完全定位於中央，所以它稱「央」。圖九的金文與圖八大意略同，不過稍作簡化了一些。

再看圖一、二金文的「邊」字，它是由圖四的「自」，和圖六、七的「旁」及圖十一的「辵」所組成的。「自」，是描繪一

個人緊縐之額頭的特寫；是指鼻子和眉之間的縐紋。這就是一個人常指自己的鼻子而稱我的「自」。至於「旁」，圖六甲骨文的上方則是簡寫的「央」，那也是指既中且正的。而下方的那一個人，卻示意爲與中央的「Ｈ」偏離了；這就是古人構造這「旁」的巧思。圖七則與圖六略同。圖十一是現今通行之「行」中間置以稱腳的「趾」被稱「止」；它是圖十二小篆後所簡化的「辵」；意指「走」。當「自」，「旁」，「走」合組後，它就被稱爲與「央」較不聯合的旁邊之「邊」。這是一個既象形又會意的組合。許愼在〈說文〉裡就稱這「邊」爲「行垂厓」。因此，我們自己豈不當自我肯定來認定；我這個人究竟站在何種地位？是大中至正呢？還是行於垂危的厓。故此，我們就當知道古人如此構造的這「邊」，實在是極具惕勵之深含的。

三一四、啓窗祈求的「扈」字

①小篆 扈

②金文 扈 古鉨

③甲骨文 戶 殷虛書契後編 下三六・三

④小篆 戶

⑤甲骨文 邑 殷虛文字乙編 八六七四

⑥小篆 邑

這一個憑靠自己有一點本事而無懼他人就稱霸一方的「跋扈」之「扈」；相反的，去侍從別人時則又稱「扈從」了。然從這字下方圖五的「邑」看，又應是指地名的。因此，許愼才會在〈說文〉裡說：「夏后同姓所封戰於甘者」。這「甘」就是古代「扈」國的一個地方。現在，我們卻要來探討這一個以圖三古甲骨文的「戶」與圖五人跽形的「邑」合組後，爲何就被稱爲「跋扈」與幾乎兩極之「扈從」的「扈」。

我們先來看圖三的「戶」，那是指半個「門」說的。也就是

說：窗戶總是比門小的。但是，我們卻要追問：古人為甚麼再把
「戶」組以跪下祈求的人跽形的「邑」來稱作「扈」？這原因當
在於不論古今中外所有的人，都有一種情急求天的本性。這
「邑」就是如此產生的。然而這「扈」卻別具趣意；就是指那一
個人是把門關起來，但卻把窗戶開啓著祈求的。這似乎也是所有
人的本性。這圖意則具有關起門來不讓別人知道；但卻是面對上
蒼的。至於他所求得的能力；是依仗所得而「跋扈」，還是虛己
而「扈從」他人，則完全取決於自己的智慧，或是再一次祈求
了。

三一五、傳時序留美食的「燕」

① 甲骨文 燕 殷虛書契前編四四‧六　② 金文 燕 史燕簋　③ 小篆 燕

　　看圖一這樣悠然翱翔的圖畫，實在令人羨慕。難怪隋代身為
君王的簡文帝還會說：「日移孤影動，羞睹燕雙飛」！再如以牠
來形容歡樂新婚或安居等的佳話：「燕爾新婚」；「燕燕居
息」；「燕燕于飛」……等美語；都在說明牠是一種令人喜愛的
候鳥，且視為吉祥之徵兆的。此外，我們還無法理解，上蒼還賜
給牠們特具的本能，就是當牠們避冬南徙至海南許多島嶼時，牠
們會啣取海邊藻類生物營巢於斷崖峭壁。如此的「燕窩」，卻能
成為人類最佳補品。也因此，牠每年都給當地居民帶來相當財
富。故而，人稱牠們為祥瑞，自是理所應得的。然而，最可悲
的，就是從圖三所衍變的這「燕」，在所有的字詞典裡都把它列
在「火」部，實在是相當殘忍的事。這當是暴秦統一文字時除了
毫無「愛屋及烏」之慈仁外，且是數典忘祖的把先祖們造字時的
苦心踐踏無遺。而圖二金文則重在繪出牠們作窩產卵，以及下方
以手持竿獵取燕窩的圖畫。但願我們能正確的認識這「燕」；也
感謝牠每年為我們帶來時序更新的喜訊。不知道天地之性最貴的

人是否因牠們的來去而加快我們的腳步，更踏實地為我們所「燕居」的社會，給後代留下特別的「補品」！

三一六、祈得所期的「冀」字

①　金文 冀
　　𢆳廷冀敦

②　小篆
　　冀

③　甲骨文 北(背)
　　殷虛文字甲編
　　六二二

④　金文 北(背)
　　吳尊

⑤　甲骨文 異
　　殷契佚存
　　四〇八

⑥　金文 異
　　虢叔鐘

　　我們現在所使用的這「冀」字，迄今尚未在甲骨文中出現。若照現在這寫法的結構看，它應是由圖五甲骨文的「異」和圖三之甲骨文的「北」所組成的。至於它為甚麼會具有「痛苦」、「想往」或「祈盼」等的意思？而許慎在〈說文〉裡僅以「北」作主題來稱它為「北方州」乃是指它為古「冀州」說的。如此的解說，自然不能使我們滿足。因此，當從「北」與「異」分別來探究。

　　我們先看圖三的「北」字，那是一幅二人相背的圖畫；它是古「背」字。〈說文〉稱它為「乖也」。就是指其行為不合常情之「乖戾」。「乖張」則是指性情橫暴；「乖僻」則是指不正常的彆扭。類此情形，當然不易與人和諧相處，自然就形成了相背的「北」。這也是「北」的初意。但當「北」為方向之「北」專用後，就另增「月」而稱「背」。至於「冀」上方的「北」，則具有「北」與「背」的雙重意義。周代姜尚所著的〈尚書〉大傳就記有「北方者何？伏方也。伏方也者，萬物之方」。這當是說萬物都是北方的那一位主宰者所創造，故自當向北方俯伏。否則就當稱「相背」以致「乖異」。而孔子也在〈論語〉為政篇說：「為政以德，譬如北辰，居其所，而衆星拱之」。孔子是指這一位居「北」者的大能及道德準則，衆星都當拱拜的。如此的一位

誰敢相背呢？否則自當稱爲「乖張」或「乖戾」。這就是「北」
與「背」的雙重意義。

再看「異」；我們都知道這「異」是不同的意思。是特別與
別人不一樣。所以許愼在〈說文〉裡稱其爲「分也」。然而若照
圖五甲骨文的「異」字看，那圖畫是特別誇張的描寫一個人滿面
錯愕、手足無措的。這當是與人分異的後果。在此，還應稱它爲
與「北」相異造成的。在這情形下自會後悔莫及；因而就會冀盼
與「北」相合。若看圖一的「冀」，則是與「北」相合之手舞足
蹈的情景。這當是從苦痛中換來的歡娛。這豈不是所有失望之人
的「期望」、「想往」和「祈盼」的麼！這自是我們當認識的
「冀盼」的「冀」。

三一七、祈享自由的「郟」字

① 小篆　郟

② 甲骨文　夾　甲骨文錄　六九九

③ 金文　夾　盂鼎

④ 小篆　夾

⑤ 甲骨文　邑　殷虛文字甲編　八六七四

⑥ 小篆　邑

「郟」，從它右旁的「邑」字看，它是指地名應無疑義。故
〈說文〉稱這字爲「穎川縣名」。但是，古時也稱東西兩邊較小
的廂房叫「郟」。這樣的「郟」所代表的究爲何義？我們可一同
來探究一下。

我們看圖二原初甲骨文的「夾」，當中乃是一個「大」字；
這樣的「大」，除了極明顯的說明那是「大人」外，其所含括的
豈不也指「有權」、「有勢」麼！否則，他怎能夾持他那左右的
兩個弱小的人呢！否則，他就是今日所謂的「黑」與「金」的勢
力。在這情形下，弱小的「草民」就被夾持了。這樣的事，在幾

達民主顛峰的今天，選舉的威勢，豈不也把小民們夾在他們聳聽的「危言」下不知所以。這實在是古人們的超絕遠見，自也是對後人的儆惕。

當這「夾」再組以圖五人跽形的「邑」，一面是指那地，一面也是指人當向上蒼祈求方能脫離這樣的危害。這當是古人以「夾」以「邑」來組成這「郟」的眞義。特別在五千年後極度民主的今天，在這字所含的深義中豈不在昭告世人，當尊重人人享有的自主與民權。我們都應當懇切的祈求還具這思想的「大人」不只尊重自己，也尊重我們每一位天地之性最貴的人。

三一八、瀕流不止的「浦」字

① 小篆　浦

② 甲骨文 水　殷虛文字甲編 二四九一

③ 甲骨文 甫　殷虛文字乙編 六五一三

④ 金文 甫　宰甫敦

⑤ 小篆 甫

⑥ 金文 瀕　周公𣪘

看這「浦」左圖二的「水」，就可叫我們知道這「浦」是指「水」說的。但是，若再看它右旁的「甫」，那是圖三所描繪剛從田中生長出來之幼苗的圖畫。從這「水」與稱爲剛剛開始的「甫」合組爲「浦」看，那就很清楚的叫我們知道雖是剛剛開始的「水」，卻不是稍縱即逝的。譬如我們中國兩大河流的長江、黃河，它的源頭開始流出的水當始自相當古遠。然而，它一直流到今天仍在湧流不斷甚至還會流到永遠（只要地球存在）。這當是許愼在〈說文〉裡稱這「浦」曰：「水瀕也，……」的因由。這樣看來，這「浦」之「甫」，一面是聲符，一面也可稱它爲意符。若再從許愼稱之爲圖六的「瀕」字看，它實在是極爲鮮活的描繪一個人涉水的圖畫。也由此可叫我們知道，這水旣已開始，就無法等到它乾涸的，若要經過，就非涉水不可了。這是古人給

我們傳留下來的旣象形，又且兼具會意的合體指事字。上海黃浦江東岸的「浦東」；南京下關的「浦口」以及湖北華容的「浦中」，當都是因長江之水的「瀨」而得名。它所帶給人的交通、灌漑，以及發電，實在使人享盡了「水瀨也」的大福。然若亂墾，卻又會帶下大患的。

三一九、更高分別的「尚」

① 金文 尚　智鼎
② 小篆　尚
③ 甲骨文 分　殷虛文字甲編二一二四
④ 金文 分　己侯敦
⑤ 甲骨文 向　殷虛書契前編一九‧四
⑥ 金文 向　叔向父敦

我們稱爲高尚的這「尚」字，迄今尚未在甲骨文中出現。然從圖一的金文看，我們當可認定它乃是由圖三的古「分」字和圖五之方向的「向」字所組成的。因爲「分」有「分別」、「分開」等的主要意思。我們也知道分別或分開某一事物時，總是會捨棄次好的而揀選上好的。這當是這被分而稱「尚」的目的；自然也是被稱「尚」的第一要件。當它再與圖五的「向」合組後，就更叫我們知道不僅把事物「分別」且也「分開」；進一步還要選定方向。我們也知道這「向」就是「前往」的意思。若再看圖五的「向」，又是古稱房屋的「宀」和「口」所組成的。這又叫我們知道，當一個人定規方向時，乃是先在家中經過縝密思考的。這也就是我們中國人常說的「三思而後行」的基本原則。如此組合的「尚」，自當稱其爲旣分別又分開；且經縝密思考後的行動；自當稱其爲「高尚」的舉措。

總要揀選一點自己所喜悅的事物，認眞勞作。

三二〇、耕作由始的「農」字

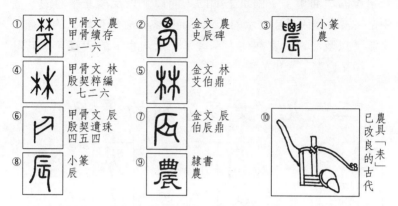

① 甲骨文 農　甲骨續存二一六

② 金文農　史辰碑

③ 小篆　農

④ 甲骨文 林　殷契粹編・七二六

⑤ 金文 林　艾伯鼎

⑥ 甲骨文 辰　殷契遺珠四五四

⑦ 金文 辰　伯辰鼎

⑧ 小篆　辰

⑨ 隸書　農

⑩ 農具「耒」已改良的古代

　　全世界的人都知道中國人是一個務農爲本的民族；乃是因爲我們有一位先祖神農氏是最早發明農耕的。因此，我們理應對這「農」字具有正確並富深含的認識。但是，若從現在這寫法看，是無法叫人察出它被稱「農」的究竟。那是因爲這字經過了暴秦的「統」爲圖三這寫法，不久又經過程邈的隸變而變成圖九這面目全非的樣子的。所幸，西元一八九六年（清光緒二十五年）在河南安陽大量出土了最古老的甲骨文；否則，我們就無法識別這「農」的眞相。也因此而使我們這後代才能有正確的認識。

　　我們可先看圖一的古「農」字。它上面是圖四的「林」字，是意指樹林旁邊的田地。下爲圖六、七的「辰」字。這「辰」乃是圖十之「犁」。據古老之〈山海經〉所記爲神農氏時忠叔君所發明的就是藉它來耕地翻土的工具。據傳這犁的「▽」最早爲石器。這「辰」的「厂」是指田地的範圍；其下則是「犁」的簡圖。至於它被稱「辰」，乃是指「早晨」去作這工作的。這整幅圖畫之象形兼指事的意境，就被稱爲「農」了。這是我們的歷史；也是我們的文化。自應是我們這務農爲本的後代所當有的正確的認識。

三二一、關助被囚者的「溫」字

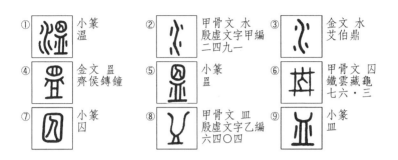

① 小篆　溫

② 甲骨文　水　殷虛文字甲編　二四九一

③ 金文　水　艾伯鼎

④ 金文　盟　齊侯鎛鐘

⑤ 小篆　盟

⑥ 甲骨文　囚　鐵雲藏龜　七六‧三

⑦ 小篆　囚

⑧ 甲骨文　皿　殷虛文字乙編　六四〇四

⑨ 小篆　皿

　　我們的古人給我們所留下的文字，乃是使後代言之有據而能行遠的。然卻萬萬沒有想到後代會因懶而把許多充滿深意的原初文字簡得面目全非。所以，根據其珠絲馬跡尚能稍微探出其原由，這當又是我們這些後代不幸中之大幸。

　　我們從圖一小篆的「溫」字還可找出這字的組成乃是圖二的「水」和圖八的「皿」，以及這字被稱「溫」的主題之右上之圖六的「囚」字可以得知它之所以稱「溫」的原由。從圖五的「盟」看，許慎在〈說文〉裡稱它為「仁也，從皿，以食囚也」。這是指仁慈的人把飯食送給被囚之人的。當然，既稱「仁人」，其所作的自然也當稱為「仁事」，所以，既可將飯食送給被囚的人，目的乃在使其溫暖，因而就把飯食加熱後還附加溫湯。如此的行動，豈不溫暖了被囚之人的心麼！這才是那一位仁人施愛的實際。但也具激勵被囚者改過遷善的深義。這也才是古人以「水」以「囚」以「皿」所組成之「溫」的真意和深義。

> 人格的尊嚴，
> 　　比名位與財富更寶貴。

三二二、不施人以刀劍的「別」字

①　甲骨文別　殷虛文字乙編　七六八

②　小篆　別

③　甲骨文骨　殷契粹編　一三〇六

④　說文解字　古文骨

⑤　小篆　骨

⑥　甲骨文刀　殷契拾掇　四三六

「悲莫悲兮生別離」；這是〈楚詞〉九歌所指人生最悲慘的事說的。

「別腸車輪轉，一日一萬周」！這是唐代名詩人韓愈形容人別離的情景；如同車輪般快速而不復返的。

「淚爭流，悠悠別恨幾時休」！這是宋代詩人舒亶說的。

……類此傷痛滿滿的「別」字，古人是在何種心情下構造出這字而稱「別」的？我們若看圖三的「骨」字，可叫我們知道那是指數根人骨乃是極有順序排列的意思。圖四的骨，則如球窩形的關節。圖五的小篆，當是從圖四所衍變，卻增添了如圖四下方的「肉」。當這「骨」再組以圖五之象形的「刀」後，它就被稱為用「刀」可以將骨節分解之圖二的「別」。請想看，這豈不是極其令人傷痛的事麼？其深意自是在表明人與人間的生離死別是可以用刀般的強暴使人離別的。自會令人痛澈肺腑。何況「刀」之正當或正常用途乃為幫助人烹調食物或割切用品，並非在於使人骨肉分離。這當是古人讓後代記取這教訓，而不致以刀劍加諸他人的。

人一生的極短暫年日；
卻可創造名聲的永遠。

三二三、食與器皆豐足的「莊」字

① 金文 莊　趙亥鼎
② 小篆　莊
③ 甲骨文 爿　殷虛書契前編　四五・四
④ 甲骨文 片　殷虛書契前編　三・七
⑤ 甲骨文 缶　殷虛文字甲編　三六九〇
⑥ 金文 缶　子使鼎

　　我們常用作「莊嚴」、「莊重」以及「村莊」這「莊」字，很可惜，迄未見於甲骨文；以致很容易被誤爲「壯」是音符，草爲意符。然而，若把圖一金文的「莊」與圖五甲骨文的「缶」對照，就會叫我們深悉這寫法被稱「村莊」且又稱「莊嚴」或「莊重」的實義。

　　我們先看圖一的「莊」，其左爲圖三的「爿」。這「爿」在〈說文〉通訓裡稱它爲「判木」；亦即牛木的意思。整個「木」乃爲一棵樹；當樹被鋸成許多段或片時，它就成爲「牛木」了。也就是說它乃是成爲準備製作桌、椅、床等的材料。這圖意即爲這「莊」內儲存大量木材的。而其右上乃是圖五的古「缶」字。這「缶」亦即今日的「缸」或「罈」；是盛裝醃製過可以比較久存的食物的。右下則是「口」字；這「口」，可作爲了「吃」，且是爲了「衆口」。這可從圖五之「缶」可以得知。從這圖畫看，它乃爲儲存物品分賜衆人。這實在是既「莊重」又「莊嚴」的重視所有的需要乃爲救助他人。如此看來，這豈不是一個既富有又豐足的「村莊」嗎！並且，他們還是既富且仁的。也因此，其所行所爲，就被稱爲「莊嚴」且「莊重」了。

你願意人怎樣待你；
　　你就怎樣待人。

三二四、日日安樂的「晏」字

① 小篆
晏

② 金文 宴
宴敦

③ 甲骨文 日
殷虛文字甲編
七七三一

④ 甲骨文 安
殷虛文字乙編
七七六六

⑤ 甲骨文 宀
殷虛文字乙編
八八九六

⑥ 甲骨文 女
殷虛文字續編
四一・二

　　許慎在〈說文〉裡稱爲「天清也」的這「晏」字，也具「晏
居」或「晏樂」的意思。那都是因爲天氣晴朗，人就自然會神清
氣爽的過著「晏樂」或「晏居」的生活。然而這個圖三的「日」
與圖四的「安」所組成的「晏」；它之所以被稱「晏」，首要
的，當然在於天晴氣爽的日正當中。其次，更在於圖五之稱爲房
屋的「宀」；今天來說，就自然是應被稱「家」的。特別這稱
「安」的「家」，主要的，乃在於家中有一個善於治家的女主
人，那才是足夠稱爲「安居」並可享「晏樂」的首要條件。不
過，這上面的「日」一面是指天清氣爽的晴朗天氣，然而這稱
「晏」的主題乃是指在「家中」的；因此，一個家庭裡能否「天
晴氣爽」，則又在於夫婦的極爲和諧和睦與否。由此又可叫我們
知道這個既被稱爲「晏樂」、「晏居」的「晏」，首要乃在於夫
與妻的是否和諧，這也是「安」之主題乃圖六之女的主因。這當
是人常祝頌男婚女嫁的美好家庭爲「琴瑟和鳴」或「珠聯璧合」
直至「白頭偕老」的那「日」，才能配得眞正稱得爲「日日安
樂」的「晏」。

看手相的人都以你手上的紋路來論斷你的吉兆；
這豈不在說明：
你的命運乃是握在你自己的手中麼！

三二五、何等之木的「柴」字

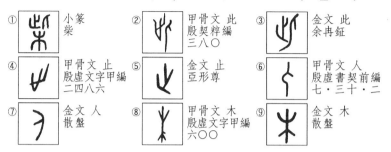

① 小篆　柴

② 甲骨文　此　殷契粹編　三八〇

③ 金文　此　余冉鉦

④ 甲骨文　止　殷虛文字甲編　二四八六

⑤ 金文　止　亞形尊

⑥ 甲骨文　人　殷虛書契前編　七・三十・二

⑦ 金文　人　散盤

⑧ 甲骨文　木　殷虛文字甲編　六〇〇

⑨ 金文　木　散盤

「柴」，我們都知道它是指燒火用的草木說的。故許慎在〈說文〉裡解它說：「柴，小木散材也」。這是指大塊的木材還有它的用處；既是小小的不成材的木頭，就只有當作柴火來燒了。因此，許多年輕人的俚語除了說某人「很榮」外，也有說某人「很柴」的。其實，都是不夠正確認識這「柴」字的基本構造才會如此形容的。我們若從圖一小篆這「柴」的組成看，就知道這「柴」的深含和實義了。

這個「柴」字，乃是由圖四、五的「止」，和圖六、七的「人」與圖八的「木」所組成的。由這組成，再聯想到古稱輔佐帝王的「丞相」或「宰相」的「相」，可知那「相」乃是幫助君王選拔國家棟樑之材的。也就是指一個極為有用的人，足可成為國家「棟樑」。然而，當一個「人」到了一個「止」的地步時，這一個「木」就完全沒有用了，他就只有當作「柴」一樣被燒了。這就是今日全世界都流行的「火葬」。這也就是「止、人、木」的「柴」。若是以今日最沒有用木材還可作「夾心板」看，它更可證明這「柴」並非只有燒的分的。由此，若再看許慎稱「人」乃「天地之性最貴者也」看，你和我今天究竟屬於「何等之木？」那就端看你如何看待自己。這當是古人以極大睿智所構造出這「柴」來惕勵後人應當如何重視自己的。何況它已早在春秋前就作了人的姓氏了呢。

三二六、愼誠人畏的「瞿」字

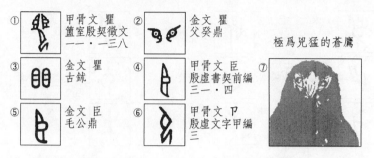

① 甲骨文 瞿　簠室殷契徵文　一一・一三八

② 金文 瞿　父癸鼎

③ 金文 瞿　古鉥

④ 甲骨文 臣　殷虛書契前編　三一・四

⑤ 金文 臣　毛公鼎

⑥ 甲骨文 卩　殷虛文字甲編　三

⑦ 極爲兇猛的蒼鷹

依我們現在這寫法的「瞿」，大多字詞典都把它列在「目」部，當然是指它上面的「目」說的。而〈康熙字典〉則告訴我們說這「瞿」是春秋時師曠所著〈禽經〉中的一種鳥，就是〈大英百科全書〉所記牠是一種全無親情關係被稱爲鷹鴉的猛禽（圖七）。這種禽，是一直在注視獵物的。也因此，我們認爲許愼把它列在「隹」部比較合理。但也有的字詞典說它是古代的一種兵器，可能是指呂尙所著〈書經〉的顧命篇所說：「一人冕，執瞿」所傳。更何況古代帝王中有專飼猛禽之人，且以此禽當作武器來追趕敵兵時抓食敵人的眼睛或由腦門囟吸食人腦。清代〈四庫題要〉的遼史中就記有古代軍制中有鷹軍的組織。這樣的事，可能在黃帝以前就有的。所以，當倉頡那一班人奉命造字時，就以其特別誇張的手法以帝王臣僕的「臣」字來示意圖四之「臣」爲眼睛；其下再組以圖六的人跽形如圖六的「卩」。這樣的「臣」，眼目是一直注視他所侍奉的王，一面也命令鷹隼之目來恐嚇王的仇敵，尤其對被擄的俘虜。豈不更令人驚恐嗎！這當是古代稱爲「懼」的「瞿」。當後人以「懼」代替「瞿」後，除了長江三峽的「瞿塘峽」外就只作姓氏用了。然而這圖一的「瞿」卻能極爲完整的在甲骨文中出現，是實足可以令人望之生畏的。這樣的事，若與孔子在〈論語〉八佾稱贊虞舜之武所得天下曰「盡美又盡善」看，實不足爲後代效法。這當也是歷代相傳的

「白色恐怖」！自當是今日民主時代的借鏡，更是今日勤政愛民之爲「臣」者所當愼誡的。

三二七、當心陷阱的「閻」字

① 小篆 閻　　② 甲骨文 門 殷虛文字甲編 八四〇　　③ 金文 門 師酉敦

④ 甲骨文 臽 殷虛文字乙編 八七一六　　⑤ 金文 臽 宗周鐘　　⑥ 小篆 臽

這個古稱「里門」而今只作姓氏用的「閻」字，我們都知道它是由圖二象形的「門」與圖四象形兼具會意的「臽」所組成的。這樣的「臽」，可使我們清楚的看見那是一幅陷阱的圖畫。是古代誘捕野獸用的。然而這洞內卻是「人」，豈不是指人在不小心時也會被陷入麼！不過，當這「門」與「臽」合組爲「閻」時，許愼在〈說文〉裡就稱它作「里中門也」。則是指一班群居的人，四周施以圍籬，只留一個出入的大門說的。然從這「閻」的圖意看，則是當門內出入口暗設了陷阱以防盜賊及野獸闖入，就會落入這陷阱的意思。從這故事的歷史可使我們知道，那是被稱鄰里文化的開始。但是，這一個門內陷阱的「閻」，卻陷害了相當多迷信的人。那就是始自唐代開元年間才由內敎博士吳道子所繪製的「地獄變相圖」，以警告當時爲非作歹者死後還會遭受酷刑的。「閻羅王」之名也自斯流傳至今。這是中國第一位無中生有的漫畫家所畫出來的。卻沒想到會那麼深刻的印入一般人的腦海中無法磨滅並且還繼續使不少人入「陷」。

事不分大小，考慮卻都當周到。

三二八、使子女既長且高的「充」

① 小篆　充
② 甲骨文 子　殷虛文字乙編　一九二〇
③ 金文 子　太保敦
④ 甲骨文 人　殷虛文字甲編　八八九六
⑤ 小篆　人
⑥ 甲骨文 育　殷虛書契前編　三〇‧一

　　這個常被稱爲「充足」、「充分」、「充滿」等的這「充」
字，我們不大容易猜測古人是在何種奇思下所構造的。但若看圖
六的「育」字，就可叫我們知道那是母親分娩的圖畫。那一個初
生的「子」，就是圖一上方倒寫的「子」，其下則是圖四的
「人」字。這樣的「充」，則是指始自母腹充分長成後初生的
「子」。若再使他長大成人，就需要充分的保護，充足的餵養，
充實的教育，方能充滿知識和智慧；而使他完滿的長大成人。這
當是許愼在〈說文〉裡解這「充」爲「長也，高也」的原因。至
於許愼所說的「長」應是指被餵養後之身量成長說的。「高」，
則是指智慧和知識超越他人說的。這就是古人以初生時頭下腳上
倒寫的「子」，再組以長大成人的「人」來組成的「充」。其它
如「濫芋充數」，「充耳不聞」，以及古時「發配充軍」等消極
的「充」，則都是反面的借用語。當我們今天如此方便的來使用
這「充」時，願我們能記念古人極高智慧的構思，並竭盡我們充
當父母的充分責任。

> 我們所認爲的
> 「完美」、「完全」、「完備」…；
> 其實都在我們的手邊，不過常被我們遺忘罷了！

三二九、把握落日時光的「慕」

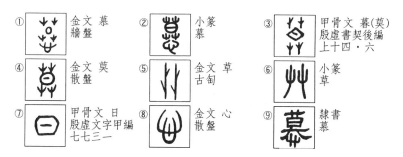

①　金文　慕
　　牆盤

②　小篆
　　慕

③　甲骨文　暮(莫)
　　殷虛書契後編
　　上十四・六

④　金文　莫
　　散盤

⑤　金文　草
　　古匋

⑥　小篆
　　草

⑦　甲骨文　日
　　殷虛文字甲編
　　七七三一

⑧　金文　心
　　散盤

⑨　隸書
　　慕

　　這一個稱爲「思慕」或「愛慕」的「慕」，許愼在〈說文〉裡稱它爲「習也」；似乎使人頗難領會。我們來探討一下看它爲何被稱「習」的。

　　我們先看圖三原初甲骨文的「莫」字，那是一幅日落草叢的圖畫。這也是今日這「暮」的初文。然若從圖一、二之「莫」下增加了圖八的「心」字看，它就成象形兼具會意之圖一的思慕之「慕」了。從這事實看，乃是指一天之始的早晨，經過了十多個小時後的讀書或工作，接下去應該是到了休息的晚上了。但是這「莫」（暮）卻是指白日將盡，黑夜尚未來到的。在這一段彩霞滿天的美好時光，則是在題醒我們這一日之內是否還有未完成的工作？若有，就當趁著尚餘的時光趕快完成。這樣的事，乃是要每天學習的。這當是許愼稱「習」的因由。否則，就只有徒喚「夕陽無限好，無奈近黃昏」了。這是儆惕，也是激勵的「慕」（莫）。然而若自黃帝之孫，也是「慕」姓的始祖「慕二儀」看，則是指欽羨「天」與「地」之二儀的。這又是指天地之性最貴的人，應與天、地配合之「慕」了。

上蒼最公平的待人，就是沒多給誰一分一秒，也沒有少給誰一分一秒；乃是端看你如何使用每一分秒。

三三〇、相互依負的「連」字

① 金文 連　古鉥

② 小篆　連

③ 甲骨文 車　鐵雲藏甲・六三

④ 金文 車　毛公鼎

⑤ 甲骨文 辵　殷虛書契後編　下・一四

⑥ 小篆 辵

　　若有人說車輪是方型的，會有人相信嗎？這樣的事，恐怕只有最聰明的中國人才會相信；並且相信了二千餘年。這就是自秦始皇統一文字之後一直使用到今天，幾乎每天都可在報章雜誌上看見的「車」字。然從圖三之原初甲骨文的「車」乃為兩個車輪看，而是秦時統一文字把它簡化成方型的獨輪車的，它卻能延用到現在，並且還會繼續延衍且積非成是的誤導著後代子孫。當然，也許有人會說：那不過是一個代表的符號，又何必如此認真！但是，我們卻要說：為了使後代子孫能真正認識何謂我們中華民族所特具的中華文化，這就是我們要認識的圖三甲骨文的「車」字。但是，我們卻無法知道古人為何以這樣的「車」再組以圖五甲骨文的「辵」來稱「連」？若看圖一、二的「連」，就可知道這一個「連」只簡用了圖五之「彳」與「止」。這「彳」與「止」，是指「行」與「止」；它怎能稱為「連接」或「連續」、「連綿」等「連」呢？文字學家許慎卻在他的名著〈說文解字〉裡給我們作了最簡要的解說曰：「負車也」！這是意指有人駕馭說的。這當也是指：車子若無人駕馭，它自己並不會自動行止。這就是車負人人亦負車的「連」字。這當也是指人與人間須互相依賴方能「連」成一個共同行動的共同體。這才是我們要認識的「連」。

我們之所以比前人進步；因為我們相連於今日環境。

三三一、雖是草卻堅毅的「茹」字

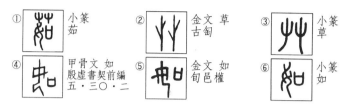

① 小篆 茹　② 金文 草 古匋　③ 小篆 草

④ 甲骨文 如 殷虛書契前編 五・三〇・二　⑤ 金文 如 旬邑權　⑥ 小篆 如

這一個常用於古文言「茹苦含辛」，「茹毛飲血」等當作「吃」解的「茹」字；若從它的「草」為部首看，它應被稱為草名才對。然而它下面的主體卻是「如」，這就表明它不是草而是如同草的。為此，我們可來研究一下這字的組成實義看看。

圖二、三的「草」，生來就是不被人重視的。但是，它的耐力、毅力，卻是堅毅且又剛強的人所當效法的。例如遍地叢生的草，是禁不起鏟草機幾分鐘就可鋤平。但是，沒多久，它就又會極其繁茂的展現它生命的本能。再如巨大如小山般的一塊堅石，卻能在它的夾縫裡生長出不成對比的小草。由此，又可叫人看見它無懼無畏的韌性。這就是「如」上的「草」。

至於「如」，左旁為「女」字，右旁是「口」；這樣的「如」，許慎在〈說文〉裡稱它為「從隨也」。若從上古的女媧看，她的命令則是無可抗拒的。她不是隨從別人，乃是人要隨從她。但是，不到二千年就變成「未嫁從父，既嫁從夫，夫死從子」之「從隨」了（漢，戴聖：禮儀）。但是，這「如」上的「草」，卻寓含著歷代以來被強橫壓制下的「草民」，如今已漸漸顯出世界潮流所形成的巨浪中以民為主了。更不是許慎所說之「飲馬也」的「茹」。乃是我們所當認識的雖似「草」，卻有母性之「女」的「口」養育子女般堅忍毅力，這才叫「茹」。

我們的遭遇或有不幸，但卻增加了我們對生命的領悟。

三三二、自幼操練的「習」字

①　小篆　習

②　甲骨文　習　殷虛文字甲編　九二○

③　金文　昆　昆疕王鐘

　　這個稱爲「學習」、「練習」等的「習」字，許多文字學家們也都認爲它是稱爲翅膀的「羽」和「日」組成的；且稱它爲日日練習以求通達。這與許愼說的「教飛」是極其相和的。然照圖二這寫法之原初甲骨文的「習」看；圖一之「習」上方確應爲「羽」；其下則是較爲誇張些的幼雛的眼睛。當然可稱牠爲雛鳥即將習飛的。圖二的「習」，若對照圖三的「昆」字；它下面不就是昆蟲的兩隻腳嘛；則又是指其爲幼蟲開始學習爬行的。由此可見，古人在造字的分類上相當明確。雖同稱「習」，但卻鳥、蟲各異。而稱這「習」爲「羽」與「日」或「白」似乎都嫌不夠準確。當然，這「雛鳥」及「幼蟲」的分別，則又是留給人來分辨的。自然，這樣稱「習」的目的也應是爲人。請想看，雛鳥與昆蟲都應自出生就開始學習，何況天地之性最貴的人呢！否則，孔子就不會對他的弟子們說：「學而時習之」了。

三三三、注目眾民的「宦」字

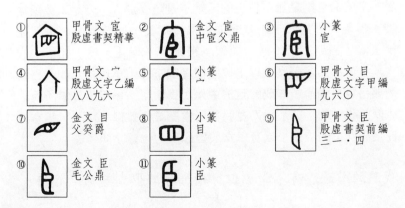

①　甲骨文宦　殷虛書契精華

②　金文宦　中宦父鼎

③　小篆　宦

④　甲骨文　宀　殷虛文字乙編　八八九六

⑤　小篆　宀

⑥　甲骨文　目　殷虛文字甲編　九六○

⑦　金文　目　父癸爵

⑧　小篆　目

⑨　甲骨文　臣　殷虛書契前編　三一・四

⑩　金文　臣　毛公鼎

⑪　小篆　臣

　　這是一個只有在中國古老的社會中才被分別的「官」和「宦」，不只是意義極爲相近，就連他們的寫法也頗相近。因此，我們無法不來探究這一個以圖四之「宀」，再組以圖九之「豎目」而稱爲「臣」且與「官」相近的究竟。

　　智慧相當超人的許慎在〈說文〉裡解「臣」曰「牽也」，稱「官」曰「吏事君也」；稱「宦」就稱爲「仕也」；可使我們知道「臣」稱「牽」是如同被繩子拴住沒有自己自由的。稱「官」爲「吏事君」則是指在君王身邊聽命作事。而「仕也」的「宦」，似乎高於「臣」和「官」；及在於他不僅聽命於君，而且還爲君王出主張、獻策略，並代君王發言，甚至左右君王的權威。這樣的一個「宦」，它上面的「宀」是指君王的居所，下面的「臣」，則是指這「臣」寸步不離君王。這也許是古稱太監爲「宦官」的原因。

　　再看這「宀」下之圖九稱腑首稱臣的「臣」字；那是眼目直立的圖畫。是指那爲「官」者注視君王時的眼目。這是他的地位和態度。若以今日民主時代看，這字是應該被廢除的。但是，若以二千六百年前春秋時的管仲就說過：「王者以民爲天」，以及稍後於管仲的孟子在〈盡心篇〉更說：「民爲貴，社稷次之，君爲輕」看，今日這「民主」二字並非西方新思潮的創舉。再以我們所有的人都同居於一個「地球村」看，我們又都當是腑首注目於任何人的人。如此，方能達到：「大道之行也，天下爲公」之極其高超境地。

三三四、可炙疾並防蟲的「艾」

① 小篆　艾

② 金文 艾　師𠭯敦

③ 金文 艾　周公簋

　　「艾」，這一個菊科植物的名字，它又是與這植物極為像形的字。圖三就是依它生長的形狀來描繪的像形字。這「艾」的用途頗多；嫩葉可食，老葉可曬乾製成艾絨當作外科敷料使用，且可醫治多種內外科疾病。故在〈本草綱目〉急救篇稱它作醫草。至於乾燥後的艾葉，還可摻入棉絮製衣，製被，藉防許多病毒侵襲。直到今天，每逢端午，還有許多人置泡於酒內飲用；據說可防許多疾病。許多迷信的人還將艾插於門楣驅邪。這當是古人依它的形狀所構造的這「艾」來記念它畢生對人的供獻並盡它捨己為人的本能的。

　　然而，許慎在〈說文〉裡卻解它作「冰臺」；似頗令人難以領會。這原因，乃在於古人將冰塊削成凸鏡狀後持向日光，再以聚射光線透過冰塊照射艾絨可使其被點燃使它散發艾香藉以驅蟲；且可解除霉陰濕臭。由此，也可知我們的古人在四千多年前就已懂得凝聚光點的科學。這也當是我們從另一方向來認識的這「艾」。

三三五、人類美食的「魚」

①　金文　魚
　　殷虛書契續編
　　六・二六・四

②　金文　魚
　　古鉨

③　小篆
　　魚

　　這一個極其象形的「魚」字，很少人知道它是可分 480 科的兩萬種以上之魚類的總名。牠的長度，小可小至不足十毫米，長可達二十餘公尺。輕可不到一・五克，大則可達四千多公斤。牠們卻都為人類提供了蛋白質食物及工業原料。並為人類提供維他命 A、D；在醫藥上對佝僂病、小兒麻痺症、骨瘤等都有極大助益。至於從魚類採取的魚膠，底層的魚皮、頭和骨還可作照像用的感光製版。魚粉、魚油又可作人造奶油和油漆等材料。除此之外，還有許多說不完的用途。這些，還不包括五彩繽紛的觀賞

魚。

當人類對吃的文化愈益進步時，對魚的需要量已不可用與日俱增來比喻了。單以全世界的捕鱈量看，每年均增加三倍以上。而一九六八年的捕鱈總量已達四百萬噸；可見人類對食魚的需要已達何種程度。然而我們要說的：乃是這「魚」已早在春秋時的「宋國」一位司馬子魚的後代就以「魚」作爲姓氏了。在一種米養百種人的原理來說：一種魚自然也不止供應百種人的。深願我們不僅藉此來認識「魚」，也願我們能如魚一樣竭盡人的本分如同爲人類的同胞竭盡一分當盡並應盡的心力。

三三六、居處似谷的「容」字

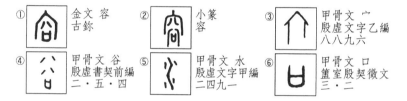

①　金文 容
　　古鉨
②　小篆
　　容
③　甲骨文 宀
　　殷虛文字乙編
　　八八九六
④　甲骨文 谷
　　殷虛書契前編
　　二・五・四
⑤　甲骨文 水
　　殷虛文字甲編
　　二四九一
⑥　甲骨文 口
　　箕室殷契徵文
　　三・二

我們常用作「容忍」、「容許」、「容納」以及「包容」或「容顏」等的「容」字，古人怎會以圖三稱爲房屋的「宀」再組以圖四稱爲「山谷」的「谷」來組爲這樣的「容」呢？我們可先看圖三稱爲房屋的「宀」字。但是，我們卻無法明白古人怎會以圖四稱爲「山谷」的「谷」置於「宀」下來稱「容」。這「谷」的圖意是其上爲「八」，乃是取自圖五之「水」並不川流的意思，所以它沒有採用中間的水流狀。而下面的「口」，乃在指兩山或多山之間的空曠處其大無比的。所以老子才會形容「谷」說：「曠兮其若谷」。由此看來，前述之「容忍」、「容許」、「容納」以及「包容」等，若不具有「曠兮其若谷」的情形，怎能被稱爲古諺所云之「有容乃大」呢！如再把這「谷」連於稱爲房屋的「宀」，最少，它乃指對自己家中的人要心存上述之那些

度量的。更特別的，這稱爲「面容」或「容顏」的「容」，則是最實際不過的事。因爲一個人的內心稍微有一點不能包容之處，立刻會從他的面容上表露出來。這當是古人在構造這字上對我炎黃後裔之最大期盼；故此也深盼我們都能眞正認識這最易顯於「容顏」的「容」。若是擅於表演的面容，當然不是發自內心，那就不是「眞容」；那「宀」與「谷」都將不足你容身。

三三七、當常反問的「向」字

① 甲骨文　向　殷虛書契前編　一九‧四
② 金文　向　叔向父敦
③ 小篆　向
④ 小篆　宀
⑤ 甲骨文　口　簠室殷契徵文　三‧二
⑥ 隸書　向

「向」，通常是指「方向」或「動向」說的。然而若問這字爲何這樣構造，大部分的人都會以「不知其所以」來應對。不過，若依這字在圖一之古甲骨文與今日這寫法並無甚大差異看，我們可知它乃是由圖四之「宀」和圖五之「口」所組成的。若就推理看，許多文字學家們都認爲那「口」乃指房屋之窗牖。但是，這「向」卻又多被諸字詞典列爲「口」部；並且在古今許多用法上除「方向」外，諸如「向前」、「向後」、「向學」、「向往」甚或相反的「向背」或「意向」等，當都是經過詢問或再三自問而有的結果。這當也是它被列在「口」部的原因。

至於這「口」上方稱「宀」的形狀，則似有無止境的「向上」的意思。這當是今日整個世界不論在科學，工業、文學或藝術各方面都繼續在突飛猛進中發展的原因。單就這「向」之「宀」來看，上古時人們依山鑿洞而居。至黃帝命倉頡造字時，他們所造那圖四之「宀」，已進步至今日房屋的雛型了。所以許愼才稱它作「交覆深屋」。由此可叫我們知道，當我們稍得安居

後，就應當從各方面反覆求問是否繼續「向上」或「向前」或「向……」而謀求更大福祉的。這才是整個國家、社會，甚至全世界得以趨「向」欣欣「向」榮的「向」。

三三八、十代可稽的「古」字

① 甲骨文 古　殷契遺珠　八
② 金文 口　古鉥
③ 小篆 古
④ 甲骨文 十　甲骨文錄・五八一
⑤ 金文 十　盂鼎
⑥ 甲骨文 口　簠室殷契徵文二・三

　　有人把唐代李白的問月詩「今人不見古時月，今月曾經照古人」改作「古時明月今猶在，今月亦曾照古人」也頗貼切。當然，這也說明：百年之後的月光仍會繼續發光，而我們可能則早已作古。若再以許慎在〈說文〉裡說：「古，故也，從十口識前言者」看；乍看，似在指既有十個人都相信如此傳說，應可謂「古」矣。如果以此認定，則天下大亂矣，也難怪今日社會之亂象，差不多都是因未察根底而人云亦云至不僅十人，乃至百人、千人、萬人。然若以許慎所解「十口識前言」看，實乃指我們所以為的古人之前言，究竟有多少認識；其察透的情形，又具若干深透？否則，你還不足被稱「識前言」的。例如梁代張衡〈東京賦〉所說：「慨長思而懷古」；〈禮記〉的祭義就記說：「以事天地山川社稷先古」；〈逸周書〉常訓解說：「經遠之規，謂之有古」；〈論語〉的述而就說：「信而好古」；〈書經〉的說命說：「學於古訓乃有獲」；其注就說：「稽古帝堯」……等。由此看來，古人所造這「十口」，實非今日十人相傳之口；乃是歷經幾近十代可稽之口；否則天下大亂矣！今日之社會亂源，可能即為非經稽考之十人甚至更多人所流傳而始然。這當是我們要認識的圖一、二、三幾乎未曾變異的「十口」之「古」。

三三九、另更容器的「易」字

①甲骨文 易
甲骨合集
五四五八

②甲骨文 易
殷契佚存
五一八

③金文 易
毛公鼎

④小篆
易

⑤古字時的構思
古人創造「易」

這一個被許多字詞典列爲「日」部而稱爲「容易」或「更易」等的「易」字，照今天這寫法看，實在不大容易叫人知道古人是在何種情形下構造出這字的。特別在名文字學家許愼的〈說文解字〉解它爲「蜥易蝘蜓守宮也」看，他似乎是以圖四之小篆來解析的。但是，若看圖一、二的原初甲骨文當會使我們恍然領悟，它乃是把甲器皿裡液狀物體或水、酒易入另一器皿的。圖二的「易」，則是簡要的描繪一個器皿的右上部的一部分和手把的圖畫。左旁的「彡」，當然亦爲液體物或水、酒等。這樣的器皿是否爲已經破損或只破裂到只剩一部分；自然也需要另易器皿。這才是當初古人以象形兼具會意所構造的「易」。由此，我們也可得知在這以前，陶器文化已流行於民間相當時日。這是我們的歷史，也是我們的古文化。至於它被稱「蜥蜴」的象形，當是因爲無甲骨文可考而始然的。而後人多把它列爲「日」部，還稱「勿」爲旗游形，則屬訛誤更甚。當我們還能有除了圖一、二的甲骨文之「易」，其他還有許多寫法的「易」都與圖一、二極爲吻合外，我們就可知道古人所留傳給我們的這「易」，當如何來眞認識它了。至於「易」姓的朋友們，您這一個器皿是否需要更易；還是需要更易其中的汁漿？恐怕最「容易」知道的就是您自己了。

爲求適時適事；宛轉而不泥古或許更有效果。

三四〇、細察、明辨且篤行的「慎」字

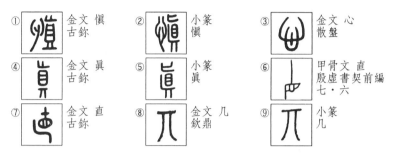

① 金文 慎　古鉨
② 小篆 慎
③ 金文 心　散盤
④ 金文 眞　古鉨
⑤ 小篆 眞
⑥ 甲骨文 直　殷虛書契前編七・六
⑦ 金文 直　古鉨
⑧ 金文 几　欽鼎
⑨ 小篆 几

　　我們要來探討的這個「慎」字，從它的表面看，就已經給人一目了然的印象。因為它的左旁是圖三的「心」字，右旁是圖四、五的「眞」；這「眞心」就是我們今日行事為人的基本態度。這當是許慎在〈說文〉裡稱它為「謹也」的實義。不過，我們還當進一步來探究這字右旁是為何被稱「眞」。因此，我們應先認識圖六的「直」字。這「直」下面的「目」，是極其象形的眼睛。上面的「｜」乃是古稱「一貫」的「貫」字。它被用作數字時就稱「十」。這意思乃是指明我們的眼目當從始至終要一貫的注視；並且還要經過十次或十人的經歷或考證。這就是圖六甲骨文的「直」。再從圖八、九下面的「几」看，它乃是古「几」字。這「几」，高腳的可以置放貴重的觀賞物品。矮的，則可置觀賞植物或作休息用的矮凳。這意思乃在說：是否眞直，當它被置放於高几來讓大家評鑑後，就可斷定。再若經過十人並十次以上的一貫斷定，自可被稱眞直無疑。這就是圖四、五的「眞」。這樣的「眞」再組以圖三的「心」，又可加強那是經過謹慎的「心」所評定的。這樣的事，若非極其謹慎，自是禁不起考驗。這不是道理的懂得；乃是自始至終一貫的實證。且可繼續陳列於「几」來接受後人評斷的。這就是細察之，慎思之，明辨之，篤

行之,能終且遠的「愼」。

三四一、操之在我的「戈」

① 甲骨文 戈
殷契遺珠
四五八

② 金文 戈
師奎父鼎

⑤ 器之一「戈」
古代最簡便的武

③ 小篆
戈

④ 甲骨文 我
殷虛書契前編
七・一七・一

「我」,這個名詞幾乎是隨時隨地都可聽到或用到的一個字,然而卻使我們很難想像這字的構造意義。因此,當我們要來研究這「我」字時,就無法不從古代最簡便之稱「戈」的這兵器說起。我們可先看圖一及圖五古時稱「戈」的形狀。這樣的「戈」,上面是圖五的象形,其下為戈桿,再下的「冂」乃為戈座,是日常停放的木架。這就是「戈」字的由來。不過,這寫法自原初的甲骨文至金文還不到一千年就已變得不似原樣的「戈」了。這也是我們對中國文化當有的知識。這當初的「戈」,是任何人使用時都極方便的。因為它可依人的高矮來酌量其長短。當這「戈」再組以圖四左上的「ヨ」時,它怎會被稱「我」呢?這理由乃在這「ヨ」原為象形的「手」,「▷」為手掌,「三」是手指;這樣的「手」再組以「戈」,就被稱為手持戈足以自衛的「我」了。如此,不僅可以對付外來侵襲「我」的人或獸,並且還可以藉此來警告別人;這就是人人都具天然自衛能力的「我」。

然而,古人卻未曾料到後代的「我」,已可不必使用那「戈」,而以八面玲瓏軟硬兼備之內心所存的:吹、捧、詐、騙、佯、欺、詭等來代替早該「作古」的「戈」而稱「我」了。這恐怕也是這「戈」早已被廢棄而只作歷史源流考證的原因。

三四二、慎珍藏免飛失的「廖」字

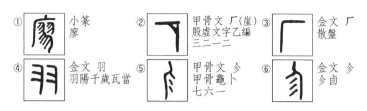

①小篆　廖

②甲骨文 厂(崖)
殷虛文字乙編
三二一二

③金文 厂
散盤

④金文 羽
羽陽千歲瓦當

⑤甲骨文 彡
甲骨龜卜
七六一

⑥金文 彡
彡卣

　　我們現在要來研究的這個「廖」字，今天是只作姓氏來用了。而稱作「空虛」或「寂靜」以及形容稀少的「寥」，在古時則是與這「廖」通用的。再如春秋時左丘明所著〈左傳〉昭二十九所記「昔有飂叔安……」的「飂」，則與今日這「廖」完全不同。這飂叔安乃為黃帝之孫，廖姓即由他始。稍後又被簡化為「廫」。至秦以後，就更簡為圖一而衍生至今的這「廖」。我們分別的來研究它。

　　我們先看這字基本結構的「翏」；上面是圖四稱為翅膀的「羽」，這是極為象形的。它下面則是圖五的「彡」字。那圖意是指一個人在衣內的腋下夾藏著自認為珍貴之物的。現在這寫法的「珍」則是由它衍生。意在強調這「彡」乃為璧玉或珍珠。至於這「廖」上面的「广」就是圖二的古崖字。它上面是指藏於如山崖般的室內的。否則，就容易在大風吹襲下像長了翅膀一樣順勢飛走。如此，它不就成為空虛而落入「寥落」了麼！即使還剩下一點，恐怕已是寥寥無幾。這樣的事，那裡是我們這些後代所容易明白的呢！然而這深義豈不在惕勵後代應當珍藏絲毫不受強風吹襲甚至易於腐蝕等影響之處所麼。這就是我們要認識並寶貝古人們為我們存留的這極為寶貴的遺產。

　　　　許多的憾事幾乎都是偶然的；
　　　　若能細心，就不致必然。

三四三、積穀盈野的「庚」字

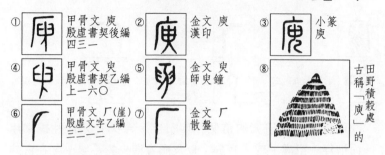

① 甲骨文 庚　殷虛書契後編 四三一

② 金文 庚　漢印

③ 小篆 庚

④ 甲骨文 臾　殷虛書契乙編 上一六〇

⑤ 金文 臾　師臾鐘

⑥ 甲骨文 厂(崖)　殷虛文字乙編 三二一二

⑦ 金文 厂　散盤

⑧ 田野積穀處古稱「庚」的

　　我們現在要來認識的這個「庚」字，除江西與廣東交界的地方有個「大庾嶺」外，就只作姓氏用了。但在古時，卻是被稱爲無頂蓋之糧倉的。這就是許愼在〈說文〉裡稱它爲「水漕倉也，一曰倉無屋者」的「庚」。這也是〈詩經〉的楚茨篇記說：「我倉旣盈，我庾惟億」的野地的「庚」。而現在我們當來認識這「庚」是如何被稱「野倉」以及古人構造這字的因由。

　　我們知道這字上面的「厂」就是圖六、七古稱山崖的「厂」。從這「厂」，可知這「庚」的位置是在郊野之山邊的。至於這「厂」下的「臾」，從圖四看，可知那中間是「人」字。若對照圖五的「臾」，就又叫我們知道其上的「E」，乃是簡化的兩隻手，是指這「臾」乃是雙手堆積出來的。這樣的「臾」，今天則常用作「稍待須臾」的「暫時」。當它與「厂」合組時，就清楚的指明這樣的糧倉是暫時堆放並可隨手取用的。這就是極其豐收的情形。是一個旣象形又會意的字。這是我們中華民族務農爲本的古早歷史；也是古時豐收至積穀盈野的記實。

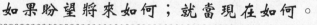如果盼望將來如何；就當現在如何。

三四四、永懷先祖的「終」字

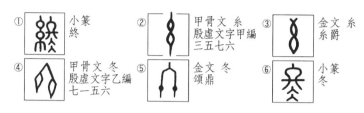

① 小篆　終
② 甲骨文　糸　殷虛文字甲編　三五七六
③ 金文　糸　糸爵
④ 甲骨文　冬　殷虛文字乙編　七一五六
⑤ 金文　冬　頌鼎
⑥ 小篆　冬

「數典忘祖」，是一句相當嚴厲之責備人忘記祖先的話。然而當我們來探討這一個以圖二、三的「糸」再組以圖四、五的「冬」而被稱爲圖一的「終」字時，我們生活在今日科技已達尖端的人，幾乎早已把先祖們蓽路藍縷的創業精神遺忘淨盡。請我們想看，除了進入史博館參觀上古文物時還能勾起一點思古之幽情外，至於「結繩記事」恐怕是不大容易浮現於人腦際的。但是這「終」，卻給我們帶來一絲連於上古的回憶。

我們來看圖二的「糸」字；那是一捲由蠶繭所抽製的絲。它的長度究竟有多長，幾乎無法測量。而其含意則是意指相當相當長的。尤其被組爲「終」字時，更能表明它的長遠以至無限。這是「糸」。再看圖四的「冬」，那是一幅嚴寒時節屋簷滴冰的圖畫。所以它稱「冬」。這「冬」又是指四季之末的。因而也作「終」用。但是，它又何嘗不是春即將臨的又一開始呢！從這樣構造的「終」看，豈不顯明古代以結繩來記事的史實麼！願我們藉這「終」來思古；也藉這「終」來傳遠；更叫我們藉這「典」而不致忘祖，且能重視如此的「終」且至永遠。

今日的一切都握在自己的手裏；
明天，卻都落在別人的口裏。

三四五、生活無虞的「暨」字

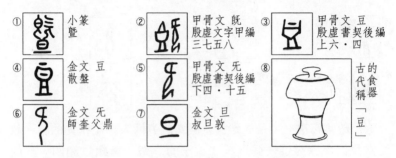

① 小篆 暨

② 甲骨文 既 殷虛文字甲編 三七五八

③ 甲骨文 豆 殷虛書契後編 上六・四

④ 金文 豆 散盤

⑤ 甲骨文 旡 殷虛書契後編 下四・十五

⑧ 古代的食器 稱「豆」

⑥ 金文 旡 師奎父鼎

⑦ 金文 旦 叔旦敦

不知甚麼緣故，也不知是從何人創始來把這圖一的「既」組以「旦」來稱「暨」而把它稱爲連接詞用的。許愼也在〈說文〉裡稱它爲「日頗見也」；這可能是被稱「暨」的原因。我們來探究一下它的眞義。

我們先看圖二左旁如圖三的「豆」，這「豆」乃是圖八的古食器。而這「既」右又是如圖五之一個鮮活的「人」；他似是在「豆」旁既吃飽又喝足的圖畫。所以它稱「既」。至於那下面的「旦」，一面是指自早晨起，一面也可稱其爲一旦飽足就可暫時離開的。但是，人並不是單單吃了早飯就可以的；還要繼續的吃中、晚餐，甚至次日又反覆的繼續。這當是被稱連接又連續的「暨」。這樣的「暨」，豈不就是指日日、月月、年年都吃喝無虞嗎。這也許是我們要認識的「暨」。

三四六、立於高大且適永留的「居」

① 小篆 居

② 金文 居 智鼎

③ 金文 居 師虎敦

④ 甲骨文 宀 殷虛文字乙編 八八九六

⑤ 說文解字 古文 居

⑥ 隸書 居

　　這個居住的「居」，幾乎在所有的字詞典中都列在「尸」部，實有駭人聽聞之感。若以圖一小篆之「居」看，似乎是指這居所內藏有古人的。若再從圖六看，又是因它而錯到今天以致無法更改。

　　正確的「居」，迄今未見於甲骨文；若照圖二、三春秋前的兩種寫法的「居」字看，都可稱其為那時居住的文化已進步到如圖四之頗為高大的房屋。這可從其下的「大」看，那是指人已可在這居所內自由展志並舒適的站立的。至於圖五之許慎在〈說文〉補述的「古文居」，就使我們可以對照出古時的「居」，乃是上面的「人」可從山上下來進入洞穴居住的。再對照今日的居住文化，不止有美化的，而且還有歐化的；照說是可以滿足人心之所求了。也許古人並沒有給人如此設限，若是可能，更大更舒適的居所也是對進步的人類應有的享受。因此我們認為，為了社會繁榮，為了國家進步，我們都能同步往前。更何況今天這「居」上並非是「尸」，他乃是已進步至遠超古人的「活人」。

三四七、精斟細酌的「衡」字

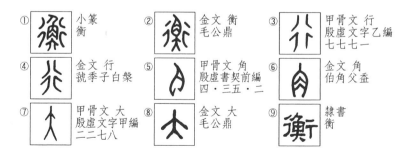

① 小篆 衡
② 金文 衡 毛公鼎
③ 甲骨文 行 殷虛文字乙編七七七一
④ 金文 行 虢季子白槃
⑤ 甲骨文 角 殷虛書契前編四‧三五‧二
⑥ 金文 角 伯角父盉
⑦ 甲骨文 大 殷虛文字甲編二二七八
⑧ 金文 大 毛公鼎
⑨ 隸書 衡

　　這一個常被用作「斟酌」或「衡量」物品輕重之「度量衡」的「衡」字，許慎在〈說文〉裡稱其為「牛觸橫大木」，可能是源自周禮所記「凡祭祀飾其半牲設其楅衡」來的。然從圖二金文

這字的寫法看，它應為圖三、四之「行」與圖五、六的「角」和圖七的「大」所組成的。照這組成看，那「行」乃是十字路口的意思。至於那「角」與「大」，依照當初的情形看，應是指一個人趕了一頭牛為了前往獻祭（周禮）而走至十字路口說的。在這情形下，這牛所載負的不只是重軛，主要的乃是那一位稱「大」的趕牛者所負的責任。當他行至這樣的路口時，豈不當極為慎重的考量其應當向左向右或前行的方向麼！這應是古人構造這「衡」的原初構思。也因此，晉代的陶淵明才會說：「乃瞻衡宇，載欣載奔」來使用這「衡」。如能這樣的瞻前顧後，就不至失之毫厘差之千里了。這也當是古人在構造這字上對後代明確叮囑說的。當然要對其負荷的重責大任更必需加以去精斟細酌後再定奪方向以免辜負所託的。

三四八、踏實行止切勿盲目的「步」字

①甲骨文 步 殷虛文字乙編七〇五五　②金文 步 古鈢　③小篆 步

④甲骨文 止 殷虛文字甲編一二一九　⑤金文 止 亞形尊　⑥隸書 步

我們看圖一甲骨文的「步」字，可叫我們知道它乃是由圖四稱為左腳的「止」和圖五稱為右腳的「止」所組成之一前一後兩隻腳的「步」。這圖意相當簡明。且也在告訴人當左腳踏出後，右腳再跟進時，就叫一步。這也就是我們時常聽聞的一步一腳印的「步」。不過，我們還當稍微用心一下往深處去探究；它乃是意指人一直往前的。然這一直的往前，卻是踏踏實實地一步一步。然而，更稀奇的是；它並不是由兩隻象形的腳所組成，而是如圖二那樣的兩個停止的「止」。圖三的小篆，亦照樣具此圖

意，這恐怕是我們今天這寫法中無法看見的。這其中的深含，豈不在告訴後代每行一步，都當停止下來反覆思考，究竟是一直往前，還是修正一下方向或目標，甚或與我們同行者的步調需否調整。這豈不也是每一個人成功與否的重要因素嗎。否則，路雖是一步一步的走了，時間卻是白白的消耗，勝券就自然的難屬自己。不然，就真的成為許慎在〈說文〉裡所解的「止止相背」而非「止」上增「一」而稱「是也」（說文）的「正」字標記。

三四九、同求同享的「都」字

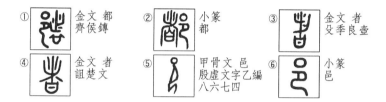

① 金文 都 齊侯鎛
② 小篆 都
③ 金文 者 夨季良壺
④ 金文 者 詛楚文
⑤ 甲骨文 邑 殷虛文字乙編 八六七四
⑥ 小篆 邑

　　這一個被稱為中央所在地的「首都」，以及商業重鎮的「都會」和當作「大家」或「通通」的「都」字，古人是在甚麼樣的情形下所得的啟示，而以圖三、四的「者」再組以圖五、六的「邑」來構造成這圖一、二之「都」的。

　　我們先看圖三、四的「者」；這樣的「者」，並非我們現在當作詞尾代名詞的「者」；它原是既象形又會意的甘蔗之「蔗」。當「者」被通用作代名詞後，後人就另造這「蔗」而專用於「甘蔗」。看圖三、四金文的「者」，可知它的上方乃是蔗葉和蔗枝的象形。圖三上方的「‧」，則是指這甘蔗可製作為棵粒之糖的。圖四的上方，則重在表示蔗葉。這兩種寫法的下面則都是甘甜的「甘」字。這是這字的本義。且也是人人都喜愛且期盼的甘甜。當這蔗右再組以圖五、六的「邑」時，很明顯，那是一幅跪地祈求的圖畫。也在表明他是祈求得到甘甜的。這不只是

一個人的盼望；乃是人人都盼望的，所以它被稱「都」。實意是指大家都來祈求，藉可一同得到。這就是原初創意的「都」。「大都會」是如此得來的，美麗的「首都」也是如此得來的。若使人人及後代都享受這甘甜，自然也都當一同祈求。不過，這就不是許慎在〈說文〉裡所說的「先君之舊宗廟」了。

三五〇、聞惡直諫且不畏烈焰的「耿」

① 金文 耿　毛公鼎
② 小篆　耿
③ 甲骨文 耳　殷虛書契續編　四・二六・五
④ 金文 耳　癸父宗彝
⑤ 甲骨文 火　殷虛文字乙編　四一〇〇
⑥ 金文 火　毛公鼎

　　這一個以圖三、四象形的「耳」組以圖五象形的「火」而稱爲「耿」的會意兼指事的字，看起來似乎頗難令人理解。故諸多古文字學家也多見解不一。而許慎在〈說文〉裡稱其爲「耳箸頰也」雖較可通，但卻與古今都當作「耿直」、「耿介」、「耿節」等極具「正直」之意似無關連。然而，我們若從春秋時韓非子〈五蠹〉所記韓非向主政的君王諫言曰：「人主不養耿介之士……」；就是說這一位王缺少向君直獻諍言的人。而〈後漢書〉的王符傳就稱「符爲耿介不同於俗……」。再如〈詩經〉邶風的柏舟記有「耿耿不寐，如有隱憂」……等看；應都是指「耳聞邪惡，就會火冒三丈般挺身直言」。因爲雖事不關己，但卻影響國家社稷，就隱憂不堪的不顧自己性命而向執政者直諫的。在此情形之下，豈不就像「火」燒到了「耳朵」那裏還能自私的保全小我於一時呢！這就是如「火」已燒「耳」般不得不「諫」的。這也是每一混亂時代的中流砥柱所顯出的「耿耿之士」的「耿」。

三五一、恰好而不溢的「滿」字

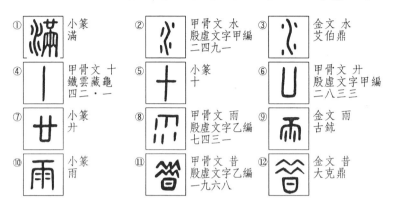

　　「滿」，是一個指事兼具會意的字。從圖一的小篆看，它應為圖二的「水」與圖六、七的「廿」和圖八的「雨」所組成的。這樣的一幅圖畫，豈不極其簡明的告訴我們一連下了二十天的雨，我們週遭的池塘、河川，豈不都水滿甚或成患麼？這當是許慎在〈說文〉裡稱這「滿」為「盈溢也」的原因。不過，許慎這說法則稍嫌誇張，因為，中國文字和文詞的豐富，幾可說是無與倫比的。何況那「溢」又很清楚的表明那「皿」不但滿了水，而且超出器皿，並且流出器皿之外；這才叫「溢」。我們若再從〈史記〉日者傳曰「日中必移，月滿必虧」；漢桓寬之〈鹽鐵論〉褒賢篇記有：「滿而不溢，泰而不驕」……再如宋代毛晃增韻注「滿」曰「足也」等看；這「滿」與「溢」是完全不同的。然而若從這「滿」之深處看，凡事皆須經過一再的努力鑽研，若經過十次或廿次，甚至十年或二十年豈不定可達到二十日之連續雨水般的「滿」嗎！這應是自然的。但是，若因此而感滿而且溢，則有前述的「泰而復驕」之嫌，自然會被稱水患的。這當是我們要認識的「滿」。

三五二、善用其器的「弘」字

　　這個「弘」，許愼在〈說文〉裡說：「弓聲也」；故諸多文字學家也都隨聲附和曰：「矢從弓發出之聲」。這應是無可置疑的形聲字。但是，我們若看圖一古甲骨文和圖二金文的「弘」字，卻叫我們無法從這圖畫中看見矢從弓發出的一絲痕跡。若再仔細探究，說它乃爲弓弦使用太久；或者使用者張力太過而致這弓弦斷裂應是比較吻合的。因此，筆者認爲許愼所說之「弓聲也」應爲此聲。若再對照圖二的毛公鼎，那豈不更清楚是當弦斷裂後所冒出之殘餘弦絲的圖畫嗎？當然，我們還可分析圖三的「弘」，乃「弓」之右再增以「 V 」，我們似應稱其爲「矢從弓發出之聲」。然而，它又何嘗不應被稱爲假借指事來稱其爲形聲的呢？再如：我們今天常用作「宏大」與「弘大」，「宏量」與「弘量」，「弘揚」與「宏揚」等分別又在那裡？故此，我們依據圖四、五、六看，它應該被視爲用弓之人事前未經仔細審試；或者好高騖遠般用力過猛而致弓弦斷裂的「弓聲」！藉此，古人似乎在這字義深處示意後人，凡事均當謹愼從事來善用其器；過與不及，都將不過是空聞「弘」聲，而絲毫未達目的。

　　凡事都有定期，萬務都有定時；
　　過與不及，都易喪失寶貴的利時。

三五三、規向正軌的「匡」字

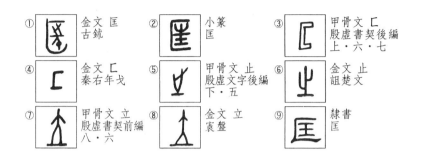

① 金文 匡　古鉨

② 小篆　匡

③ 甲骨文 匸　殷虛書契後編　上・六・七

④ 金文 匸　秦右年戈

⑤ 甲骨文 止　殷虛文字後編　下・五

⑥ 金文 止　詛楚文

⑦ 甲骨文 立　殷虛書契前編　八・六

⑧ 金文 立　襄盤

⑨ 隸書　匡

　　若以今日大家所追求之幾近放縱的自由看，這樣的「匡」，似乎是經過了如此長久的年日後就應列入歷史而被廢止的。然若對照圖九的「匡」看，那乃是因小篆後不久，有一位姓程名邈的小吏，被秦始皇下入監中稱隸而發明了「隸」書而始然的。再以這字主體的「王」看，我旣是王，只要我喜歡，有甚麼不可以！如此，那裡還需要「匡正」、「匡助」或「匡救」……等來「匡」呢！更不要說「匡制」了。爲此，我們當從圖一的金文看，當可探悉古人所構造這「匡」的眞意和深含。

　　我們看圖一的「匡」，它的外圍乃是圖三稱爲規矩的「匸」字。中間的上半是圖五的「止」，其下乃是「人」字。不過這「人」暫時被困而停止在那裡了。這圖意乃在說明，這一個被困止的人，原已脫出範圍，超出規矩。這結果，自然需要被「匡正」而予「匡救」。這當是漢之劉安在他的〈淮南子〉說林訓所說：「非以規矩不能定方圓」的道理。這也是今天的民主法治時代需要以立法來制定大方向之「遊戲規則」的「匡制」。至於許愼在〈說文〉裡稱「匡」爲「飯器也」，當是指二千年前蒸煮飯食用的竹筥說的。若以今天看，一個人若被送到監獄去「匡正」，那樣的「匡」，似乎就當稱爲他的「飯器」了。

三五四、護衛疆土的「國」字

①〔甲骨文 國 殷虛文字外編・八五〕
②〔金文 國 毛公鼎〕
③〔小篆 國〕
④〔甲骨文 戈 殷契遺珠 四五八〕
⑤〔金文 戈 師奎父鼎〕
⑥〔甲骨文 口 簠室殷契徵文 二・三〕

　　這是一個大家一同居住於同一範圍、疆界的「國」字。也是人人都懂得它是一個比家更重要的字。因爲沒有國，也就沒有了家；就會吃盡流離失所的亡國痛苦。即使到了二十一世紀的今天，人可以用自己的辦法取得另一國的護照；甚至可以用錢買得其他國家的居民資格；但是，二等甚至三等國民的滋味常會使你自慚形穢。也許因這緣故，我們的古人就爲後代構造出如圖一、二等這寫法的「國」字。圖一這個古早甲骨文的「國」，是首重於圖四、五的「戈」，那是指武器說的。也就是今天世界各國排在預算首要地位的國防經費。其下之圖六的「口」，含指爲了保護自己國家的人口和其生活必需。到了圖二的金文，就增加了「一」以示「國土」，就是指土地說的。至於今天這寫法的「國」，則更進一步的以這「囗」古「圍」字來劃定一國的疆界了。至此，它就成了最爲具體的「國」。許愼在〈說文〉裡稱它爲「邦也」，也許是指古時的一州或一省。但是，還不到春秋時它又成了人的「姓」，其眞義又在說你這一個人也就是一個狹義的「國」。更何況你這個國家內武力再強還需要人來操縱呢！因此，若微小至一個人本身，他才是一個國家眞正的才智和武器。唯有如此的人，才能護衛自己和國家的存亡。但卻又不是時時在想辦法對付別人；這才是稱爲國家的「國」，以及稱爲自己之姓的「國」。

〰〰　往高處的路，是必須多花一點氣力的。　〰〰

三五五、有史之始的「文」字

 甲骨文 文
殷虛書契前編
三八‧四
 金文 文
毛公鼎
 小篆
文

　　我們都承認，文字是人類文明進步的紀錄。然據考證，我中華文化的「文」字，卻是世界上最早被發現，也是最早文字的紀錄。

　　根據文字學家們的最新考證，在不到二十年之前，在河南省澧縣的彭頭山發現了一處新石器時代所遺留的早期文化遺產，據碳十四測定，距今已有九千年歷史。特別在這遺址中發現一個頭飾上刻有「×」形的記號，經過相當時間研究，一面證實那「×」就是甲骨文之「文」字的初文。以後再經略予美化，就成爲相傳至今之圖一、二、三的「文」字。這「文」是記事的「文字」，也是繪刻事物的「紋」路或「紋飾」。而上述最早期的「文」，當是代表當時某一族群首長或頭目的權柄和權威的。特別是戴在所謂的酋長或頭目的頭上，他就有權柄論處一切的「是」或「非」。

　　我們都承認，這「×」乃是全世界都承認的「錯」的記號，也含指某事乃屬不可或不法的。這些，都可由那一位頭上戴有「×」形的帽飾者來論定。如此的「×」，也就象徵了當時的法律和權勢。這實在足可稱爲我們中國人最早期的文化。當也是流傳至全球的錯的「×」號。這是我們最感光榮的「文」。

時間從不會讓人存留；
但人所作的事，則已被記下永遠存留。

三五六、愼藏禍根的「寇」字

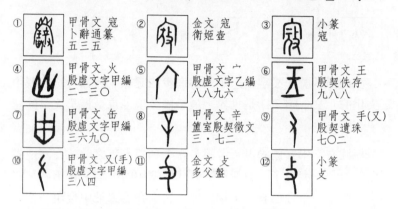

① 甲骨文 寇
卜辭通纂
五三五

② 金文 寇
衛姬壺

③ 小篆
寇

④ 甲骨文 火
殷虛文字甲編
二一三〇

⑤ 甲骨文 宀
殷虛文字乙編
八八九六

⑥ 甲骨文 王
殷契佚存
九八八

⑦ 甲骨文 缶
殷虛文字甲編
三六九〇

⑧ 甲骨文 辛
簠室殷契徵文
三・七二

⑨ 甲骨文 手(又)
殷契遺珠
七〇二

⑩ 甲骨文 又(手)
殷虛文字甲編
三八四

⑪ 金文 攴
多父盤

⑫ 小篆
攴

　　若以〈說文通訓定聲〉告訴我們說：「寇，暴也」看，則是指這「寇」乃強暴的行爲。亦如我們今天稱「寇」曰：「盜匪」；稱到處擄掠的曰「流寇」；稱外侵的敵人曰「敵寇」……等。然而，若不是從原初的甲骨文中還能找到如圖一的「寇」字，我們就實在無法相信當初的古人在甚麼樣的思維下構造出這樣的字而稱「寇」的。從整個圖意看，它應被稱爲一個人首腦的圖畫。也應被稱爲指事兼具會意字。它所會的是甚麼「意」呢？我們分別來探討當會察知它被稱「寇」的因由。

　　我們可先看圖一上方的「（火）」，非常明顯，它乃是圖四的「火」字。它乃意指一個人脾氣很大，常常惱怒般的發「火」；這應是這「火」組在「寇」上主要部分的原因。這「火」下如圖五的「宀」，就是指在房屋內的意思。是指在房內所思想或所作的。若再看這個人所思想的是甚麼？就更清楚了。第一：他想作「王」，就是圖一之「宀」下左上的「王」字。第二：王下的「（缶）」，乃是圖七的「缶」，這「缶」就是後人增「工」爲音符而稱「缸」來盛裝「米」或「酒」等的器皿。但是，這字在古文裡又作自由的「由」；應是指人所需要的油和酒或米糧等，都

「由」這「缶」裡取得。當它被列在這「寇」中時，則是指那一個稱王者有權可以給你與否的。接著再看右上如圖八的「辛」字，那是古「罪」字，是指那一個「王」可以任意把人當作罪人看待的。再下面就更清楚指明圖九、十兩個字乃是左右的兩個也稱「又」的「手」字，也是表明其上的「罪人」被倒吊起來拷打的。而圖二金文右下的「攴」，就意示擊打。從這種種暴行看，這就是前述稱「寇」爲「暴也」的原因。但是，不知是從何時起，它竟被稱爲人的「姓」了；豈不是指「寇」就是這個人嗎？而我們的回答說：這乃是兩面的。如果我們對這些事能如孔子在〈家語〉三恕篇所言：「君子有三思，少思，其長則務學；老思，其死則務教；有思：其窮則務施」。我們若能活在如此的三思中，這「寇」中任何的惱怒就不致發生在我們身上了。這恐怕才是古人留傳給後代應當認識的「寇」。

三五七、無限供養的「廣」字

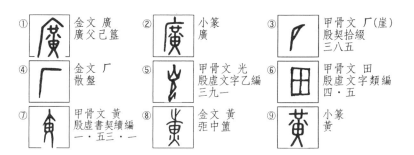

① 金文 廣　廣父己簋
② 小篆　廣
③ 甲骨文 厂（崖）殷契拾綴　三八五
④ 金文 厂　散盤
⑤ 甲骨文 光　殷虛文字乙編　三九一
⑥ 甲骨文 田　殷虛文字類編　四・五
⑦ 甲骨文 黃　殷虛書契續編　一・五三・一
⑧ 金文 黃　㝬中簋
⑨ 小篆　黃

我們現在稱爲「廣大」、「廣闊」等的這「廣」字，許愼在〈說文〉裡稱它爲「殿之大屋也」。他應是指比當時之君王的殿還大說的。然而，若以〈易經〉的繫詞裡：「廣，大配天地」；以及〈漢書〉賈捐之傳所記：「日照天下，遠，近，廣，狹難以量也」來看，那才算是眞正配得稱「廣」的。若問這樣的「廣」，古人是在甚麼樣的睿智下構造？我們當可從這「廣」的

基本架構的「黃」可以探知。

　　請看圖七甲骨文的「黃」字；它乃是由圖五的「光」和我們熟知的圖六的「田」所組成的。而這「光」則又是古時之人持火把借得亮光的圖畫。當它與「田」合組爲「黃」時，就簡化了許多筆劃，這是古人造字的慣例。再看圖一金文的「廣」，就更可證明它確爲「黃」的簡寫無疑。若再問它爲何被稱「黃」；這圖意已很清楚表明。乃是指一望無際之遍野的稻或麥，都已被曬熟透而成爲金黃的。這時的田主，就會站立在山崖高處眺望即將的收成，豈不都會借用宋代詩人范大成的話說：「樂哉今歲事，天末稻雲黃」麼！這就是「黃」上增以圖四之「厂」的「廣」。如此，它才能眞正配得稱爲「日照天下，遠、近、廣、狹難以測量的「廣」！因爲那是爲了無限供養人食糧的「大配天地」的！

三五八、來自上蒼的「祿」字

① 甲骨文 祿　殷虛文字類編　六・一
② 金文 祿　彔伯戎敦
③ 小篆 祿
④ 甲骨文 示　殷虛文字甲編　三六五九
⑤ 小篆 示
⑥ 甲骨文 雨　甲骨續存　一七五六
⑦ 金文 雨　古鉥
⑧ 甲骨文 帝　殷虛文字甲編　二一六
⑨ 甲骨文 日　殷虛文字甲編　七七三一

　　我們中國人所稱的「祿」，大多都是指政府高級官員的薪津叫「俸祿」說的。而我們又常把「祿」與「福」和「壽」相題；這意思很明顯，就是指官位愈高的人，俸祿也就愈多，這當然是人人盼望的福。所以許愼才會在〈說文〉裡說：「祿，福也」。但是，我們若仔細研究圖一原初甲骨文的「祿」字，可使我們知道它乃是圖四稱神的「示」，和圖八的「帝」與圖六的「雨」以及圖九的「日」混合組成的象形兼具會意字。這樣的「祿」，其

主要結構乃在於古稱上蒼爲上帝的「示」和「帝」。這可從〈書經〉的湯誥記有「予畏上帝……」;〈周禮〉的春官也記有「以祀天祇上帝」可證明並非古稱黃帝的那一位。而許愼也在〈說文〉裡稱「示」爲「天垂象,見吉凶,所以示人也……」。這是「示」與「帝」混合相組的原因。再看這「祿」中如圖九的「日」和圖六的「雨」,就叫我們知道人生在世所最最需要的就是來自上天的日光和雨水。請想看,這是何等的「祿」?即使是皇帝或與其同等的高官,若無日光和雨水,再多的俸祿與其何益?由此,可叫我們知道古人所構造的這「祿」,不是指高官的俸祿;而是指上至君王下至萬民所一同共享之上蒼所賜的「祿」;這也才是眞「福」。

三五九、待客禮儀的「闕」字

① 小篆　闕
② 甲骨文　門　殷虛文字甲編　八四○
③ 金文　門　頌鼎
④ 甲骨文　屰　甲骨合集　一五○
⑤ 金文　屰　父丁爵
⑥ 小篆　屰
⑦ 甲骨文　欠　日本京都藏甲　人三一六四
⑧ 甲骨文　欠　鄴中片羽　一・三二・八
⑨ 小篆　欠

「闕」,許愼在〈說文〉裡解其爲「門觀也」;故諸多文字學家們都依此而稱其爲「門臺」或曰「觀臺」。古時也稱宮殿外之門樓曰「宮闕」。故宋將岳飛之滿江紅詞中的「朝天闕」亦指爲在天皇門外朝見天皇的地方。不過,這字迄未見於甲骨文。然照圖一小篆的「闕」看:它是由圖二象形的「門」和圖四人逆狀的「屰」與圖七、八的「欠」所組成的。關於「門」,我們勿須分解。圖四的「屰」,則很清楚是一個頭下腳上的人形。在此則應指其爲如今日門衛的僕人一般。當他接待訪客時,乃是倒退著

引進貴賓的。而這「」右的「欠」字，應是指這「門」內的主人或者代表主人的人。那圖畫不就是描繪他那張大嘴吧笑臉迎人的模樣麼！至於它被稱「欠」，在此應作「欠身」解。但也滿含我們接待某一位貴賓時，總怕有缺欠。他如果是一個討債的人，自又更當卑躬有加了。所以叫「欠」。許愼在〈說文〉裡就稱這「欠」曰：「張口氣悟也」。這正是那「欠」的圖畫；「張口氣悟」似在指那人如同透不過氣的歡迎態度。如此的「闞」，乃是極詳實的記錄了古代迎接賓客的禮儀。在二十一世紀的今天說：這「闞」仍常顯現在政府高級官員或大戶人家之宅第。然就這「闞」說，它不僅記錄了我們五千年文化的史實；但也給我們這泱泱大國的後代留下了接待賓客的典範。

三六〇、方位之首的「東」字

「東」，沒有人不知道它是指東、西、南、北之方位說的。也因此，古人在構造它時，就極其巧妙的以早晨的太陽自東方昇起作主題而把圖六的「日」懸掛於圖四稱「木」的樹間來構成這一幅稱「東」的圖畫。也許有人會問，日落時豈不也是具相同的景象嗎？這問題並沒難倒古人；因他們另以其特別的睿智以日落時飛鳥歸巢形來稱「西」。（請參閱 393 篇「巢」）這是極具時態的畫意。

當這「東」被造後，後人又借它作賓主之「東」，房東之「東」等來用。許愼在〈說文〉裡稱這「東」為「動也，從日在

木中」。他一面是指這「東」的圖意；一面也是指日出後，太陽照到地上的一切事物就開始動的。然而，我們中國人最會善用這「東」，就簡稱一切大小可挪取的物件來統稱它為「東西」；這乃是哲意的；就是指某一物品在甲方的手中，這「甲」就是這物品的「東」。當它被售出或贈與另一方時，某甲就不被稱「東」，而那物件則屬某甲之「西」了，這就是某一物品簡稱為「東西」的兩極關係和哲理。若是一件物品或一個人沒有「東主」，它就會變作被人丟棄般「不是東西」！這是只有我們聰明的中國人才會分辨並分別的「東」和「西」。

三六一、盡情同歡的「歐」字

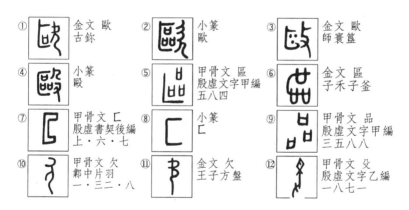

① 金文 歐　古鉩
② 小篆 歐
③ 金文 歐　師寰簋
④ 小篆 毆
⑤ 甲骨文 區　殷虛文字甲編　五八四
⑥ 金文 區　子禾子釜
⑦ 甲骨文 匚　殷虛書契後編　上・六・七
⑧ 小篆 匚
⑨ 甲骨文 品　殷虛文字甲編　三五八八
⑩ 甲骨文 欠　鄴中片羽　一・三二・八
⑪ 金文 欠　王子方盤
⑫ 甲骨文 殳　殷虛文字乙編　一八七一

　　「歐」與「毆」這兩個字，有些字詞典都告訴我們它是同音同義的。而許慎在〈說文〉裡卻分別的比較清楚。他說：「歐，吐也」。稱「毆」則說：「捶擊物也」。我們一同來探究看看。

　　這兩個字的左旁同為圖五、六的「區」字。這「區」又是圖七的古「匚」字，這「匚」就是稱圓為「規」稱「方」為「矩」的「匚」。它有分別或劃分的意思，所以增了圖九眾多之三口後就稱為區域的「區」。當它右方組以圖十二的「殳」，就稱

「毆」。這「殳」，古爲開道夫用來驅散人群爲官員開道的，故有時也以「殳」來擊打人，這當是許愼稱爲「捶擊物」的原因，後來的鐵錘當亦是依這圖形打造。當「區」右增以圖十人張開大口形的「欠」時，許愼就稱它爲「吐也」。特別當許愼解「欠」爲「張口氣悟」；這「吐」，就又具「傾吐」或「歐歌」的意思了。因此，我們把這兩個字排在一起來探究後，就使我們看見，這二字同具一般被分別的人共同歡樂時藉「殳」來敲擊成樂；而共同歌舞的。這豈不是極爲歡娛的大場面嗎。這當也是諸多字詞典稱它爲音義相同的原因。

三六二、相互爲役的「殳」字

　　圖一這一個被稱爲古老兵器的「殳」字，它在所有的字詞典裡又都當部首用。故此，類如「段」、「殷」、「役」和「殺」等都有相當密切的連帶關係。我們可來探究一下這「殳」與它們所發生如此關係的所在。

　　看圖一原初的甲骨文，它下方的左下乃是「手」字，就是指那一隻持著一根棍頭飾以布巾的「殳」說的。這「殳」的長短，相等於今天的童子軍棍，其上設有金屬的利器，平常不用時則常是以布包裹，這是保護，但也是裝飾。許愼在〈說文〉裡就稱它爲「以杖殊人也」！許愼這說法是指古代帝王或高級官員出巡時，兵役以此開道或把人群隔離的。如遇不聽隔離的人時，則可能會被格殺。這當是稱「分段」、「格殺」、「服役」及「殷勤」等的因由。然而這「殳」行至今日，就又如警察人員持以警棍執行巡邏任務的了。由此看來，這「殳」是對付圖謀不軌者最

簡便的武器；但它對居於弱勢民衆的安全，則又可說是一種維護。

三六三、正常灌溉的「沃」字

① 小篆 沃

② 甲骨文 水 殷虛文字甲編 二四九一

③ 金文 水 艾伯鼎

④ 甲骨文 夭 殷虛文字甲編 二八一〇

⑤ 金文 夭 夭鼎

⑥ 小篆 夭

我們現在稱滿有豐富收穫之土地曰「肥沃」或「沃野」以及「沃壤」等這「沃」，是指這土地能得正常灌溉而得肥沃說的。因此，許愼在〈說文〉裡就稱「沃」爲「漑灌也」。但是，令人希奇的是，古人構造這字卻以圖四的一個人得意洋洋瀟灑自如的大步前往的圖畫來稱「夭」。這樣的「夭」，在〈論語〉的家語中記孔子曰：「子之燕居，申申如也，夭夭如也」。接著還說：「其屈不屈不申之間，其斯爲聖人之容乎」。這當是許愼稱「夭」爲「屈也」的原因。這也說明這一個瀟灑自若的人，實在是「夭夭如也」的。其原因，乃在於那一個稱「夭」者，如同經過正常灌溉而生長出旣肥美又茂盛之收成的。這當是許愼稱「沃」爲「漑灌也」的原因。不過，所有的植物又不一定都需要夠多的水分澆灌。例如懂得培養蘭花的人都知道它是怕濕而不怕乾的。如此看來，一切的植物以及不同的人，都需要以正當且正常的培育方法來灌溉方能成長爲屈申之間得稱爲聖如孔子般的聖者性格和性情的。

隨著年齡的增長，不知覺間就學會了應對；
不知你察知對方的真正需要否！

三六四、有播種則得收穫的「利」字

① 甲骨文 利
殷虛書契前編
四‧三九‧八

② 金文 利
利簋

③ 小篆
利

④ 甲骨文 禾
殷虛文字乙編
四八六七

⑤ 金文 禾
智鼎

⑥ 甲骨文 人
殷虛文字甲編
八八九六

　　「利益」、「利息」、「便利」等這個「利」字，是無人不嚮往，不需求的。然若因「利」而「害」；「因利忘義」；或「利令智昏」就非正當且正常的需求了。而許愼在〈說文〉裡所解之「利」曰「銛也」，又曰「刀和然後利」，當是指「刀」之「利」需要磨厲的。所以〈說文〉就把這「利」列爲「刀」部。然照古人所構造之圖一、二等「利」字看，應都如圖六的「人」與四的「禾」所組成。圖三的小篆後，才把它誤列爲「刀」而被許愼稱「銛」的。若從圖一的「利」看，一面是紀錄了我們中華民族務農爲本的歷史根源；一面也在告訴後代把一粒種籽播種於地下後，再經過灌漑及除蟲等必需的照顧，就必定會有千百倍的收穫的。這才是有播種就有收穫的大利。也許有人認爲現在已是工業領軍的時代了！然其原則仍是不變的。那就是當盡一己播種的心力。何況沒有人不知道「天下沒有白吃的午餐」呢！

一粒種籽不落在地裏死了，仍舊是一粒；
若是怕它被埋下去死掉，
就無法使它結出許多子粒來。

三六五、仁德遍地的「蔚」字

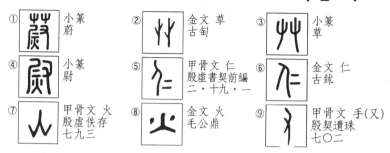

①　小篆
　　蔚

②　金文草
　　古匋

③　小篆
　　草

④　小篆
　　尉

⑤　甲骨文 仁
　　殷虛書契前編
　　二・十九・一

⑥　金文 仁
　　古鉥

⑦　甲骨文 火
　　殷虛佚存
　　七九三

⑧　金文 火
　　毛公鼎

⑨　甲骨文 手(又)
　　殷契遺珠
　　七〇二

　　「蔚」，乃是一種荒野叢生之「牡蒿」的別名。因爲它繁植本能極強，從不需澆灌，施肥，它就能在最適宜生長的秋季向人類呈獻出遍地黃色小花，而使大地充滿新鮮活潑的生氣。這就是許多人常以「蔚爲風氣」來形容諸皆使然的原因。然而，我們當來探究看看古人爲何以「尉」增「草」來作這「牡蒿」的別名而又被許愼在〈說文〉裡稱「蔚」的。

　　首先，我們當先正確認識何爲「尉」！我們當知道古代掌管兵事而稱「太尉」之圖四的「尉」字；它乃是由圖五之古「仁」字與圖七的「火」和圖九稱「又」的「手」所組成的。我們都知道，「仁」是指一個人高尙的道德說的。如「仁人」、「仁愛」、「仁慈」等品格高尙的德行。這樣的德行自然是很容易廣爲人知的；且是從不盼望回報的。但他卻有一個盼望，就是希望人人都能如此。就是指那一位稱「仁」者如同人手持火把賜光給生活在黑暗中的人的。這就是圖四左下如圖七、八的「火」，當被光照的人也能顯出「仁」行時，這一位施仁者的心中豈不滿得安慰嗎？這就是「尉」下增「心」的「慰」。然而，這一班稱「仁」的人，乃是盼望這仁德般的「尉」能如「牡蒿」般叢生遍野而蔚爲風氣。至於其右如圖九的「手」，則是指人人的手皆可作到的。這當是古人以「尉」增「草」後而稱的「蔚」因由。

三六六、勇往無懼的「越」字

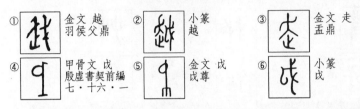

① 金文　越　羽侯父鼎
② 小篆　越
③ 金文　走　孟鼎
④ 甲骨文　戊　殷虛書契前編　七・十六・一
⑤ 金文　戊　戊尊
⑥ 小篆　戊

　　「越」，是因爲曾爲春秋時「越國」的國名，位置就在今大部分的浙江省，故浙江的簡稱叫「越」。而我們在使用它時，又常稱「超越」或「優越」或「越過」等來用。至於它爲甚麼會被稱爲如此之「越」，這就特別顯明了古人在構造這字時所特具的智慧。

　　我們先看這字左旁主體之圖三的「走」。其上乃是一個昂首闊步的人，其下是稱爲腳的「趾」字，古寫作「止」。這樣組成的「走」，許愼在〈說文〉裡說：「徐行曰步，疾行曰走」。這不正是那「走」的圖畫麼。至於這「走」右的「戊」，乃爲圖四之古代兵器；許愼稱其爲「大斧也」。當這「走」與「戊」合組時稱「越」，應是指那一位昂首闊步者無畏這「戊」而足可超過的。由此可叫我們知道那一個人必定具有超越的能力和智慧；他就可無畏無懼的疾行而越過。這不也是孟子在公孫丑篇所說的：「雖千萬人吾往矣」之極甚豪邁的精神嗎！不過，這當也是他特別具有千捶百鍊的功力而有備無患。否則就不敢逾越雷馳。

三六七、華夏寓言的「夒」字

① 甲骨文　夒　殷虛文字甲編　二三三六
② 甲骨文　夒　殷契佚存　三七六
③ 甲骨文　夒　殷虛書契續編　一・一・一
④ 金文　夒　毛公鼎
⑤ 小篆　夒
⑥ 隸書　夒

這一個與「魁」和「馗」同音的「夔」字，若以「魁」和「馗」相較，它可能會給人帶來一種鬼怪魑魅的感覺。何況許愼在〈說文〉裡解這「夔」曰：「魖也」呢！這「魖」就是不實在或假設。古時也與「墟」通用。由此，也可叫我們知道二千六百多年前的希臘寓言家「伊索」（Aesop）所說的許多故事，是可與這「夔」對照，就會有異曲同工之妙意的。

當然，相信鬼神的事，是不論中外自古皆然的。再加上不同的時代以及不同的思想家們的穿鑿附會，就不期然的被流傳。因此，我們彙集了古甲骨文中三種不同寫法的古「夔」字，以及圖四的金文，好叫我們能探悉它的眞義所在。

從這四種圖畫中實在叫人無法看見它究竟是人還是獸。但從東漢劉欽著的〈大荒東經〉裡所描述：「黃帝在位，諸侯於東海流山得奇獸，其狀如牛，蒼色無角，一足能走，出入水即風雨，目光如日月，其音如雷，名曰夔。黃帝殺之，取皮以冒鼓，聲聞五百里」。這可說是對這「夔」的唯一記載。但牠卻被眞正有權能的黃帝殺了。故受命於黃帝造字的那一班人，就以他們不同的想像繪出前圖的數種圖畫。照這寓意看，當是指一隻腳無法行走的；故只能稱牠爲怪獸。這豈不寓含一個人在國家社會中無法單獨嗎。假若你認爲不需要依靠任何人而獨斷獨行，那只有被稱爲古怪的「夔」了。

三六八、賡續開發的「隆」字

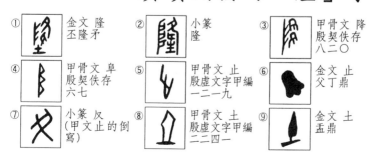

① 金文 隆　盂隆矛
② 小篆 隆
③ 甲骨文 降　殷契佚存八二〇
④ 甲骨文 阜　殷契佚存六七
⑤ 甲骨文 止　殷虛文字甲編一二一九
⑥ 金文 止　父丁鼎
⑦ 小篆 反　（甲文止的倒寫）
⑧ 甲骨文 土　殷虛文字甲編二二四一
⑨ 金文 土　盂鼎

　　這個稱爲「興隆」、「隆盛」等的「隆」字，我們若不能分辨造字的古人們在這圖意裡所表達的是何含意，我們豈不等於糊裡糊塗的稱它爲「隆」嗎！否則，只有在想當然耳的迷信下不知其所以然的稱「隆」了。

　　這圖一金文的「隆」，是由圖四的「阜」，圖五的倒寫如圖七的「止」及圖六正寫的「止」和圖八的「土」所組成的。它與圖三的「降」不同處，就在於它缺少了圖八的土。

　　看「阜」，可知那是原始未曾開發的重重山嶺。但它既稱「阜」，可證它最少已開發了一部分。圖三的「降」，則是紀錄那上上下下的一個人的腳一直在那裡來回不停的工作，也就是指一個人降在這裡就是爲著開發這塊如山般的土地的。當它增加了圖八的「土」後，它就被稱爲圖一之金文的「隆」。這整個圖意不就是原屬層山的「阜」，當它被人一再的開發後，它就被稱爲「隆盛」且繼續「興隆」的一塊繁茂的大阜嗎。如此的「隆」，還在告訴後代，並非到此爲止；乃是開發再開發，這就是今日全世界一直在共同奮力下進步的「隆」。

三六九、示之命之的「師」字

①　甲骨文 師　殷虛書契前編　一七・五

②　甲骨文 師　甲骨初探　四六

③　金文 師　毛公鼎

④　小篆 師

⑤　甲骨文 示　殷契佚存・一六一

⑥　圖一之師的示意

　　我們看圖一、二這兩種不同寫法的「師」字，會使我們看見，圖一乃爲意旨由「口」所傳授或下達命令的意思。圖二則意含其左方之「口」所傳，乃來自右方圖五之指示的「示」。這樣的圖意可叫我們知道這被稱爲「師尊」之「師」的教誨；或統領軍兵的將領如今日稱爲「師長」所帥領的軍隊曰「雄師」之

「師」，以及今天的「律師」、「醫師」等，豈不都是由如圖六之人的「口」所傳授或指示麼！再看圖二這「師」之右，乃是圖四之「示」的繼續延伸或傳授或指示或命令不斷往下傳達的。這樣的「師」，一面是傳授的「師」，一面也是指示的「師」。這就如〈禮記〉文王世子那裡所記：「出則有師，師也者，敎之以事，而喩諸德者也」。這也是〈詩經〉大雅所記之「諄諄善誘」的實義。這應稱爲圖一「敎師」的「師」。圖二的「師」，則應爲帥領兵將征戰的「師」了。如此的「師」，則在意指「示意」後代當從前師之「示」，而使這「示」得以源遠流長。

三七〇、犧牲爲維護的「鞏」字

① 古文 鞏　說文解字
② 小篆　鞏
③ 甲骨文 工　殷虛書契續編一五・一
④ 金文 革　古鉢
⑤ 金文 手　無已其敦
⑥ 小篆 包　說文解字

　　這一個被稱爲國家第一要務之「鞏固國防」的「鞏」字，可能是很少人知道它也稱眼球外表很細韌的一層白膜也叫「鞏膜」。這樣的「鞏」特別對生長在戰亂頻仍的中國來說：「鞏固國防」不僅是國家需要強大武力的問題，且更需要許許多多熱血沸騰的人願意犧牲自己，這才是眞正鞏固國防的實際。至於古人如何構造的這「鞏」，到是滿具深意的。

　　這「鞏」乃是由其上的「巩」和圖四的「革」所組成的。「巩」，原爲古「築」字；也作「鞏」用。看圖二可叫我們知道那個稱爲圖三之「工」的在圖五的「手」中作如圖二之右之纏裏工作的。因此它也當「包」用。但當它稱被殺而犧牲的牛或羊等的皮，它就被稱圖四的「革」了。因爲那「犧牲」的「命」已被「革」了。這犧牲的命旣已被革，牠剩下最爲有用的乃是皮，故

又稱「皮革」。這樣的「革」，可稱爲皮中最堅韌的。以這樣的皮再加諸上面已被包裹或已築就的工程；豈不更加鞏固了麼！這就是古人所構造的這「鞏」。這就很清楚的告訴我們：唯有具有「犧牲」那樣的精神去工作，才能得到眞實的「鞏」。這當也許是許愼在〈說文〉裡稱「鞏」爲「圍束」並言那犧牲爲「黃牛之革」的原因。

三七一、儲車之舍的「庫」字

① 小篆　庫

② 甲骨文 厂（崖）殷契拾綴 三八五

③ 金文 厂 散氏盤

④ 甲骨文 車 殷虛書契精華 三頁

⑤ 金文 車 孟鼎

⑥ 金文 車 應公敦

「庫」，就是我們今天稱爲儲藏大批物資的「倉庫」或家庭中儲藏居家用品以及停放車輛的「車庫」。這「庫」，是由圖二、三等示意爲房屋的「厂」，和圖四、五象形的「車」所組成的。這樣的「庫」，似乎是古人構造這字時的紀實。也證明在四千五百年前的黃帝時，就已經有車庫的設備。當這字行至今日，這「庫」也就成了我們的文化和歷史。然而，許愼在〈說文〉裡解這「庫」卻說：「兵車藏也」。照這說法，可能是指古代只有帝王之尊者才有如此設備的。但是，時代進步到今天，幾乎家家戶戶都有了四輪轉動的豪華轎車，這應是整個世界所共同推動的進步。可是，若從圖四古甲骨文的「車」字看，那是指兩個輪子的車，且應是爲爭戰用的馬作動力的。這可說是世界上最早的「車」；並且證明是我們中國人所發明的。到了秦始皇統一文字時，卻把那車輪簡化爲一個；並且變成「方」的。這當是中國人車輛文化遲滯並落於西方之後的原因。不過，認眞的說：任何進步的車輛，所有的動力還是在於操縱的「人」。位居全世界人口

四分之一的中華民族，豈不都應成爲現代化的「巨輪」，好把中
華文化再推至全世界的最前端！

三七二、眾庶之耳的「聶」字

① 小篆
　聶

② 甲骨文 耳
　殷虛書契續編
　四・二六・五

③ 金文 耳
　癸父宗彝

「聶」，迄今未見於甲骨文，甚至連春秋前後所行的金文也未
發現這字。然據清代陸法言所著〈廣韻〉記有：「聶，楚大夫食采
於聶的一個地名」看，居住於此的族群中就有以「聶」爲姓的。

這「聶」，許愼在〈說文〉裡解它爲：「附耳私小語也」。
這可說是不得了的一件事；而且也確可爲人類歷史作了極其強烈
的見證和無比的警惕。因爲無論中外，所有歷史上的霸權和強
暴，幾乎都在附耳小語下匯聚成一股無法抗拒的大力，最後，終
使暴政不得繼續爲患。許愼這解法乃是依據古人以「三」爲大多
數說的。如「三人爲眾」，「三木爲森」，「三石爲磊」等。這
是文化，也是歷史，更是一股眾多人匯聚的不可抗拒的力量。自
也是對暴政霸權者的警告而使他們不得不「懾服」！這是我們的
中國文字，自是我們中國人所當深切認識的「聶」。

三七三、日光之兆的「晁」字

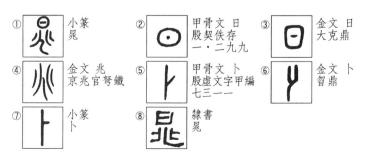

① 小篆
　晁

② 甲骨文 日
　殷契佚存
　一・二九九

③ 金文 日
　大克鼎

④ 金文 兆
　京兆官㝉鐵

⑤ 甲骨文 卜
　殷虛文字甲編
　七三一一

⑥ 金文 卜
　智鼎

⑦ 小篆
　卜

⑧ 隸書
　晁

　　這個自春秋時就與「朝」通用的「晁」，若依圖一清代文字學家孔廣居稱「晁」為「夜鳴且止」的小蟲名；若再與元代楊桓所編〈六書統〉所收錄之圖一的「晁」看，故應作「晁」。若再以我們中國人所慣稱當早晨看見旭日東昇時，就會說：今天是好天！相反的就會說：今天天不好！這不正是指這「日」出與否乃是一天的「兆」頭嗎？這當是古人以圖二、三的「日」與圖四經過灼龜而裂顯出來的圖五稱「卜」的「兆」所組成的這「晁」。如此的「晁」，自可稱其為日光之下所被顯明的事物，亦可稱其為是否行走於光明大道的人。這是人生活的每日之「兆」；也當是人一生的「兆」。

三七四、適可而止的「勾」字

① 甲骨文 勾
殷虛書契前編
四・八

② 金文 勾
姑馮勾鑃

③ 小篆
勾

　　我們常用作「一勾新月」或戲稱不願與人為伍之事曰「甚麼勾當」的「勾」；與說一句話的「句」，古時乃是同一個字。而「勾」與「句」之不同，乃是自秦始皇統一為小篆後不久的隸書才開始分別並行至今的。

　　照圖一原初甲骨文的「勾」字看，它中間乃是「口」字；其外圍乃是這稱「可」的反寫的「ㄎ」；這「ㄎ」許慎在〈說文〉裡稱其為「氣之舒也」。其意思是從「一」呼出之氣得以平順呼出的。當它與「口」合組時就稱「可」。然而古人以這呼出之氣組於「口」之上下時就稱「句」，乃是指由口中所發之言暫時停止的。因此，它就成為文詞中的休止或停頓時而稱為一句話的「句」。可是，古時卻是與「勾」通用，其含意則是當一句話尚未說出之前就馬上止住，這就滿含「勾住」之意了。因此它又稱「勾」。這樣的「句」與「勾」，自非今日稱為「勾當」的

「勾」；乃是一句話尚未說出前緊急剎車般的「勾住」，再經愼思之後說出的。這乃是「話到口邊留半句」，以免道出話柄而釀後患的。唯在姓氏上則讀「句」˘ˇ 。

三七五、出遊之方的「敖」字

① 金文 敖
　　 兮敦壺

② 小篆
　　 敖

③ 甲骨文 出
　　 殷契徵文
　　 六‧一〇

④ 金文 出
　　 毛公鼎

⑤ 甲骨文 方
　　 殷契佚存
　　 ‧四〇

⑥ 金文 方
　　 彔伯戎敦

⑦ 金文 攴
　　 多父盤

⑧ 小篆
　　 攴

⑨ 隸書
　　 敖

　　這個「敖」，許愼在〈說文〉裡稱它爲「游也」。這「游」乃是〈詩經〉邶風那裡記的：「以敖以游」之遨遊的「遨」。至於後人又增「辵」稱「遨」，當是受圖九隸變所影響的。若從圖二小篆來看，它應與圖一的金文無異。從這「敖」就叫我們知道這字左上乃爲圖三之原初甲骨文的「出」字；其下則是圖五之方向的「方」。從這「出」與「方」就已明顯的告訴我們；是指出門前就已擬定了行程，就是：「出門的方向」或「方法」。這樣的行程豈不足以稱出遊了嗎？爲何還在其右增以圖七的「攴」呢？從許愼在〈說文〉裡稱這「攴」爲「小擊也」看，又可叫我們知道那是指稱爲「手」的「又」持了一根棍子的。這一隻棍，乃是古人行路時所必需的。它一面爲驅蛇；一面也可將自己攜帶之稍重物件置放棍的一方扛於肩頭以平均負荷的。如此的「敖」，已完全達到了孔子在〈論語〉里仁說的「父母在，不遠遊，遊必有方」的敎誨。否則，就會有吃的問題「嗷嗷待哺」；心裡當會產生如火般的「煎熬」。這當然都是我們今日常常出國旅遊前當擬定的「方向」、「方式」或「方法」。

三七六、圍爐熱食的「融」字

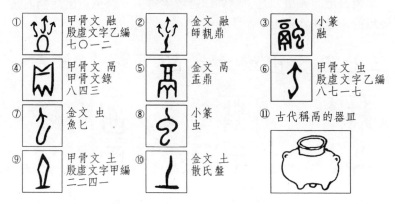

①甲骨文 融　殷虛文字乙編　七○一二

②金文 融　師穎鼎

③小篆　融

④甲骨文 鬲　甲骨文錄　八四三

⑤金文 鬲　盂鼎

⑥甲骨文 虫　殷虛文字乙編　八七一七

⑦金文 虫　魚匕

⑧小篆　虫

⑨甲骨文 土　殷虛文字甲編　二二四一

⑩金文 土　散氏盤

⑪古代稱鬲的器皿

　　「融」，許慎在〈說文〉裡稱其為「炊氣上出也」。這可從圖一古甲骨文的圖畫看見，它確具這圖意。但是，若把許慎所稱之炊氣與圖六的古甲骨文「虫」字對照，它就不是指炊具所出之「氣」了。這乃是我們要探究的事。

　　我們可先看圖四的古「鬲」字，它乃是古時盛裝食物的器皿；古與「離」通用，乃是因它下有三足，稍離地面的。又因這三足皆為中空，又有隔熱的隔離作用。故與「離」通用。這也是許慎在〈說文〉裡稱其為「鼎屬也」的原因。故後人把它增「阜」後稱「隔」。然而，古人為何在「鬲」上增「虫」；也就是我們現在在其右的「虫」後而稱其為「融」。看圖一的「Ω」，可知那是簡化的「鬲」，當它盛裝食物加熱後，一面可指炊氣上出；然更要緊的，乃是將食物中的細菌因加熱而隨氣蒸除。這當可證明我們的古人在四千六百多年前在吃這方面就已有了熱食的文化。如此，他們就可以其樂融融的圍在爐旁大快朵頤的。這就叫「融」。然對今日家家戶戶都有冰箱來說，這「融」似乎應該只作歷史了。但是，在今日更複雜的社會中，人與人間卻存在不知凡幾的「細菌」！也因此紛紛擾攘甚至戰亂不

斷，豈不都因倫理道德上滿了細菌而導致的麼？故當從這方面來加熱消毒，才能使國家社會得能其樂融融！

三七七、步向春暖而必須經歷的「冷」字

① 小篆　冷

② 甲骨文 冰　甲骨徵文　一五・一〇

③ 金文 冰　古鉨

④ 甲骨文 令　殷虛文字甲編　八八九五

⑤ 金文 令　盂鼎

⑥ 甲骨文 卩　殷虛文字甲編　三・

　　「見旨下跪」，是自古沿襲至不到一百年前的清代之封建帝王對接受命令的臣民說的。因爲這是命令，以此類推，凡以上對下，爲著顯示其權威，就都令聽命者下跪。而這「跪」就成了臣服者唯一表示，這就是圖四上方以倒寫的「口」示意以上對下；下面再組以人跪狀的「人」；這就叫象形兼具會意的「令」。行至今日，幾乎所有的字詞典都把它列在「人」部，實在是會錯了意。若從許慎在〈說文〉裡稱其爲「發號也」看，就更確定它上方乃是「口」了。至於古人爲甚麼會在這「令」左增以圖二、三象形又具會意的「冰」稱爲「冷」呢？這應該說地上的帝王可以命令人；這水結成「冰」的事，豈不也有一位出命者嗎？這樣可以命水結成冰的「令」，這時的空氣自然就會因「冰」而「冷」。如此的構造，就並非我們想像的以「仌」爲意符，以「令」爲聲符的「冷」。如此的「冷」，其深含乃在示意人當聽命於「天」的。但也在含示：步向春暖花開即將來臨之前，是必須經過「冷」的。這乃是主宰天地之上蒼的命令。

在工作中學習；在學習中創造

三七八、言及自當履及的「訾」字

① 小篆　訾

② 甲骨文 此　殷虛文字甲編　一四九六

③ 甲骨文 止　殷虛文字甲編　六〇〇

④ 金文 止　亞形尊

⑤ 金文 此　大騩權

⑥ 甲骨文 言　殷虛文字甲編　一八九五

　　我們都認為這個與「瑕疵」相通同的「訾」字，許多字詞典都告訴我們它有毀謗及說人壞話的意思。但是，若從〈漢書〉食貨志記有：「百姓訾富，雖不及文景，然天下戶口最盛矣」看，這「訾」所指乃為「衆多」或「豐富」的。因此，我們當從積極正面的來研究古人以圖二、三等這「止」的圖畫；就是腳步往返來回數次的意思所稱的「此」。如此的「此」，是意含經過數度考量的。其下圖六的「言」，乃是辛苦口所說出的話。如此的「訾」，許慎在〈說文〉裡稱其為「不思稱意也」。後人也常用作「不苟訾言」。則有消極之意。而〈漢書〉司馬相如傳所記：「更名相如，以訾為郎」則又是指「家訾」的。從這些方面衡論，它豈不是具有經過仔細考量或未加思考所產生之後果的。然以這字構造看，實具此言既出自當履行之意。但是，是否深悉在此「訾」意中的深含，「行」與「蹋」都當慎思。

三七九、勿立反常之地的「辛」字

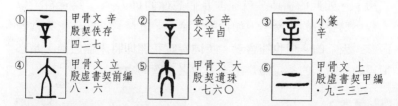

① 甲骨文 辛　殷契佚存　四二七

② 金文 辛　父辛卣

③ 小篆　辛

④ 甲骨文 立　殷虛書契前編　八·六

⑤ 甲骨文 大　殷契遺珠　·七六〇

⑥ 甲骨文 上　殷虛書契甲編　·九三三二

　　這個被稱為「辛苦」、「辛酸」或「辛辣」的「辛」，看圖

四的「立」，就會叫我們知道那是一個正常直立的人；而古人爲甚麼會以這樣的「立」顛倒後稱爲「辛苦」或「辛酸」的「辛」呢？從它在古時也與「罪」通用就可叫我們知道，正常的人當然都是直立的；唯當一個人犯罪後就以把他倒立起來作爲刑罰，那豈不是相當「辛苦」且更「辛酸」嗎？看起來，這「辛」的圖畫頗似相當慘酷；但是，這又何嘗不是古人對後代極具苦心的忠告呢！如此看來，這「辛」的深含乃在極其傷痛的情形下儆惕後人，萬勿立於反常之地而入罪於網羅的。若再對照圖五稱人的「大」，以及圖六上短下長的「上」，就可以知道一個字被顛倒後的結果了。

至於許愼在說文裡有兩面的解釋，一曰：「辛」爲「秋時萬物成而熟，金剛味辛……」；然而此說爲歷代文字學家們難以接受。但他接下去又解說：「辛，罪也……犯法也」則較合理。

三八〇、謀定而後動的「闞」字

① 金文 闞 毛公鼎　② 小篆 闞　③ 甲骨文 目 殷虛書契乙編・九六〇

④ 金文 敢 毛公鼎　⑤ 甲骨文 又(手) 殷契遺珠 七〇二　⑥ 甲骨文 甘 殷虛書契後編 上・一二

這個「闞」，在許多字詞典裡都被列在「門」部。特別是這「門」裡又組以「敢」字；而許愼在〈說文〉裡又稱其爲「望也」；有的字詞典還解它爲「偷窺」；眞叫人有點啼笑皆非般認爲這是膽子大的人；或者是小人。否則怎能「敢」在「門」外或關起門來偷看呢？我們若再對照古老的〈山海經〉記有：「禹，疏江決河，十年未闞其家」；及〈詩經〉大雅記有：「闞然如虎之怒」；這都毫無問題的是指「看」說的。但是，這其中的「敢」與其主體結構的「門」似乎很難拉得上關係。然而又因迄

今尚無原初的甲骨文可考，就似乎是相當難解的問題。不過，我們還可從圖一之金文中查找出實證。

從這毛公鼎所鑄刻的「䀠」看，就叫我們知道我們現在視爲主體並列在「門」部的這「門」字，它乃是清清楚楚的兩隻眼睛的圖畫。它正如圖三甲骨文的「目」字。這就證明〈詩經〉所說「䀠然如虎之怒」的「虎視眈眈」。至於這「雙目」變爲「門」，當是秦時小篆所「統」出來的大錯。接下去就當來看「敢」字。再依圖四的毛公鼎看；又叫我們知道那是以圖五兩隻稱「又」的手持以如「匙」之器物享受如圖六之「甘」甜的。這圖意就說明前述之禹奉命疏江決河雖十經家門卻無法看望家人並享受家中甘甜的「䀠」。如此的圖意，就無法使我們在未加詳察細思之前而「敢」大膽的在「門」之內外偷窺任何人、事、物的。

三八一、善用雙手方不致茌苒的「那」字

① 小篆 那

② 甲骨文 冄 殷虛文字乙編 四五〇八

③ 金文 冄 金冄証

④ 小篆 冄

⑤ 甲骨文 邑 殷虛文字乙編 八六七四

⑥ 金文 邑 公違鼎

⑦ 小篆 邑

⑧ 隸書 那

⑨ 正楷 那 唐藝文類聚

「那」ㄋㄚ，我們都知道它是遠指的代名詞。而讀「那」ㄋㄚ，則是疑問的代名詞。若問古人是以何種智慧來構造出這如此方便的字？恐怕是很多人無法回答的。因此我們可先看唐代歐陽詢在他的〈藝文類聚〉裡所彙集的圖九之正楷的「那」。從這寫法

看，可知它左旁乃是「冉」字，也就是圖一之左小篆的「冉」。依這「冉」再對照圖二甲骨文的「冉」，可叫我們知道那是攤開空空雙手的圖畫。這圖意豈不是在告訴人這一雙手甚麼也沒有麼！當然也就是無法應付人任何需要的。這就是人常形容的「柔弱下垂」或稱空空如「冉冉白雲」的「冉」。這情形當然不是人所盼望的。因此，古人就在這「冉」右增以圖五祈求狀之人的「邑」來稱「那」。一面是意指期盼上蒼所付予之雙手不致如白雲般荏苒飄過；一面也祈求賜人智慧的創造主能使雙手盡其所能。至於作「這」或作「那」；在「這」或在「那」，則祈求上蒼來主宰了。這當是古人構造這字的深含。自也是叮囑後代不可荏苒一生的期盼。若是只看圖八今日寫法的這「那」；那就真叫我們無從得知「那」ㄋ 究竟是「那」ㄋ 了！自亦不是許慎在〈說文〉裡所稱的西夷國名。故更期盼復興中華文化這團體的「領導」諸公，能重視並實化這「那」！

三八二、策勵未來的「簡」字

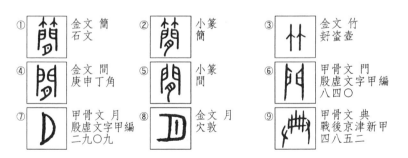

① 金文 簡　石文

② 小篆　簡

③ 金文 竹　奸鲨壺

④ 金文 間　庚申丁角

⑤ 小篆　間

⑥ 甲骨文 門　殷虛文字甲編　八四〇

⑦ 甲骨文 月　殷虛文字甲編　二九〇九

⑧ 金文 月　穴教

⑨ 甲骨文 典　戰後京津新甲　四八五二

這個稱為「簡單」、「簡便」或「簡易」等的「簡」字，迄今尚未在甲骨文中出現。圖一的金文已把它清晰的表明。這簡之主體是圖六的「門」，其地位則是相當重要的。這裡的「門」，則是指古人生活工作必經之處。當這「門」中置於圖七的「月」就被稱時間的「間」；但也是「間隔」的「間」。如果把時間間

隔了，已過的時間就永遠不會再來。而這「時間」在此又是指一天之內的日出日落，及至晚上月出月落的。所以古人才會在門內置以「月亮」的「月」，而並非今日這寫法的「日」。其目的乃在告訴人生活的「時間」是不分晝夜的。當造字的人在這「間」上增加了如圖三的「竹」以後，當是古人以甲骨記事後又以竹簡記事的紀實。這是海峽兩岸的歷史文物館中都存有相當數量的「竹簡」可資考證的。這當是「簡」的由來和史實。尤以這竹簡儲存方便，也頗耐久，更可穿洞串連；所以至春秋時孔子所讀的書仍是竹簡所編的。從圖九的「典」字看，那乃是手棒甲骨或竹簡的圖畫。它也成了後人的「典範」。如此看來，這典乃是以往的工作時間或間暇時間的紀要。這就是以「門」以「竹」再增「日」或「月」的「間」與「閒」。尤其古人在「門」中置以「月」稱「簡」，這乃意含所有還活著的每一個人，都是一個活的「簡」；不僅是日光照射時，尤其在日落月出後，都當竭盡所能的去把握並善加利用的。後人把我們視為「簡單」或較為被重視的「簡策」，那就看我們所留下的是何等的紀實了。

三八三、豐盈富足的「饒」字

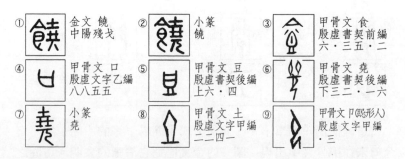

① 金文 饒　中陽殘戈
② 小篆 饒
③ 甲骨文 食　殷虛書契前編 六・三五・二
④ 甲骨文 口　殷虛文字乙編 八八五五
⑤ 甲骨文 豆　殷虛書契後編 上六・四
⑥ 甲骨文 堯　殷虛書契後編 下三二・一六
⑦ 小篆 堯
⑧ 甲骨文 土　殷虛文字甲編 二二四一
⑨ 甲骨文 卩(跽形人)　殷虛文字甲編 ・三

　　我們都知道這「饒」是指物產豐富說的。而古人在這樣的字意中的深含和期盼，似乎也確成了我們今日的享受。後人也假借作「饒恕」等來用；它又是意何所指；我們一同來探究看看。

從圖一、二的金文和小篆的「饒」看，它是由圖三的「食」與圖六的「堯」所組成的。這「食」，上為圖四倒寫的「口」與圖五古食器的「豆」所組成的。這樣的「食」乃在表明「口」所需要的乃是「豆」器中所盛裝的食物。而這「食」右之「堯」的上方，乃是圖八的兩個「土」字；其下乃是圖九跽形的「人」。那意思是指向上蒼祈求土地豐沃的。當這樣的「食」與「堯」組合後，它就成為既享受豐足的食物，自當有富饒的土地。這樣的一個人豈不成為既豐盈又富足而毫無後顧之憂了麼！這當然是足可稱為「富饒」的。至于「饒恕」，則又是人與人間的相處雖會有小小不快，但在富饒的生活下豈不易於寬恕麼！這又是一個人道德雅量的富饒了。至於能否使人人皆感完全，那就是這字之右下那「跽」形的人需要向上蒼祈求的了。這也許就是許慎在〈說文〉裡稱這「饒」為「飽也」，應是指各方面都能使人滿足的。

三八四、挖穴之工的「空」字

① 金文 空　古鼎　② 小篆 空　③ 小篆 穴　說文穴部　④ 甲骨文 宀　殷虛文字甲編八八九六　⑤ 甲骨文 分　殷契拾綴・四二〇　⑥ 甲骨文 工　殷虛書契續編一・五・一

在古代官員中有「司空」這名稱的職位，約等於今日的部長。而這「司空」的職分，主要在於管理古代以人力挖空山坡來建造居所一類的事。更早時，又叫「穴侯」。然而，古人們當初乃是以圖四的「宀」，再組以圖五稱「分」的「八」而稱「穴」的。這樣的工程，就是為著使山坡或適合居住之處能使其「空」。所以它下面再組以圖六的「工」就稱作「空」。這樣的「空」，是古代居住文化的紀實；當然也是我們的歷史。如此說來，它當然不可被今日的人常稱之為「空空如也」的「空」的。

依據這樣的事，再進步到今天的海底隧道及地下鐵道等工程，這又是何等偉大的稱「空」之「工」！難怪今天日新月異的科技卻還離不了我們古人早已發明的如「工」形的「工尺」。然而，更特別的，人體穴道的「空」和「工」，卻是西方科學所難以想像的。特別在一九五八年全球的實驗中，已通過一萬次以上的手術來證明針灸麻醉穴道的功能；實在證實了我們古人在人體裡所探究出來的「穴道」。這樣的「空」，則是西方人所難以想像的。更是他們所不可忽視的。願我們一面記念古人所構造的這「空」；一面也必須認識當使自己得以成「空」；方能接受新時代的一切的「工」。這當是許慎稱為「竅也」的「空」。

三八五、繼往開來的「曾」字

① 甲骨文 曾　殷虛文字甲編　八九五
② 金文 曾　叔姬簠
③ 小篆　曾
④ 甲骨文 分　殷虛文字甲編　八九五
⑤ 甲骨文 分　殷契拾綴　四二〇
⑥ 甲骨文 田　殷虛文字類編　四・五

　　我們常稱好像見過的人與事曰：「似曾相識」的「曾」；與更上一層的前輩稱為「曾祖」的這「曾」，使用迄今最少也有四千五百年以上的歷史。而真正知道這字為何如此構造；且作「曾」ㄗㄥ 和「曾」ㄘㄥˊ 來用；恐怕是少之又少的人所真知或深知的。若不悉心探究，則實感愧對古人在構造這字上的睿智和苦心。

　　從圖三小篆的「曾」看，它應是沿襲自圖二的金文而略有改變。然若再往前探究古人所構造之圖一的原初甲骨文看，那圖畫似已很清楚的表明其上為圖四、五稱「分」的「八」；下為圖六經過胼手胝足般耕作並規劃的「田」；而並非雜草叢生，遍地荒蕪的「地」。因為它「曾經」被先祖們劈荊斬棘而奮力開發過了的「田」。像這樣分開田與地的工作是「曾經」何人的手呢？往

上追溯，自當是稱爲「曾祖」們的「曾祖」，但也流傳到他們的「曾孫」的「曾孫」而至今天的我們。這就是古人們造字時的睿智所造原初之「曾」乙和「曾」乙。自也當是古人們在這字的深含裡叮囑後代；不僅繼承既往而更當奮力開發未來；否則就無「土」可「增」了。如此的「曾」，許愼稱之爲「詞之舒也」；也許是要我們繼續的「使其舒展」的！

三八六、重視生理的「毋」字

① 金文 毋　旬邑權

② 小篆　毋

③ 甲骨文 女　殷虛書契續編　四一・一

④ 金文 女　克鼎

⑤ 甲骨文 母　殷虛文字甲編　一五五五

⑥ 金文 母　母甲禪

　　這一個極似母親之母的「毋」字，它的意思幾乎是與「不」及「勿」不易分辨的。然而，它早已清清楚楚的被分辨。請看〈左傳〉昭十六記有「毋乃不可乎」以及襄九記有「生君而知也，毋寧夫人，焉用老臣」等語。所遺憾的，這字迄未見於甲骨文。然從圖一的金文及圖二的小篆看，它是與圖五之「母」是極爲相似的。而這「母」又是從圖四之「女」所衍生。若細察圖五、六之「母」，可知那是從圖四之「女」增以兩個「・」，意爲長大成人之女性乳房說的。這意指她可以作母親了。至於圖一、二的「毋」，則是強調長大成人之女性生理期說的。那「女」中的「丿」，則意指婦女周期性調節期內所排出之液體。這樣的「毋」，一面是指不可爲外人道的「毋」；另一面更是指在此期間內不可有男女性行爲的「毋」。因此，許愼才會在〈說文〉裡稱其爲「止之詞」。接著他還繼續解稱：「禁止之令，勿姦也」。請看，這樣的「毋」，與「不」或「勿」豈不分辨的相當清楚麼！這實在是古人在造字的智慧上巨細畢舉的深思。這樣

的事，即使五十年前說，還是大部分的婦女難以啓齒的。然而古人卻能以極簡單的圖畫來表明。而且在圖意中不但表明了古人對生理的認識；另一面也表達出女性難以啓齒的事是可以藉這極爲簡明的「毋」而使人重視。

三八七、海陸之界的「沙」字

① 金文 沙 師楫簋
② 金文 沙 褻盤
③ 小篆 沙
④ 甲骨文 水 殷虛文字甲編 二四九一
⑤ 甲骨文 小 殷虛文字乙編 二九〇八
⑥ 金文 小 盂鼎

　　這一個稱爲「沙灘」、「沙丘」及「海沙」等的「沙」字，雖迄今尚未在甲骨文中發現；但從圖一、二的「沙」字看，雖無法知道那一個「沙」與原初的甲骨文是否相近，然而，從這兩個字的趣意裡，卻使我們無法不從內心發出對古人的感讚。因爲在這樣的圖意裡，就已把我們帶到海邊的沙灘上了。在這兩個字的曲線裡的「〻」所呈現的，就是河水或海水的波紋，也就是圖四「水」中間的「〻」所表現的。藉這圖意，它沒有使我們看見海濤的洶湧；這當然是那數算不盡的粒粒細沙圍聚成了無法衡量的海岸，就能使海水到此爲止。這樣既奇特又浩大的工程實在不是古今中外任何一個超特的工程師所能創造的。也叫我們無法忘懷上蒼所創造的大工及古人構造這字的睿智。再看圖五、六的「小」，那乃是指無法以人的手來創造這眾多的沙粒中一粒小沙的「小」。因爲它實在應被稱爲「小」的。當它再被組以圖一、二的右下，它就被稱爲「沙」，乃是指聚集了許多無法數算的「小」而成爲一個範圍的「沙」。如此的「沙」，就足以抵擋海浪波濤。然而，若經過了人爲的破壞，後果則會不堪設想。願我們能真認識這無數的「小」所組成可以抵擋洶湧波濤的「沙」。

三八八、得過且過的「乜」

① 小篆 乜
篆典

② 隸書
乜

③ 乜字的瞇眼型

　　這一個很少用也不常見的「乜」字，可能為五胡十六國時西夏的蕃人歸順中國後而以這「乜」為姓的。故未被許慎收入〈說文〉之內。至隋代的陸法言才收錄在他的篆典裡。如圖一讀作「乜」也許與圖三之眼睛微閉狀相近，故在諸多章回小說中當作眼瞇瞇狀而讀作「乜」。故此，為姓氏專用時就讀作「乜」ㄋㄧㄝˋ。照這字的用法看；如〈西遊記〉六十一回記有「牛王將身一變，變作一隻香獐，乜乜些些的在岸邊吃草」；〈元曲〉的望江亭也有「忒懵懂，玉山低趄，著鬼祟，醉眼乜斜」；〈紅樓夢〉三十回曹雪芹也形容「金川兒……乜斜著眼亂晃」……等看，都是形容並非凝目重視的。故此，我們願藉宋代大儒蘇軾對兒子的盼望而實為打趣自己的說：「但願吾兒痴且愚，無災無難到公卿」。請想看，這是何等的「乜斜」。而清代的鄭板橋也說：「聰明難，糊塗難，由聰明轉入糊塗更難！放一著，退一步，當下心安」！這豈不又如曹雪芹在〈紅樓夢〉中的夢語：「假作真時真亦假；無為有處有還無」麼！這當也是得過且過般得饒人處且饒人而裝作未見的哲理。

三八九、從牧羊而得的「養」字

① 甲骨文 養
殷虛書契粹編
一五八九

② 金文 養
不嬰敦

③ 小篆
養

④ 甲骨文 羊
殷虛文字乙編
七六七三

⑤ 甲骨文 手
殷契遺珠
七○二

⑥ 甲骨文 牧
殷契摭選續編
一八七

我們現在所使用的這「養」字，是從圖三的小篆所衍變的。若與原初之圖一甲骨文與圖二金文對照，除了可從現在這「養」中尋得它乃意爲「美食」看，就與原甲骨文所含深義相去太遠。而許愼在〈說文〉裡解其爲「供養也」應亦含非僅「養」而且還「供」的。我們來探討一下就可知道。

牧養羊的人都知道這「羊」是在家畜中最容易飼養，而且繁殖快速的。這是首要的利益所得。至於牠的毛、皮，又都是紡織及製作衣物的高貴原料。甚至連洗滌後殘餘的羊毛油脂，經過提煉還可當作美容脂膏的高貴原料。至於牠的肉質，不但具有高純的營養價值，並且沒有膽固醇。牠的奶，也高於牛奶的營養。除此之外，牠的溫馴，更是人類所當學習的。而牠幼小時的跪食母乳，又是所有高級動物甚至人類都當具備的「孝道」。這些，都當是人從牠學得的「修養」、「涵養」以及對人的「教養」。這當是古人以圖一之左的「羊」和其右稱「又」之「手」所持之竿而牧養之「養」的圖意。

三九〇、使人得娛的「鞠」字

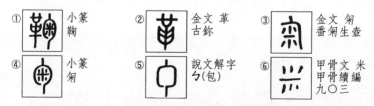

① 小篆 鞠　② 金文 革 古鉢　③ 金文 匊 番匊生壺

④ 小篆 匊　⑤ 說文解字 勹(包)　⑥ 甲骨文 米 甲骨續編 九〇三

我們都知道這「鞠」就是世界通行的「鞠躬」的「鞠」。不過，可能是很少很少人知道它是我們四千六百年前的黃帝時代就已發明的「足球」。它是當時的軍人在練武之餘的一種運動名叫「蹋鞠」。從圖一小篆的「鞠」看，可知它是一種牛或羊的皮所製成的。因爲照圖一之左的「革」說，它乃是如圖二的一隻獸被殺後只剩一副骨架的意思；因爲牠的性命已經被「革」了；牠的

皮已被人拿來製成「鞠」了。那「革」右如圖四的「匊」，外圍
就是圖五之「包」而無其內容的圖畫。因為原初的甲骨文的
「包」是指懷孕的婦人大腹便便的。（請參閱第一八五篇包）當
它被稱「匊」時，就以圖六的「米」換替了原初的「子」而稱圖
四的「匊」。這就是我國最早的也可能是世界最早名叫「鞠」的
「足球」。三國時的諸葛孔明對劉備謙稱「鞠躬盡瘁」就是指願
把自己的身子當作「鞠」為他的主人任意踢踢及至死地的。當我
們今日行以「鞠躬」之禮時，是否真具如此之「鞠」意呢？這圖
意乃在示意後人最少要把自己當作皮球一樣顯出使人得娛的謙
卑。這就是許慎在〈說文〉裡稱為「踢鞠也」的「鞠」。

三九一、成熟之年的「須」字

① 甲骨文 須　殷虛文字乙編　二六〇一　② 金文 須　白多父盨　③ 小篆 須

　　我們常當作「應當」用的這「須」字，若對照圖一原初甲骨
文的「須」字看，真會使我們有不知其所以的感覺。因為圖一這
「須」就是我們今天稱為「鬍鬚」這「鬚」的圖畫。在古代，他
們沒有我們這麼方便的理髮或剃鬚刀；因而到相當年齡的男子，
就自然會長出人人可見的鬍鬚。所以，古人就以圖一那圖畫稱作
男子「必須」蓄鬚的「須」。當別人看見自己已經成長出來的鬍
鬚時，一方面證明年齡已經成長到相當程度；另一面也等於足以
擔當某種責任之年。這就是許慎在〈說文〉裡稱為「頤下毛也」
的「須」。也因此，中國人才會有「嘴上無毛，作事不牢」的古
諺。這樣的「須」，一面題醒你「必須」知道你已不再是幼稚無
知之輩；故也「務須」知道凡事都當謹言慎行。至於圖二之後來
的「須」，則明顯的叫人看見他實在是「老了」的「須」。其含
意似在告訴他「少年不努力，老大徒傷悲」；然而，還有機會

「仍須努力」。這些，自應是每一位少壯青年都「必須」知道的
「須」。而我們今天這寫法的「鬚」乃是後人增造的。如此的
「鬚」就比較不容易使人有激勵、警惕或啓發等深含。願我們能
藉這「須」認識古人的創意；也能珍惜我們在這字意的深處對後
代諄諄勸勉的厚愛。

三九二、祭天盛禮的「豐」字

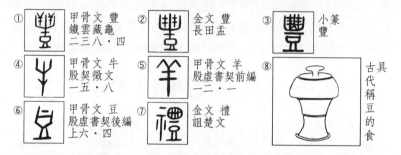

① 甲骨文 豐　鐵雲藏龜　二三八‧四
② 金文 豐　長田盂
③ 小篆 豐
④ 甲骨文 牛　殷契徵文　一五‧八
⑤ 甲骨文 羊　殷虛書契前編　一二‧一
⑥ 甲骨文 豆　殷虛書契後編　上六‧四
⑦ 金文 禮　詛楚文
⑧ 古代稱豆的食具

　　一題到「豐」，我們都會毫不思索的認爲那是「豐富」、
「豐收」或「豐滿」等的「豐」。然而，我們若對照一下圖一之
原初甲骨文的「豐」字，就會叫我們清楚看見那是一幅獻祭之禮
儀的圖畫。因此，古時也當「禮」用。其目的乃在表明那是獻祭
給稱爲上蒼可給人「啓示」之神的。若細察這「豐」，其下乃爲
古稱像形之「鼎」如圖六的「豆」字。這當也是閩南語稱鍋爲
「鼎」的由來。這「豆」之上乃爲極其明顯之如圖四的「牛」
字。它上面則又是圖五的兩個「羊」。這就是古人獻祭時稱牛爲
「太牢」，稱「羊」爲「少牢」的祭物。我們也可從歷史中得
知，古時黃帝獻祭的牛、羊多達數十隻，甚至更多至數百隻的。
這就是古人祭拜上蒼獻禮之「豐」的表示。我們如果把它稱爲林
木之「豐」，則如風馬牛不相濟般的毫不相干了。這就是我們當
從許愼在〈說文〉裡所說：「行禮之器也」來認識這「豐」。

三九三、避禽獸且防蠱蟲的「巢」字

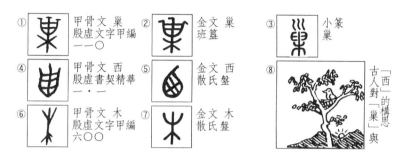

① 甲骨文 巢　殷虛文字甲編　一一○

② 金文 巢　班簋

③ 小篆 巢

④ 甲骨文 西　殷虛書契精華　一・一

⑤ 金文 西　散氏盤

⑥ 甲骨文 木　殷虛文字甲編　六○○

⑦ 金文 木　散氏盤

⑧ 「西」的構思　古人對「巢」與

　　春秋戰國末期，著名學者兼大政治思想家韓非，以五種為害國家社會的人為題而著的〈五蠹〉中有一段記載說：「上古之世，人民少而禽獸衆；人民不勝禽獸蟲蛇。有聖人作，構木為巢，以避群害，而民悅之，使王天下，號曰有巢氏」。從這記載，可使我們知道上古時代的先民架木築巢的事，是為了躲避禽獸蟲蛇的災害而得安息的。這就是古人以圖六稱樹的「木」架以圖四「屮」形的「巢」所構成的既象形又會意的字。以後，「鳥巢」這巢也就如此被流傳。如今恐怕我們早已忘記這「巢」之構成乃為紀念古聖賢君之「有巢氏」了。這當是倉頡他們奉黃帝命造字以前五百多年的事。到了秦時統一後如圖三的小篆，就都稱其上方的「巛」為三隻小鳥了。故此，當我們一題到「巢」，就自然會連想到它就是「鳥窩」。特別當人類文明已進步至百層以上的高樓大廈時，那裡還會有禽獸蟲蛇的問題。但是，眼見的到處都是鐵門鐵窗；更還有驚震寰宇的九一一事件，豈不遠超毒蛇猛獸千萬倍嗎？何況那些化過粧且穿著高級服裝，駕駛高級轎車的禽獸蟲蛇滿佈在你我四週，我們還渾然不知呢！我們豈不更需要一位「而民悅之」的「有巢氏」嘛？為了認識這「巢」，我們更需要一位賢君為我們創造一個「以避群害」的「巢」；而並非

許愼在〈說文〉裡所說的「鳥在木上」的「巢」。

三九四、凝聚心力的「關」字

① 金文 關 鄧君啓舟節　② 金文 關 關中幣　③ 金文 關 陳猷釜　④ 金文 關 左關鉌　⑤ 小篆 關　⑥ 甲骨文 門 殷虛文字甲編 八四〇

從圖一至五這五種寫法的「關」字看，其主體結構都是圖六甲骨文的「門」字；也由此可叫我們知道這「關」的意思乃爲把門關起來。當然，門既關了，它自然就可稱爲進出的關卡。不過，因爲迄無原初的甲骨文可考，我們就很難斷定古人當初構造這「關」時，「門」內究竟是甚麼字？它所含的又具何等的「意」！因此，我們就一同來研究看看。

我們先看圖一的「關」；我們認爲它是「串」字。從這「串」看，它乃是兩個金屬的「鐶」再串以一根金屬的棍棒。如此，就可把那一個大關閂得非常牢靠了。至於圖二的「關」，則應是「關卡」的「關」。這就如中國當初位於東北的「山海關」。關門以外就屬當初東北的滿州。這樣的「關」，是非經許可不得任意進出的。因此，圖二這「關」內乃是兩個把守的「人」。從這兩個「關」看，就使我們明白古人所稱的「關」意是分別的相當清楚。至於圖三、四的「關」似乎把這兩種意思都含括在內了。這可稱其爲都有連帶「關係」。可是，以今日空中交通的既方便又頻繁看，國於國間除了劃定的界限外，幾乎所有的國家都沒有我們「萬里長城」那樣的「關」了。然而，今日的「關」實已擴大爲全體團結共同關心以凝聚國力才能鞏固國防的眞「關」。自當不是許愼在〈說文〉裡所說：「以木橫持門戶」的那個門戶加「閂」之狹隘的「關」。

三九五、天賦使命的「蒯」丂ㄞ

① 小篆
　蒯

② 金文草
　古匋

③ 甲骨文 朋
　殷虛書契後編
　上・八

④ 金文 朋
　趙曹鼎

⑤ 甲骨文 手
　殷虛文字甲編
　三八四

⑥ 隸書
　蒯

　　從這稱「蒯」之上方爲圖二的「草」看，就已經叫我們知道它是一種草的名稱了。它是多年生的草本植物，屬莎草科，生水邊，可長高至四尺許；莖稍綴小穗，開黃色小花。子可食；莖可織席，也可編索。古時，也被編作大戶人家置於門前的「出杆屨」；相當於今天的踏腳墊；專供人擦拭鞋底之用。然這「蒯」字的組成，除了列爲「草」部而叫我們知道它是草本植物外，若以謹存可供參考之圖一的小篆看，它的下左應是圖三、四的「朋」字。若再對照圖四金文的「朋」，就又會使我們看見圖六的「蒯」下頗具圖四的圖意。由此，也可叫我們知道今天這寫法中組以「朋」乃自它衍變。這「朋」古與「玨」通用，因二玉相連稱朋。不過，這「朋」右的「刀」應爲小篆之右稱爲「手」的「又」。因爲這「蒯」所以能被編織爲席、索或「杆屨」乃是必需經過「手」的。因它是可供編織的「蒯」。然若考究這字的深義，則叫我們看見，它雖屬野生的小草，卻能爲人如此效力；豈非已盡其「天生我才必有用」的使命了麼！這當是這「蒯」的深含。

三九六、從外察內的「相」字

① 甲骨文 相
　殷虛文字乙編
　四五○七

② 金文 相
　相侯簋

③ 小篆
　相

④ 甲骨文 木
　殷虛文字甲編
　六○○

⑤ 甲骨文・目
　殷虛文字乙編
　九六○

⑥ 金文 目
　父癸爵

從圖一原初甲骨文就有的這「相」字看，這樣的寫法，似乎是迄今都未曾改變；而且已被使用了四千多年。然若仔細分析，這個由圖四的「木」再組以似乎毫不相干的稱爲眼睛的「目」，怎會被稱「相」？而且它還被延用爲輔佐帝王之宰相的「相」，以及今天頗爲普遍的相命卜筮的「相」；它的含義究何所指？這當可以春秋時善相玉的卞和；善相馬的伯樂；和善相劍的風胡子來探究，就可叫我們知道這「目」與「木」的相組乃爲「善相木」了。如古稱「宰相」者，他所主宰之「相」，乃在於爲國家社稷詳察細看何人可爲爲建造房屋一般之棟樑的。當然，再以今天「相木」的專家說：若把可以製造高級鋼琴或名貴之小提琴的木材，把它製作爲浴室用的小板凳，它價值的懸殊是等大呢？昔日姜子牙被周文王所相；諸葛孔明被劉備所相；這樣的「相」才是振興社稷的眞「相」。若是今日能有如此之「目」，能以察其外而知其內如宰相之材的「木」，那就是國家之大福了。難怪許愼在〈說文〉裡會稱它爲「省視也」的「相」。

三九七、黎明首務的「查」字

我們稱爲「查考」、「查驗」、「查詢」以及「檢查」等這「查」字，是我們所經常使用的。但是，似乎是很少人曾爲這「查」去「查證」過它究竟爲甚麼以這樣的寫法來稱「查」？當然，許多人都會認爲那是文字學專家們的事，無需我們去「考查」。可是，我們若從諸多字詞典去「追查」，就發現有諸多傳說頗值懷疑而無確鑿定論。舉例說：許愼在〈說文〉裡稱其爲

「柤」；作「木閑」（柵）解；亦有「阻」意。就是以柵欄阻擋後再予查看的意思。明代張自烈撰的〈正字通〉說：「查，讀若槎，水上浮木也。又以浮木爲楂」。再如晉時符秦方士王嘉所撰〈拾遺記〉說：「堯時巨查浮於西海上，十二年一周天，名貫月查」。不過，此書多被識者認爲「事跡荒誕，往往與史傳不合……」。凡此種種，實皆不足爲憑。其主因，乃在於無原初甲骨文可考之故。因此，我們以常理判斷；古人以黎明即起甚至以戴月披星爲出歸準則看，稱東方發白之一日之始爲「旦」則是極爲合理的。而古人耕作時之器物多爲木器亦屬正常。故此，在出門工作前先行「查察」或「檢視」一下工作用具豈不正是稱「旦」之時對「木器之查察」嘛！這當是以「木」以「旦」稱「查」的因由。再把它衍申至今看，一日之計在於晨的「查看」，應可說是古今不變之首要的事。

三九八、除去羈絆的「後」

① 甲骨文 後 殷虛文字乙編 八七二八
② 金文 後 師寰簋
③ 小篆 後
④ 甲骨文 糸 殷虛文字甲編 三五七六
⑤ 小篆 ㄨ
⑥ 甲骨文 止 殷虛書契續編 一二・三

　這一個稱爲前後的「後」字，古人是在甚麼樣的構思下創造出這樣的寫法來稱「後」的，我們實應作一深切探討；否則，那才眞叫落後！

　我們可先看圖一原初甲骨文的「後」，它上如圖四的「糸」，在此應作繩索用。其下乃爲圖六倒寫如圖六的「止」字，實在說：它就是簡稱腳趾的「止」。如此的一隻腳已被一根繩索繫住了，它那裡還能盡行走的功用呢；這不就明顯的形成落後了嘛！這當然也就是古人構造這字時的深意。至於這繫住一隻

腳的繩索自何而來，恐怕只有當事人自己才會最清楚。若再把這「後」擴大來看，一個人的落後，豈不都有最明顯的因由嘛；這當是古人構造這字的深含中要後代在凡事上省察的。否則就是自縛其足而甘願落後了。

　　至於圖二之左後增的「彳」字，那是指躊躇不前之小步的，或又稱走走停停。如此的一增，比起原初的稱「後」，其意含就顯得僅只強調稱「後」的。不過，這「後」行至迄今最少也有近三千年的歷史，當然也只有讓它繼續的「後」了。

三九九、步步細察的「荆」字

①　金文　荆　古鉢
②　金文　荆　貞簋
③　說文解字　古文荆
④　小篆　荆
⑤　甲骨文　人　殷虛書契前編六二‧二
⑥　金文　人　般獻

　　「荆」，可能會有人誤以為「草」下之右乃為「井」字，就以為它是以「井」為聲符的「草」。其實很多字詞典都告訴我們它乃是一種有刺的植物名叫「楚木」者。它之所以叫「楚木」，其意則在明示它會使人「痛楚」的。實在說，它也就是遍地叢生的「荆棘」。若不小心就會扎到手腳，雖不致使人喪命，但卻會使人痛楚難耐；然後就自認倒楣而責怪自己曰：誰叫自己不小心。這也就是古人為我們創造的這「荆」以題醒我們當步步細察並更嚴謹鞭策自己的深意。

　　這「荆」，迄未見於甲骨文。然以圖一、三的古文看，它都屬「草」部的字。圖三的古文則告訴我們那如圖五的「人」之周圍，乃是滿佈荆棘的。圖三的圖意與圖四極為相同。而那「开」乃是指更多的「×」即許多荆粒的意思。圖二就是一個人的雙腳都扎了荆棘的。然而圖一的金文除了其上的「草」外，下左應如

圖四左下省寫的「干」字。右下乃是圖五的「人」。照這圖意，就使我們知道這「荊」雖屬「楚木」之草，卻會像「干戈」一樣傷人。尤其在民主自由極度擴張的今天，一個不對的眼神；一句不小心的話；甚至極其有理的爭論，都會給「惡人」以「干戈」相向的粗野暴行。這實在是我們應當步步細察的事。然若退一步著想則又可海闊天空般防止「荊」傷的。

四○○、繰絲之工的「紅」字

① 小篆　紅

② 甲骨文 糸　殷虛文字甲編　三五七六

③ 甲骨文 工　殷虛文字乙編　二二二

　　這個原為古時代表女性工作的「紅」字，與古時代表男性工作的「功」字，當初是有特定之屬性分別的。因為四千六百年前的黃帝之妻嫘祖發明了養蠶繰絲的事，就專以女性為教授對象而教她們採桑、養蠶、煮繭然後再抽出絲來藉以製作最高級，最堅韌，且又可防蟲、防汗等多重功能的衣料的。這一工作，後來確使我們中國人的名聲因打通了通往西域的「絲路」而「紅」遍了全世界。這不僅是如圖二之「糸」組以圖三之「工」的「紅」；也是今天稱為一個人名聲傳遍眾人幾達顛峰的「紅」。這樣的「紅」，乃是源自嫘祖教授婦女繰絲所始然的。不過，當今日工業發達則不僅限於繰絲，且也不限於婦女了。但是，無論何人能有創新的思維而領導眾人完成其理想大業，前途之「紅」自屬必然。如此的「紅」，自非許慎當初所說「赤白色也」的「紅」；更不是我們迷信般掛掛「紅布」粘貼一張「紅紙」就算「紅」的。因為那不是古人構造這字的真意和深義。

今日的一點所得，乃是以往許多所得堆砌的。

四〇一、權位中心的「游」字

① 
甲骨文 游
殷虛書契甲編
一七九六

② 
金文 游
觚文

③ 
小篆
游

④ 
甲骨文 干
殷契佚存
五八七

⑤ 
金文 干
毛公鼎

⑥ 
甲骨文 子
殷虛書契乙編
一九二〇

從圖一古甲骨文的「斿」字看，是叫我們無法從其中看見「水」的。而我們現在這寫法的「游」，乃是從暴秦統一文字後才增「水」如圖三與增「辵」而分別爲「游」與「遊」的。因此，我們當以圖一來作憑依來探究它爲何以這樣的構造而被稱「斿」的。若對照圖二的金文，則可證圖一右下之圖六的「子」，就是指圖一及圖二右下之「子」的那個「人」。如再把圖一、二合併起來，就很清楚叫人知道圖左那一個較長的「干」就是圖四簡化後如圖五的「干」，並在其上插以繪有某一族群所共尊之圖騰的旗幟，以資共同識別的。這樣的「斿」，就是他們那一族群所共尊的旗幟飄揚時如水波般的「游」。這就是古人所構造之象徵權位中心的「斿」。特別當他們環遊於郊野時，只要當他們抬頭看見那飄揚空中的「旗游」，他們就有中心的目標可以歸往了。這就是許愼在〈說文〉裡稱之爲「旌旗之流也」的「游」。

增「水」爲「游泳」；增「辵」爲「遊走」……等，都是後人增添而被分別的。

四〇二、虛空又虛空的「竺」字

① 
金文 竺
妤姿壺

② 
小篆
竺

⑤ 古人構造竹字的構思

③ 
小篆
竹

④ 
甲骨文 二
傳古別錄
四・三

　　這個「竺」字，當是自西漢時張騫率軍征服西域的印度將佛教帶進中國後才有的字。我們查考就可知道在當時印度十六個國中的一個部落迦毘羅（kopila　vastu）的首領名叫「瞿曇」（Gotama），宋代的鄭樵撰寫通志時還將這「瞿曇」譯作「捐毒」！這是因鄭樵對佛教所生之惡感所使然的。當佛教在中國較為興盛後，又以印度地處中國西方，故又稱印度為「西天」。而這「竺」則是當時縱陽侯「竹晏」極為嚮往佛教，就以他的「竹」姓增以「二」而稱「竺」的。這是「竹」的增造之字；以別於原不屬中國的文字。也是「竺」姓的始源。不過，這樣寫法的「竺」，不知「竹晏」是否具有另一層感受；就是原來的「竹」是兩棵直立的；但它總有一天會被砍伐而仆倒，故而他就將那被砍伐之「竹」列於「竹」下而成為這樣的「竺」。乃在告訴人就像「竹」一樣；直立而活的時候，雖可歷經寒冬而長青，其內心卻是「虛空」的；當一朝被砍伐而倒下時，仍是「虛空」；即或有點用也不能長久。這就如所羅門在聖經的傳道書中所說的：「虛空的虛空，凡事都是虛空」！（傳一：2）

四〇三、皆當互重的「權」字

①　小篆
　　權

②　甲骨文　木
　　殷虛文字甲編
　　六〇〇

⑤　鸛鳥之一的廣嘴鸛

③　甲骨文　雚
　　殷虛書契後編
　　下・六・七

④　甲骨文　隹
　　殷虛書契前編
　　二八・三

　　當今的世界，「人權」已被喊得響澈雲霄了。然而，我們中國人所使用的這「權」字，就它為圖二的「木」旁說：它就如刀、斧等用具或古兵器，其柄大部分都是木製的，所以它被列在木部而稱其為「權柄」。但是，若仔細探究這「木」右的「雚」字，乃是圖三稱為「雚爵」如圖五的鳥。據漢代多位小學家共同

編撰的〈爾雅〉釋鳥說：「鶟鶦如鵲，短尾，射之，唧矢射人」。此乃說明牠視力的敏銳，反應的敏捷。不但善避，反能以人擲之物反擲於人。實在是一種非比尋常的鳥。也許因這種鳥不尊重「天地之性最貴的人」，因而人就以天賦的特權來對付牠。然牠卻又是極為精靈難以撲捉。故當人費盡心力撲捉到牠時，就有歡天喜地般的歡娛，因此就成為增「欠」後的「歡」字。而這「歡」的「攴」〈說文〉稱其為「小擊也」；就是不把牠打死而輕輕地敲擊著戲耍。這實在是頗為殘忍的事。但卻顯明了人在此時的「權」。可是，當古人稱這字為「權」時，豈不也含這「雚」也具有其天賦的生存特權嗎；人怎能無故的欺凌牠呢？這當也是古人以「木」以「雚」來構造這「權」的深含！不過，反觀今日極為民主之選舉社會，被選舉人是以何等的低姿來「懇請」有權者「惠賜一票」看；一但當選，實又確似這鶟以其所擲反擲於人了。因此也常會引發「授權」之人的反常來罷免。這實在是我們古人構造這「權」時以鳥喻人之貫古通今的遠見。當我們如此來認識這「權」時，怎能不重視連鳥都應享有其基本的權利，何況今日之「人權」乃是人與人的正常關係；自當互相尊重。

四〇四、步向天福的「逯」字

① 金文 逯 古鉢　② 小篆 逯　③ 甲骨文 辵 殷虛文字後編 下・一四
④ 甲骨文 祿 殷虛文字前編 七・三・一　⑤ 小篆 祿　⑥ 甲骨文 帝 殷虛文字甲編 二一六

　　「逯」，大多的字詞典都告訴我們是指沒有目的行動說的。這也許是受許慎在〈說文〉裡稱其為「行謹逯逯也」所影響。但是，我們若查考這字所構造的創意，似應並非如此；相反的，乃

是指只要「謹慎」的行走在我們當行的路上，就可得到眼睛未曾看見，心裡也未曾想過之大福。

　　我們都知道這字之左被稱為「行動」之圖三甲骨文的「辵」字，它原是「行」和「止」的意思。至於「彔」；乃是由圖六稱為神的「帝」之上半再組以圖四下方日光的「日」和代表雨水的「氺」就被稱作圖四之「祿」的。因為能賜人日光和雨水的，只有在〈書經〉中被稱為昊天上帝的「神」才有這權能。當人享受這樣從上蒼所賜的日光、雨水，豈不是天下地上所有的人都嚮往的大福嘛！這就叫「祿」。只要人能在這情形下平靜安穩的生活；就已經是大福了；那裡還須要來問如此的生活有沒有目的！簡要的說：只有向上帝獻上無限感佩，小心謹慎地不違反祂的旨意，自然就當稱為人人所需求的「祿」。這是古人使人不妄想不奢求的「逯」；當也是漢劉安在〈淮南子〉所云的「逯然而來」。

四〇五、以覆以遮的「蓋」字

這個「蓋」，迄今未見於甲骨文。可能是古人進步至以茅草覆蓋房頂所建造的居所後才增造的。這樣的事，在左丘明所著〈左傳〉十四裡記有「乃祖吾離，被苫蓋」；以及漢末〈孫登別傳〉也記有「登山處，以石室為宇，編草自覆。阮籍聞而造焉，適見苫蓋」。這都在說明那時的屋頂已經使用編織成一片一片的草苫覆蓋於房頂了。這當是以圖三的「草」，再組以簡化之圖四的「宀」，和其下經過製作的木架的如圖五的「工」，以及最下方之人所不可或缺之圖六的器「皿」，就被稱「蓋」的。如此的

「蓋」，一面是指建造房屋的工程；一面也是指盛裝食物的器皿需要加「蓋」藉以維護食物的溫度及衛生。當這「蓋」繼續發展後，它又被萬能的手和腦蓋造出百層以上的摩天大廈了。但它也被藉用作超過一切之豪語為「蓋世無雙」。不過，當人生到達最後一段終程時，又需要人來幫助將他整體覆蓋。這似在含指他活在世上時所當「蓋」的已經「蓋盡」；現在躺在這裡乃在見證「謹此存證」的「蓋」。

四〇六、雖滿仍加的「益」字

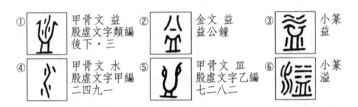

①甲骨文 益　殷虛文字類編　後下・三
②金文 益　益公鐘
③小篆 益
④甲骨文 水　殷虛文字甲編　二四九一
⑤甲骨文 皿　殷虛文字乙編　七二八二
⑥小篆 溢

這個也作「更」或「又」用之「利益」的「益」，當它被增以「水」後，就被稱作「滿溢」而流出河川或器皿之外的「溢」。這應是受暴秦統一後增了如圖四左旁之「水」所影響的。我們可看圖一原甲骨文的「益」，從這寫法中可叫我們看見它乃是由圖五之器皿的「皿」中盛裝了如圖四的「水」後，不但滿，而且滿了以後再加添一些就溢出器皿之外而被稱「益」的。不過不是今日增水後的這「溢」，乃是原初已經滿溢了的如圖一的「益」。這樣的圖意，豈不是滿到上尖下流的情形嗎？並且那「皿」中就是圖四的「水」。而且圖三的小篆又已表明那「皿」之上乃為橫寫的「水」。那裡還需要像圖六之左再增以「水」呢！當我們如此來認識這「益」時，也許可作稱讚某人不僅畫一手好畫，而且還彈得一手好琴，真可說琴棋書畫樣樣精通之「天才橫溢」的人之「益」。這就是原初既滿而又加的「益」。也因此它被稱作「更」或「又」用。如此的「益」。在今天來說：多

學一項技能，自是非常有「益」。

四〇七、彊土邊垂的「桓」字

① 金文 桓　陳因子敦

② 小篆　桓

③ 甲骨文 木　殷虛文字甲編 六〇〇

④ 甲骨文 亘　殷虛書契前編 二・九・二

⑤ 金文 亘　秦公敦

⑥ 小篆　郵

看這「桓」的「木」旁，可叫我們知道它應是一種樹木或木製品的東西。但古人又常以這「桓」作威武來用；就如〈詩經〉周頌篇所記：「桓桓武王，保有厥土」之句。再對照許慎在〈說文〉裡解這「桓」作「亭郵表」看，就是指威武之國的彊土邊垂架設了一個稱「桓」的木架，以作兩國間驛馬交換如今日之郵遞公私文件之處用的。因此，今天如圖六的「郵」之左旁組以「垂」來稱爲邊垂之郵遞界限。今日寫法的這「桓」，左旁爲「木」，是指以木來架設之從遠處即可看到的高臺，且是如圖四之迴轉般「ㄖ」形的。圖一金文的「桓」左旁爲「走」，則是指他國之人到此止步的。這是國土的邊垂；也是國威所達之威武至此而已的標記。

四〇八、分別且分賜的「公」字

① 甲骨文 公　殷虛書契續存 一八一七

② 金文 公　盂鼎

③ 小篆　公

④ 甲骨文 分(八)　殷虛書契精華 四・一

⑤ 甲骨文 口　簠室殷契徵文 二一三

⑥ 甲骨文 ㄙ(私)　殷虛書契前編 六一・六

這一個被稱爲沒有自私念頭和「公平」、「公正」等之圖一的「公」字；乃是由圖四之古「分」字和圖五之稱爲「方正」的

「口」所組成的。如此的「公」，許愼在〈說文〉裡稱其為「平分也」。但是，如果我們仔細分析這字的構造，就又叫我們看見，圖一之「公」的下方乃是圖五的「口」。不過，依其上方乃為圖四之簡寫的「分」字在此則為「八」看，其意則是「分別」或「分開」的「口」。然而，不論「分別」抑是「分開」並非由口來說說的；乃是由衷的存心。若是口說公正、公平，內心卻如圖六稱為「私」那樣的彎曲；那裡還會有眞的「公」可言呢！因此，這「分」下的「口」自是指圖一之下的「口」意含公正敞開的。若是內心稍有一絲彎曲，就必須以「分」般的「刀」予以分開。這就是毫無自我私念的「公」。從這樣的「口」所說的「公」，才是眞正的「公」。

四○九、有工作就有肉食的
　　　　「隋」字

① 小篆　隋　② 甲骨文 阜 殷虛書契精華 三・一　③ 甲骨文 手 殷虛文字甲編 三八四

④ 甲骨文 工 殷虛文字乙編 二二二　⑤ 小篆 肉(月)　⑥ 小篆 隨

　　這個在一千三百二十三年前由隋文帝楊堅統一南北朝而建立的「隋」國的國號；現今僅稱為姓氏之圖一的「隋」字，是甲骨文中迄未發現的。若依其組成看，它左旁為圖二古甲骨文的「阜」字，是指那一片曾被開發過的荒山郊野。其右上為圖三稱「又」的「手」字，再組以圖四的古「工」字；其下則為圖五稱「肉」的「月」。從這整個圖意看，似是指這一片土地上已被開發成「阜」，再經繼續不斷的以萬能的雙手來工作，不僅食可得飽，並且還有「肉」可以滿足口腹的。然而，有些文字學家們卻說：楊堅不願隨從別人，而將原有圖六的跟隨之「隨」減去中間

的「是」而稱「隋」的。依此論證，在今天千變萬化的世代，自創品牌當是最能得利的正路；這似乎應是「隋」姓諸公們值得驕傲的。然自〈周禮〉春官篇記有「既祭則藏其隋」相傳，所有「犧牲」之「肉」主要在於獻祭看，那「左」下的「肉」乃為先祖庇佑而得，這則又深含永懷先祖之慎終追遠的感戴了。

四一○、辛勤從事的「商」字

① 甲骨文　商　殷虛書契前編二・二

② 金文　商　乙亥鼎

③ 小篆　商

④ 甲骨文　辛　殷契徵文一九三・三

⑤ 甲骨文　內　殷契佚存・八

⑥ 甲骨文　口　殷契徵文三・二

「商業鼎盛」，是形容各項貿易，大小買賣相當發達的。而古時從事這樣事業的人則稱「行曰商，處曰賈」。今天，則皆以「商」統稱。而這樣的「商」又作「商號」、「商酌」、「商量」等「商討」之詞。許慎在〈說文〉裡還解這「商」為「從外知內」！如此的「商」，真使我們無法知道當初古人構造這字時怎會被後人如此來廣泛使用的。因此，我們來研究看看這字如此構造的因由何在。

我們先看圖一古甲骨文的「商」字；它是由圖四甲骨文的「辛」與圖五的「內」和圖六的「口」所組成的。「辛」，在此當然是指「辛勤」和「辛勞」的。這應是稱為商人的首要條件。所以它也在這「商」中排列在首要地位。其次是圖五的「內」，當是指「室內」或「家中」的意思；當這「辛」與「內」合組為「商」後，就叫我們知道：當人出外經「商」時，是必需先在家中或室內經過辛苦的勞作或商討後，才可出外經營的；那就是指「內」下的「口」。當然，在這經營中自又難免討價還價的事；這就又叫買賣雙方的商討。最後的結果，當得一個如許慎所

說的結論：「從外知內」。如此的「啇」，恐怕也是古人們不是一、二次「啇討」後才構成這「啇」來使後人「依圖行事」的。願我們能如此感念古人構造這字上所費的苦心。

四一一、可使攻玉的「石」字

　　一座山的主要成分除了「土」之外，那就是由構成地殼的物質，特別是礦物所集結成的塊狀物體，就是我們統稱的「石頭」。而我們中國最具盛名的故事「原璧歸趙」的「璧」，它也是這山崖中石頭的一種。它的形成，乃是經過地底高溫所變化的結晶體。普遍被稱作「大理石」，「花崗石」或軟質的「玉」和硬質的「玉」等等。「原璧歸趙」的「玉」，即屬硬質的高貴品。它被稱爲「和氏璧」，乃是由春秋時楚人和氏所發現的。淮南王劉安就稱其爲「山淵之精」。由此，當可使我們知道「玉」被稱爲「石中之王」的因由。我們的古人，似乎深深洞悉這事；因而就在高瞻遠矚下構造出以圖四之古「崖」字再組以方塊形的圖六的「口」來稱爲圖一、二的「石」。如此，它就被構成山石可以攻「玉」的「石」字。藉這「石」，就願我們能寶貝今日的山，因爲在這山上千萬樹木的地底深處蘊藏著無數可以攻出寶玉的「石」。但它又是人的「姓」，則又是意含一個人亦如一座山一般，是否可以攻出玉來；則端看有無能識之匠人了。

　　我們都有同樣的一雙手；就看我們如何去用它了！

四一二、仰之彌高的「岳」字

① 甲骨文 岳　殷契粹編　三六

② 金文 岳　古鉨

③ 金文 岳　古鉨

④ 甲骨文 山　殷虛文字甲編　三六四二

⑤ 甲骨文 丘　殷虛文字前編　一・二四・三

⑥ 金文 丘　子禾子釜

　　這「岳」，就是我們常稱之爲「山岳」的「岳」。從這名詞看，可叫我們知道它旣稱「岳」，就是指比一般的高山更高的。因此，可把它稱爲「山中之最高」者；會給人帶來一種仰之彌高之感。若以姓氏說，「岳武穆」這人從歷史上看，也確是相當令人景仰的一位。若以編寫宋本〈百家姓〉的作者看，他可能是畏懼南宋帝王趙構，竟連這「岳」姓都未被編入，實在是文人之恥。但從另一面看卻又更令人懷念。不論如何，這「岳」還能在原初的甲骨文中出現，又是值得我們這些後代慶幸的。尤其當我們稱妻子的父母稱爲「岳父、母」時，似乎是把他們看作比生身父母還高了；這不僅不是虛應故事的客套，還應當作夫妻和睦之源。

　　至於這字的組成；我們看圖一古甲骨文的「岳」字，這圖意就極爲明顯的叫我們知道，它是比山中的高山還高的；所以它被稱「岳」。從這圖意來透視，其下的「山」應爲近山；其上則爲又高又遠的山。中間的「↓」乃是「手」字，是指高山難以人手捉摸的。若再細分，其下則應稱爲山丘之圖五、六的「丘」。就是指不太高的小山。其上則是如圖四的「山」了。如此的「山」，古人就稱它爲「山中之最高者」的「岳」。願「岳」姓的諸公也眞能都具有這「岳」的品格。

品格的高尚，不是外在的裝飾；
乃是內在的充實。

四一三、具有發令之權的「帥」字

① 金文 帥
邢叔鐘

② 小篆
帥

⑤ 字的構思
摸擬古人對帥

③ 甲骨文 師
甲骨合集
五八〇

④ 甲骨文 巾
殷虛書契前編
五・七

　　我們現在稱爲「統帥」，古稱率領軍隊之「元帥」的這「帥」字；從前者說可指國家的元首。那就是孔子在〈論語〉顏淵篇所說的「政者，正也；子帥以正，孰敢不正」。以後者看，則是指統領三軍的。如〈論語〉子罕那裡說：「三軍可奪帥也，匹夫不可奪志也」。這又在說統領三軍的「元帥」是有一定之志向的。從這兩面看，也可叫我們知道古人以「自」以「巾」來稱「帥」其理究何以指。

　　至於這「帥」的組成，雖迄未見於甲骨文，然從圖一的金文看，其左的「自」實爲圖三甲骨文稱爲「師尊」之「𠂤」字。其圖意乃爲從口發言的敎誨者。何況不論「統帥」或「元帥」所出之命均皆由口發出呢。當它之右組以圖四的「巾」後，那是示意如旗幟般的旗巾高掛於那一枝「│」形之竿上的。這就是後人另以旗幟來代表權威的旌旗；也稱叫「帥旗」。這當是許愼稱其爲「佩巾也」的原因。圖五則爲古代的「帥」旗，豈不像「巾」嘛。何況常勝的軍隊又稱「雄師」呢！故此，我們認爲以圖三之「𠂤」組以象徵權威之「巾」來稱「帥」，與圖一的金文是極爲相合的。

四一四、謹愼腳步的「楚」字

① 甲骨文 楚
殷契粹編
七三

② 甲骨文 楚
殷契粹編
八四二

③ 金文 楚
邢叔鐘

④ 小篆
楚

⑤ 甲骨文 林
殷契粹編
七二六

⑥ 甲骨文 止
殷虛書契續編
一二・三

　　這個「楚」字，以植物說，許愼在〈說文〉裡稱它是名爲「荊楚」的叢木。從歷史說：就有七個國名稱「楚」。最早的是春秋時戰國的七雄之一。最遲的是五代時十國之一的楚世家。而其中最爲人知的當算楚霸王項羽，得國僅四年。就文學說：最富盛名的乃是漢代劉向所撰的〈楚詞〉。最爲人常用的成語則有「楚材晉用」；以及形容人纖弱的「楚楚可憐」！這些用法的「楚」，古人是如何構造的？而後人又是如何來使用的？仔細研究，確是含意頗深的。

　　我們看圖一古甲骨文的「楚」。中間的「口」是古稱範圍的「圍」字；其下是圖六稱「足」的「止」。其上及左右乃爲代表荊棘的「蒺藜」。因此，它也被用作「痛楚」。意指不當心的踩到了蒺藜；自亦可稱其爲「楚楚可憐」。這整個圖意似在意含人的周圍都滿佈如圖五之荊棘之林的，稍不留意，就會步入圖二之「林」使人痛楚。然而，我們若步步謹愼，自會免除堪憐的稱「楚」窘境。這也許是古人叫我們如此認識的「楚」。

四一五、不再改也不可改的
「墨」字

① 金文 墨　古鈢
② 小篆　墨
③ 金文 黑　鑄子叔　黑臣鼎
④ 甲骨文 囱　殷虛文字甲編一〇五三
⑤ 甲骨文 炎　殷虛書契後編上・一三
⑥ 甲骨文 土　殷虛文字甲編二二四一

　　這個被稱爲「黑」的「墨」字，許愼在〈說文〉裡稱它爲「書墨也」；應是指書寫所用之「墨」說的。然若查考古早尚無書寫之筆看，許言「書墨」應是指春秋之竹簡以後的事。爲此，我們可從圖二小篆上方之「✸」看，這「✸」應爲圖四古甲骨

文之「囱」字。即今天所通行的「煙囱」之「囱」。再從這囱下方之圖四的「炎」看，就知道它必爲「囱」無疑。有些文字學家稱其爲古「窗」字，則不夠合理。因爲若稱「窗」，其下又爲「火」或「炎」那不是危險至極的事嘛。因此不能爲識者所接受。若以「囱」說，則是指下面如圖六的「土」透過煙囱後之火炎般的焚燒，自然會變成黑炭般的「墨」色土灰。如此的「墨」灰，自有許多不同用途。最少，當它成爲染料時，當可改變其它所有紅、藍、黃等顏色，且無法再使這「墨黑」變白或再還原爲其它顏色。這也許意含古今「貪墨」者一次被墨所染就終身污穢的。因爲那是如同經過火炎般焚燒的結果。故當含指後人以「墨」當作書寫之「書墨」所書寫的文字或立定的「約書」；無法更改且也不能更改的。這當是古人爲我們所留下並當如此來認識的「墨」。

四一六、獻爲犧牲而鳴的「牟」字

① 金文 牟
古鈢

② 小篆
牟

③ 甲骨文 厶
殷契前編
六一・六

④ 甲骨文 牛
殷契佚存
三八七

⑤ 牛字的構思
模擬古人構造

　　許慎在〈說文〉裡稱爲「牛鳴也」的這「牟」字，乃是指牛在鳴叫時的形聲字。然就古今對這「牟」的用法看，似乎又不僅在於「牛鳴」。例如：〈史記〉平準書記有：「富商大賈，無所牟大利」；似是指謀取的。〈呂氏春秋〉記有：「牟而難知」，又是指其爲「大」到難以推測的……等等。不過，若仔細推究，應只有兩方面的意思。其一，乃在形容家畜中牛的體形最大，鳴聲也大。其二，古今中外都以牛爲向上蒼獻祭的犧牲。自然就被稱爲代替所謀取的。特別在我們中國，代替天子、諸侯的祭牲曰

「太牢」，其最主要的就是「牛」〈禮記〉（王制）。因此，左丘明才會在〈左傳〉廿九記說：「介葛盧聞牛鳴曰：是生三犧皆用之矣」。這就是指這牛在當作人的犧牲祭物被殺時會鳴叫到很遠的地方都聽見的。但是，若依牛的性情溫馴看，牠的「牟牟」鳴叫是平常很難聽到的。唯當人聽聞牛之「牟」聲時，乃在使人知道牠已代替人犧牲而成為獻給上蒼的祭物了。這也許是古人要我們知道這「牛」生前為人效力，死乃為人獻祭的犧牲。在今天來說：獻祭之事似已不被重視；不過，這「牟」似仍在告訴人當盡一己之能竭盡為國家社稷效力，好叫這「牟」使人聽聞的。

四一七、品享美食的「覃」字

①　金文覃
　　父乙覃爵

②　說文解字
　　古文覃

③　小篆
　　覃

④　金文鹵
　　古鉢

⑤　甲骨文享
　　北大藏甲
　　二〇九〇

⑥　金文享
　　諸母鼎

我們現在這寫法的「覃」字，乃是由圖三的小篆所衍變。其上的「西」則又是由圖四的金文所衍變。其下的「早」，則是由圖五古甲骨文的「享」所誤傳。就這樣的一錯再錯，才變作今日這寫法的「覃」。然因這「覃」迄無甲骨文可考的原故，因此，我們就從圖一的金文來追溯。

我們若看圖四金文的「鹵」字，就知道它是現在的稱為滷味的「滷」。這是一個既象形又會意的字。「凵」是盛裝滷味的器皿。「⊥」是器皿的「蓋」；「※」則是指這食器裡裝滿了各樣的美味。而這「鹵」的下方則是由圖五甲骨文之「享」的反寫。當它合組為「覃」時，意在表明反覆享受那美味的。這就是許慎在〈說文〉裡稱這「覃」曰「長味也」的因由。如此的「覃」本與「譚」同義，是指人享受美味後還一再「譚說」的；所以稱

「譚」。至於稱爲姓氏讀作「覃」ㄒㄩ，從宋代鄭樵所撰通志的
〈氏族略〉所記：「覃本作譚，去言爲覃，嶺南多此姓」看，可
能是由廣東、廣西、湖南等語音所演變。再從此姓始自梁代南海
人「覃元先」因善騎射，故擁爲自衛鄉里之首；且據有番禺等
地。後爲廣州刺史李堅勸說歸梁，並任當時之東寧州（今韓國平
壤）刺史。這也許就是「覃」與「譚」各自專屬的史證。

四一八、流傳久遠的「曲」字

這一個稱爲彎曲的「曲」，但也是隨意歌唱，不受拘限即可
哼唱的歌謠或稱小調之歌曲的「曲」。「曲下」，則是指「徒悅
目而偶俗」…。如此的「曲」，古人是在甚麼樣的構思下所創
造？仔細研究，卻會使我們發現它又實富相當深含的。

我們可先看圖二、三的「曲」，許愼在〈說文〉裡稱它爲
「象器曲受物之形也」。有的文字學家們就稱其爲編製器物而必
先使被編之物彎曲的。也有人稱其爲被編之物乃爲吹奏曲調的等
甚多說法，可說都具相當理由。然而若對照圖一的原初甲骨文
看，雖也可稱它爲「彎曲」之物，但從古人諸多用法中可使我們
看見：杜甫的詩曰：「清江一曲抱村流」；其贈花詩又說：「此
曲只應天上有……」；以及稱演唱之歌劇曰「戲曲」；如頗爲衆
知的「長恨歌」；（唐·白居易）「元曲」和民謠小調……等又
稱「小曲」看，似又是指最易歌唱的。這樣的民謠小調乃是遍及
世界每一角落。而這些民謠小調又多屬區區小事，但一經傳唱，
就在不知覺中流傳廣遠。它對人的警惕作用，實在旣深且遠。因
它在不知覺中就道出了當時的「是非曲直」。這也許是圖一的古
「曲」字，旣象張口歌唱形，但它的口形卻又是直線的；這似是

意含當人為的一件小事一旦成為人所共唱的曲調，其影響程度就非相當時日所能磨滅的了。像「滿江紅」一曲，則是把千餘年前岳飛的壯志流傳迄今，並且繼續流傳著。

四一九、另有所司的「后」字

① 甲骨文 后　殷虛文字甲編二四一
② 小篆 后
③ 甲骨文 司　殷虛書契精華二‧一

在〈詩經〉的周南關雎序裡記有：「關雎，后妃之德也」的話；稍後的曲禮就解這話說：「天子之妃曰后」。釋古又曰：「妃媲也，言媲匹於夫也。天子之妻唯稱后耳，妃則上下通名……」。也許因這原故，就流傳為天子之妻曰后而行至今日。若查考歷史就知道並非如此；尤其在〈書經〉的說命裡記的非常清楚，那裡說：「樹后王君公」。其後就有特別的疏解說：「后王，謂天子也」。再如夏代的「后羿」，就是指當時的夏王名羿的。「后稷」，則為管理農事的官稱。而這「后」也與「後」通用，藉此也可叫我們知道，「后」亦為掌理幕後事務的；就如今日總統的秘書等；皆負有輔佐元首或各級長官不同文告之繕擬等。其幕後之責，幾乎與元首相等。故此可知，一位成功的元首，其幕僚群所負之責則是既重且大的。因此，這「后」之責雖不是王的本身本位，但確是體貼王意滿足王心的人。

至於這「后」字的構造，許慎在〈說文〉裡有極絕妙的見地，他說「后，繼體君也」。這真可說體貼君王已至入微了。而接著解「司」則說：「臣司事於外，從反后」。如此看來，豈不是指「司」為圖一乃指一個人的「口」，對自己為進飲食，對他人則可下達己意及至於「司令」麼。而許慎稱它為「反后」，當然也與「外」相反而司事於內甚至不為人知的幕後的。而它的構造，也確實為如圖三的「司」反轉而稱的，也由此可使我們看見

古人造字時的睿智。（註：請參閱第二五九篇的「司」字。）

四二〇、人神合一的「佘」字

① 佘　隸書　佘

② 甲骨文　人　殷虛書契前編　六二・二

③ 甲骨文　示　殷虛書契前編　一・一

　　民間流傳甚廣的章回小說，且編爲戲曲之宋代名將楊業，因驍勇善戰故累官節度史。然因朔州之敗，麾下百餘人無一降敵皆奮力戰死。因此，後人就穿鑿附會的寫了一部〈楊家將〉而流傳迄今。其中所描繪的楊老夫人「佘太君」，則被稱爲老而彌堅之女中奇葩。也因此，這「佘」姓也廣爲人知。然而從歷代文獻中查找，皆多云「佘」乃「余」之訛誤。但是，若從歷史上也確有多位「佘」姓名人看，如唐玄宗時就有太學士佘欽，南昌人。故這「佘」姓自屬久遠。再以與「余」的讀音實又太過懸殊；自又難圓其說。也因此則叫我們相信它應爲「舍」之筆誤。不過，若以這字之組成看，其上爲許愼所稱的「天地之性最貴者也」的「人」；其下則爲許愼所解的「示」曰：上從「二」；下爲「三垂」，「三垂日月星也，觀乎天文，以察時變，示，神事也」。從這解說，可叫我們知道：「佘」上之「人」乃在於藉以認識管理日月星的神以察時變的。這也許是稱「佘」的「我」所當知道的。這「舍」古也作捨，左傳昭十五記有「施舍不倦，求善不厭……」的記載。而人常言之「捨得」；當是指人的善行之「捨」，結果就有意想不到的「得」。這恐怕是「人」若不能具有前述「示，神事也」的高貴性情，則是難以甘心去「捨」的。這也許是古人對「佘」姓的諸公所特別要求。然而，這何嘗不是明代偉人王陽明先生「天人合一」之超特卓見呢？果如斯，則神的旨意在地上得通行；人在天上有歸依的嚮往。

本書主要參考書目

說文解字(漢‧許慎)

中國文字學(胡樸安)

康熙字典

殷虛書契考釋(清‧羅振玉)

董作賓先生全集

中文大辭典(台北中華學術院)

形‧音、義大辭典(台北正中)

甲骨文字典(四川辭書出版社)

金文常用字典(陝西人民出版社)

常用古文字典(上海藝文出版社)

字形彙典(台北聯貫出版社)

大英百科全書(中文版‧丹青圖書公司)

國家圖書館出版品預行編目資料

姓氏的尊嚴 ／ 朱知一.——〔臺北縣〕永和市：
　致琦企業，民 91
　　面；　公分
ISBN 957-98025-3-X（平裝）

1. 姓名錄

　　　　　　　　　　　　　　　　　　　　782.48
91022444

姓氏的尊嚴

著　　　者：朱　知　一
出　版　者：彰化甲骨文學會
　　　　　　彰化市中山路 2 段 579 號
　　　　　　電話：(04)7278520
印製發行：致琦企業有限公司
　　　　　　台北縣永和市中和路 345 號 6 樓之 1
　　　　　　電　話(02)22324168
　　　　　　傳　真(02)22324165
　　mail：jk0523.adsl@ms14.hinet.net

請尊重著作權，未經同意請勿翻印，
或部分轉載，或以任方式傳播

出版日期：中華民國九十二年五月初版

定　　　價：NT.$480 元　劃撥函購，包括掛號寄費
郵政劃撥：0705772-1 朱建華帳戶
國外定購：美金 20 元 包括海郵掛號寄費
電話查詢：請撥(02)26184315　傳真：(02)26183835